Elizabeth A. Seibert
Der Bro-Code

Elizabeth A. Seibert lebt in Massachusetts, USA, kocht gerne und liebt Gesellschaftsspiele. Ihre Texte sind auf Wattpad seit vielen Jahren überaus erfolgreich, einige ihrer Stoffe wurden bereits von Netflix optioniert.

Elizabeth A. Seibert

Der Bro-Code

Manche Regeln muss man einfach brechen

Übersetzt aus dem Englischen von Martina Schwarz

PIPER

Mehr über unsere Autoren und Bücher:
www.piper.de

Wenn Ihnen dieser Roman gefallen hat, schreiben Sie uns unter Nennung des Titels »Der Bro-Code« an empfehlungen@piper.de, und wir empfehlen Ihnen gerne vergleichbare Bücher.

Bei »Der Bro-Code« handelt es sich um eine übersetzte Version des erstmals auf Wattpad.com von joecool123 ab 2012 unter dem Titel »The Bro Code« veröffentlichten Textes.

Deutsche Erstausgabe
ISBN 978-3-492-50482-9
Mai 2021

Titel der englischen Originalausgabe: »The Bro Code«, Wattpad Books, Toronto 2020

Übersetzung: Martina Schwarz
Redaktion: Julia Feldbaum
Satz auf Grundlage eines CSS-Layouts von digital publishing competence (München) mit abavo vlow (Buchloe)
Printed in Germany

Ein Brief

Lieber Nick,
ich muss immer daran denken, was du als Erstes zu mir gesagt hast: Zeig mir, dass ich mich irre!
Ich war allerdings gar nichts Besonderes – du hast schon immer dafür gesorgt, dass sich alles nur um dich dreht.
Das war während des drückend heißen Sommers, kurz nach unserem Umzug hierher, als Olivia uns gezwungen hat, zum Spielen im groben Sand am Bonfire Beach Turnschuhe zu tragen, damit sich die Haut an unseren Füßen nicht abschält. In dem Sommer, in dem dir die Haare ständig an der Stirn klebten.
Carter und ich hatten es leichter als die meisten anderen neuen Kids, weil wir ein Trampolin und einen Pool hatten. Wenn du zu uns rüberkamst, gab's für dich trotzdem immer nur Carters Fußball. Nach dem Mittagessen bis zu dem Moment, als Olivia Carter gerufen hat, damit er den Tisch fürs Abendessen deckt, habt ihr so getan, als sei das Trampolin ein Tor, und Carter musste es verteidigen, als hättet ihr euch in der Verlängerung eines World-Cup-Spiels befunden. Du hast ein Tor geschossen, in die Hände geklatscht, um dich zu konzentrieren, und wolltest so-

fort weitermachen. Ich hoffe, es klingelt bei dir, denn so wurdest du Carters bester Freund.
An dem Nachmittag, an dem du zum ersten Mal mit mir gesprochen hast, hat Carter den schwülen Julitag in ein Grillfest mit eisgekühlter Wassermelone und Maiskolben verwandelt. Du hast die Sechstklässler zu uns eingeladen, ohne vorher zu fragen – absolut unverfroren! Einer von ihnen hatte Wasserbomben dabei, und du hast uns im klebrigen Gras in zwei Reihen einander gegenüber aufgestellt: Jeder bekam einen Partner, und wir mussten die Wasserbombe so lange hin und her werfen, bis sie geplatzt ist.
Wir waren eine ungerade Anzahl an Kindern und du hast bestimmt, dass ich, die Fünftklässlerin, aussetzen musste. Du hast behauptet, ich wäre nicht in der Lage, so weit zu werfen wie alle anderen.
»Das sage ich«, habe ich mich beschwert.
»Zeig mir, dass ich mich irre!«
Du hast keine Miene verzogen, aber die Freude in deinen Augen hat dich trotzdem verraten.
Aus welchem bescheuerten Grund auch immer – die Tatsache, dass du eine Wasserbombenschlacht veranstaltet hast, fand mein zehnjähriges Ich total süß (keine Ahnung). Du hattest Schmutz in deinen verstrubbelten Haaren, von deinem Kinn ist Wasser getropft, und dein albernes Grinsen schien nur für mich bestimmt. Ich war erledigt.
Doch das hat keine Rolle gespielt. Als die Schule anfing, hast du an den Schließfächern aller möglichen Mädchen rumgehangen, nur nicht an meinem. (Das kommt dir sicher bekannt vor.) Du hast mit ihren Haaren gespielt, sie haben gekreischt, und du hast sie

dafür geliebt. Ich weiß natürlich, dass das im Vergleich zu dem, was Carter getan hat, nichts ist.
Ich habe wirklich gehofft, Nick, dass du sechs Jahre später anders sein würdest.
Ich bin selbst schuld.
Ich schreibe dir das, damit du dich erinnerst. Du hast eine Wahl. Die Situation mit Carter ist nicht so schwarz-weiß, wie sie scheint. Wie auch immer du dich hinsichtlich Leben und Tod deiner Bro-Bibel entscheidest – der Heiligen Schrift aller Männer, dem Glaubensbekenntnis von Strebern, Sportlern und jedem Kerl dazwischen: dem unantastbaren Bro-Codex … Hier bist du selbst schuld.
Du weißt, was ich über deine Lage denke. Du weißt, dass ich weiß, was du tun wirst.
Zeig mir, dass ich mich irre.
Eliza

Regel Nummer 1

Broes before hoes*
Jeder Bro ist als »Bro«, »Alter«, »Mann«, »Amigo« oder »Homie« zu bezeichnen, niemals als »Typ«, »Kumpel« oder »guter Kerl«. Ein Bro bleibt bis ans Ende aller Tage ein Bro.*
***Unter bestimmten Umständen kann auch »Bruder« verwendet werden, jedoch niemals ironisch.*

Entgegen dem, was ihr vielleicht gehört habt, habe ich nicht mit Eliza O'Connor geschlafen. Hätte ich es gewollt? *Habt ihr sie gesehen?* Hätte ich gekonnt? *Habt ihr mich gesehen?* Aber ich habe es nicht getan, auch wenn euch die Leute etwas anderes erzählen werden, denn ich bin mit ein paar Weltklasse-Trollen auf der Highschool. Sie werden euch noch eine Menge anderer Geschichten über mich erzählen, von denen manche stimmen, wie die über den Streich, den ich Mr Hoover gespielt habe (das Lila war eine ganze Woche lang nicht aus seinen Haaren zu kriegen), viele fast stimmen, wie die, dass ich einmal ein Mädchen aufgerissen habe, indem ich bei einem Football zu ihr an den Essensstand gegangen bin und »Nein« gesagt habe (in Wirklichkeit habe ich gesagt: »Nein, wir sind noch nicht miteinander ausgegangen, aber ich bin dafür, dass wir das ändern.«). Ein paar der Geschichten sind aber definitiv *nicht* wahr. Und dazu gehört die, dass ich mit Eliza O'Connor geschlafen habe.

Einige Typen werden behaupten, dass ich das Gerücht selbst in die Welt gesetzt habe. Ich wünschte, das hätte ich – meine Geschichte wäre viel schöner ausgestaltet als jede Version, die ihr gehört habt. Falls ihr herausfindet, wer es war, gebt mir Bescheid und sagt demjenigen, dass er mich draußen treffen soll, wo wir die Sache wie Erwachsene klären können. Was ich aber weiß, ist, wie alles anfing – nicht auf Jeff Karvotskys Party, wie alle glauben. In Wirklichkeit begann es einige Monate früher, und zwar so wie die meisten Gerüchte: mit ein paar Leuten, denen unglaublich heiß war und die Pizza aßen.

Es war Mittwochnachmittag und ich spielte im *Straight Cheese 'n' Pizza* mit der Hälfte der Abschlussklasse Air-Hockey. Wir genossen unsere letzten ersten Tage des Schuljahres, hatten fünfzehn fettige Pizzas und dazu unbegrenzt Limo bestellt und uns an der Bar, an zusammengestellten Holztischen und in ein paar der Nischen am Rand des Restaurants ausgebreitet, ganz in der Nähe der Spielautomaten und des berüchtigten Pizzabäckers. Der Pizzabäcker war eine lebensgroße Kupferstatue eines Mannes mit einem ausgefallenen Hut, der eine Pizza in die Luft warf. Und ja, er war natürlich jedes Frühjahr die Krönung des Cassidy-High-Abschlussstreiches. (Zuletzt stand er auf dem Dach unserer Schule mit einem Schnurrbart und einer Perücke, die ihn aussehen ließen wie unseren Rektor.)

Die Cassidy High war selbstverständlich die Highschool in North Cassidy, Massachusetts. Sie war eine dieser Schulen, an der das Wissenschaftsteam mehr Geld bekam als der Football, und es gab gerade genug Schüler, damit sie nicht mehr als Regional Highschool galt. Meine Mitschüler und ich wussten alles voneinander, damit angefangen, wer in der dritten Klasse in Musik gefurzt hatte, bis dahin, wer heute Morgen in Biologie gefurzt hatte. Wir alle würden in North Cassidy heiraten und für immer hierbleiben, und dann würden unsere Kinder ebenfalls Freunde werden. Außer mir – ich wartete auf ein Fußball-Stipendium, aber das war eine unsichere Partie (Achtung, Wortspiel!).

»Yo, Nick! Erzähl doch noch mal die Geistergeschichte,« rief Robert Maxin, der einzige Abschlussschüler im Fußballteam, der noch nie jemanden geküsst hatte.

»Versprichst du, dir diesmal nicht in die Hose zu machen?«, fragte ich.

Robert saß auf einem Barhocker am Tresen und hatte sich zum Rest von uns herumgedreht. Er hielt ein Stück Peperoni in der Hand, das so fettig war, dass es ihm in den Schoß tropfte. Er wischte darüber und verschmierte so den Fleck auf seiner Jeans, die ihm seine Mom *gerade erst* gekauft hatte, noch mehr. Robert war die nahe liegende Wahl für den Titel des bestgekleideten Schülers im Superlative-Ranking des diesjährigen Jahrbuchs.

Ich zwinkerte dem Mädchen auf dem Barhocker neben ihm zu: Hannah Green war eine brünette Schönheit und eine der wenigen Cheerleader auf der Cassidy High, die nur Einser schrieb. Dass Robert mich bat, die Geistergeschichte zu erzählen (sie handelte davon, dass unsere Schule von Geistern heimgesucht wurde und einer der Lehrer sich nachts in einen Vampir verwandelte), war sein letzter Versuch, sie davon abzuhalten, den Platz neben ihm zu verlassen, doch ich war damit beschäftigt, meinen Rekord im Air-Hockey zu verteidigen. Bisher war ich ungeschlagen.

Austin Banks, der Mann, der Mythos, die Legende und Teil unseres Bro-Trios, schmetterte den Air-Puck in Richtung meines Tors, als wäre es das wichtigste Spiel seines Lebens. War es nicht, aber Austin spielte immer so.

»Versucht, einen Mann zu treffen, während er abgelenkt ist …«, sagte ich. Der Puck glitt mit einer gekonnten Drehung über die Platte, als ich ihn zurückschoss. Bevor Austin merkte, was passierte, landete das Ding mit einem lieblichen Klacken in seinem metallenen Tor.

»Zehn zu neun. Und die Menge jubelt! Jaaaaaaa!«

»Wie auch immer.« Austin rückte seine Brille mit dem breiten schwarzen Rahmen zurecht und zog sich die Kapuze seines Cassidy-High-Fußballteam-Pullis über den Kopf, obwohl draußen immer noch Sommerwetter herrschte. Er war auch dafür bekannt, nach einem Schneesturm Basketballshorts zu tragen. Wir hatten alle unsere Macken.

»Gutes Spiel, Nick.« Austin streckte mir seine Faust zum Fistbump entgegen. Wir rutschten auf die weiche rote Bank der nächsten Nische, das dritte Mitglied unseres Bro-Triumvirats, der hellblonde Carter O'Connor, saß gegenüber.

Wenn Austin LeBron James war, dann war Carter Michael Jordan – der OB (Original-Baller, das heißt, ein echter Crack, der es geschafft hatte). Natürlich hätte man Fußball von überall außer vom Pluto verbannen müssen, damit Austin und Carter zu Basketball gewechselt hätten, aber wir wollten einen neuen Trend starten, deshalb benutzte ich den Begriff OB, wann immer ich konnte. Unsere Mütter waren sehr stolz auf uns.

Carter hatte es sich auf seiner Hälfte der Sechspersonennische mit einem Mathematik-Schulbuch und einer dicken Sammlung loser Zettel breitgemacht. Während er sich darüberbeugte, tippte er geistesabwesend mit einem Stift gegen seine Zähne. Blau angemalt hatte er sie sich nur ein Mal.

»Yo«, sagte ich. »Hast du deine Unbekannte schon gefunden? Denn ich bin mir ziemlich sicher, dass du da drin lange suchen kannst.«

Austin schnaubte. »Hey, kriegen wir bald mal unsere Pizza ...?«

»Alter, das ist kein Witz«, unterbrach ihn Carter. »Wir werden dieses Jahr ernsthaft Hausaufgaben machen müssen. Schätze, ich habe Mathe.« Er kritzelte eine Antwort in ein dickes Notizbuch. Mit einem Kugelschreiber. Denn Carter glaubte an sich.

»Das ist nicht fair. Du hattest letztes Jahr schon Mathe«, sagte Austin. »Ich bin auf fünfzehn Essays für Ms Peterson sitzen geblieben. Und das waren in Wirklichkeit eher vierzig, weil ich jeden dreimal schreiben und ein bisschen abändern musste.«

»Ich habe *definitiv* Mathe.«

»Bin raus.« Ich berührte meine Nase. *»Quiero español.«*

»Ich nehme Bio«, sagte Carter.

»Psychologie«, fügte ich hinzu. »Damit bleiben dir, Austin« – Carter, der seine Nase immer noch in seiner (unserer) Hausaufgabe vergrub, lachte, als ich eine dramatische Pause einlegte –, »Englisch und Geschichte. Tut mir leid für dich.«

»Arschlöcher.«

Wir teilten unsere Hausaufgaben jedes Jahr nach Fächern unter uns auf, um Zeit zu sparen. Das funktionierte, weil wir im Grunde immer zusammen waren: derselbe Sport, dieselben Fächer, dieselbe unwiderstehliche Persönlichkeit ... Wir hatten viel gemeinsam.

Austin ließ sich in sein Polster sinken und blickte sich im Restaurant um. *Straight Cheese 'n' Pizza* war großartig, weil es hier nicht nur die beste Pizza, den besten gegrillten Käse und die besten Mozzarella-Sticks gab, die das ländliche Massachusetts zu bieten hatte (die Besitzer waren echte Genies bei allem, was mit Teig oder Käse zu tun hatte), sondern auch kostenlose Spielautomaten und eine echte Jukebox. Austin betrachtete die verschiedenen Cliquen unserer Mitschüler, die ein Querschnitt der beliebtesten Kids in leicht unterschiedlichen Klamotten waren, und lachte über Roberts wilde Handbewegungen, als der versuchte, die Geistergeschichte über unseren Biolehrer zu erzählen. Hannah hatte die Beine fest übereinandergeschlagen und ihren bedruckten Rock so weit nach unten gezogen wie nur möglich. Austin grinste, als würde er sich YouTube-Videos von ungeschickten Leuten ansehen.

»Was glaubt ihr, wie lange es dauert, bis Hannah rüberkommt?«

»Zwei Minuten«, sagte ich. »Kürzer, wenn er ihr von unserem Ausflug zu Build-A-Bear erzählt.«

»Armer Kerl. Hat absolut keine Ahnung, wie man mit Mädchen spricht.«

»Ihr zwei solltet ihm Unterricht geben.« Carter blätterte eine Seite in seinem Schulbuch um.

»Mein Gott«, antwortete ich so laut, dass die Leute neben uns herüberblickten. »Wir haben dir gesagt, dass uns die Sache mit Sarah leidtut, okay? Komm drüber weg.«

»Ich bin drüber weg«, sagte Carter.

»Du kannst uns keinen Vorwurf daraus machen, dass wir dich dazu herausgefordert haben, bei ihr zu landen, und dann sauer werden, wenn es tatsächlich leicht ist.«

»Ich habe gesagt, ich bin drüber weg.«

»Schwachsinn.«

Der plötzliche Stimmungswandel im Restaurant war spürbar – die meisten Leute, vor allem diejenigen in den Nischen neben unserer, ließen ihre Pizza kalt werden, um zu uns zu starren. Statt der Rufe und dem Geschrei war nur mehr Flüstern zu hören, und sogar die Statue des Pizzabäckers schien nervös zu lauschen.

»Wuhu, Eulen vor!«, rief Austin.

Das brachte ihm ein paar Lacher ein, und bald darauf kümmerten sich die Leute wieder um ihren eigenen Kram. Cassidy Highs Maskottchen funktionierte immer.

Carters Handy vibrierte auf dem Tisch. Da sich jede Form mobiler Kommunikation zwischen Bros im heiligen Gruppenchat abspielte, musste das ein Mädchen sein.

»Wer ist das?«, fragte Austin.

Carter schüttelte Austins Arm ab. »Meine Schwester. Meine Mom hat wieder eine Veranstaltung. Eliza wird mit uns essen. Hoffe, das ist okay, Alter.«

»Sie ist deine Schwester«, antwortete Austin, als hätte ihn jemand gefragt, ob er lieber Vanillekuchen oder Vanillecupcakes mochte. (Fangfrage, Schokolade oder gar nichts.)

Der Bro-Codex legte ganz klar fest, dass ein Bro *niemals* irgendetwas mit der Schwester eines Freundes anfing. Da Austin jedoch der absolute Boss war und Eliza sowieso machte, was sie wollte, hatte Carter schlechte Karten gehabt, als die beiden vor zwei Jahren zusammen gekommen waren. Es hatte böse geendet, hatte ich gehört – ich wusste nicht, was passiert war, weil Austin kein Wort sagen konnte, ohne dass Carter sofort einschritt, um die Ehre seiner Schwester zu verteidigen.

»Vielleicht hat sie's ja vergessen«, meinte ich. Was auch immer »es« war ... Eliza hatte das gesamte letzte Jahr in Australien verbracht, irgendeine Art von Auslandsaufenthalt für Streber. Sie war letzte Woche zurückgekommen und (bis jetzt) so mit ihren Freunden beschäftigt gewesen, dass sie noch keine Zeit für uns Nerds gehabt hatte.

»Wie auch immer.« Austin stapfte mit lauten Schritten davon, um auf die Jagd nach einer Pizza zu gehen. Kurz darauf kam er mit einem ofenfrischen Exemplar, einem Korb lauwarmer Mozzarella-Sticks und niemand anderem als Hannah Green zurück.

»Hey, Leute. Robert hat mir von eurem Ausflug in die Mall erzählt.« Statt mich anzusehen, war ihr Blick auf Carter geheftet. »Ich würde echt gern mal den Teddybären sehen, den ihr gemacht habt.«

Austin räusperte sich, wobei er sich fast an einer Peperoni verschluckte. Das war eine fantastische Vorlage von ihr gewesen. Aber Carter war ein Bro. Er hielt sich an den Codex. Er würde sich niemals an das Mädchen eines anderen Bro heranmachen.

In genau diesem Moment kündigte ein Klingeln an, dass die Tür zum Restaurant geöffnet wurde. Und Trommelwirbel, denn herein kam ... *das* Mädchen.

Sie hatte dasselbe hellblonde Haar wie Carter. Seit ich sie zuletzt gesehen hatte, war sie gewachsen, und sie hatte jetzt einen perfekten australischen Teint. Denn, klar ...

Carter rutschte zur Seite, um Platz für seine Schwester zu machen.

»Hey, Hannah«, sagte Eliza und ließ ihre Büchertasche auf den Boden sinken. »Isst du mit uns?«

»Leider nein,« antwortete Hannah und klang tatsächlich so, als würde es ihr leidtun. »Ich habe schon jetzt einen Haufen Hausaufgaben. Der Sommer ist definitiv vorbei.« Sie winkte uns zum Abschied. Hauptsächlich winkte sie Carter.

»Danke, dass ich kommen durfte, Broskis.« Eliza nahm sich ein Stück Pizza. »Olivia und ihr Buttercremeguss haben unser Haus übernommen. Ich bin gerade noch rechtzeitig rausgekommen, bevor es eine echte Geiselnahme wurde.«

Inzwischen wurden wir von unseren Mitschülern sogar noch mehr angestarrt als vorhin nach meinem Zornausbruch. Eliza, die ein extrem normales weißes T-Shirt mit V-Ausschnitt und gemütliche Leggings trug, tat, als würde sie es nicht bemerken.

»Betrachte es doch mal von dieser Seite: Jetzt hast du Gelegenheit, mich zu sehen«, meinte ich.

»Immer noch derselbe alte Nick Maguire, hm?«, fragte Eliza.

»Der, den du kennst und liebst.«

»Alter, aufhören«, sagte Carter.

Eliza schlug ihm gegen die Schulter. Eine Sekunde später traf ihr Blick meinen, und sie erwischte mich dabei, wie ich sie einen Augenblick zu lange ansah.

Austin trommelte mit den Fingern auf dem Tisch und stellte die Frage, die uns alle beschäftigte: »Hast du welche mitgebracht?«

»Was?« Sie wandte sich zu Carter um, der sich wieder seinen (unseren) Mathehausaufgaben widmete.

»Cupcakes«, antwortete Carter. »Auch noch immer derselbe alte Austin Banks.«

Ms O'Connor, die Eliza *Olivia* nannte (und Carter schlicht Mom), war die beliebteste Mutter der Cassidy High, vielleicht sogar der ganzen Stadt. Nachdem der *Boston Globe* ein Porträt ihres Cupcake-Start-ups – als süßestes kleines Hobby-Unternehmens der Region – gebracht hatte, startete Ms O'Connor jetzt voll durch. Von ihrer komfortablen Profiküche aus belieferte sie Veranstaltungen im ganzen Nordosten. Austin und ich waren große Bewunderer ihrer Arbeit.

»Ah.« Eliza lehnte sich gegen das rissige Lederpolster. »Lasst mich nur schnell in meiner Tasche nach den vier Dutzend Cupcakes suchen, die Olivia von ihrer Benefizveranstaltung abgezwackt hat, um sie diesen Losern hier zu schenken.«

Sie deutete auf unsere Mitschüler, die inzwischen an den Tischen saßen und Pizzarand-Football spielten. (Eine Abart von Papierkugel-Football, nur mit köstlichen Kohlehydraten.) Austin bückte sich langsam, um unter den Tisch zu sehen – vorsichtshalber. Elizas blaue Tasche lehnte an ihren neonfarbenen Laufschuhen, und es gab keine Spur von Cupcakes.

Die Lichter wurden gedimmt, um eine gemütliche Atmosphäre zu schaffen.

»Wie war's in Australien?«, fragte ich.

»Großartig. Trotzdem ist es schön, wieder hier zu sein. Ich will nie wieder ein Känguru sehen.«

»Wenn das so ist«, sagte ich, »solltest du lieber gehen, Carter.«

»Autsch.« Austin hustete.

»Der war gut, Nick. Echt witzig«, antwortete Carter.

Nachdem sie ihr Stück Pizza verschlungen hatte, stand Eliza auf, um sich mit ihren anderen Freunden zu unterhalten. Offensichtlich war sie inzwischen zu cool für uns. Schön für sie.

»Vielen Dank für die Pizza, Jungs«, sagte sie. »Und coole Brille, Austin.«

Als er sie vor ein paar Monaten bekommen hatte, war Austins Brille das Stadtgespräch in North Cassidy gewesen. Da er Angst davor hatte, sich Kontaktlinsen in die Augen zu stecken, aber auch auf keinen Fall als offizieller Nerd gelten wollte, war er, nachdem sie ihm verschrieben worden war, noch ein Jahr lang ohne Brille herumgelaufen. Erst als Carter und ich uns geweigert hatten, ihn noch irgendwohin fahren zu lassen, hatte Austin sich die am meisten nach Hipster aussehende Brille ausgesucht, die er finden konnte – und von der die Mädchen behaupteten, sie passte perfekt zu seinen braunen Augen. Er hätte sich keine Sorgen machen müssen. Einen Monat, nachdem er sie bekommen hatte, fingen einige Promis an, exakt die gleiche Brille zu tragen, und jetzt sah man sie plötzlich überall in der Schule. Austins Ego würde wohl nie wieder in Gefahr geraten.

Austin wartete kaum, bis Eliza außer Hörweite war. »Ich habe sie fast nicht wiedererkannt, Alter. Ich kann nicht glauben, dass das nur ein Jahr war.«

»Ich weiß.« Carter schüttelte sich. »Josh Daley hat sie gestern nach einem Date gefragt. Vor einem Monat wusste er noch nicht einmal, wer sie ist.«

Josh Daley? Mir war nach Schreien zumute. Mit Josh Daley stand ich auf Kriegsfuß, seit er in der sechsten

Klasse versucht hatte, mich aus dem Fußballteam werfen zu lassen.

»Der Typ ist so ein Opfer«, sagte ich.

»Sie hat ihn zum Glück abblitzen lassen. Aber das ist sicher noch nicht das Ende der Geschichte.« Carter nahm den letzten Bissen seiner Pizza, als einige Familien mit kleinen Kindern das Restaurant betraten. Die Abendessenszeit normaler Leute bedeutete für uns, dass unser Nachmittag zu Ende ging.

»Tut mir leid, Mann«, sagte Austin.

»Du hast ein paar Fächer mit Josh zusammen, oder, Mags?«, fragte Carter.

»Ein paar Wahlfächer, die wir bisher beide verpennt hatten zu nehmen. Ich wünschte, ich könnte sie ausfallen lassen, aber die nervige Schulleitung nennt das ›Schwänzen‹.«

»Ihr seid miteinander in Sport?«

»Du sagst es.«

»Eliza ist auch in dem Kurs«, fuhr Carter fort. »Tu mir einen Gefallen und gib auf sie acht.«

Austin machte Anstalten, nach dem letzten Stück Pizza zu greifen, zog aber, ohne zu zögern, die Hand zurück, als ich dasselbe machte. Normalerweise hatte ein Bro das Recht, das letzte Stück von, na ja, allem zu nehmen. Doch während ich mit Eliza gesprochen hatte, hatte Austin die Mozzarella-Sticks aufgegessen, weshalb mir die Pizza zustand.

»Nick?«, bohrte Carter nach.

»Ich werde auf sie aufpassen, Alter«, sagte ich. »Ist doch klar.«

Ich hätte mein letztes Stück Pizza geopfert, um Josh Daley von ihr fernzuhalten. *Bleib cool, Nick.*

Sah so aus, als würde ich doch zum Unterricht gehen.

Als hätte ich eine Wahl gehabt.

Regel Nummer 2

Ein Bro fliegt beim Völkerball nicht raus.

Zwei Tage später – am dritten Tag meines vierten und letzten Jahres der Folter, auch bekannt als »Highschool« – kam mein Mustang mit einem sanften Scheppern auf unserem Lieblingsparkplatz zum Stehen: letzte Reihe, letzter Platz auf dem Schülerparkplatz neben dem Baseballfeld. Wer auch immer die Idee gehabt hatte, ein Baseballfeld direkt neben einen Parkplatz zu bauen, war ein bösartiges Genie gewesen. Jedes Mal, wenn ein Spieler einen Homerun erzielte, bestand die Gefahr, dass der Ball in jemandes Windschutzscheibe krachte – wie sich herausstellte ein extrem effektives Mittel, um Schüler davon abzuhalten, nach der Schule dort herumzulungern.

Mr Hoover, der morgens Aufsicht im Schulgebäude hatte, würde mich sicherlich zum Nachsitzen wegen Zuspätkommens verdonnern. Doch obwohl der Unterricht schon vor zehn Minuten begonnen hatte, blieb ich sitzen und ließ meinen Kopf aufs Lenkrad sinken. Ein leichtes Schädelbrummen sorgte dafür, dass meine Gedanken ineinanderschwammen.

Letzte Nacht war mein Schlaf ein Chaos aus Fast-Sorgen und Beinahe-Lösungen gewesen. Es gab einfach zu viele Dinge, über die ich nachdenken musste, angefangen bei meiner blöden Psychologiehausaufgabe über die Tatsache, dass mein Dad supernervig war, bis zum möglichen Aussterben von Bananen und wie furchtbar das fürs Pfannkuchenfrühstück überall auf der Welt gewesen wäre.

Der Schülerparkplatz lag auf der Rückseite der Highschool, die Lehrerparkplätze auf der Vorderseite. Nur Schüler der Oberstufe parkten hier, denn man brauchte einen Führerschein, um eine Erlaubnis zu bekommen. Was die Unterstufenschüler aber nicht davon abhielt, am Hintereingang herumzulungern, ihre ekelhaften Zigaretten zu rauchen und noch ekelhafteren Tratsch auszutauschen.

Als ich sie sah, stöhnte ich und stemmte die klemmende Autotür mit einem Quietschen auf. Die schwüle Augustluft schlug mir entgegen, begrüßte mich in der Hölle, und ich zuckte zusammen. Mein Rucksack lastete auf meinen Schultern, als wollte er mich davon abhalten, einen weiteren Schritt zu machen.

»Mein Rucksack ist schuld.«

Genau, Mr Hoover würde mich zweimal nachsitzen lassen, wenn ich die Nummer brachte.

Die Sonne versteckte sich hinter feuchten Wolken, wodurch die mit »Eulen vor!« beschmierten Außenwände der Schule und die rissigen Fußwege noch mehr hervorstachen. Man wäre nie auf die Idee gekommen, dass das gesamte Gebäude vor drei Jahren renoviert worden war – glänzende Flure, keine Neonbeleuchtung mehr und Alarmanlagen, die losgingen, wenn man versuchte, das Haus durch einen Notausgang zu verlassen.

Ein paar Schüler hingen an der Hintertreppe herum, begrüßten mich mit Fistbumps und einem »Was geht, Maguire?«.

Der nach Gras riechende Rauch ihrer Kippen hing in der drückenden Luft wie ein trauriger Ballon. Mit angehaltenem Atem nickte ich zurück und eilte an ihnen vorbei, darauf bedacht, dass nichts von dem Geruch an meinen Klamotten hängen blieb, sonst hätte mich Coach Dad einen Monat lang extrahart rangenommen. Die Lehrer waren bisher nie auf die Idee gekommen, dass Schüler schon so früh am Morgen mit dem Rauchen anfangen könnten, obwohl man augenblicklich suspendiert werden würde, würde man es nur ein paar Stunden später an genau derselben Stelle versuchen.

Als ich den obersten Absatz der feuchten, dreckigen Treppe erreichte, wurde die Tür aufgestoßen und krachte in mein Schienbein. Das hätte wehgetan, hätten nicht all die Jahre des Fußballspielens die Nerven in meinen Schienbeinen schon lange abgetötet.

»Ups«, hörte ich die Stimme von Madison Hayes. Ihr Rosenparfum vertrug sich nicht mit dem Rauch, weshalb ich husten musste, als sie näher kam.

Wenn jemand behauptet hätte, dass ich eine feste Freundin hatte, hätte er damit wohl Madison gemeint. Wir waren alles andere als ein offizielles Paar, obwohl wir für den Austausch von Zärtlichkeiten in der Öffentlichkeit bekannt waren, der mit dem jeden Paares mithalten konnte, Instagram-Beziehungen mitgerechnet. Madison sah das jedoch ganz locker und machte keine große Sache daraus. Die paar Mal, die wir ernsthaft miteinander sprachen, beschwerten wir uns hauptsächlich über unsere Familien.

Madison presste ihre Brust an meine und drängte mich gegen das rostige Geländer. Ihr lockiges schwarzes Haar fiel über meine Schulter und sorgte für Gänsehaut auf meinem Arm, als sie sich zurücklehnte.

»Lange nicht gesehen, Hübscher«, sagte sie.

Ich räusperte mich. »Yo.«

»Nick Maguire, ignorier mich nicht!« Sie stellte ihren Fuß zur Seite und schaffte es dadurch irgendwie, mit ihren Kristallaugen und ihrem schlanken Körper den gesamten Eingang zu blockieren.

Trotz der drückenden Schwüle trug sie ein Oversize-Sweatshirt und abgeschnittene Jeans. Andere (wahrscheinlich neidische) Mädchen behaupteten oft, Madison würde sich zu sehr anstrengen, um zu wirken, als würde sie sich *nicht* anstrengen. Aus sicherer Quelle wusste ich aber, dass das Sweatshirt dazu gedacht war, mögliche, ähm, klitzekleine Knutschflecken zu verdecken, die vor ein paar Tagen auf ihrem Hals, äh, erschienen waren.

»Madison ...«, sagte ich. »Ich muss zum Unterricht.«

»Wow, komm runter.« Ihre Wangen verfärbten sich pastellrosa – ihr liebster Köder, um mich an den Haken zu kriegen. »Hm, Lust auf etwas, das gleich dafür sorgt, dass es dir besser geht?«

»Und Sport verpassen?« Ihr Rosenduft war jetzt außer Reichweite meiner Nase, doch ich wollte mehr davon. »Ich wette ...« Ich unterbrach mich. »Nein, warte, ich kann nicht. Muss was für Carter erledigen.« Meine zwei neuen besten Freunde waren im Sportkurs, also hatte ich nicht wirklich eine Wahl. Sie runzelte die Stirn, und ich klopfte ihr auf die Schulter, während ich einen schnellen Schritt zur Seite machte, bevor sie Gelegenheit hatte, noch mehr ihrer Voodoo-Künste zu zeigen.

Unheimliche Leere, schmutzige Wischspuren auf dem Boden und der anhaltende Geruch nach Thunfischsandwiches erwarteten mich, als ich die vom Staat finanzierte Unterwelt betrat. Da ich zu spät war, waren alle anderen bereits in den Klassenräumen. Es gab nur mich und …

»Mr Maguire!« Mr Hoover, der mittelalte, zur Glatze neigende Aufsichtslehrer rief nach mir.

Ich schloss meine Augen ganz fest, versuchte damit, ihn verschwinden zu lassen. Einen Versuch war's wert. Seine Slipper quietschten auf dem feuchten Boden, bis er vor mir zum Stehen kam. Ich öffnete die Augen und erblickte eine wohlbekannte Gelbe Karte in seiner Hand.

»Drei Karten in drei Tagen. Und heute ist erst der dritte Tag des Schuljahres. Jemand sollte dir eine Medaille verleihen.«

»Geniale Beobachtung.« Ich steckte die Karte in die hintere Hosentasche meiner Jeans. »Jetzt verstehe ich, warum man Sie zum Aufsichtslehrer gemacht hat.«

Mr Hoover seufzte. »Ich dachte, so etwas hätten wir hinter uns, Nick. Schau!« Er deutete auf den leeren Flur. »Hier ist niemand, den du beeindrucken müsstest. Es ist kein Wunder, dass du keinen Respekt vor anderen hast, du hast auch keinen Respekt vor dir selbst.«

Darum kriegt er auch keine Freundin. Obwohl er der Mann war, der die Karten fürs Nachsitzen verteilte, konnte ich einfach nicht anders. »Ups, ich meinte natürlich, geniale Beobachtung, *Sir.*«

Mit einer raschen Handbewegung riss Mr Hoover eine weitere Karte ab. »Und wir haben einen Gewinner. Wir sehen uns nach der Schule, Mr Maguire.«

»Ich freue mich darauf.« Die scharfen Kanten des Papiers schnitten in meine Hand, als ich die Karte zerknüllte. Coach Dad würde nicht glücklich sein.

Zum Glück waren die ersten fünfzehn Minuten des Sportunterrichts dazu gedacht, sich umzuziehen, also hatte ich kaum etwas verpasst, als ich in die glänzende Sporthalle joggte.

»Beeil dich nächstes Mal ein bisschen, Maguire.« Ms Johnson, die Sportlehrerin, klopfte mir auf die Schulter und hakte mich auf ihrem Klemmbrett als anwesend ab. Sie war um die fünfunddreißig und hatte früher olympisches Volleyball gespielt. Sie brachte uns ernsthaft etwas über Sport bei, liebte ihren Job, hatte ein Herz für Jugendliche und scherte sich nicht allzu sehr um die Regeln. Kurz zusammengefasst: Ms Johnson war eine echte Heldin.

Ich stellte mich zu meinem Kumpel Robert Maxin und, unglücklicherweise, Josh Daley. Er schaffte es irgendwie, immer am Rand meiner Freundesclique herumzulungern. Laut den Regeln der Highschool hatte das zur Folge, dass er, bildlich gesprochen, immer »bei uns saß«.

Wo es Rockstars gibt, gibt es auch Groupies. Was will man machen?

»Mags,« sagte Josh. »Hast du O'Connors Schwester gesehen?«

Ich spürte einen ärgerlichen Schmerz in der Seite, als er mich anstieß und in die Richtung nickte, wo Eliza mit ihren Freunden auf den Bänken saß. Sie waren die Art von Leuten, die Austin und ich die »coolen Nerds«

nannten. Also Nerds, die nicht heiß waren, aber einen tollen Charakter hatten. Er war wahrscheinlich immer noch nicht ihr Typ.

Richtig?

»Lass das bloß nicht Carter hören. Hey, wie läuft's mit HG?« Ich wechselte das Thema und brachte das Gespräch auf Roberts Lieblingsthema: Hannah Green.

»Ist noch zu früh, um das zu sagen.« Robert legte die Hand auf sein Herz. »Darüber zu sprechen wird wahrscheinlich einen Fluch über sie und unser erstgeborenes Kind bringen, also ... sollen wir es vielleicht lassen?«

Der Vollidiot Josh kippte fast um, als er so heftig lachte, dass Eliza und ihre Freunde zu uns herübersahen. Ich zuckte zusammen und trat von einem Fuß auf den anderen. *Chill, Nick.* In was für einem Universum lebten wir, in dem mich Vollidiot Josh aus dem Gleichgewicht bringen konnte?

Ms Johnson blies in ihre Pfeife, um den Unterricht zu beginnen, und rief uns alle unter den hellen, an ein Stadion erinnernden Strahlern zusammen. »Okay, Leute. Heute ist Freitag, das bedeutet ...«

Oh, verdammt ja! Freitag war Völkerball-Tag und Völkerball hieß, Unterstufenschüler um acht Uhr morgens so richtig fertigmachen.

»Maxin, Daley, ihr seid die Kapitäne«, sagte Ms Johnson. »Wählt abwechselnd Jungs und Mädchen. Ihr wisst, wie's läuft.«

»Mags«, sagte Robert und schlug bei mir ein.

Das war keine Überraschung, denn der Bro-Codex verlangte, dass ein Bro ein fanatischer Völkerball-Fan sein musste. Ich hielt mich haargenau an diese Regel. Robert konnte Eliza wählen, bevor Josh die Möglichkeit dazu hatte, und sie wartete neben mir.

»Wie kommt's, dass du zu spät warst?«, fragte sie. Sie trug ein altes Baumwolltop, auf dem *I need my space* stand, darunter das NASA-Logo. Süß.

»Selena Gomez hat vergessen, sich umzudrehen und mich zu wecken.«

»Wie blöd.«

»Ja, wirklich.«

Sie beobachtete, wie Josh sein Team aufstellte. Er winkte ihr zu. Die abgestandene Luft der Turnhalle schien plötzlich extrem stickig.

»Mein Dad hat mich beim Training heute Morgen extrahart rangenommen«, gestand ich. »Danach ging's mir nicht so gut.«

»Willst du darüber reden?«

Auf keinen Fall. »Ne.«

»Nick …« Eliza berührte mich leicht am Ellbogen. Zum Glück blies Ms Johnson in diesem Moment in ihre Pfeife. Es war Zeit zu spielen. Ich folgte Robert zum Ende des Spielfelds und ignorierte die Gänsehaut, die sich unter meinem weiten T-Shirt ausbreitete.

Ehrlich … ja, ich war *einer dieser Typen* bei Völkerball. Jedes Mal, wenn ich den Ball hatte und jemanden mitten auf die Brust traf, fühlte es sich an, als würde ein Gewicht von mir genommen, bis sich mein ganzer Stress und alle negativen Gedanken in Endorphine und ein Gefühl von Stärke aufgelöst hatten, so, als könnte ich wirklich etwas bewirken. Völkerball konnte einen Bro echt aufmuntern, oder?

Nur nicht neidisch werden!

Mein Team gewann zwei Spiele in Folge. Erst im dritten Spiel hatte es Josh speziell auf mich abgesehen und versuchte, mich mit schnell aufeinanderfolgenden Würfen in die Enge zu treiben. Ein echtes Kompliment. Als ich mich wegduckte, damit er mir nicht die Nase brach, traf mich ein Typ aus Joshs Team mit einem großen, dicken Gummiball mitten am Knie, was eigentlich das größte Ärgernis der Woche hätte sein sollen. Nur dass es damit weiterging, dass nach und nach noch mehr Spieler meines Teams rausflogen. Erst Robert, dann ein paar andere, dann Eliza, bis die letzte im Spiel verbliebene Person schließlich ein ein Meter fünfzig großer Unterstufenschüler namens Stephen Ross war.

Er allein gegen das gesamte andere Team.

»Los geht's, Steve!«, rief ich. Ich hatte bisher nie wirklich mit Stephen gesprochen, und zugegebenermaßen wusste ich wenig über ihn, außer dass ich für sein Baseballteam mal den Schiedsrichter gemacht hatte.

Ich nutzte meine Zeit auf der Bank dafür, mich auf den dreckigen Boden zu legen und meine Beine zu heben. Ich spürte eine gleichmäßige Dehnung in meiner hinteren Oberschenkelmuskulatur. Seit meinem ersten Highschooljahr weckte mich mein Dad, lange bevor ein Teenager vernünftigerweise wach sein sollte, für eine extra Runde Fußballtraining vor der Schule. Da ich mich noch daran gewöhnen musste, wieder im »Schulmodus« zu sein, konnte ich mich am Morgen nach den Trainingseinheiten nur im Schneckentempo bewegen und hatte superverhärtete Muskeln. Ich konnte praktisch fühlen, wie mich die winzigen Risse in meinen Waden anflehten, mich auszuruhen, weil sie sich wieder richtig zusammenflicken wollten. Jep ... das würde nicht passieren. Man hätte meinen können, mein Dad würde großen Wert auf Stretching legen, weil er selbst genug Verletzungen abbekommen hatte, die schließlich sogar das Ende seiner Fußballkarriere bedeutet hatten, doch er hatte keine Lust herumzustehen und zu warten, während ich meinen anbetungswürdigen Hintern dehnte.

Meine Mom und mein Dad waren nicht gerade redselig, aber sie waren besonders wortkarg, wenn es um Dads Verletzung ging. Mit der Zeit hatte ich herausgefunden, dass es zwischen seinem dritten und vierten Jahr am College passiert war, kurz bevor er sich für ein Hauptfach hatte entscheiden müssen. Es hatte etwas mit seinem Knie zu tun, und obwohl es dazu geführt hatte, dass er Lehrer, Vater und Trainer geworden war … hätte er wahrscheinlich trotzdem gesagt, dass es sein Leben ruiniert hatte.

Eliza saß am nächsten bei mir. Sie feuerte ihre Freunde in Joshs Team an, und als ich ihre Stimme hörte, musste ich mich gegen einen verwirrenden Schwindel wehren – als hätte ich einen Geist gehört.

Ich lehnte mich gegen die Metallbank. Inzwischen hatte Stephen den Großteil des anderen Teams rausgekickt, und ein paar Leute unserer Mannschaft waren wieder zurück im Spiel, was echt angenehm war, weil mir das unregelmäßige Geräusch von aufschlagenden Gummibällen beim Entspannen half.

»Nick, fällt dir eine gute Dehnübung für die Schulter ein?«, fragte Eliza. Sie winkelte ihre Arme vor dem Körper an. Wie Carter war Eliza groß und langgliedrig, ihr Oberkörper muskulös vom Volleyballspielen. Ms Johnson hatte sie fürs Schulteam rekrutiert, als Eliza noch in der Middle School gewesen war, und hätte sie den ganzen Monat vom Sportunterricht befreit, wenn sie auch nur den kleinsten Hauch einer möglichen Schulterverletzung abbekommen hätte.

»Das sieht ziemlich effektiv aus.«

Sie streckte mir die Zunge heraus.

Ich lachte. »Nein, echt, genau *das* würde ich machen.«

Eliza musterte mich, versuchte herauszufinden, ob ich sie verarschte. Das hatte ich verdient. »Danke dir«, sagte sie.

Jederzeit gern.

Ich verließ den Sportunterricht voll produktiver Energie. Tatsächlich hätte ich beinahe vergessen, wie schwer mein Dad es mir heute Morgen gemacht hatte, und auch an das kurze Gespräch mit Eliza dachte ich nicht mehr, bis ich zum Nachsitzen musste.

Bevor ich mich Mr Hoovers grausamer und gewohnter Bestrafung unterwerfen konnte, musste ich jedoch Carter finden, um ihm zu sagen, dass ich es nicht zum Fußballtraining schaffen würde, weshalb ich zu Mr Hoovers Gesundheits- und Ernährungskurs exakt eine Minute zu spät kam.

»Du schaffst es nicht mal pünktlich zum Nachsitzen. Das wird auf deinen College-Bewerbungen sicher *großartig* aussehen.« Mit diesen Worten begrüßte mich Mr Hoover von seinem Metallpult aus.

Als hätte er irgendeinen Einfluss auf meine Bewerbungen. O Mann. Er war der unwichtigste Lehrer der Schule. *Was sicher der Grund dafür ist, dass er die Enttäuschung über sein trauriges, langweiliges Leben an mir auslässt.*

Mr Hoover fuhr fort, indem er mir eine einstündige Predigt darüber hielt, wie wichtig es war, pünktlich zu sein, und dass ich ihm, meinen Lehrern, Mitschülern und dem Rest der Schule gegenüber respektlos war, wenn ich »meine Prioritäten an meinen Schlafenszeiten ausrichtete«.

Dann musste ich seine Tafeln putzen. Alle sechs, mehrmals, bis sie sauber genug waren, dass man darauf hätte operieren können. Zu seinem persönlichen sadistischen Vergnügen.

Nach sechs Stunden Schule und zusätzlichem Leiden im Purgatorium schaffte ich es endlich nach Hause – trautes Heim, Glück allein. Die Schule war mit dem Auto nur zehn Minuten entfernt, aber dank des Nachsitzens und einer zusätzlichen Trainingseinheit danach kam ich viel zu spät fürs Abendessen. Hoffentlich hatten meine Eltern mir etwas aufgehoben.

Mein Mustang quietschte, als ich in die gekieste Einfahrt bog, und ich zuckte zusammen. Hätte ich noch deutlicher darauf aufmerksam machen können, dass ich zwei Stunden später nach Hause kam, als ich es eigentlich hätte tun sollen? Vor dem Haus parkte nur das antike Fahrzeug meiner Mom, dennoch spürte ich drohendes Unheil im Schatten lauern. Mein Motor ging mit einem Stottern aus, und ich holte tief Luft. Zeit, meinen inneren Ninja rauszukramen.

Der Kies knirschte, als ich im Stealth-Modus vorsichtig ums Haus und zu der kleinen, ungepflegten Terrasse schlich. Ich betrat den hinteren Flur, wo der noch immer in der Luft hängende Geruch von Spaghettisoße meinen Magen knurren ließ. Gerade als ich dachte, ich könnte unbemerkt die Treppe hinaufsteigen, fiel die Hintertür mit einem lauten *Klick* ins Schloss.

»Sieh an, wer sich dazu durchgerungen hat, nach Hause zu kommen«, ertönte eine müde Stimme nur eine halbe Sekunde später. »Lass uns reden, Nick.«

Ich konnte meine Mom nicht wie Mr Hoover behandeln, ganz gleich, wie viele Predigten sie mir hielt. Ganz gleich, wie oft ich bestraft wurde. Dazu hatte ich mich entschlossen, nachdem sie angefangen hatte, wegen meiner zwangsläufig zu hohen Studiengebühren sogar noch mehr zu arbeiten: Ich würde ihr das Leben nicht noch schwerer machen. Stattdessen machte ich einen Bogen um sie und versuchte, Gespräche wie das, das wir gleich führen würden, zu vermeiden, und sie fand Wege, sie trotzdem zu führen.

»Was gibt's?« Ich betrat unsere chaotische Küche – mit längst vergessenen Schokoladenstückchen unter den Schränken und einem Topf auf dem Herd, an dessen Seiten langsam trocknende Spaghettisoße klebte. Sie saß bereits in ihrem Morgenmantel mit einer Tasse heißem Tee in der Hand da. Meine Mom und heißer Tee waren wie Erdnussbutter und Bananen oder Oreos und Jell-O-Shots: absoluter Kult. Hätte ich meine Mom jemals ohne ihren beruhigenden Pfefferminztee gesehen, hätte ich die Streitkräfte der US-Army sofort in Alarmbereitschaft versetzt.

Sie bedeutete mir, mich auf die Anklagebank auf der anderen Seite des mit Magazinen bedeckten Tisches zu setzen. »Wo ist Dad?«

»Bei den Maxins.«

Richtig. Bei Robert zu Hause. Unsere Dads waren einfach zwei Bros, die gemütlich vor dem Fernseher saßen und sich irgendein Spiel ansahen, ein kühles Bier und Minipizzas in den Händen – dieses Bild hatte ich jedes Mal vor Augen, wenn jemand vom American Dream sprach.

»Was ein Glück für dich ist«, fuhr meine Mom fort, »denn so bekommst du die Predigt von *mir* gehalten.«

Was für ein Glück!

Meine Eltern hatten in diesem Haus schon gewohnt, bevor ich geboren worden war. Eigentlich hatten sie es als ein Anfängerhaus gekauft (so etwas gibt es anscheinend), dann aber beschlossen, dass ein Kind genügte (mit lieben Grüßen), und sie waren geblieben. Es machte mir nichts aus, da ich sowieso nicht viel zu Hause war. Dass unser Haus klein war, war vermutlich der Hauptgrund dafür. Der zweite Grund? Bei Carter gab es Fast Food.

Das hieß aber auch, dass ich, wenn ich meiner Mom gegenübersaß, jede einzelne Falte auf ihrem einst so schönen Gesicht sehen konnte. Für die meisten dieser Falten war ich verantwortlich.

»Entschuldige, ich weiß, ich habe gesagt, dass ich dieses Jahr nicht nachsitzen müsste. Ich war zu spät und ...«

»Auf dem Weg zur Schule Donuts zu kaufen kann dazu führen, dass man zu spät kommt, oder?«

»Ich brauchte den Kaffee ...«

Meine Mom hob eine Augenbraue und stoppte mich damit, bevor ich mich total verrannte. Es wunderte mich nicht, dass sie von den Donuts wusste. So nervig sie auch manchmal war, sie war echt schlau. Chefwissenschaftlerin-Akte-X-Forscherin-Hermine-Granger-schlau. Firmen beauftragten sie, um Bewerbungsgespräche zu führen und Mitarbeiter zu beurteilen. Sie führte ein zwanzigminütiges Gespräch mit ihnen und konnte danach genau sagen, ob Leute angeheuert oder befördert werden sollten.

»Und wie war der Kaffee, Nick?« Da ich diese Predigt schon viele Male gehört hatte, konnte ich in Gedanken mitsprechen, als sie sagte: »War er es wert?«

Hätte Mr Hoover mich das gefragt, hätte ich eine schnippische Antwort gegeben. Ich hätte gesagt: »Ja, natürlich war er es wert, dafür einen Eintrag in meine Schulakte zu bekommen und meine Chancen auf ein Fußballstipendium aufs Spiel zu setzen.« So was von. Und ich wäre fröhlich zum Unterricht marschiert, zu irgendeinem Fach, das ich gerade in den Sand setzte. Wahrscheinlich Bio.

»Mom, es tut mir leid«, sagte ich und meinte es diesmal ein bisschen ernster als bei meiner letzten Entschuldigung.

Sie hob ihre *Beste Frau der Welt*-Tasse an ihre blassen Lippen und leerte den letzten Schluck Tee. Sie machte sich nicht die Mühe, darauf einzugehen – wir hatten das alles schon gehabt. Obwohl mein Dad und ich beide im Morgengrauen aufgestanden waren, war *ich* zu spät zur Schule gekommen, während er es irgendwie geschafft hatte, dort früher als sonst anzukommen, um Achtklässlern Nachhilfe in Kommasetzung zu geben. Außerdem war es *mein* Fußballstipendium, das auf dem Spiel stand. Falls ich das Stipendium überhaupt bekommen würde. Falls ich überhaupt in einem College-Fußballteam aufgenommen werden würde. Falls mich meine Mom nicht vorher umbrachte.

»Ich geh nach oben.« Die Beine ihres Stuhls schrammten über den Fußboden.

»Kann ich dir irgendetwas besorgen?«

»Sperr zu, wenn du außer Haus gehst.« Sie spülte ihre Tasse aus und griff zum Geschirrtuch, um sie penibel abzutrocknen. Mit einem zufriedenen Nicken trottete sie die Treppe hinauf. Ich sah auf mein iPhone, das ich gebraucht von Carter übernommen hatte: 17:50 Uhr. Neuer Rekord.

Eine Nachricht leuchtete auf dem Display. *Kommst du rüber?*

Ich lehnte mich zurück und fuhr mir mit den Fingern durch mein dunkles Haar. Carter O'Connor war aus drei Gründen mein bester Freund: Erstens kannte er mein Handypasswort (und ich hatte es ihm nicht einmal sagen müssen). Zweitens mochte er *Hangover* so gern wie ich (vielleicht sogar noch mehr). Drittens hatte er einen sechsten Sinn dafür, wann ich es zu Hause einfach nicht mehr aushielt, und ich konnte dann jederzeit bei ihm vorbeikommen.

Danke, Mann, schrieb ich zurück.

So war das nun mal, wenn deine Eltern dich gleichzeitig wie ein Kind und einen Erwachsenen behandelten und ihre emotionale Distanz so erdrückend war, wie sie einsam machte. Carter verstand das. Und so, wie es heute im Sportunterricht den Anschein gehabt hatte, Eliza vielleicht auch.

Buhu! Ich Armer!

Ja, ich weiß.

Wenn ich mich ab und zu bei Madison über meine Familie beschwerte, verspottete sie mich und sagte: »Wahhhh, dein Leben ist so hart. Schau dir nur deine privilegierte Stellung als weißer Mann der oberen Mittelschicht an! Echt jetzt!«

Und dann musste ich sagen: »Ich leugne nicht, dass ich nur ein weiteres Zahnrad in einem System der männlichen weißen Vorherrschaft bin, Madison.« Denn ich wusste, das war genau das, was sie hören wollte, ob es stimmte oder nicht, und ganz egal, ob ich überhaupt verstand, was ich da sagte. »Hashtag gesegnet.«

Madison rollte dann die Augen und wir stritten noch ein bisschen darüber und irgendwann ließ ich sie dann allein, um mit Carter und Austin abzuhängen, meinen besten (männlichen weißen Mittelschichts-)Freunden.

Im Klartext: Jedes Mal, wenn Madison mich mit der Nase darauf stieß, war ich mir der Tatsache natürlich superbewusst, dass meine Bros und ich im gemachten Nest saßen. Aber es ging nicht um die privilegierte Stellung, in die wir hineingeboren worden waren, sondern darum, was wir daraus machten, richtig? Was auch immer das hieß.

Sicher, ich geb's zu: Die Welt hätte sich definitiv nicht gut angefühlt, wenn das Sprichwort *Hoes before Bros* gelautet hätte.

Aber.

Tat es nicht.

Regel Nummer 3

Ein Bro erzählt einen Witz immer zu Ende; er verzichtet nie, unter keinen Umständen, auf die Pointe.

Carters Haus hätte Tony Starks Privatspielplatz völlig in den Schatten stellen können.

Es gab einen Swimmingpool *und* ein Trampolin, ein IMAX-Kino mit Surround-Sound im Keller und mehr Auswahl an Spielekonsolen, als man sich wünschen konnte. Als wäre das noch nicht genug, konnte man aus dem Swimmingpool im Winter eine Schlittschuhbahn machen. Das hatte Carters Dad noch eingerichtet, bevor er einen polnischen Abgang aus seiner eigenen Familie gemacht hatte.

Um das Ganze zu krönen, hatten die Wände echte Farben, nicht das beige Zeug, das meine Eltern verwendet hatten. Und wenn man am Ende der Einfahrt ankam, nahm einem ein Parkdiener die Autoschlüssel ab.

Joke ... Die O'Connors hatten keinen Parkdiener.

»Sieh an, wer da kommt«, rief Ms O'Connor, als ich durch die Hintertür eintrat.

Das friedliche Aroma von salzigem Karamell begrüßte mich.

Sie stand an der Kücheninsel aus blauem Marmor und hatte einen Kochlöffel in der einen und einen samtig braunen Cupcake in der anderen Hand. Ich hätte sie damit beleidigt, hätte ich angenommen, dass es sich um einen Schokoladen-Cupcake handelte. *Nicht einfach nur Schokolade*, verbesserte sie mich oft, *der ist mit Oreo.* Oder Zimt. Oder Marshmallows. Oder Erdnussbutterschokoladencreme.

Eliza saß auf einem Barhocker an der Insel – eine umwerfende Blondine inmitten eines Meers aus Cupcakes und Rührschüsseln, randvoll mit blassrosa und blauem Zuckerguss. Sie trug Carters Sweatshirt und hatte nur einen Arm im Ärmel, auf ihre entblößte Schulter drückte sie einen schweren Eisbeutel.

Sie tauchte einen Finger in die gigantische Edelstahlrührschüssel ihrer Mutter. »Ich muss aufpassen, dass auch alles gut wird«, sagte sie.

Ich nickte. »Wäre blöd, wenn man damit bis zur Veranstaltung fährt, ohne zu merken, dass man Salz statt Zucker verwendet hat.«

»Anfängerfehler.« Eliza leckte rosaroten Guss von ihrer Hand.

Ich grinste. Sie tat, als würde sie einen Cupcake nach mir werfen.

»Brauchen Sie Hilfe?«, fragte ich. Ich schleimte mich nicht immer bei Ms O'Connor ein ... Moment, doch, machte ich. Sie ließ mich in ihrem Haus kommen und gehen, wie es mir gefiel, und fütterte mich mit unendlich vielen Cupcakes durch. Diese drei Worte waren ein kleiner Preis dafür.

Ms O'Connor strich hellblauen Zuckerguss auf ihre Leckereien, als würde sie einen Zauberstab schwingen.

»Einen weiteren Verzierer kann ich immer brauchen. Liza muss sich ausruhen, deshalb fehlt mir ein Mann.«

»Ich hab's heute Morgen beim Völkerball ein bisschen übertrieben«, meinte Eliza, während sie ihren Eisbeutel wieder zurechtrückte. Ms O'Connor reichte mir eine Schüssel mit blauen Zuckerperlen.

»Verteil die auf den Cupcakes mit dem rosa Guss.«

Ms O'Connor gab mir immer die leichtesten Aufgaben, und trotzdem stellte ich dabei jeden Handgriff infrage. *Wie denn verteilen? Wie viele Perlen pro Cupcake? Was, wenn die Dinger auf dem Papierförmchen landen und jemand isst den Cupcake, färbt sich, ohne es zu merken, die Hände blau, und dann hält er eine große Rede, blamiert sich und ist für alle Zeiten verdammt?*

Ich drehte mich wieder zu Eliza um. »Echt, Völkerball? Soweit ich mich erinnere, hast du im Sportunterricht die meiste Zeit auf der Bank verbracht ...«

»Scherz, Maguire. Ich hatte ein hartes Volleyballtraining. Olivia macht sich große Sorgen um mich.«

»Ich weiß nicht, warum es unbedingt Volleyball sein muss«, klagte Ms O'Connor. »Warum nicht Leichtathletik oder Schwimmen? Nein, lieber eine der Sportarten mit dem höchsten Risiko für Gehirnerschütterungen.«

»Die Gefahr macht doch erst den Reiz aus«, sagte Eliza. »Wie beim Motorradfahren.«

Ms O'Connors sowieso schon blasses Gesicht wurde kalkweiß. »Wo fährst du Motorrad?«

»Nirgendwo, Mom.« Eliza lehnte sich entspannt auf ihrem Barhocker zurück. »Du machst es einem aber auch zu leicht.«

Ich hielt meinen Kopf gesenkt und streute wie befohlen ein paar Zuckerperlen auf den Guss. Auf der Arbeitsfläche lagen ungefähr einhundert Cupcakes, die eine Hälfte braun, die andere weiß. Ich wollte Ms O'Connor gerade fragen, zu welchem Anlass sie sie gebacken hatte, als wir unterbrochen wurden.

»Alter.«

Carter stand in Flanellpyjamahosen und einem Clarkebridge-College-Sweatshirt in der Tür.

»Manchmal habe ich das Gefühl, du kommst nur vorbei, um mit meiner Mom abzuhängen«, sagte er.

»Das muss auch jemand tun.« Ms O'Connor ging zu Carter und hielt ihm ihren Kochlöffel voller Zuckerguss hin. »Hier, Süßer, probier das.«

»Igitt. Hör auf!«

»Einen Versuch war's wert.« Sie wedelte mit dem Guss vor seiner Nase herum, aber Carter verzog das Gesicht.

Carter war die einzige Person in ihrer Familie und vielleicht auf der ganzen Welt, die Ms O'Connors Cupcakes nicht leiden konnte. Er behauptete, es läge daran, dass er zu Beginn, als sie noch versucht hatte, ihre Rezepte zu perfektionieren, jeden Tag vier Cupcakes hatte essen müssen.

»Hättest du das durchstehen müssen, würdest du auch nie wieder einen essen«, sagte er oft.

»Viel Spaß mit euren Computerspielen.« Seine Mutter lächelte uns zu und entließ mich damit aus meinen Verzierungspflichten. »Wenn ihr irgendetwas braucht, gebt mir bitte vor neun Bescheid. Ich muss morgen früh raus, um die hier abzuliefern. Die sind für Stephanie Kaplans Party, auf der das Geschlecht ihres Babys verkündet werden soll.«

Sie nahm einen der braunen Cupcakes und brach ihn in der Mitte auseinander, wodurch sein dunkelblauer Kern zum Vorschein kam.

»Es ist schon sonderbar, dass ich das Geschlecht ihres Kindes vor ihr kenne … Sie kam mit einem Zettel vom Arzt, sagte, sie habe ihn selbst noch nicht gelesen.«

»Du hättest die Dinger grün machen sollen«, meinte Eliza. »Und ihr sagen, dass sie ein Alien bekommt.«

Carter lachte. »Zu *der* Party würde ich auch gehen.«

»Und«, fuhr Eliza fort, »warum muss Geschlecht denn unbedingt etwas Binäres sein? Was, wenn das Kind noch nicht weiß, was es mal sein will? Ich meine, versehen wir Babys allen Ernstes mit Farbetiketten, damit Fremde wissen, welche Art von Geschlechtsteil sie haben? Ziemlich abartig, wenn ihr mich fragt.«

»Zu schade, dass das niemand getan hat.«

»Carter«, ermahnte ihn seine Mutter und beendete damit ganz schnell einen Schlagabtausch zwischen den O'Connor-Geschwistern.

»Wie auch immer. Ich muss mich umziehen.« Eliza packte ihren Eisbeutel wieder zurück in den Gefrierschrank zwischen Unmengen von gefrorenem Teig und gab ihrer Mutter einen schnellen Kuss auf die Wange.

»Wo gehst du denn …?«, fing ich an, aber Carter schüttelte den Kopf.

Frag nicht.

Er führte mich nach oben in sein Zimmer, obwohl ich von der Küche aus mit verbundenen Augen und hundert Mal im Kreis gedreht in vierzig Schritten oder schneller dorthin gefunden hätte.

Ein würziges Vanillearoma folgte uns. Als ich jünger war, hatte ich Carter für seine Familie beneidet, die mir als die beste und lustigste Familie der Welt erschienen war. Doch nachdem ich sie besser kennengelernt hatte, hatte ich verstanden, dass die Bäckerei und die wabernden Düfte die Leere in ihrem Haus füllen sollten, die Mr

O'Connor hinterlassen hatte, als er Zigaretten holen gegangen war, irgendwo in der Reihe mit den Chips eine neue europäische Familie gefunden und nie mehr zurückgesehen hatte. Er hatte noch bei ihnen gelebt, als sie nach North Cassidy gezogen waren, sie aber kurz darauf verlassen. Ich hatte ihn ein paar Mal getroffen, konnte mich jedoch kaum an ihn erinnern. Er war kein großer Verlust, wenn man mich fragte. Doch er war nicht *mein* Dad. Sie hatten seinen Nachnamen behalten – anscheinend passte der Name »Olivia O'Connor« zu gut zu ihrem Geschäft, um ihn aufzugeben.

Obwohl er ein IMAX-Kino im Keller hatte, hingen wir die meiste Zeit in Carters Zimmer ab. Bis zum späten Nachmittag strömte Sonnenlicht durch mehrere hohe Erkerfenster herein und machte es unmöglich, am Morgen länger als bis sieben Uhr zu schlafen, sorgte aber auch dafür, dass man unmöglich unglücklich sein konnte. Die Wände, die nicht von den Fenstern eingenommen wurden, waren von signierten Postern seiner Lieblingsbasketballspieler und Regalen mit einem endlosen Vorrat an Gummibärchen und Ananassaft bedeckt.

Carters Ananassaftsucht rührte aus der Zeit, bevor er nach North Cassidy gekommen war, deshalb hatte ich nie die ganze Geschichte gehört – doch wenn der Körper eines normalen Menschen zu sechzig Prozent aus Wasser bestand, war Carters Körper zu mindestens fünfzig Prozent aus Ananascocktail. Vielleicht war das der Grund, warum die Mädchen nach dem Fußballtraining so verrückt nach ihm waren – sogar sein Schweiß zog sie an.

Carters hamburgerförmiger Sitzsack raschelte befriedigend, als er es sich darin gemütlich machte, während er fieberhaft auf seinem Controller herumdrückte. Ich nahm den Oreo-Sitzsack neben ihm und wartete darauf, dass er das Spiel startete.

Drei Runden *Fortnite* später machte ich seiner Lahmheit den Garaus, und der Bildschirm wurde schwarz.

»So macht man das«, sagte ich. »Komm schon, Mann, du hast den ganzen Nachmittag geübt, und das ist alles, was du zustande bringst?«

»Ich weiß doch, wie du wirst, wenn du verlierst.«

»Gut. Du kriegst *noch mal* eine Revanche.« Ich hatte eigentlich gedacht, dass Carter inzwischen gelernt hatte, sich nicht mit meinem Ehrgeiz anzulegen, obwohl er fast genauso ehrgeizig war wie ich. (Aber nicht ganz.)

»Heul nicht, wenn ich dich erschieße.« Voll konzentriert hielt Carter seinen Finger über den Startknopf. »Zehn... neun... acht...«

»Carter?«

Er drückte auf Pause. Es gab zwei Dinge, für die wir ein Spiel unterbrochen hätten: einen Alienangriff (super) und Eliza (manchmal super), obwohl das schon seit einem Jahr nicht mehr passiert war.

Hör auf damit, Nick. Ich befahl mir selbst, cool zu bleiben, während ich sie musterte. *Jede, nur nicht sie.* Eliza stand in der Tür, glitzernd wie ein Leuchtkäfer im dunklen Juli-Zwielicht. Der fahle Schein des Fernsehers ließ ihre enge Lederhose und ihr Rüschentop erkennen, das es definitiv auf die Seiten eines Modemagazins geschafft hätte, dazu trug sie Make-up, das ihre braunen Augen aufleuchten ließ. *Wo geht sie hin, und: Kann ich mitkommen?*

Sie drückte auf den Lichtschalter an der Wand und tauchte uns damit in helles Licht – die Sonne war inzwischen vollständig untergegangen, während wir gezockt hatten. »Ich geh jetzt. Treib Olivia nicht in den Wahnsinn, während ich weg bin.« Ihr Blick wanderte von Carter zu mir. »Bleibst du über Nacht?«

»Ich dachte schon, du fragst nie, Babe«, sagte ich. »Wohin führst du mich aus?«

Sie tippte mit ihren silbernen Ballerinas auf den Parkettboden und verlagerte ihr Gewicht von einem Bein aufs andere.

»Eliza hat ein Date«, erklärte Carter.

»Wer ist der Glückliche?« Ich drückte die Daumen, dass sie nicht den Namen eines bestimmten miesen Arschlochs mit einem schleimigen ...

»Josh Daley.«

Verdammt. Sie tat es trotzdem.

»Wir gehen auf eine Paaartieee.«

Einigermaßen geschockt stammelte ich die vier traurigsten Worte meiner Muttersprache: »Was für eine Party?«

»Ist nur für Mittelstufenschüler«, antwortete sie.

Würden wir diese Party allen Ernstes nicht crashen?

Carter schüttelte den Kopf. »Die ist bei Sarah Rosen.«

Ah. Sarah Rosen. Das einzige Mädchen, mit dem Carter »intim« gewesen war, ohne sie als seine Freundin zu bezeichnen.

Sarah Rosen, eines der bravsten Mädchen unserer Schule, war ein wunder Punkt für ihn. Er hatte vor zwei Jahren auf einer Party mit ihr rumgemacht, und danach hatte sich etwas für ihn verändert. Was bedeutete, dass er ihr Haus grundsätzlich nicht ohne Einladung betrat. Ich hätte jederzeit hingehen können, nur dass der Bro-Codex ganz klar besagte, dass ein Bro nie zurückgelassen werden durfte. *Verdammter Bro-Co...* Ich erwischte mich gerade noch rechtzeitig. Das war knapp. Beinahe hätte ich die Bro-Schaft geschmäht.

»Aber ich bin irgendwie nervös«, sagte Eliza.

»Ich kann mir das nicht anhören, nicht schon wieder.« Der Sitzsack raschelte protestierend, als Carter aufsprang und ins Badezimmer flüchtete. Er schlug die Tür hinter sich zu.

»Lass mich raten,« sagte ich. »Ihr zwei hattet bereits das ernste Vorverabredungsgespräch über Jungs?« (Aber jetzt mal im Ernst, wer wollte denn rumsitzen und über den verfluchten Josh Daley sprechen?)

Eliza ließ sich auf Carters Platz sinken und spielte mit dem Saum ihres Tops.

»Was, wenn er mich für langweilig hält?«

Nicht möglich. »Wenn du diese Hosen trägst, wird das keine Rolle spielen«, sagte ich stattdessen, obwohl das wahrscheinlich nicht besser war.

»Ha.«

»Hier, ich helfe dir.« Ich stand auf.

»Ähm ...«

Ich nahm ihre langgliedrigen Hände und zog sie zu mir hoch.

»Was machst du, Nick?«

»Solltest du je in der Patsche sitzen«, sagte ich, »erzähl diesen Witz: Was ist der Unterschied zwischen einer Schwangeren und einem Backofen?«

Eliza schüttelte leicht den Kopf.

»Einen Braten kannst du wieder aus der Röhre ...« Ich verstummte. Auf keinen Fall würde ich mich vor ihr derart blamieren ... im Moment. »Ach, vergiss es.«

Eliza sah mich blinzelnd an. »Wow. Ich kann nicht glauben, dass du gerade versucht hast, mir diesen Witz zu erzählen.«

»Ich auch nicht.« Ich konnte nicht anders – ich griff nach ihrem Handgelenk und drehte sie einmal schnell im Kreis.

»Oh, mein Gott«, krächzte sie, während sie die Hände auf meine Schultern legte, um ihr Gleichgewicht wiederzufinden. Nur zehn Zentimeter trennten uns.

»Nicht schlecht«, flüsterte ich.

»Ebenso.«

So blieben wir stehen, und es fühlte sich an, als vergingen Minuten, aber wahrscheinlich waren es nur ein paar Sekunden. Wir standen lange genug so da, dass ich mich fragte, wie es sich anfühlen würde, noch näher bei ihr zu stehen.

Aufhören, Nick! Komm runter! »Sag Josh einen Gruß von mir«, sagte ich.

Eliza wurde rot. Verlegenheit trat in ihre wilden Augen und eine Spur von etwas anderem. Meine Schultern fühlten sich leer an, als sie die Hände von ihnen nahm – unser Moment war vorüber.

»Du wärst ein guter Tanzpartner, Maguire. Jedes Mädchen, das mit dir ausgehen würde, hätte eine Menge Spaß.«

»Sag bloß!«, zog ich sie auf. »Merk dir das. Für den Fall, dass dein Date mit Josh suboptimal verläuft und du einen neuen Versuch wagen willst.«

»Das hättest du wohl gern.«

Na toll, jetzt wird's seltsam.

»Ich sollte jetzt gehen, bevor das hier noch mehr ...« Elizas Schuhe klackten. Sie lief davon, als könnte sie gar nicht schnell genug wegkommen. »Ciao, Carter!«, rief sie. Sie nickte in meine Richtung. Das Licht schien ihr zu folgen, als sie aus der Tür trat.

»Ist sie weg?« Carters Stimme klang matt.

»Ja.« Ich ließ mich wieder auf den Oreo-Sitzsack sinken. Hinter mir erklang das erfrischende Zischen, mit dem eine Ananassaftdose geöffnet wurde. »Josh Daley. Eklig.«

»Du hattest *eine* Aufgabe, Nick.« Carter seufzte. »Eine verdammte ... ugh. Jedenfalls ...« Er nahm einen Schluck. »Auf was warten wir? Das ist das erste Mal, dass du hier bist, seit Eliza von Australien zurück ist. Erinnerst du dich an all die Ideen, die wir hatten? Meine Mom ist inzwischen vermutlich im Bett, also ...«

»Oh, verdammt ja!« Wir hatten viele Jokes auf Lager. »Hast du schon eine neue Waffe besorgt?«

Mit Waffe meinte ich eine Nerf 2000. Seine alte war vor ein paar Monaten kaputtgegangen, als wir beschlossen hatten, Austins Reflexe zu testen. Wir hatten total vergessen, dass Austin zwei Sommer in einem Karate-Camp verbracht hatte (eine Tatsache, die er uns gern vergessen ließ), doch als wir uns im Wandschrank versteckt und auf ihn gefeuert hatten, hatte er sofort eine Karateposition eingenommen und Carters Plastikspielzeug entzweigeschlagen.

Der Inbegriff einer Tragödie.

Carter warf mir das hinterhältige Lächeln zu, das er für solche Momente bereithielt. »Besser als das. Komm mit.«

Wir schlichen durch den Flur, bis wir zu einer alten, ächzenden Treppe kamen, die auf den Dachboden führte. So chic Carters Haus auch war, sein Dachboden erinnerte mich immer daran, dass es nicht in diesem Jahrhundert erbaut worden war. Das machte es vielleicht sogar noch cooler.

»Sind die Fledermäuse noch da?«

»Sieht nicht so aus.« Carter hob ein Stück gelber Zeitung hoch, das in einer Ecke voller Spinnweben lag.

»Verdammt.« Vor zwei Wochen hatten wir eine Fledermausfamilie mit sechs Babys entdeckt, die dort herumgeflogen war. Das war echt cool gewesen, als hätte auf dem Dachboden eine Vampirfamilie gelebt.

»Ich weiß. Die hätten praktisch sein können. Aber das macht nichts. Ich habe den Mistkäfer von Austins Geburtstagsparty aufgehoben.«

Ich schlug bei ihm ein, und wir machten uns an die Arbeit. Hatte man sich erst an den modrigen Nagetiergeruch gewöhnt, war der Dachboden echt nicht so schlimm.

»Alter.« Ich öffnete einen der Pappkartons, der nicht ganz so staubig aussah. »Ist sie das?« Ich hielt die größte Super Soaker, die ich jemals gesehen hatte, hoch. Sie war mindestens einen halben Meter lang, und der Tank sah aus, als hätten darin locker drei Liter Wasser Platz. Ich musste sie mit zwei Händen halten. »Weißt du, wie viel Wasserkraft wir mit diesem Ding zustande kriegen?«

»Ich schätze, das müssen wir ausprobieren«, sagte Carter.

Und so begann es.

Zehn Minuten später standen wir mit unserer Ausrüstung in Elizas leuchtend orangem Zimmer. Es war wie ein Künstleratelier eingerichtet, denn sie war der »kreative Typ«. Carter wagte nicht, ihre Kunstwerke anzurühren.

Wir verkabelten ihren Computermonitor neu, sodass der Bildschirm jedes Mal, wenn sie auf die Maus klickte, die Farbe änderte. Und wir füllten ihre Sockenschublade mit Flyern für Fußpilzcreme.

Doch die Krone unserer Schöpfung war der Wecker, den wir unter ihrem Bett versteckten: Wir stellten ihn so ein, dass er um vier Uhr morgens »Help!« von den Beatles spielte, außerdem war er mit Carters Wasserpistole verbunden, sodass Eliza klatschnass werden würde, wenn sie versuchte, ihn unter dem Bett hervorzuziehen.

»Das ist nicht zu fies, oder?«

»Ne«, sagte Carter. »Sie hat schon länger Probleme mit dem Jetlag. Das ist die perfekte Methode, um ihr System neu zu starten.«

Ich dachte darüber nach und beschloss, ihm zuzustimmen. Es gab kein besseres Mittel gegen Schlafprobleme, als Wasser ins Gesicht gespritzt zu bekommen. Nein, Scherz, aber wir mussten das irgendwie vor uns selbst rechtfertigen.

»Das wird großartig!« Ich fühlte mich wieder wie mit acht. Das war mein zweitliebstes Gefühl heute Abend, gleich nach vorhin, als ... *Aufhören, Nick!*

Carter platzierte die Wasserpistole sicher unter dem Bett seiner Schwester. »Übrigens, ich habe noch zwei weitere Super Soakers gekauft ... Sollen wir sie an die frische Luft lassen?«

»Definitiv. Diese Waffen brauchen uns.«

Wir rannten auf den Dachboden und vergaßen dabei völlig, wegen Carters Mom leise zu sein. Carter schubste mich gegen das schmale Treppengeländer, und ich wäre beinahe hinuntergestürzt, aber das war es alles wert für den Moment, als wir im Garten ankamen und den rostigen Wasserhahn aufdrehten, um neonorange Tanks von der Größe meines Unterarms zu füllen.

Wahrscheinlich war es das letzte Wochenende des Jahres, an dem der geheizte Pool der O'Connors noch nicht abgedeckt war. Wir streiften unsere Schuhe und Socken ab, da es gut möglich war, dass wir im Wasser endeten. Keinen von uns kümmerte es, ob unsere T-Shirts oder Jogginghosen nass werden würden, aber Schuhe brauchten ewig, um zu trocknen. Außerdem hatte ich nigelnagelneue blaue Nikes, und wenn die ruiniert worden wären, wäre mein Leben zu Ende gewesen.

Es war lange nach Einbruch der Nacht, aber Carter und ich kannten jeden Zentimeter seines Gartens. Wie es sich gehörte, warteten wir, bis beide unsere Waffen mit Munition gefüllt waren, bevor wir die Schlacht begannen. In dem Moment, in dem ich die Plastikkappe auf meinen Tank schraubte, raste Carter in die Dunkelheit davon, wo er wartete, um zu jagen oder gejagt zu werden.

Ich schlich misstrauisch zum Pool – wenn er vorhatte, mich dort zu überraschen, musste er mit dem Wasser klarkommen. Eine warme Brise brachte die Blätter der Bäume zum Rascheln, scheuchte Grillen auf und verschreckte Eichhörnchen, die über die Baumstämme davonhuschten und so verrieten, dass Carter sich tatsächlich *nicht* auf einem Baum versteckte.

Der Betonrand des Pools drückte in meine Knie, als ich mich niederkauerte und auf eine Bewegung lauschte. Hätte Carter mich hier abknallen wollen, hätte er das bereits getan, was hieß, dass er irgendwo außer Reichweite sein musste ... direkt vor dem weißen Holzzaun, der den Garten von dem der Nachbarn trennte, warfen Ms O'Connors Lieblingshortensien lange Schatten. Einer davon war länger als die anderen.

Mein brandneuer, noch nicht gebrochener Abzug schnitt mir in den Finger, als ich mit gespitzten Ohren zu den Büschen schlich. So leise atmend, dass mich nicht einmal die Eichhörnchen gehört hätten, sprintete ich los zur Attacke. Ich feuerte, verspritzte Wasser vor mir, während ich zum Rand des Gartens rannte. Als ich näherkam, erkannte ich, dass der lange Schatten nicht von Carter stammte, sondern von einer Schaufel, die an den Zweigen lehnte.

»Letzte Worte?«

Carters Pistolenmündung kitzelte mich im Nacken. Ich wog meine Waffe in den Händen – sie fühlte sich leicht an, wahrscheinlich war noch ein Viertel Tank übrig. Ich grub meine nackten Fersen in die Erde und wirbelte herum, bevor er mich völlig durchnässen konnte.

»Netter Versuch«, sagte er. Als hätte mich ein Gewitter samt einer persönlichen schwarzen Wolke erwischt, leerte Carter seinen Tank über meinem Kopf aus. Kaltes Wasser tropfte von meinem Kinn bis zu meinen Fußknöcheln, obwohl ich zur Rache ein paar Salven abfeuerte.

Brutal. Völlig unnötig. Großartig.

Nach zwei weiteren Runden (drei Sätze, und Carter gewann alle davon) hatten wir genug Mückenstiche, um einen Weltrekord aufzustellen. Wir tauten ein paar Tiefkühlpizzas auf und saßen in immer größer werdenden Pfützen in Carters Küche. Unsere Wasserpistolen ruhten sich auf dem Küchentisch aus – das hatten sie sich verdient.

Das Geräusch von Reifen in der Einfahrt unterbrach unser planloses Abendessen. Ich sah auf mein Handy. Es war 22:35 Uhr. Um diese Uhrzeit wären Carter und ich erst bei dieser sogenannten Party erschienen.

»Sie ist früh zurück«, sagte Carter.

Wie es seine Spezialität war, trieb er es viel weiter als nötig, schnappte sich seine Super Soaker und marschierte die Einfahrt hinunter. Joshs Pick-up war kaum aufs Grundstück eingebogen, als er schon die Frontscheinwerfer ausschaltete. Carters Miene war finster, als er vergebens blinzelte, um ins Wageninnere sehen zu können.

»Wenn sie in drei Sekunden nicht aus dem Auto steigt, gehe ich rüber und schlitze ihm die Reifen auf.«

»Komm runter, Bro«, sagte ich. »Bleib cool. Mir nach.«

Wieder wechselten wir in den Ninja-Modus und schlichen zu Joshs Truck. Er stand vor der Straßenlaterne und nahm uns das Licht, sodass ich nicht sehen konnte, was ich tat, aber ich hörte bald ein »Tschüss«, gefolgt von einer Autotür, die geschlossen wurde, und dann fuhr der Wagen langsam davon.

»Los!«, rief ich. Carter und ich eröffneten das Feuer auf ihn und verbrauchten das gesamte Wasser, das noch in unseren Pistolen war. Josh raste mit quietschenden Reifen davon, schneller, als ich ihm nachrufen konnte: »Die Nacht wurde doch gerade erst interessant, Daley!«

»Was macht ihr?!« Eine Gestalt stürmte auf uns zu. »Wollt ihr mich verarschen? Mein Gott, Leute. Werdet verdammt noch mal erwachsen!«

»Es tut uns leid«, sagte ich, weil ich wusste, dass es Carter vermutlich die Sprache verschlagen hatte. »Es war ein Unfall ...«

»Nick Maguire!«, schnitt Eliza mir das Wort ab.

Sie kam näher und mir rutschte das Herz in die Hose – ihr weißes Top klebte an ihr, triefnass. Wenn sie nicht sauer auf mich gewesen wäre, hätte ich den Moment genossen.

»Haut ab!« Sie schnappte sich zwei Hände voll Erde und warf sie uns ins Gesicht.

Sie war sehr zielsicher. Carter ließ seine Wasserpistole auf den Boden sinken. Ich tat es ihm nach, und wir schlurften ins Haus. Ich hatte mich nicht mehr so schlecht gefühlt, seit wir aus absichtlichem Versehen das Modell des Sonnensystems zerstört hatten, an dem sie zwei Tage lang gearbeitet hatte. Wir dachten, es würde realistischer wirken, wenn es von Darth Vaders Imperium verwüstet worden wäre.

Inzwischen konnte ich verstehen, warum sie sauer gewesen war, dass sie dieses Ding mit in die Schule hatte nehmen müssen.

»Ups«, sagte ich.

»Ich glaube, meine Mom hat das Bett im Gästezimmer für dich frisch überzogen.« Carter trat von einem Fuß auf den anderen. »Deine Sachen sollten auch noch da sein.«

Also würden wir nicht über Eliza sprechen. Perfekt.

Ich trottete zum Gästezimmer, vorbei an der weißen Tapete mit den silbernen Sonnenblumen im oberen Flur. Die Tapete erinnerte mich immer an das Gespräch, als Eliza Ms O'Connor erklärt hatte, sie sei das Hässlichste, was sie je gesehen habe, worauf Ms O'Connor geantwortet hatte: »Zum Glück hast du deinen Vater nie nackt gesehen.«

Carter leugnete, dass dieses Gespräch je stattgefunden habe.

Das Licht im Gästezimmer brannte bereits, wahrscheinlich, weil Ms O'Connor mehrmals überprüft hatte, dass ich dort vor zwei Wochen, als ich das letzte

Mal hier übernachtet hatte, nichts Halbangegessenes liegen gelassen hatte. Das war kurz vor der Rückkehr ihrer Lieblingstochter gewesen. Obwohl sie es Gästezimmer nannten, war ich die einzige Person, die es jemals benutzte – eine meiner alten Reisetaschen mit Wechsel-Shirts und einer Ersatzzahnbürste stand immer im Schrank. Es war für uns alle im Grunde mein Zuhause fern von zu Hause.

Zusätzlich zu einem Bett, das so groß und gemütlich war, dass es mein Bett daheim wie ein billiges Stück Schleifpapier wirken ließ, war das Zimmer mit Bildern von goldenen Stränden dekoriert, auf denen Sprüche wie »Namast'ay at the beach« oder »Keep palm and carry on« standen. Und es gab Bücherregale voller Bücher mit Titeln wie »Tausendundeine Nacht« und »Die Abenteuer des Sherlock Holmes«.

Instagram-würdig, keine Frage.

Ich schlüpfte aus meinen nassen Klamotten, warf sie auf einen Haufen neben der Tür und wickelte mir eines der extra herausgelegten Handtücher um die Hüften. Dann griff ich unters Bett und tastete den makellosen, spinnwebenfreien Teppich ab. Falls Ms O'Connor ihn nicht gefunden hatte, sollte da noch ... *jawohl*! Ich zog einen halb gegessenen Schokoladenriegel hervor. *Treffer.*

»Nick?« Eliza klopfte leise an die Tür.

Ich machte einen Satz, warf den Riegel aufs Bett und sprang in meine Cassidy High Fußballshorts.

»Was' los?«

Die Tür ging auf. Eliza hatte sich umgezogen und war in gemütliche Klamotten geschlüpft. Ihre Haare tropften auf ihr Sweatshirt.

»Whoa.« Sie deutete auf meinen nackten Oberkörper.

»Sorry.« Ich zog mir das Handtuch um die Schultern.

Das war einer der Vorteile daran, für die Cassidy High Fußball zu spielen: Mein Dad legte extrem großen Wert auf die Physis seiner Sportler. Ihre Bauchmuskeln durften auf keinen Fall vernachlässigt werden. Ich ließ sie gern spielen, wenn ich konnte. Wer hätte das nicht getan?

»Solange ich mich weiter entschuldige, tut mir das von vorhin leid«, sagte ich. »Ich habe das offensichtlich nicht zu Ende gedacht.«

»Josh hatte es verdient. Ich war sauer wegen meinem Shirt, aber anscheinend macht es nichts aus, wenn es nass wird, also kein Problem.«

Sie stand direkt vor mir und wischte mir etwas Erde vom Gesicht. Ihre Hände waren eiskalt. Ich wagte es nicht zurückzuzucken. »Entschuldige, dass ich Dreck auf dich geworfen habe. Ich hoffe, du hast nichts in die Augen bekommen.«

»Das hier ist eine ziemlich tolle Wiedergutmachung.«

»Schön, das freut mich.« Sie nahm ihre Hand weg, und meine Wange blieb irgendwie kalt zurück. Als sie sich ihr langes nasses Haar über die Schulter warf, verbreitete sich der Duft ihres Zimt-Shampoos im Raum. »Übrigens, du schuldest mir was.«

»Wegen des Dates? Ich fühle mich geschmeichelt ...«

»Nein. Ich habe das Geschenk gefunden, das ihr unter meinem Bett versteckt habt. Ihr habt euch wirklich überhaupt nicht verändert.«

»Welches denn?«

»Lustig.« Sie lehnte sich gegen die Tür. »Brauchst du noch irgendwas für heute Nacht?«

»Hey«, sagte ich, bevor sie gehen konnte. »Willst du mir erzählen, warum Daleys Auto es verdient hatte, attackiert zu werden?«

»Vielleicht, wenn du ein T-Shirt trägst. Vielleicht.«

Als die Uhr im Flur elf schlug, schlüpfte Eliza zur Tür hinaus und ließ mich im Gästezimmer mit einem breiten, dämlichen Grinsen auf meinem Gesicht zurück.

Regel Nummer 4

Die Datingregel: Erfüllt ein Mädchen eines der folgenden Kriterien, ist sie absolut und für immer tabu:

a. Sie ist die Ex eines Bros.

b. Dein Bro oder der Bro deines Bros hat Interesse an ihr.*

c. Sie ist die Schwester deines Bros.

**Das gilt nicht für den Bro des Bros deines Bros etc.*

Ein paar Stunden später konnte ich, obwohl ich auf der gemütlichsten Matratze der Welt lag und mein Kopf wie auf einem Strohrock in einem tropischen Paradies ruhte, immer noch nicht einschlafen. Mein Handy sagte, es sei 1:22 Uhr. Ich hatte zwei ungelesene Nachrichten von Madison. Eine Minute später als vorhin, als ich das letzte Mal nachgesehen hatte. Zwei Nachrichten, die ungelesen bleiben würden.

Seit ungefähr einem Jahr hatte ich Probleme mit dem Schlafen. Normalerweise war es bei den O'Connors nicht so schlimm wie zu Hause, aber heute Nacht schien es so, als würde ich die Schlaflosigkeit nicht loswerden. Es war auch gar nicht so, als hätte ich über eine Million Dinge nachzudenken. Okay, da war meine

Mom, die stinksauer auf mich war, und Mr Hoover und Josh und Fußball, mein Dad … egal.

Ich schlug die verschwitzte Decke zurück, rollte mich aus dem Bett und rieb mir den Nacken, versuchte, ein paar der Verspannungen zu lösen.

Außer meinem Ächzen und Stöhnen war es im Haus mucksmäuschenstill – zu still, als würde das Haus gespannt den Atem anhalten und auf ein Abenteuer warten. *Hör auf, dir Dinge einzubilden. Nicht jede Sekunde deines Lebens muss ein gottverdammter Actionfilm sein.*

Ich tat, was ich immer tat, wenn so etwas passierte: Ich zog einen verknitterten Kapuzenpulli an und kramte nach den Socken von gestern, dann schlich ich über den knarzenden Fußboden in den Keller.

Nach Carters Zimmer war der extrem coole, völlig schallisolierte Keller mein Lieblingsraum im Haus. Es gab alles, was sich ein Kerl wünschen konnte: einen IMAX-Projektor, Surround Sound, einen Flipper, einen Billardtisch. Und es lagen sogar überall diese kleinen Schokoladenkonfekte herum. Kein Scherz.

Weil Carter einfach cool war, ließ er mich mitten in der Nacht hier runterkommen und mit seinen Sachen spielen. *Sachen* hieß in diesem Fall sein Filmprojektor. Ein Vorteil daran, mit Carter befreundet zu sein, war neben seinem Kühlschrank, der immer mit einem unendlichen Vorrat an Ginger Ale gefüllt war, seine Filmsammlung. Es war, als hätte sich jeder erdenkliche Streamingdienst des Universums mit der Kongressbibliothek zusammengetan, und sie hätten einen Stützpunkt in einem belanglosen Städtchen in Massachusetts eröffnet.

Schon besser. Auf der Ledercouch zu liegen, die kühle Luft des Kellers auf der Haut zu spüren, die Fernbedienung schwer in meiner Hand – das war schon eher mein Ding als ein Fünf-Sterne-Gästezimmer. *The Dark Knight* lag ganz oben auf Carters Filmstapel, seit wir ihn vor zwei Wochen halb angesehen hatten. Ich drückte *Play* und ließ mich in die weichen Kissen sinken, meinen Rücken entspannt an die Lehne geschmiegt.

Mit jedem Szenenwechsel kam mir der Gedanke an Schlaf weniger abwegig vor, doch gerade als Heath Ledger erklärte, woher genau er seine Narben hatte, gaben die Sofapolster unter einem neuen Gewicht nach.

»Ist dein Leben nicht ein Traum?«, flüsterte Eliza. In ihrem oldschool One-Direction-Shirt und einer Cassidy-High-Volleyballhose hätte sie nicht niedlicher aussehen können. Ich meine lässiger.

»Das würdest du gern wissen, oder?« Ich machte den Film leiser, damit ich nicht schreien musste. »Warum bist du wach?«

»Ich habe den Film von oben gehört und musste einfach runterkommen.« Sie machte es sich am anderen Ende des Sofas gemütlich, zog die Beine an, damit unsere Füße sich nicht berührten. »Ich habe *The Dark Knight* seit Ewigkeiten nicht mehr gesehen«, fügte sie hinzu.

»Dann hast du heute Nacht Glück.« Es war ja klar gewesen, dass Eliza Batman mochte. Alle coolen Leute taten das.

Eliza drehte sich vom Rücken auf die Seite, um sich den Film anzusehen. Wie sehr ich auch versuchte, meine Aufmerksamkeit wieder auf Christian Bale zu richten, nicht einmal Batman konnte mich davon ablenken, wie nah ihre unterschiedlichen Socken (eine pink, eine gelb) meinen Beinen waren.

Zum millionsten Mal, hör auf, Nick! Jede außer ihr. Sie ist Carters kleine Klugscheißer-Schwester.

Zum Glück war in der Dunkelheit des Kellers nicht zu erkennen, dass ich in dem Versuch, den quälenden Juckreiz in meinem Gehirn zu lindern – was ohne magische Kräfte schwierig war –, ununterbrochen mit den Beinen zappelte. Für den Fall, dass es bisher nicht offensichtlich gewesen war: Ich war tatsächlich nicht Professor Albus Percival Wulfric Brian Dumbledore. Wie sehr ich meine Eltern auch dafür verachtete, dass sie Muggel waren, es hätte die Tatsache nicht geändert, dass ich, wäre ich nach Hogwarts gegangen, wahrscheinlich rausgeschmissen worden wäre, weil ich nur Quidditch gespielt und nie gelernt hätte. Niemals.

Aber vielleicht hatte ich doch Zauberkräfte, denn zehn Minuten später sprang mich die Lösung des Rätsels, das mich bisher nur wie ein Grundschulschwarm angestarrt hatte, plötzlich ganz von selbst an. Weil sie merkte, dass sie beobachtet wurde, blickte Eliza auf – als hätte ich damit ihre schläfrigen Träume von Grillkäse ohne Kalorien und Kreditkarten ohne Limit gestört und sie zurück in die Realität geholt.

»Was?«

Die Kellerluft fühlte sich wärmer an, während ich mit mir rang, was ich antworten sollte, wo doch die Wahrheit lautete, dass sie gelogen hatte. Ihr Zimmer war im zweiten Stock und Carter hatte mir ungefähr sieben oder acht Millionen Mal erzählt, dass ihr sagenhaftes Kino/Spielezimmer/Woman Cave (immerhin waren zwei Drittel des Haushalts Frauen) schallisoliert war. Es war unmöglich, dass sie den Film von oben gehört hatte.

»Ach, nichts.«

Hätte ich sie gefragt, warum sie wach war, hätte sie mich gefragt, warum *ich* wach war. Carter hatte vorhin erwähnt, dass sie einen Jetlag hatte. Das würde ich einfach mal gelten lassen. Ich war nicht Sherlock Holmes oder so, aber ich war gut in Mathe; wenn ich eins und eins zusammenzählen musste, kam ich normalerweise auf eine solide Antwort.

Bald lief der Abspann und Commissioner Gordons letzte Sätze hingen noch in der Luft. Ich spürte ein vertrautes Kribbeln im Nacken, als ich bemerkte, dass sie meine Gestalt ganz genau musterte. Mit einem Surren schaltete sich der Projektor ab, und lautlose Dunkelheit umhüllte uns. So unheimlich der Keller auch hätte sein können, irgendwie sorgte die Tatsache, dass ich mit ihr da war, dafür, dass die Situation nicht wie der Beginn einer *Twilight Zone*-Episode wirkte.

Natürlich blieb dafür noch Zeit.

»Danke«, sagte sie.

»Wofür?«

»Dafür, dass du nicht gefragt hast.«

»Jederzeit.« Ich tippte mit den Fingern gegen mein Bein, und die Stille um uns herum wurde lauter. Ich hätte mir einreden können, dass meine geschärften Sinne der Dunkelheit geschuldet waren und der Tatsache, dass es schon nach 2:30 Uhr war, aber damit hätte ich mich selbst verarscht.

»Bist du schon müde?«, fragte sie.

Ich schüttelte den Kopf. »Du?«

Sie setzte sich auf, zog ihre pinke und ihre gelbe Socke weg. »Ich lege das Spiel ein.«

»Ich hole die Gitarren«, sagte ich.

Carters Zimmer war zwar unsere Haupt-Gaming-Arena, aber manche Spiele konnte man einfach nur auf dem großen Bildschirm spielen. Nachdem ich unser Equipment herausgekramt und Eliza sich durch das Menü geklickt hatte, standen wir mit weißen Plastikgitarren über die Schultern gehängt bereit. *Guitar Hero* war immer eins meiner Lieblingsspiele gewesen, und Eliza und ich hatten es dauernd gespielt – früher zumindest. Carter hatte die ganze *Noten = Punkte*-Sache nie so richtig rausbekommen, und als Eliza jemanden gebraucht hatte, der ihr das Spiel erklärte, hatte ich ihr alles beigebracht, was ich darüber wusste.

Na ja, nicht alles. Es ist ja nicht so, als hätte Obi-Wan Luke eine Ausgabe von *Wie man ein besserer Jedi als ich wird 1.0* gegeben. Manche Dinge musste Eliza schon selbst herausfinden.

Die Gamecharaktere, die wir mit zwölf geschaffen hatten, existierten noch immer. Eliza spielte als eine Rockerbraut mit pinken Haaren, und ich war ein cooler Typ mit Irokesenschnitt. Ausschnitte der zur Wahl stehenden Lieder erklangen, als Eliza durch die Musikliste scrollte.

»Willst du eine Übungsrunde?«, fragte ich.

»Nur, wenn du willst.«

Ich ließ sie glauben, sie hätte das letzte Wort. Sie startete *I love Rock 'n' Roll*, das einfachste Lied des Spiels. Also machten wir wohl doch eine Übungsrunde. Vielleicht lag es daran, dass es so früh am Morgen war, aber Eliza spielte wie ein Zombie, der sich auf der Jagd nach Gehirnen dahinschleppte. Als ich mich auf die Knie warf und wie ein totaler Idiot auf der Gitarre schrammte, um sie aufzumuntern, schenkte sie mir nur ein kleines Lachen und stieg nicht drauf ein.

Am Ende schlug ich sie bei dem Song um ungefähr 20 Prozent.

»Nicht schlecht, Maguire. Sieht aus, als hättest du geübt.«

»Verwechsle Übung nicht mit Talent«, antwortete ich. »Es hilft auch, wenn du's mir leicht machst.« Ich stieß sie leicht mit der Gitarre an.

»Okay, okay. Dieses Mal liefere ich dir einen fairen Kampf.« Sie fuhr sich mit den Fingerspitzen durchs Haar. »Sorry, war ein bisschen abgelenkt.«

Wie ich, Mädchen.

»Das hoffe ich doch.«

Als wir jünger waren, hätten Carter und Eliza nicht unterschiedlicher sein können – Carter war ein Sportfan, während Eliza sich für Kunst interessierte und gern bastelte; Eliza saß gern in Ms O'Connors Blumengarten, um zu lesen und auszuspannen, während Carter ausschließlich Fußball spielen und zocken wollte. Carter aß am liebsten Pizza und Chickenwings, Eliza Waffeln und Grillkäse. Freitagabends hatte ihr Streit darüber, welchen Film sie sehen wollten, manchmal eine ganze Stunde gedauert.

Das meiste davon war bis heute so – doch auch die Ähnlichkeiten der O'Connor-Geschwister waren mit der Zeit immer deutlicher geworden: Sie waren beide totale Streber, die nie eine schlechtere Note als eine 1-schrieben, mit ihrem blonden Haar und den braunen Augen sahen sie sich unglaublich ähnlich, und ihr Ehrgeiz war zwar liebenswert, durfte jedoch nie unterschätzt werden.

Sie wählte *More Than a Feeling* als nächsten Song. »Versuch mitzuhalten, *Kumpel*!«

Der langsame Rhythmus der kraftvollen Ballade erfüllte den Raum, und diesmal lag sie näher dran.

»Bei langsamen Liedern kann ich meine grandiosen Tanzkünste nicht so gut zeigen«, sagte ich.

»Eben.«

»Autsch.«

Elizas Lachen verschmolz mit der Musik, die perfekt zu ihrem Sarkasmus passte.

Die Noten folgten immer schneller aufeinander, als wir bei dem Gitarrensolo ankamen. Das hätte eigentlich nach mehr Konzentration verlangt, aber Eliza beschloss stattdessen, mich auf eine halsbrecherische Achterbahnfahrt zu schicken.

»Vorhin«, begann sie, »als du meintest, du würdest mit mir ausgehen, wenn das Date mit Josh suboptimal verläuft ...«

Die Achterbahn raste in freiem Fall auf den Erdboden zu, und mir rutschte das Herz in die Hose, wie bei einem Vollidioten, der nur mitgefahren war, um das Mädchen zu beeindrucken, das ihn keines Blickes würdigte. *Abbruch, Abbruch, Abbruch ...* schrie mein Gehirn. Als hätte das funktioniert.

»Ja?«

»Hast du das ernst gemeint?«

Mir hatte es zweimal in meinem Leben die Sprache verschlagen: das erste Mal vor drei Jahren, als mir mein Dad eröffnet hatte, dass ich in Zukunft jeden Tag Ewigkeiten vor Schulbeginn aufstehen würde. Die Art, wie er es gesagt hatte, hatte mir klargemacht, dass ich, egal, was ich auch tun würde, aus dieser Sache nicht mehr rauskommen würde. Das zweite Mal war vor zwei Jahren gewesen, als Austin mir erklärt hatte, er trinke Essiggurken-Smoothies, weil seine Haare davon schön glänzend würden.

Dieser Moment war das dritte Mal.

Ein kluger Schachzug wäre es zu antworten: *»Warum fragst du?«*

»Ich weiß nicht«, sagte sie. »Carter hat da nur so etwas erwähnt. Dass du aufpassen sollst, dass Josh mich gut behandelt oder so. Ich dachte nur, dass es irgendwie komisch wäre, wenn mehr dahinterstecken würde und du es ernst gemeint hättest.«

»Na ja, dass zwischen uns beiden was läuft, kommt nicht wirklich infrage«, antwortete ich. Meine Beine zitterten, als ich versuchte, meine Verlegenheit unter Kontrolle zu bekommen. Falls es bisher für uns beide noch nicht völlig offensichtlich gewesen war, schien jetzt der richtige Zeitpunkt gekommen, um klarzustellen, dass meine Beziehung zu Eliza niemals nicht-platonisch sein konnte. Der Bro-Codex war da unmissverständlich.

Natürlich hätte ich mich auch einen Dreck um den Codex oder Carter, Austin und Josh scheren und trotzdem etwas mit ihr anfangen können; doch um ehrlich zu sein, so gern ich Eliza auch hatte, Carter war mir wichtiger.

»Also hat Carter die Wahrheit gesagt? Nicht, dass ich dachte, er blufft, ich meine, das ist ihm absolut zuzutrauen.«

»Was hast du von Carter erwartet?«

Das Lied endete, und Eliza ließ die Gitarre hängen, steckte die Hände in die Hosentaschen. Die plötzliche Stille kam zum falschen Moment.

»Ich bin froh, dass du auf mich aufpasst, nicht jemand anders.«

Elizas geflüsterte Worte klangen, als wäre aus einem Kessel voll brodelnder Geheimnisse die Wahrheit aufgestiegen. Ich hatte mein Handy oben gelassen, doch hätte ich raten müssen, hätte ich gesagt, dass es ungefähr drei Uhr war – die Uhrzeit, zu der alle die Wahrheit sagten.

Um drei Uhr morgens hatte Madison mir gestanden, dass sie auch mit anderen Jungs schlief, weil sie niemanden zu nah an sich heranlassen wollte. Zur selben Zeit an einem anderen Tag hatte ich ihr erklärt, dass sie sich deswegen bei mir keine Sorgen machen müsse. Drei Uhr morgens war gewöhnlich auch der Zeitpunkt, zu dem auf Partys die verbliebenen Gäste damit anfingen, über die Geheimnisse des Universums zu diskutieren, und zwangsläufig jemand fragte: *Glaubt ihr, wir sind allein?*

»Josh macht ein bisschen den Eindruck, als würde er klammern«, fuhr Eliza fort. »Vielleicht brauche ich im Notfall deine Hilfe.«

»Damit du nicht mit ihm abhängen musst?«

»Ja. Ab und zu.«

»Nur, um das richtig zu verstehen ...« Ich fasste mir mit einer melodramatischen Geste ans Kinn. »Du willst, dass ich dir dabei helfe, dem Typen aus dem Weg zu gehen, mit dem du dich triffst.«

Eliza war auf einmal sehr damit beschäftigt, das ganze Game-Equipment auszuschalten. Das Licht des Beamers ließ ihr Haar blau leuchten, und ich hätte gern einen Witz darüber gemacht, dass sie aussah wie besessen. Tat ich nicht.

»Es ist nur ...« Sie klang besorgt. »Ich weiß auch nicht. Er wollte den ganzen Abend mit mir rummachen und hörte auch nicht auf, als ich ihn darum bat. Er wollte mein Nein irgendwie nicht akzeptieren.«

»Was?«

»Erzähl Carter nichts davon«, bat Eliza. »Es war ja nicht so, als hätte ich nicht auch ...«

Der riesige Raum fühlte sich plötzlich zu eng an. »Bist du ... okay?«

Am liebsten hätte ich sie umarmt, aber wir hatten gerade dieses seltsame Gespräch geführt. Und jetzt das. Ich hatte keine Ahnung, ob sie von mir umarmt werden wollte.

»Jep. Danke, Nick.« Sie gähnte und löste mein Problem, indem sie einfach über die Sache hinwegging. »Ich bin froh, dass wir Freunde sein können.«

»Ich auch.« Mit ihr befreundet zu sein, nahm den Druck von mir und machte das, was ich fühlte, wenn wir zusammen waren, leichter. Was auch immer es war. Nichts Wichtiges. Oder überhaupt nichts? Mit ihr befreundet zu sein bekam ich hin.

»Hey«, sagte ich, als sie sich zur Tür umwandte. »Ist deine Schulter wieder in Ordnung? Ich könnte dir ein paar Dehnübungen zeigen – ich bin quasi Profi.«

Was auch immer sie mit ihrer Schulter angestellt hatte, hatte ihren Abend sicher nicht besser gemacht.

Sie stellte einen Fuß auf die unterste Stufe der Treppe und lehnte sich gegen das Geländer. »Das wäre toll, danke, Maguire. Aber zuerst: schlafen.«

»Geht klar, *Kumpel.*«

»Bis dann.«

Freunde.

Regel Nummer 5

Ein Bro steht samstags niemals vor elf Uhr auf.

Auf dem Wecker stand 10:07 Uhr. Aus irgendeinem Grund waren meine Beine entspannt, und ich fühlte mich, als hätte ich gerade sechs Iced Coffees hinuntergestürzt – der Lieblingskaffee eines Bros.

Ein gütiger Zimthauch wehte in mein Zimmer, gefolgt vom heldenhaften Duft nach gebratenem Speck. Ich ging nach unten, wo Carter und Eliza bereits am Frühstückstisch saßen.

Das Esszimmer der O'Connors passte insofern perfekt zum Rest des Hauses, als es überhaupt nicht zum Rest des Hauses passte. Während die Küche in Dunkelblau gehalten und mit glänzenden Edelstahl-Küchengeräten ausgestattet war, war das Esszimmer blassrosa, es gab winzige Teetassen, und überall standen künstliche Blumen herum, als wäre es einem dieser englischen Landromane entsprungen, die wir letztes Jahr im Literaturkurs behandelt hatten, die ich aber nicht gelesen hatte. (Austin hätte gewusst, was ich meine.)

Ich zog den dunklen Holzstuhl meinem besten Freund gegenüber heraus, aber Carter hielt den Kopf parallel zu seinem Teller und schaufelte sich die goldbraunen

Pfannkuchen in den Mund, die seine Mutter vor dieser Geschlechtsverkündungs-Sause noch schnell gezaubert hatte. Auch ihre Pfannkuchen waren der Wahnsinn. Ihr Bananenpfannkuchen hatte sogar einen Preis gewonnen, wenn man die Auszeichnung, die Carter und ich ihr verliehen hatten, zählen wollte.

Heute gab es Blaubeerpfannkuchen, dazu Speck, Orangensaft, Obstsalat und irgendeine Art von Muffins, die mir das Wasser im Mund zusammenlaufen ließen, als ich daran roch, weshalb ich mich nicht länger darum kümmerte, was für Muffins es waren.

Eliza trug Leggings und ein einfaches Langarmshirt, ihre Haare hatte sie zu einem unordentlichen Zopf geflochten. Sie starrte stirnrunzelnd auf ihren Teller, auf dem sich ein Meisterwerk der Architektur, bestehend aus einem Sirup-Wasserfall und einer Speckbrücke, auftürmte.

»Ich hatte deine Frühstücksbauwerke ganz vergessen«, sagte ich. Vor ein paar Jahren hatte sie es geschafft, ein Modell ihres Hauses aus Bananen und Haferbrei zu bauen.

»Läutet die Glocken«, erwiderte Eliza. »Nick Maguire ist vor zwölf Uhr aufgestanden.«

»Freu dich nicht zu früh; ich weiß noch nicht, ob mir diese neue Welt gefällt.«

»Vielleicht ist es gar nicht so schlimm, früh aufzustehen.« Sie platzierte vorsichtig ein paar Orangenstücke, um eine zweite Speckbrücke zu bauen.

»Lange zu schlafen schützt davor, Frühaufstehern zu begegnen.« Ich schnappte mir einen leeren Teller, häufte das köstliche Essen darauf und verschlang die Kostbarkeit. *Wäre jeder Morgen so, würde ich auch zum Frühaufsteher werden.*

»Was ist mit dir?«, fragte ich. »Wie hast du geschlafen?«

»Ich habe gut geträumt. Bin zufrieden.« Sie setzte eine Blaubeere auf ihre Brücke.

»Ein schöner Traum? Erzähl!«

»Du kamst nicht darin vor.«

Ich lehnte mich in meinem Stuhl zurück, wodurch sich die zwei vorderen Beine mit einem kratzenden Geräusch vom Boden hoben.

»Wie schade«, meinte ich. »*Du* kamst in meinem vor.«

Sie öffnete den Mund, um etwas zu erwidern, aber ein Erstickungsanfall von Carter unterbrach sie. Eliza klopfte ihrem Bruder auf den Rücken, bis er wieder normal atmen konnte.

»Du solltest so etwas echt nicht sagen«, beschwerte er sich. »So früh am Morgen kann ich noch nicht sicher sein, ob du's nicht doch ernst meinst.«

Er lehnte sich zurück und sah endlich von seinem Teller auf. Als es an der Tür klingelte, hatte er wieder ganz zu seinem gewohnten entspannten Selbst zurückgefunden.

»Ich mach auf.« Eliza ließ von ihrem klebrigen Kunstwerk ab.

Carter stupste ihre Speckbrücke mit dem Finger an.

»Sie ist eklig«, sagte er. »Das macht sie wegen dir. Mom ist weg, und schon gibt sie an.«

Ich nahm eine Gabel von meinem Blaubeerpfannkuchen, schwelgte in seiner buttrigen Luftigkeit. Mit vollem Mund fuhr ich fort: »Ich meine, Mädchen sind toll und so, aber ... *Wow*, diese Pfannkuchen!«

»Iih«, sagte Eliza, als sie wieder zu uns zurückkam.

Austin schlenderte hinter ihr herein. Er trug Fußballshorts und seinen liebsten Kapuzenpulli. Carter nickte ihm zu. Samstags hingen wir drei immer zusammen ab, manchmal zockten wir, manchmal fuhren wir durch die Stadt, um zu sehen, wo wir Ärger machen konnten.

»Was läuft, Jungs?« Austin setzte sich neben mich und schnappte sich einen Muffin.

Ich begrüßte ihn, indem ich ihn mit dem Ellbogen anstieß. »Hast du was von Jamal gehört?«

»O ja. Er kriegt vor Mitte September keine Genehmigung für den Strand, also müssen wir bis dahin warten.«

»Verdammt«, sagte ich. »Na ja, besser spät als nie.« Ich streckte ihm meine Faust zum Fistbump entgegen. Weil Austin ein echter Bro war, reagierte er darauf innerhalb der gesellschaftlich akzeptierten Zeitspanne von zwei Sekunden.

»Jamals Lagerfeuer?« Carter legte seine Gabel mit einem Klirren auf seinem Teller ab. »Was das angeht ...«

»Du hast doch nicht vor, uns zu versetzen, oder, O'Connor?«, fragte Austin, als wäre Carter der einzige O'Connor im Raum.

»Ich kann mich am BB nicht mehr blicken lassen, das wisst ihr doch.«

Jedes Jahr veranstaltete unser Freund Jamal Sanchez eine riesige Party mit Lagerfeuer am Strand. Normalerweise legte er sie auf den Schulbeginn, aber wenn es diesmal endlich so weit war, würden wir immer noch eine Menge zu feiern haben. Carter allerdings hatte gemischte Gefühle, was die Party anbelangte.

Den Mund voller Pfannkuchen sagte ich: »Austin, hast du was gehört?«

Austin sah sich suchend in dem altmodischen rosafarbenen Raum um, eine Hand an sein Ohr gelegt. »Es klingt wie ... das kann nicht sein. Jammert da etwa jemand wegen einer Party?«

»Niemals«, sagte ich. »Denn derjenige müsste wissen, dass wir seinen armseligen Hintern auf jeden Fall dort hinschleifen werden.«

Austin schüttelte den Kopf. »Dieser Typ muss ein echter Idiot sein.«

»Der glaubt wahrscheinlich auch, der Himmel ist blau.«

»Dabei ist er ganz klar orange.«

»Heute erinnert er eher an eine Clementine, finde ich.«

»Da hast du recht«, meinte Austin.

Eliza saß mit verschränkten Armen da, ein winziges belustigtes Lächeln auf den Lippen. Ich sah es als meine Aufgabe, dieses Lächeln größer zu machen.

»Der Typ ist vermutlich so ein Trottel, dass er von seinem Zahnarzt Bluetooth haben wollte.«

Austins Stuhl schrammte über den Boden, als er nach hinten kippelte, um es mir gleichzutun. »Wahrscheinlich ist er so dumm, dass er versucht hat, sich bei Pizza Hut eine Cap zu kaufen.«

»Ich habe gehört, er hat sich den Finger gebrochen und wollte Dr. Pepper rufen.«

»O nein«, sagte Austin. »Das ist aber nicht derselbe Kerl, der versucht hat, auf dem Bauernhof ein iPhone zu bekommen, oder?«

»Doch. Und danach ist er in den Apple Store gegangen, um Obst zu kaufen.«

»Ihr seid Idioten«, murmelte Carter.

Eliza hustete. »Die glauben sicher immer noch, Bruno Mars ist ein Planet.«

Ich stand auf. »Das ist mir nur *ein Mal* passiert.«

»Einmal mehr als uns anderen.« Sie nahm eine großen Schluck Orangensaft, wobei ihre Schultern vor Lachen bebten.

»Was ist der Plan für heute?«, fragte Carter, der genug davon hatte, von uns verarscht zu werden.

»Ich habe Zeit bis heute Nachmittag. Dann muss ich was für die Schule machen«, antwortete ich. »Ich möchte für Bio ein paar Sachen lesen, auch wenn unser Mann hier bei der Hausaufgabe grandiose Arbeit leistet.« Ich schlug bei Carter ein.

Normalerweise hätte ein Bro in Gegenwart eines Mädchens niemals mit vollem Mund gesprochen, doch ich musste sichergehen, dass die Jungs meine Prioritäten für den Tag kannten. Bevor Austin zum Beispiel einen Plan ausarbeiten konnte, der vorsah, einen Unterstufenschüler aus dem Schulteam mit Kondomen und Glitzerkleber zu schikanieren, was fünf Stunden gedauert hätte und was ich nicht hätte ablehnen können.

Nicht, dass so etwas jemals passiert wäre. Dafür hätten wir schließlich aus dem Fußballteam geworfen werden können. Das war nur eine rein hypothetische, ziemlich spezielle Aktion, die ganz sicher weder von mir noch von Austin oder Carter jemals umgesetzt worden war. Vielleicht von drei Typen, die *aussahen* wie wir. Das müssen drei hübsche Mistkerle gewesen sein.

»Nick Maguire macht Fleißaufgaben?«, fragte Carter.

»Jep. Ich brauche für Clarkebridge im Biotest mindestens eine Vier, also ...«

»Ich auch«, erklärte Carter.

»Wann ist euer Probetraining?«, fragte Austin.

»Ende Oktober.«

Ich stöhnte. Clarkebridge war das College, für das Carter und ich uns beide bewerben wollten. Er hatte vor, den medizinischen Zweig zu belegen, und ich wollte irgendetwas mit Sport machen – ich hatte noch ein bisschen Zeit, um darüber nachzudenken, was genau. Doch wir würden beide ein Probetraining für das Fußballteam absolvieren.

Eins unserer liebsten Hobbys war es, nicht darüber nachzudenken, ob es in Clarkebridge genug Studienplätze für uns beide gab, denn statistisch gesehen gab es das nicht.

»Willst du ein paar Cupcakes zum Lernen mitnehmen? Ich glaube, meine Mom hat welche dagelassen«, sagte Carter. Es war allgemein bekannt, dass Carter der Beste von uns war. Immer noch traf das Ausmaß seiner Großartigkeit mein kaltes sarkastisches Herz von Zeit zu Zeit völlig unvorbereitet.

Die Antwort auf die Frage, ob ich absolut köstliche und trotzdem aus irgendeinem Grund kalorienarme Cupcakes haben wollte, lautete immer Ja. Natürlich zählte ein Bro keine Kalorien, außer er war im Ringerteam und ihm stand ein wichtiges Wiegen bevor. Nein, die fehlenden Kalorien spielten eine Rolle, weil sie einem Bro ermöglichten, sich als Held zu zeigen, indem er einem Mädchen (oder einem anderen Bro, wenn er so tickte – ein Bro steht hinter jedem Bro) ein dringend nötiges Dessert ohne jeglichen Fehler überreichte. Natürlich waren die Cupcakes vegan, bio und glutenfrei.

Scherz. Cupcakes konnten nur zwei dieser Kriterien erfüllen, bitte nicht alle drei. Brownies? Klar. Kuchen? Vielleicht. Aber bei Cupcakes musste man eine Grenze ziehen.

»Okay.« Austins Handy vibrierte auf dem Tisch. »Ich hab uns Pläne gemacht. Wir spielen um zwölf Basketball.« Er sah mich an. »Was heißt, dass ihr fünfzehn Minuten Zeit habt, bevor wir losmüssen.«

Ich betrachtete den Stapel Pfannkuchen, den ich immer noch auf dem Teller hatte. »Fünfzehn Minuten genau oder …«

»Wir können nicht zulassen, dass uns die Sechstklässler den Platz wegschnappen.« Austin nahm sich einen Streifen von meinem Speck und kaute ihn geräuschvoll. »Und Joshy kann nicht vor 12:15 Uhr da sein. Also liegt es an uns, Gentlemen.«

»Daley kommt auch?« Carter versuchte gar nicht, sein Entsetzen zu verbergen.

Eliza stand auf und sammelte die leeren Teller zusammen, um sie in die Küche zu tragen. Mein Mund wurde ganz trocken.

»Klar, zwei gegen zwei«, sagte Austin. »Schlagt euch nicht darum, wer mit mir spielen darf.«

»Süß.« Carter erhob sich und streckte sich, um uns daran zu erinnern, dass er nicht nur zweieinhalb Zentimeter größer war als Austin und ich, sondern auch rund sieben Kilogramm reine Muskelmasse mehr besaß. Für uns Bros, die wir unter extrem fragilen Egos litten, war das, als hätte er uns den Fehdehandschuh hingeworfen.

Ich stand ebenfalls auf. »Ciao, Chica«, sagte ich zu Eliza. »Wir sehen uns am Montag in Sport, frisch und munter.«

»Und wie ich mich darauf freue«, erwiderte sie und warf sich ihren Zopf über die Schulter, damit er nicht in die klebrigen Teller geriet. Sie verschwand in die Küche, und ich atmete auf.

Hör auf, Nick.

Außer *Straight Cheese 'n' Pizza* hatte North Cassidy in Sachen Unterhaltung peinlicherweise nicht viel zu bieten. Bei schönem Wetter konnten wir uns an dem Ort treffen, den die Stadtväter, oder wie auch immer man sie nannte, als den »Sammelplatz« bezeichneten, den die coolen Leute aber alle unter »Rammelplatz« kannten.

Ich meine, echt jetzt? Was ist denn das für eine Vorlage? Die hatten es doch darauf angelegt.

Der Sammel-/Rammelplatz bestand aus einer manikürten Grünfläche, einer Metalltribüne und einem Kunstrasenplatz, der mehr Kreuzbandrisse verursachte, als der ganze Spaß wert war. Die Freizeitanlage lag neben der Highschool und den städtischen Sportanlagen, also dem Leichtathletikplatz, den Football-, Softball-, Fußball- und Lacrosse-Feldern, den Basketball- und Tennisplätzen und dem Schwimmbad. Es gab auch einen asphaltierten Streetballplatz mit speziellen Scheinwerfern, die mit ihrem Gestank nachts die Moskitos vertrieben. Der nächste Platz lag mit dem Auto zwanzig Minuten entfernt in der Nachbarstadt, und dort gab es keine Antimoskito-Lichter, weshalb man Stiche am ganzen Körper abbekam, wenn man dort spielte. Obwohl es vielleicht auch ein geringeres Krebsrisiko bedeutete.

Solange keine Schulveranstaltung stattfand, galt für die Sportanlagen, wer zuerst dort aufschlug, bekam den Platz – vor allem bei den Tennisplätzen. (Nicht wirklich, aber den Witz wollte ich unbedingt bringen.) Wir dribbelten nur ein paar Minuten, bevor eine Gruppe ziemlich großer Middle-School-Kids von ihren Eltern dort abgeliefert wurde, auf den Streetballplatz.

»Was für ein Pech«, rief Austin.

»Deine Mutter hat Pech«, rief einer der Sechstklässler zurück.

Carter und ich lauschten einfach nur dem beruhigenden Geräusch, mit dem wir unsere Bälle im Korb versenkten.

»Maguire, pass auf deinen Ellbogen auf. Du spreizt ihn zu sehr ab«, rief Josh, während er auf uns zukam. »Balance, Ellbogen, Augen und durchziehen. Du weißt, wie es läuft.«

»Danke, aber ich brauche deine Hilfe nicht, um zu treffen«, antwortete ich. *Niemals.*

Joshs dämlicher höher gelegter Pick-up auf dem Parkplatz wurde von der Sonne beschienen, wodurch seine Dämlichkeit noch mehr zur Geltung kam. Die Karosserie des Trucks thronte hoch über den extra großen Reifen, was viel über den Zustand seiner Männlichkeit aussagte, sonderbarerweise aber dafür sorgte, dass die Mädchen umso mehr auf ihn abfuhren.

»Dein Wagen sieht ziemlich sauber aus«, sagte ich.

»Danke«, antwortete Josh. »Ich hatte vor, damit in die Waschanlage zu fahren, aber dank euch ist das jetzt nicht mehr nötig.«

»Gern geschehen«, murmelte Carter.

Ehrlich, warum Austin ihn eingeladen hatte, war mir ein Rätsel. Normalerweise hing Josh mit uns ab, weil er mit irgendjemandem mit kam, der mit uns abhing. Obwohl er, seit sein Gras-Geschäft richtig gut lief (und ich spreche nicht von Gartenbau), *der* Typ war, der einem etwas besorgen konnte.

»Carter und Josh gegen Mags und mich?«, fragte Austin und warf sein Sweatshirt auf den Boden. »Klingt fair, oder?«

Das Geräusch, mit dem Carters Ball auf der Mittellinie aufschlug, war Antwort genug. Joshs unterdurchschnittliche Fähigkeiten gepaart mit Carters Talent, der in allem, was er tat, einfach nur gut war, sorgten für ein ziemlich ausgeglichenes Spiel.

Nachdem wir eine Stunde lang geschwitzt hatten, Austin mehrmals Ärger wegen Schrittfehlern bekommen hatte und wir bei jeder Gelegenheit versucht hatten, den Ball über Carters Kopf hinweg zu versenken, was uns wirklich ab und zu gelungen war – Pfadfinderehrenwort! –, ließen sich Josh und Austin ins feuchte Gras neben dem Platz fallen und tranken gierig aus ihren Wasserflaschen.

Die Nachmittagssonne brannte auf den Asphalt nieder, bis er so glühend heiß war wie Felsen in der Wüste. Die Hitze drang durch die Sohlen meiner Sneakers, aber das war mir tausendmal lieber, als mit Josh im Gras zu sitzen, damit wir uns gegenseitig Zöpfe flechten konnten.

»Habt ihr heute Abend schon was vor?«, fragte Josh.

»Klar«, erwiderte Austin. »Wir müssen doch dafür sorgen, dass Carters Hungerstrecke endlich mal ein Ende hat. Wie lange ist dein letztes Date noch mal her?«

Carter antwortete, indem er den Ball von der Drei-Punkte-Linie aus direkt in den Korb beförderte. Wir hatten heute Abend absolut nichts vor, zumal ich lernen musste, aber Austin nutzte jede Gelegenheit, um sich über Carter lustig zu machen.

»Ne«, sagte ich. »Solange ihr Vorname nicht Schul lautet und ihr Nachname Buch, hat sie bei Carter keine Chance.«

Josh schnaubte.

»Stimmt«, gab Austin zu. »Ich habe gehört, dass man sich, wenn man nicht in jeder Highschool-Prüfung hundert Punkte hat, sofort davon verabschieden kann, den Collegeabschluss zu schaffen, eine gute Note in der medizinischen Vorprüfung zu schreiben, einen Studienplatz in Medizin und später eine Traumassistenzstelle zu bekommen, um dann Chirurg und Oberarzt zu werden.«

»Idioten«, sagte Carter. »Ohne mich würdet ihr in Bio alle durchfallen.« Er warf noch mal von der Drei-Punkte-Linie aus. Diesmal prallte der Ball vom Brett ab.

Austin tat, als würde er sich vor Carter verbeugen, hörte aber damit auf, als zwei Mittelstufenschülerinnen mit Tennisschlägern über den Schultern an uns vorbeigingen. Das Kunstleder des Basketballs in meiner Hand fühlte sich gut an, aber noch besser fühlte es sich an, als ich den Ball Austin an den Kopf warf.

»Ihr würdet alle in Basketball durchfallen, wenn ihr mich nicht hättet«, sagte ich.

Carter warf mir seinen Ball zu und schnappte sich seine leere Wasserflasche, die an der Seitenlinie lag.

»Ich fülle die hier auf. Ich habe genug von deinem Gelaber, Maguire.« Er trottete über den Rasen davon zum nächsten Trinkbrunnen.

Austin wartete genau vier Sekunden, bis Carter außer Hörweite war. »Wie lief's mit LOC? Über was habt ihr gesprochen?«

LOC, also Little O'Connor, war Austins Codename für Eliza. Eine weitere Regel des Bro-Codex lautete, dass ein Bro genießt und niemals schweigt. Es war an der Zeit, Joshs Version des gestrigen Abends zu hören.

Immer vorausgesetzt, dass er nicht übertrieb, wozu ein Bro ebenfalls neigte.

Ein warmer Schweißtropfen lief mir über die Wange. Ich wischte ihn weg, hatte aber weiterhin einen salzigen Geruch in der Nase. Äußerlich gleichgültig versuchte ich mich an einem leichten Zwei-Punkte-Wurf.

Josh grinste. »Wir haben nicht viel geredet, wenn du weißt, was ich meine.«

Ich bemühte mich absichtlich nicht, den Rebound zu erwischen. Der Ball flog zu Josh und traf ihn am Kopf.

»Ups«, sagte ich. Josh zeigte mir den Mittelfinger.

»Du musst ihr nur genug Jungle Juice geben …«, fuhr er fort. »So habt ihr doch eure ganzen Mädels rumgekriegt, oder? Angeblich mixt ihr ziemlich heftige Drinks.«

»Alter! Ganz sicher nicht.« Austin stand auf und signalisierte mir, ihm den Ball zuzuwerfen. Seine plötzliche Unruhe war ein klares Zeichen, dass er mit dieser Unterhaltung abgeschlossen hatte.

»Was *ganz sicher nicht*?« Carter kam mit seiner Wasserflasche zurückgejoggt.

»Ach«, meinte Austin. »Nick und ich haben Joshy ein paar Tipps gegeben, wie man sich als perfekter Gentleman benimmt.«

»Josh, tu mir einen Gefallen«, sagte Carter. »Was auch immer sie dir geraten haben, mach genau das Gegenteil, wenn du mit Eliza zusammen bist.« Er zog sein Handy aus der Hosentasche und blickte aufs Display.

Josh nutzte diese kurze Ablenkung, um eine obszöne Geste zu machen. »Keine Sorge«, sagte er. »Sie ist in guten Händen.«

Ich zwang mich dazu, ihm den erhobenen Daumen zu zeigen. Die süßen Blaubeerpfannkuchen rumorten in meinem Bauch.

Carters warf sein Handy ins Gras, wo es mit einem dumpfen Aufprall landete. »Wollt ihr noch 'ne Runde spielen?«, fragte er. »Nick hat noch eine Stunde.«

»Oder wir könnten weiter die Vorzüge von Date Rape diskutieren«, murmelte Austin.

»Warte, was?«, fragte Carter.

»Bro.« Josh schlug Austin mit seiner Cap. »Das habe ich nicht gesagt.«

»Das hoffe ich sehr für dich«, sagte Carter.

»Hat er nicht«, erklärte ich, auch wenn es mir körperliche Schmerzen bereitete, für Josh Partei zu ergreifen. Ich warf meinen Ball nach Austin. Was war denn in ihn gefahren? Jep, das Gespräch über Eliza war schräg gewesen, aber die #MeToo-Karte zu spielen, war doch ein bisschen krass.

So sind Bros nun einmal, war ein beliebter Spruch unter den Leuten mit Klasse in North Cassidy, zu denen Austin, Carter und ich uns bis letztes Jahr ebenfalls gezählt hatten, bis Carter, unser Held in Sachen Political Correctness, Grenzen abgesteckt hatte, die wir Bros nicht überschreiten wollten. Josh wusste davon allerdings nichts, und Austin hatte es gerade ein bisschen übertrieben. Denn die *Genießen-und-niemals-schweigen*-Regel brachte auch die Verpflichtung mit sich, nicht darüber zu urteilen, wie der Bro zu diesem »Genuss« gekommen war. Das war schwer mit den Grenzen in Einklang zu bringen, die Carter für uns gezogen hatte.

Aber Carter musste das ja nicht wissen.

Um etwa drei Uhr nachmittags gingen wir alle unserer Wege, weshalb mir mehr als genug Zeit blieb, um mein Biologiebuch aufzuschlagen.

Mehrere Hindernisse befanden sich zwischen meinem jetzigen Ich, Highschool-Nick, und meinem zukünftigen Ich, College-Nick. Als Erstes war da die Frage, wie um alles in der großen weiten Welt, die Familie Maguire meinen Weg ins Erwachsenenleben finanzieren wollte, da mein Dad nur ein Middle-School-Lehrer war und alles, was meine Mom verdiente, für Lebensmittel, Strom und so weiter draufging. Dann war da noch das Bewerbungsgespräch fürs College – und ich bekam schon Herzrasen, wenn ich nur das Wort »Bewerbungsgespräch« hörte. Und zum Schluss kam noch das Problem, dass ich mich endlich für ein Hauptfach entscheiden musste.

Der Rat, den mir mein Dad zu diesem Thema gegeben hatte, lautete: »Nimm das Fach, das am leichtesten ist, damit du sicher im Fußballteam bleiben kannst.« Doch er war das lebende Beispiel dafür, dass es sich spektakulär rächen konnte, wenn man keinen Plan B hatte – und es einem zum Beispiel, wie in seinem Fall, mit zweiundzwanzig das Knie zerschoss.

Die ganzen interessanten sportwissenschaftlichen Fächer setzten eine gute Note in Biologie voraus. Ich brauchte also vier (von fünf) Punkten im Bio-Leistungstest, damit ich überhaupt eine Chance hatte, in den infrage kommenden Studiengängen aufgenommen zu werden. Das behauptete zumindest mein Beratungslehrer.

Daher saß ich an einem sonnigen Samstagnachmittag zu Hause in meinem grauen Zimmer mit Einzelbett und ohne Schreibtisch, hatte das Schulbuch vor mir auf meiner *Red Sox*-Decke liegen und versuchte mich tatsächlich im Lernen.

»Du schuldest mir noch ein paar Trainingseinheiten.« Mein Dad steckte den Kopf zur Tür herein. Seine Trillerpfeife schlug gegen den Holztürrahmen.

Er und ich sahen uns unglaublich ähnlich. Wir waren beide eins achtzig groß, wogen ungefähr 65 Kilo und hatten dasselbe wellige braune Haar. Wenn er mich mit diesem unangenehm kühlen Blick aus seinen – *meinen* – dunkelgrünen Augen musterte, fühlte es sich an, als wäre mein zukünftiges Ich in die Vergangenheit zurückgereist, um sich bei mir darüber zu beschweren, wie sich sein Leben entwickelt hatte.

»Ich muss lernen.«

»Du musst dafür sorgen, dass du ein Sportstipendium bekommst.«

Ich hielt das offene Buch wie einen Schild zwischen uns.

»Du hattest gestern während des Nachsitzens Zeit, um deine Hausaufgaben zu machen«, sagte er. »Zieh deine Schuhe an!«

Statt guter Cop/böser Cop spielten meine Eltern verärgerter Cop/enttäuschter Cop. Weniger geradlinig, dafür umso effektiver, wenn man ein Schuldeingeständnis erzwingen wollte.

»Schön.« Ich erhob mich mit einem Stöhnen und kramte in der Sporttasche, die an meinem Bettpfosten hing, bis ich ein Paar schlammverkrusteter Fußballschuhe gefunden hatte. Der Geruch, der von ihnen ausging, verbreitete sich im ganzen Zimmer. Das Biobuch lag vergessen bei meiner frischen, noch nicht zusammengelegten Wäsche. »Was machen wir?«, fragte ich.

»Das, was du verpasst hast. Zweikampftraining und Bergsprints auf Zeit.«

Fantastisch.

Immer wieder wurde ich gefragt, ob es für mich schwierig war, dass mein Dad das Fußballteam unserer Highschool trainierte. Die meisten kannten ihn aus der achten Klasse als ihren Englischlehrer, doch sie ahnten nicht, dass er lieber auch sein zweites Knie geopfert hätte, als das Middle-School-Fußballteam zu trainieren – egal ob das der Mädchen oder das der Jungs.

Meine Antwort fiel jedes Mal anders aus. Manchmal war es gut, weil es dafür sorgte, dass ich mich noch mehr anstrengte. Ich musste mich noch mehr beweisen. Manchmal war es schwierig, aus genau demselben Grund.

Mein Dad saß am Steuer eines Minivans von der Größe eines Wals und raste durch North Cassidy, obwohl der Wagen physikalisch gesehen eigentlich nicht dazu imstande hätte sein dürfen. Doch wie das meiste in dieser Welt gehorchte er ihm aufs Wort. Obwohl ich ein Einzelkind war, hatte mein Dad darauf bestanden, einen Minivan zu fahren, um mich, meine Freunde und unser ganzes Sportequipment zu unseren Auswärtsspielen bringen zu können. Er hatte ihn gekauft, als ich geboren worden war, also lange, bevor ich irgendein Interesse an Sport hätte zeigen können.

Die Bremsen des Wagens seufzten erleichtert, als er auf den Parkplatz des Sammelplatzes einbog. Ein hoher Hügel ragte über der Leichtathletikbahn und dem Fußballfeld auf. Es war meine Schuld, dass mein Dad diesen Ort für unser Training entdeckt hatte; in der Grundschule waren Austin und ich an einem verschneiten

Tag hier beim Schlittenfahren gewesen, und ich hatte mich darüber beschwert, dass ich immer wieder den steilen Hügel hatte hinaufrennen müssen.

Zehn Jahre später beschwerte ich mich noch immer.

»Okay«, grummelte ich. »Bringen wir es hinter uns.«

»Und stopp!«, sagte mein Vater. »Willst du diese Aussage noch mal überdenken?«

Ich ballte die Hände zu Fäusten und grub meine Stollen ins Gras.

»Die Übungen einfach nur herunterzuspulen ...«, fing er an.

»... ist für alle Beteiligten reine Zeitverschwendung, ich weiß«, beendete ich den Satz.

Es ist, als würde dir deine Frau Brathähnchen machen, pflegte er zu sagen. *Das ist schon okay, aber im Grunde ist es nicht das, was du willst. Wenn du Roastbeef möchtest, musst du dich mehr anstrengen.*

»Auf geht's, Nicky.« Er klatschte in die Hände. »Drei, zwei, eins ...« Ein Pfiff. »Der Berg gehört dir.«

Meine Waden schrien, als ich bergauf schoss, die Arme dicht am Körper, als gäbe es hinter der Ziellinie Freibier.

Nach zehn Wiederholungen des ungefähr hundert Meter langen Anstiegs joggte ich nach unten und kauerte mich ins harte Gras. Mein Herz pumpte mit Hochdruck Blut durch meine Adern, und mir war schwindlig. Mein Dad blickte stirnrunzelnd auf seine Stoppuhr.

»Wie mach ich mich, Trainer?«

»Ungefähr so gut wie jeder andere Schwachkopf. Im Durchschnitt zwanzig Sekunden. Bei den nächsten zehn Sprints will ich, dass du diese Zeit schlägst.«

»Das ist mehr als ein Kilometer.« Mit jedem Atemzug hob und senkte sich mein Brustkorb. »Und ich habe mich nicht aufgewärmt.«

»Das war das Aufwärmen«, sagte er.

»Na toll.«

»Auf die Plätze, fertig ...«

Das Blut pochte in meinen Ohren, und der Berg schien über das, was gleich kommen würde, zu lachen.

Mein Dad nannte uns während des Trainings gern Schwachköpfe. Unser inoffizieller Name, die Thor-Jäger, stammte von Carter. (Alternativen waren die Dribbler von Catan und die rasenden Schwalben.)

»Knie hoch!«, rief er, als ich mich dem Gipfel näherte. »Du läufst wie deine Mom.«

Ich biss die Zähne zusammen. Wenn meine Mom gewusst hätte, dass er so über sie sprach, hätte er bald keine Kehle zum Sprechen mehr gehabt, aber ich konnte schlecht ihre Ehre verteidigen, während er mir in den zarten Hintern trat, um mich in Form zu bringen.

Nachdem ich den nächsten Kilometer gesprintet war, brachte Coach Dad zusätzlich einen Ball ins Spiel und ließ mich noch eine ganze Stunde lang rennen. Als wir schließlich zu Hause waren, trottete ich die Treppe hinauf und hätte entweder ein Bad in der Eistonne gebraucht oder fünfzehn Stunden Schlaf.

Trotz meines Gestöhnes und Gejammers und obwohl ich im Moment nicht besonders gut auf meinen Dad zu sprechen war, hatte das Laufen tatsächlich gutgetan. Zum ersten Mal in dieser Woche wollte ich mich beim Gedanken an das Probetraining in Clarkebridge nicht sofort übergeben und das Thema wechseln.

Wurde auch Zeit.

Regel Nummer 6

Ein Bro schwimmt niemals in Straßenklamotten. Sie engen zu sehr ein, und man sieht absolut lächerlich aus.

Die nächsten Wochen waren eine eintönige und trotzdem stressige Wiederholung des immer Gleichen. Ich absolvierte Extratrainingseinheiten mit meinem Dad, starrte auf Schulbücher und tat alles Mögliche, um das Lernen hinauszuzögern, putzte noch mehr Tafeln beim Nachsitzen, hing in meinen Wahlfächern mit dem bescheuerten Josh ab und versuchte zu ignorieren, dass er immer noch mit Eliza ausging.

Austin, Carter und ich konnten es kaum fassen, wie schnell unser letztes Schuljahr dahinflog. Zum Glück fand an einem Abend in der zweiten Septemberhälfte endlich die Party statt, auf die wir hin gefiebert hatten, als wäre sie die offizielle Feier zum Untergang der Welt.

Und sie sollte alles verändern.

Ich fuhr in einem alten T-Shirt und Jeans zu Jamals Party. Es war Samstag und der letzte richtige Sommerabend vor dem Herbst, der Dunkelheit und der ekligen Kälte. Durch meine Frontscheibe blickte ich auf einen rostroten Sonnenuntergang, der etwas Magisches hatte. Der Abend hatte meine volle Erlaubnis zu bringen, was auch immer er wollte.

Austin saß auf dem Beifahrersitz meines Mustangs, und aus den Boxen dröhnte die Playlist, die wir immer hörten, um uns in Stimmung zu bringen. Wir hatten sie mit fünfzehn zusammengestellt und spielten sie seitdem auf dem Weg zu jeder Party, jedem Spiel und jeder Art von Spaß versprechendem Event, zu dem wir unterwegs waren. Es war inzwischen so etwas wie einer – du hast es erraten – Tradition geworden.

Auf dem Weg zu den O'Connors holperte mein Mustang über mehrere Schlaglöcher, und Austin drehte die Lautstärke hoch, um das Geklapper zu übertönen. Egal wie sehr Austin und ich ihn die letzten Wochen auch genervt hatten, Carter hatte sich bis jetzt standhaft geweigert, mit uns zu der Strandparty zu kommen. Das würden wir ihm aber auf keinen Fall durchgehen lassen.

»Ich ruf ihn an.« Austin hielt sich das Handy ans Ohr. Das hier war eine ernste Angelegenheit und verlangte nach einem – o Schreck – echten Telefonanruf. Schlecht formulierte Nachrichten hätten die Situation nur noch schlimmer gemacht. Das galt natürlich nur für Bros. Mit einem Mädchen telefonierte ein Bro niemals, außer sie rief ihn zuerst an. Und auch dann ging er frühestens nach dem zweiten Date ans Telefon. Und vorher? Landete sie direkt auf der Mailbox.

»Wir sind da. Jep. Nein. Ähm, Bullshit. Total. Wir würden dich natürlich niemals dazu zwingen, einen Bikini zu tragen, für wen hältst du uns? Okay. Klar, hier bitte.« Austin schaltete sein Handy auf laut und reichte es mir.

»Alter«, sagte ich. »Du bist so kurz davor, in den Taylor-Swift-Modus zu rutschen.«

Taylor Swift-Modus, *der: kleinlich, weinerlich und bei allem unnötig melodramatisch*

»Nick.« Carter sprach langsam und überdeutlich. »Ich kann da nicht mehr hin.«

»Und ich kann nicht rückwärts einparken. O Shit. Sieht so aus, als würden wir heute Abend beide Dinge tun, die wir nicht können.«

»Denkst du, ich sollte reingehen?« Austin öffnete die Wagentür.

»Carter«, sagte ich. »Was ist das Schlimmste, das passieren kann?«

»Jemand ruft wie beim letzten Mal die Polizei, und ich muss die Nacht in einer Zelle verbringen, während ich einen Kokosnuss-BH trage.«

»Sollte das noch einmal passieren, weißt du, dass wir mit dir in der Zelle sitzen werden. Klingt nach Spaß. Und jetzt schaff deinen Hintern hier raus, Mann. Ich muss noch tanken.« Das Handy piepte, als er auflegte.

Austin drückte auf meine definitiv laute, definitiv nicht idiotische Hupe. Eine Minute später kam Carter die Stufen vor der Eingangstür herunter und schlüpfte währenddessen in ein kariertes Hemd.

»In Ordnung, euer Wunsch geht in Erfüllung.« Carter rutschte auf den Rücksitz. »Diese Party wird besser denkwürdig.«

»Wird sie jetzt sicher.« Austin streckte ihm die Faust entgegen.

»Zündung«, sagte ich, als sich mein Wagen hustend und stotternd in Bewegung setzte. »Ready for takeoff. Alter, warum hast du's uns so schwer gemacht? Das wird super.«

Im Rückspiegel schüttelte Carter den Kopf. »Dieser bescheuerte Josh Daley. Er fragt mich die ganze Zeit, wie er sich mit Eliza anstellt und ob sie ihn mag. Und ich so: *Jetzt kapier's endlich, Mann, ich will mit dir nicht darüber reden.* Und jetzt geht sie mit ihm auf diese Party, ich soll es aber niemandem sagen, obwohl sie sich seit ungefähr einem Monat ständig treffen, und gestern waren sie zusammen im Kino. Ich komm mit dieser Scheiße echt nicht klar.«

»Eliza kommt heute Abend auch?«, fragte ich. Vor diesem Schuljahr war sie so gut wie nie mit uns abgehangen. Jetzt war sie gefühlt überall. Oder vielleicht war sie das schon vorher gewesen, und ich hatte es nur nie bemerkt.

Austin hüstelte. »Was Nick *eigentlich* sagen wollte, ist: Das ist doch Bullshit. Du kannst dich doch nicht mit einem Mädchen zweimal hintereinander am selben Wochenende treffen und dann verbieten, dass es alle erfahren.«

Ja, Austin bezeichnete sich und mich als »alle«.

Carter grummelte auf dem Rücksitz. Austin sah von mir zu ihm und dann zurück zu mir. Dann beugte er sich nach vorn und drehte die Stereoanlage auf volle Lautstärke.

Bro-Pluspunkte für Austin.

Schließlich erreichten wir Bonfire Beach, kurz BB.

Der Strand hieß nicht wirklich Bonfire Beach, aber Austin, Carter und ich erfanden gern Namen. Der Parkplatz an der Uferpromenade war schon brechend voll, und es sah aus, als hätte Jamal fast die gesamte Oberstufe der Cassidy High eingeladen. Von der Uferpromenade war es noch ungefähr eine halbe Meile bis zur Party, aber seit vor ein paar Jahren Robert Maxins Reifen durch die Hitze des Lagerfeuers geschmolzen waren, parkten alle lieber so weit entfernt wie möglich. Bevor das Feuer überhaupt in Sicht kam, hörten wir schon schräges Gitarrengeschrammel.

»Ist es zu spät, um umzukehren?«, fragte Carter. Er steckte die Hände in die Hosentaschen. »Ich glaube, singende Leute kann ich im Moment nicht ertragen.«

»Bah! Humbug!«, antwortete ich. Immer wenn sich ein Bro über etwas beschwerte, was für alle anderen Spaß versprach, war »Bah! Humbug!« die passende Erwiderung. Es sei denn, keiner von uns war in Stimmung, dann war »Yippie-ya-yeah!« die richtige Antwort.

Am Ende der Uferpromenade stand ein klein gewachsener Polizist. Für ein Lagerfeuer am Strand benötigte man eine Genehmigung, und die bedeutete die Anwesenheit eines Polizeibeamten. Das war im Grunde genommen nur eine Formalität; er wusste, dass er es nicht mit Hunderten von Highschool-Schülern oder einem riesigen lodernden Feuer aufnehmen konnte (oder einem großen, heranrasenden Taifun, wenn wir schon dabei waren). Trotzdem hielt die Tatsache, dass er da war, die Kids davon ab, Dinge zu tun, die sie unter normalen Umständen nicht getan hätten – wie zum Beispiel in nichts als einem Kokosnuss-BH über den Pier zu spazieren.

»Jungs.« Er sah Carter eine Sekunde länger an als nötig. Austin salutierte vor ihm. Carter versank in seinem Hemd.

Auf einer Sanddüne, von der aus man das Feuer überblicken konnte, blieben wir stehen. Es war schon jetzt enorm groß und die Hitze, die von ihm ausging, hätte gereicht, um eine kleine Armee aka meine Mitschüler zu wärmen.

»Wir sehen uns auf der anderen Seite, Gentlemen«, sagte ich.

Was auch immer geschah – von jetzt an war jeder Bro auf sich allein gestellt, es sei denn, es gab einen Notfall. Dann würden die anderen beiden alles stehen und liegen lassen, um dem Bro in Not beizustehen.

Wir stapften durch den feinen Sand zu Robert Maxin und Madison Hayes, die beide aus absolut unverdächtigen Papiertüten tranken. Auf der anderen Seite des Feuers schrammelte ein Typ in Jeansjacke träge auf einer winzigen Ukulele, die ungefähr so groß war wie sein Unterarm. Eine Horde Mädchen umringte ihn und gab das Geheule von sich, das Carter so verabscheute. Daneben stand Jamal Sanchez – *der* Jamal – an einem der vielen rostigen Grills hier am Strand.

Ich erkannte in der Menge ein paar vertraute Gesichter, nur nicht das eine, nach dem ich Ausschau hielt.

»Das habe ich dir mitgebracht.« Madison streckte mir eine Papiertüte entgegen.

»Er ist der Fahrer.« Austin schnappte sich die Tüte. Ein Zischen und ein Plopp ertönten, als er die Dose darin öffnete.

»Yo!« Jamal winkte uns vom Grill aus zu. »Habt ihr die Lautsprecher mitgebracht?«

»Klar.« Carter zog eine winzige Bluetooth-Box aus seiner Hosentasche. Ein Bro hatte immer Musik dabei, und die von Carter war die beste. Grund Nummer sechshundert, warum er unbedingt zu der Party hatte kommen müssen. Diese winzige Box war wie Captain Kirk auf der USS Enterprise – oder vielleicht wie der Trainer bei seiner Kabinenansprache? Das Ding konnte einen ganzen Raum beherrschen.

Sobald Kelly Clarkson aus der Box dröhnte, kamen die Mädchen, die eben noch um den Gitarrenspieler herumgestanden hatten, näher zu uns und fingen an zu tanzen. Unter ihnen waren auch Hannah Green und ein paar von Elizas Freundinnen.

Wo ist…? Nein, du hast echt ein Problem, Alter.

Austin machte den ersten Zug. Er schlenderte zu den Mädchen hinüber und stellte sich den wenigen vor, die er noch nicht kannte oder von denen er vergessen hatte, *dass* er sie kannte. Er machte Carter und mir ein Zeichen, ihm zu folgen.

Ich schüttelte den Kopf.

»Nick, versuch, ein bisschen Spaß zu haben«, sagte Carter und schloss sich Austin an. »Sei kein Arsch.«

»Keins dieser Mädchen ist auch nur ein *Na ja!* auf der Geilheitsskala«, murmelte ich. Außerdem rief der Grill nach mir wie Football nach Tom Brady. Ich musste einfach antworten.

»Hotdog oder Cheeseburger?«, fragte Jamal. Er war schon zu Beginn der Highschool eins neunzig gewesen und war ein absoluter Experte in Sachen Essen (er hatte jede Folge von *Chopped – Die Küchenmeister* und *Chopped Junior* gesehen), darüber hinaus war Jamal einfach einer der coolsten Typen unserer Schule, wenn nicht des ganzen Landes.

»Hotdog mit extra Ketchup, bitte«, sagte ich. »Es war definitiv die richtige Entscheidung, hierher zu kommen.« Das hier war zwar Jamals Party, aber wie auf seinen anderen Partys auch hielt er sich lieber im Hintergrund und sorgte dafür, dass seine Gäste eine richtig geile Zeit hatten. Hinter ihm im Sand standen vier große Kühlboxen, wie man sie sonst beim Fischen dabeihatte, auf einer davon lag ein Stapel Papiertüten.

Ich roch ihr blumiges Parfum, noch bevor sie mich mit der Hand an der Schulter berührte.

»Mach zwei daraus«, sagte ich und drehte mich zu ihr um. »Hast du Hunger?«

»Woher wusstest du das?« Madison grinste zurück.

Sie trug enge Jeans und ein Top, das an ihrem Körper klebte wie eine zweite Haut. Die letzten Strahlen der untergehenden Sonne spiegelten sich funkelnd in ihrem offenen schwarzen Haar. Sooft ich mir – und ihr auch – sagte, dass ich kein Kerl für nur ein Mädchen war, irgendetwas an Madison hatte mich schon immer magisch angezogen.

»Das ist mein Job«, antwortete ich.

»Ach ja? Und was steht sonst noch so in meiner Akte ...?«, begann sie, wurde aber von Jamal unterbrochen.

»Hey, lass noch ein bisschen Platz für Jesus«, meinte er lachend und reichte uns unsere Hotdogs.

Ich schwenkte mein Essen zum Dank, wobei ich penibel darauf achtete, dass kein Ketchup in den Sand tropfte. Ein weiterer Grund, weshalb Jamal ein echter Bro war: Er fand in jeder Situation die passenden Worte. Das war nicht Bestandteil des Codex, half aber ganz klar dabei, vom Normalo zum Bro aufzusteigen.

»Sollen wir uns ein gemütlicheres Plätzchen suchen?«, fragte Madison. Sie schob sich ein Ende des Hotdogs in den Mund, wobei sie lasziv das Ketchup vom Würstchen leckte.

Madison war besonders talentiert darin, ihre Shirts farblich auf ihre Schuhe abzustimmen und dafür zu sorgen, dass sie meine volle Aufmerksamkeit hatte. Bevor ich wusste, was ich tat, trottete ich hinter ihr her und ließ mich auf etwas ein, das wir beide schon oft getan hatten: eine tobende Party verlassen, um *noch* mehr Spaß zu haben.

»Wie lange ist es her?«, fragte ich, als wir ein Stückchen Strand gefunden hatten, wo wir ungestört waren. »Eine Woche?«

»Viiiel zu lang, Hübscher«, antwortete sie lachend. »Dieser Hotdog spannt mich echt auf die Folter ...«

»Gut.«

Wir ließen uns in den Sand sinken, unsere Ellbogen berührten sich, während wir das Essen herunterschlangen, als würde ein ausgefallenes Schokoladencremedessert auf uns warten.

Madison war als Erste fertig. In der Ferne brachen die Wellen mit lautem Getöse, doch ich hörte nichts davon, als sie auf meinen Schoß kletterte und die Beine um meine Hüfte schlang. Instinktiv griff ich nach ihr und zog sie näher heran, als würden wir da weitermachen, wo wir aufgehört hatten.

Ihr Shirt fühlte sich an meinem Kinn wie Seide an. Erst als sie mich küsste, bis mir der Atem wegblieb, bemerkte ich den Alkoholgeruch, der an ihren Lippen hing.

Ich bekam Sand ins T-Shirt, in die Haare, überallhin, als sie mich auf den Rücken schupste und sich an meiner Hose zu schaffen machte. Hitze pulsierte in der feuchten Luft um uns herum und heizte mein Begehren nur noch mehr an.

»Gibt es nicht einen Cocktail, der so heißt?«, fragte sie.

»Bist du nicht zu jung, um das zu wissen?« Ich räusperte mich, versuchte, klar zu denken. Irgendetwas an dieser Situation fühlte sich komisch an, aber ich konnte nicht …

»Älter als du.« Sie ließ von meinem Reißverschluss ab, um sich die Haare aus dem Gesicht zu streichen. »Kannst du dir das vorstellen?«, wisperte sie und griff nach meinen Händen, führte sie ihre Beine entlang. »Überall Sand, überall Hände.« Sie schnurrte praktisch.

Bei jeder anderen Gelegenheit hätte ich diesen Satz wahr werden lassen.

Aber …

»Ich kann nicht«, sagte ich.

Madison zuckte zurück. »Ist das dein Ernst? Maguire, wir sind hier draußen völlig allein.«

»Ich weiß.«

Die Musik war vom Geräusch des Ozeans geschluckt worden und das Licht des Lagerfeuers dem Sternenhimmel gewichen. Das war es aber nicht. *Es* war noch nicht da gewesen, als wir die Party zusammen verlassen hatten. Eine schmerzhafte Anspannung im Nacken, ein schmerzhaftes Verlangen nach ihr hinderte mich daran, meinen festen Griff von ihrer Jeans zu lösen.

Aber …

Madison spürte mein Zögern und zog die Nase kraus, als wäre ich irgendein Loser, der ihr nach dem ersten Kuss seine unsterbliche Liebe gestanden hatte. Madison hatte kein Interesse an Gefühlen. Und kein Verständnis für Unsicherheit.

»Nick, was zur Hölle soll das?«

Ich hätte ihr gern gesagt, dass es an dem lag, was sie getrunken hatte und dessen Geruch zwischen uns hing wie Elizas Worte von vor ein paar Wochen, als sie mir erzählt hatte, wie furchtbar es gewesen war, mit einem betrunkenen Josh herumzumachen. Aber Madison und ich hatten beide schon in schlimmerem Zustand mit jemandem geschlafen, und es lag nicht an ihr. Es lag auch nicht an mir oder irgendeinem anderen Klischee. Auch nicht daran, dass ich alles getan hätte, um nicht wie Josh zu sein – auch wenn er versuchte zu sein wie ich. Es war …

Mein Handy vibrierte im Sand. Madison, die immer noch schmollte, griff danach. Es war Carter.

»Sorry.« Ich setzte mich auf, und Sand rieselte wie ein Wasserfall von meinem T-Shirt. *Bros before hoes*, hätte ich beinahe gesagt. »Hey, Mann, was gibt's?«

»Dieser Armleuchter Josh ist gerade hier aufgetaucht, aber ich kann Eliza nirgends finden. Könntest du nach ihr suchen?«

Madison inspizierte ihre Nägel und blieb bewundernswert ruhig, als wäre ich den Atem, den sie mit Beschimpfungen verschwenden würde, nicht wert.

»Jetzt?«

»Ja. Austin und ich sind gerade ziemlich beschäftigt.«

»Alter«, unterbrach ich ihn. »Ich auch.« Es hätte mich ärgern sollen, dass Carter mich zu Elizas offiziellem Babysitter machte, vor allem, da er genauso gut nach ihr hätte suchen können. Doch es ärgerte Madison noch mehr.

Sie stieg von meinem Schoß und klopfte sich ihre abgeschnittene Jeans ab. Dann zeigte sie mir den Mittelfinger und stapfte zurück zur Party.

»Na gut.« Ich legte auf. »Bist du okay? Wo gehst du hin?«, rief ich Madison nach.

»Das wüsstest du gern, was?«, rief sie zurück.

»Madison«, sagte ich. Sie hob den Zeigefinger und beendete damit das Gespräch. Egal. Sie konnte manchmal echt eine Drama-Queen sein. Das war nicht das erste Mal, dass sie mich wutentbrannt stehen ließ – und vermutlich auch nicht das letzte Mal.

Whoosh. Ein tief fliegendes Flugzeug, das über meinen Kopf hinwegraste, riss mich aus meinen Gedanken. Eine hohle Erinnerung, dass ich zur Party zurückkehren sollte.

»Nick Maguire«, rief mir Robert von der Düne aus zu. Er hob die Hand zum High five. »Alter. Du und Madison? Schon wieder? Du hast es echt drauf.«

»Vergiss das nicht«, sagte ich und verpasste ihm den obligatorischen Schlag gegen die Schulter.

Seit ich kurz fort gewesen war, hatten sich ungefähr fünfzig weitere Leute um das Feuer versammelt, und ihr Anblick erfüllte mich mit Stolz. Es waren alle möglichen Kids der verschiedenen Highschool-Cliquen da – die Sportler, die klugen Sportler, die Schüler aus der Theatergruppe, die Computer-Nerds, das eine Computer-Mädchen, die Prinzessinnen, die Kiffer und sogar die Kiffer aus anderen Schulen, die extra hergekommen waren –, und alle unterhielten sich und hatten miteinander Spaß.

Das würde mir von der Highschool am meisten fehlen: die seltenen Momente, wenn alle vergaßen, sich zu verstellen.

Eliza saß ganz allein ein paar Meter von Jamals Grill entfernt auf einem Campingstuhl und röstete ein Marshmallow über dem Feuer. Das Mondlicht und der Schein des Feuers fingen sich beide in ihrem blonden Haar und erzeugten einen sanften faszinierenden Glanz. Wie hatte Carter sie übersehen können?

»Hey, du.« Ich ließ mich neben ihr in den Sand fallen. »Was ist los?«

»Hallo, Nicholas.«

Ich spürte ein leichtes Tippen auf der Schulter. »Lasst mich raten«, sagte Jamal. »Zwei Hotdogs mit extra Ketchup.«

»Und vielleicht zwei Wasser? Eines mit Limette. Für die Lady.«

Jamal zeigte mir den erhobenen Daumen.

»Jamal weiß, was *du* essen möchtest?«, fragte Eliza. »Wie oft warst du schon hier?«

»Ich glaube, der richtige Spruch lautet: Kommst du öfter hierher?«

»Okay, zur Kenntnis genommen.« Eliza zog das Marshmallow vom Stock. Der Kern war flüssig, das Äußere schwarz verbrannt. Genau so mochte ich sie auch am liebsten.

»Es ist echt eine Ehre, Anmachsprüche von Nick Maguire persönlich erklärt zu bekommen.« Sie kaute ihr Marshmallow, den Blick auf das Spiel der Flammen gerichtet.

»Was soll ich sagen, O'Connor. Du bist was Besonderes.«

Jamal kam mit unserem Wasser und reichte Eliza einen Plastikbecher mit einem Stück Limette drin. Das mit der Limette war ein Scherz gewesen – wie Jamal es geschafft hatte, für seine Strandparty an Limetten zu denken, war mir ein Rätsel. Der Typ kannte sich echt aus.

»Sagst du das Madison auch immer?« Sie nippte an ihrem Getränk. Jamal verzog sich wieder an den Grill. »Das kann jedenfalls nicht der Grund gewesen sein, warum sie weint.«

Nicht einmal die beruhigende Atmosphäre des Lagerfeuers und die sanfte Energie, die von Eliza ausging, konnten mich davon abhalten zusammenzuzucken. *Nein. Darüber spreche ich nicht.*

Wenn einem Bro eine Frage gestellt wurde, die er nicht beantworten wollte, konnte er davon ablenken, indem er eine Gegenfrage stellte. Ich hätte Eliza also zum Beispiel fragen können: »Warum interessiert dich das?« Meiner Meinung nach hatte ein anderes Vorgehen bei der Vermeidung bestimmter Themen eine höhere Erfolgsrate: der klassische Themawechsel.

»Wo ist John?«

»Netter Versuch. *Josh* ist am Pier.«

»Und hat dich hier ganz allein gelassen?«

»Wie auch immer«, grummelte sie. »Wenn er sich seine Chancen bei mir ruinieren will, kann er einfach so weitermachen. Und zur Info, ich hasse Limetten.« Sie fischte die Scheibe aus ihrem Becher und schleuderte sie in Richtung Feuer. Sie landete einen guten Meter daneben.

»Das erwähnst du sicher jedes Mal, wenn deine Mom auch nur in Betracht zieht, eine mit nach Hause zu bringen.«

»Du bist fies«, sagte sie.

»Das war die perfekte Methode, um dir und Jamal eins auszuwischen. Zwei Fliegen und so.«

Obwohl das Lagerfeuer nur drei Meter von uns entfernt war, schauderte Eliza, als wäre ihre Limette von den Toten auferstanden, um sie heimzusuchen.

»Können wir einen Spaziergang machen?«, fragte sie. »Mir wird's hier zu voll.«

»Los geht's.« Ich rutschte mit meinen Sneakers im Sand, als ich aufsprang. Tatsächlich näherte sich gerade eine große Gruppe hungriger Teenager Jamals improvisiertem Fünf-Sterne-Etablissement. Darunter befanden sich auch Josh Daley und Austin, doch bevor ich Eliza fragen konnte, ob sie sie bemerkt hatte, war sie schon halb am Atlantik. Was Antwort genug war.

Sie blieb erst stehen, als sie das Wasser erreicht hatte. Trotz ihres weißen Longsleeves und der schwarzen Shorts war ihre dunkle Gestalt im Mondlicht kaum zu erkennen. Der Wind zerzauste ihr Haar. Sie streifte ihre Flipflops ab und warf ihr Handy darauf.

»In Australien …«, Eliza tauchte die Zehen ins Wasser, »… waren wir jeden Morgen schwimmen. Mein Wohnheim lag direkt am Meer. Meine Mitbewohnerin und ich waren morgens am Strand joggen und sind danach ins Wasser gesprungen.«

Das erklärte die Bräune.

»Warst du je nachts schwimmen?«, fragte ich und stellte mir vor, wie die hellen Lichter der Stadt wohl vom Wasser aus aussehen mochten.

»Ich wollte.« Sie ging noch ein paar Schritte weiter, bis das Salzwasser ihre Knöchel umspielte. »Aber allein schien es mir viel zu gefährlich, und meine Freunde mussten immer lernen.«

»Streber«, sagte ich hüstelnd. Ich war überrascht, dass Eliza selber etwas anderes hatte tun wollen, als zu lernen.

»Als wüsstest du, was Lernen ist.«

»Ha, ha. Jedermann weiß, dass das das ist, womit Loser ihre Freizeit verbringen. Komm schon, Eliza. Lass dir was Besseres einfallen.«

»LOL.« Sie kickte mit dem Fuß das eiskalte Wasser.

»Das ist ziemlich mutig von dir«, sagte ich. »So lange in zehn Grad kaltem Wasser zu stehen.« *Seit wann genau ist Eliza so cool?*

Mir wurde plötzlich bewusst, dass ich ihr jetzt, wäre Eliza eine andere, ihren Traum vom nächtlichen Schwimmen erfüllen würde. Wir würden uns lachend ins eisige Wasser fallen lassen – dann Blende und Abspann. Meine Spontaneität würde sie völlig umhauen und sie würde nur so dahinschmelzen. Es gäbe nur noch uns beide – keine Regeln, keine Erwartungen.

Mein Gott, Nick.

Das Haar wehte ihr in Strähnen ums Gesicht, ihr Shirt war rußig vom Feuer, und an ihren Beinen klebte Sand. Sie war der Inbegriff einer heißen, wilden ... *Stopp!*

»Hey, Erde an Nick.«

Hab einfach Spaß. Ich dachte an Carters Worte von vorhin.

Also streifte ich meine blauen Fußmobile (Sneakers) ab, krempelte die Jeans bis zu den Knien hoch, ließ mein Handy sicher im Sand zurück und stieg zu ihr in den Großen Teich.

»Ah, so kalt. Das hätte ich nicht tun sollen.« Das Wasser ging mir bis zu den Knöcheln, und die Kälte hatte meine Nerven bereits eingefroren.

»Ich hab echt nicht gedacht, dass du reinkommen würdest«, sagte Eliza.

Sie stand inzwischen schon knietief im Wasser. Auf einem Bein (damit das andere nicht abfror) hüpfte ich zu ihr.

»Puh.« Ich stützte mich auf ihre Schulter und wandte mich dem Horizont zu, wobei ich übertrieben nachdenklich in die Ferne starrte.

»Ich meine«, begann ich. »Eigentlich solltest du gerade mit deinem Freund hier sein und im Meer schwimmen. Da er aber nicht da ist, scheint es, als würde ich das machen müssen.«

»Wenn du mich reinwirfst, dann schwör ich bei Gott …«, drohte sie.

»Das würde ich niemals tun.«

»Nick …« Eliza packte meinen Arm, als ich anfing, hin- und herzuschwanken, als würde ich das Gleichgewicht verlieren.

Nachdem ich wieder sicher auf beiden Beinen stand, drehte ich sie noch einmal schnell vor mir im Kreis, unsere Finger fest ineinander verschränkt.

»Nick!« Ihr Schrei gellte über die Wasseroberfläche. Sie krallte sich in mein T-Shirt, als hinge ihr Leben davon ab.

Das Mondlicht lag auf ihren Lippen und ließ mich die uns bevorstehende Unterkühlung beinahe vergessen. Sie schauderte in meinen Armen, während die sanften Wellen gegen unsere Beine schlugen und sich die salzige Meeresluft mit einem würzigen Zimtduft vermischte. Ihr Haar kitzelte mich im Gesicht, als es der Wind durcheinanderwirbelte.

Abbruch, Abbruch, Abbruch.

Aus irgendeinem Grund hatte ich den Arm um sie geschlungen und gab uns beiden Halt gegen die magnetische Anziehung des jeweils anderen. Ihr Bauch lag eng an meinem und ich spürte jeden ihrer langsamen Atemzüge.

Eliza fuhr mit den Fingern durchs Wasser und zog kleine Kreise, die den Saum meiner hochgekrempelten Jeans durchnässten. Ich schnippte ein paar Tropfen nach ihr, war mir nur allzu bewusst, dass sie sich inzwischen ganz einfach von mir hätte lösen können. Und dass sie viel wärmer war, als ich gedacht hätte.

»Nick?« Eliza flüsterte. Sie ließ mein T-Shirt los und strich sich die Haare aus dem Gesicht. »Danke, Maguire, aber ich bin nicht mit dir hier.«

Dieser Satz hätte jeden aus der Bahn geworfen.

»Wovon sprichst du?«, fragte ich, obwohl wir beide wussten, was sie meinte. Obwohl ich den Daumen immer noch in eine Gürtelschlaufe ihrer Shorts gehakt hatte.

Ich bin nicht mit dir hier.

»Okay.« Sie ließ sich ebenfalls nichts anmerken. »Wenn du mich reinwirfst, nehme ich dich mit«, sagte sie. »Dann stürzen wir uns gegenseitig ins Verderben.«

»Wenn das so ist.«

Eliza schrie auf, als ich sie hochhob, wobei ich penibel darauf achtete, dass meine Hände keine Stelle ihres Körpers berührten, an der sie nichts zu suchen hatten. Sie passte perfekt in meine Arme – wie eine verdammte Prinzessin. Ihre Wärme verschmolz mit der kühlen Brise zu einer gefährlichen Energie.

Ich schwang sie hin und her, versuchte zu vermeiden, dass sie ausflippte. Dass ich ausflippte.

»Eins, zwei ...« Ich ließ sie widerwillig los.

Das eiskalte Wasser war wie ein Schock, der mein Herz zum Stillstand brachte. Sie hatte wie versprochen im letzten Moment meine Hand gepackt, und wir waren Kopf voraus in die Wellen gestürzt. Mein Gesicht prickelte vor Kälte, und ich hatte Wasser in der Nase. Meine erschrockene Lunge schrie nach Luft.

Doch es war ihr kreischendes Lachen gewesen, das ich gehört hatte, kurz bevor wir untergetaucht waren, das mir wirklich den Atem geraubt hatte.

Regel Nummer 7

Ein Bro verkuppelt einen anderen Bro nur dann, wenn dieser ihn darum gebeten hat.

Bros konnten sich darüber unterhalten, was auf einer wirklich großartigen Party passiert war, doch bei einer wirklich, wirklich großartigen Party gab es eine Latenzzeit. Das war auch der Grund, weshalb ich das ganze Wochenende über keine Ahnung hatte, was auf der Strandparty sonst noch so losgewesen war. Ich hörte das Gerücht, dass Jamal allen beigebracht hatte, wie man einen Salto rückwärts machte, und Hannah Greens Mom soll mit ihren Supermodel-Freundinnen aufgetaucht sein ... Doch bis Montagmorgen wusste ich nichts Genaues.

Austin, Carter und ich waren früh aufgebrochen und hatten nichts davon mitbekommen. Gleich nachdem Eliza mich mit ins Wasser gezogen hatte und wir an den Strand zurückgekehrt waren, hatte ich mein Handy aus dem Sand gegraben und gesehen, dass ich einen Notfall-Anruf von Austin verpasst hatte. Der Polizist hatte sich tatsächlich an Carter erinnert, sogar ohne den Kokosnuss-BH. Tropfnass hatte ich die beiden nach Hause gefahren, bevor wir im Gefängnis gelandet wären. Oder schlimmer noch, in den Jugendberatungsstunden, die Mr. Hoover samstags früh um acht gab und mit denen mir meine Eltern drohten, sollte ich jemals Drogen nehmen. Ihnen war nicht klar, dass ich, müsste ich das durchstehen, wirklich auf Drogen angewiesen wäre, aber ich schätzte ihre guten Absichten.

Montagmorgen stand ich also mit Robert im frisch gewischten Flur der Cassidy High und versuchte, mich an die Zahlenkombination meines Spinds zu erinnern. Ein leichter Zitrusgeruch hing in der Luft, was ich aber zu ignorieren versuchte.

Das sind die Putzmittel, Nick.

»Was ist mit dir, Mags? Stimmt es, was Madison sagt?«

Ich hielt inne. *Warum sollte Madison irgendjemanden erzählen, was passiert war?* Doch dann ging mir auf, dass sie in diesem Fall natürlich lügen würde.

Das rostige Zahlenschloss quietschte bei jeder Drehung. »Das hängt davon ab, was sie ...«

Ich sollte nie herausfinden, was sie gesagt hatte, denn die Metalltür meines Spinds schwang auf und gab den Blick auf die größte Sauerei in der Geschichte der Schule frei.

»Heilige ...«

Roberts Gelächter hallte durch den Flur. »O ... Shit, Bro.« Er tätschelte meinen Kopf. »Hoover wird dir den Arsch aufreißen.«

Ich kam nicht einmal darauf, ihn zu fragen, wie er das meinte. Mr Hoover und die Anzahl der Tage, die er mich nachsitzen lassen würde, weil ich nicht nur meinen Spind ruiniert hatte, sondern auch sein Selbstwertgefühl als Aufsichtslehrer, der so etwas eigentlich verhindern sollte, kamen mir nicht mal ansatzweise in den

Sinn. Nein. Als ich voll widerwilliger Bewunderung und Respekt für einen derart perfekten Joke auf die etwa zwanzig aufgeschnittenen Limetten starrte, die zwischen meiner letzten Hausaufgabe und den Sportklamotten lagen, dachte ich nur an jemand anderen.

Eliza kam zu uns rüberspaziert, als hätte sie das Timing ihres Auftritts direkt aus *Mission: Impossible.*

»Was ist das?«, fragte sie nachdenklich und zeigte mit dem Finger auf das, was ohne Zweifel ihr Werk war. Limettensaft tropfte auf den Boden und sammelte sich dort in einer klebrigen Pfütze. »Willst du deinen Mitschülern beibringen, wie man Limonade herstellt? Igitt. Maguire, hat dir keiner gesagt, dass man das nur in der dritten Klasse macht?«

»Wenn das so ist, was hast du dann zum Unterricht mitgebracht, O'Connor?« Ich versuchte, ihr ausschließlich in die Augen zu sehen, um mich davon abzuhalten, ihren Körper zu mustern. Denn hätte ich das getan, wäre mir aufgefallen, dass sie statt ihrer üblichen Jeans einen Rock trug, der sich perfekt an die Kurven ihrer Hüfte schmiegte. Und ich hätte mich gefragt, zu welchem Anlass sie ihn trug. Ob *ich* der Anlass war.

»Um ehrlich zu sein, hätte ich mehr von dir erwartet«, sagte ich.

»Darf ich fragen, wovon du sprichst?«

»Diesen Joke gab es schon mal. Vor drei Jahren, als Carter und ich Grillen in Jenny Martins Spind getan haben.«

»Ich weiß nicht«, meinte sie. »Ich finde es ja ziemlich verrückt, achtzehn der saftigsten Limetten, die man so kaufen kann, auszusuchen, jede einzelne in drei Teile zu schneiden und dann auf wertvollen Schlaf zu verzichten, um früh aufzustehen und sie in den Spind von irgendeinem Typen zu stopfen, der zufälligerweise Carters Geburtsdatum als Zahlenkombination hat.« Sie strich mir imaginären Staub von der Schulter. »Ich hätte für so was keine Zeit. Da hat sich jemand echt Mühe gegeben.«

Ja, meine Zahlenkombination war tatsächlich Carters Geburtsdatum. Ein Bro vergaß nie den besonderen Tag seines Bros. So merkte ich ihn mir. Was – bedachte man, wie lange ich heute Morgen gebraucht hatte, um den Spind zu öffnen – nicht besonders gut funktionierte.

Robert beobachtete unseren Schlagabtausch und sah dabei noch verblüffter aus als Austin, als er verstanden hatte, dass eine Speisekammer Speisekammer hieß, weil man darin Speisen aufbewahrte.

»Woher weißt du, dass es achtzehn Limetten sind?«

»Aus demselben Grund, aus dem deine Mom wusste, dass das Kind in ihrem Bauch von deinem Dad war.« Sie rückte den Rucksack auf ihrer Schulter zurecht. »Ich habe geraten.«

Sie zuckte mit den Achseln, drehte sich um und ging davon.

Unsere Mitschüler machten behutsam einen großen Bogen um uns, um nicht in den klebrigen Saft zu treten, der auf den Boden tropfte. Ich fing an, meinen Spind zu leeren, unsicher, wie ich diese Sauerei wieder in Ordnung bringen sollte. Der Geruch der Limetten war überwältigend sauer und gleichzeitig trotzdem irgendwie süß.

»Warum ist eigentlich jedes Mädchen auf der ganzen Welt und höchstwahrscheinlich auch im ganzen Universum in dich verliebt? Ich könnte schwören, die sind darauf programmiert, von dir angezogen zu werden«, sagte Robert. »Als wärst du die Erde und sie der Mond, so umkreisen die dich ständig. Wobei du in Wirklichkeit Jupiter sein müsstest, denn du hast viel mehr als nur einen Mond.«

Ich wischte mir die Finger am Spind neben meinem ab und schloss die Tür. Diese Sache war ein Problem für den zukünftigen Nick. Darum würde ich mich nicht jetzt kümmern.

»Eliza steht auf Daley, Bro«, sagte ich. »Versuch doch mal, auf dem Laufenden zu bleiben.« Robert trottete neben mir her, während wir auf dem Weg zu unserer ersten Stunde Geschichte den Kids auswichen, die uns anstarrten.

»Bin ich«, sagte er. »Und tut sie nicht. Sie hat ihn nach der Strandparty abserviert. Hat Carter dir das nicht erzählt?«

Ich wurde rot. »Was? Was ist passiert?«

»Keine Ahnung. Josh hat nur gesagt, dass sie nicht mehr mit ihm zusammen sein möchte. Sie hat ihm keinen Grund genannt, obwohl das doch ziemlich offensichtlich ist. Sie muss auf der Party einen anderen Typen kennengelernt haben. Schätze, das warst dann nicht du.«

Wir kamen am Klassenraum an, und ich setzte mich an meine verkratzte Schulbank mit dem bescheuerten daran befestigten Stuhl. Ich hätte ahnen können, dass Eliza mit Josh Schluss machen würde. Aber ich hätte nicht gedacht, dass sie es tun würde, gleich nachdem wir zusammen gewesen waren. Wäre sie irgendein anderes Mädchen gewesen, hätte ich mir jetzt auf der Suche nach dem perfekten Anmachspruch den Kopf zerbrochen – irgendetwas, um sie zu fragen, ob sie mit mir ausgehen wollte, bevor irgendjemand anderes es tat.

Auch wenn sie, kurz nachdem ich sie beinahe geküsst hätte, dafür gesorgt hatte, dass sie wieder »zu haben war«, und ich sie wirklich gern geküsst hätte, war Eliza nicht *irgendein* anderes Mädchen. Sollte irgendetwas zwischen uns laufen, musste es ernst sein. Kein bedeutungsloser Flirt oder irgendeine oberflächliche Affäre.

Hm.

Verdammt.

Ich konnte erst am Nachmittag beim Fußballtraining mit Carter sprechen. Er und ich waren die Kapitäne (wer sonst), und eine unserer Aufgaben war es, das Aufwärmen zu leiten, während mein Dad die einzelnen Trainingsstationen aufbaute. Das war das eine. Das andere war, dafür zu sorgen, dass alle Unterstufenschüler zu uns aufsahen und uns für unseren Humor und Charme bewunderten. Ich lief schnaufend neben Carter her, während wir unsere Runden um den Platz drehten.

»Ich habe gehört, Daley ist nicht länger ein Problem.«

»Theoretisch.« Carter spuckte auf den Rasen. »Aber ich vertraue diesem Kerl nicht.«

»Eliza ist doch nicht dumm. Sie wird ihn nichts tun lassen, was ...«

»Josh kommt mir nicht wie jemand vor, der großen Wert auf Einverständnis legt.«

Sein scharfer Ton ließ mich zusammenzucken. Er zog das Tempo an. Immer wenn Carter sauer war, rannte er. Manchmal rannte er nach dem Fußballtraining noch von sich zu Hause bis zu mir und wieder zurück, was einfach mindesten sechseinhalb Kilometer waren. Ich rief ihm dann aus dem Fenster »Lauf, Forrest, lauf!« zu, was er meistens gar nicht hörte. Das war wahrscheinlich besser so. Carter hasste es, wenn man über ihn lachte.

Was der Grund war, weshalb ich es tat.

Coach Dad blies in seine glänzende Trillerpfeife und signalisierte uns, in der Mitte des Fußballfeldes zusammenzukommen. Ich wappnete mich für das, was gleich kommen würde. Mein Dad verstand keinen Spaß, wenn jemand das Training versäumte, und ich war letzten Freitag schon wieder zu spät zur Schule gekommen, was mir ein weiteres Mal Nachsitzen bei Mr Hoover eingebracht hatte. Ich hätte schwören können, der Typ wollte mein bester Freund werden.

Die ungeschriebenen Regeln meines Dads für den Fall, dass ein Spieler aus einem anderen Grund als einem Notfall in der Familie nicht zum Training erschien, besagten, dass er mit einem Hardcore-Sprinttraining bestraft wurde. Unser Torwart, Mike Dawson, hatte sogar laufen müssen, als er beim Kieferorthopäden gewesen war, um sich die Zahnspange richten zu lassen. Das führte dazu, dass die Leute seltener beim Training fehlten, als ich pinke Klamotten trug.

»Maguire«, rief er. Er sprach uns alle mit unseren Nachnamen an und Gott bewahre, dass er mich irgendwie anders behandelt hätte. »Wir haben dich am Freitag vermisst.« Mein Dad zeigt auf Austin. »Banks, was tun wir, wenn jemand das Training versäumt?«

»Shuttle Runs, drei Stunden lang, Coach«, murmelte Austin. Beim Fußball musste er Kontaktlinsen tragen, was er hasste. Doch auch wenn er eine Brille getragen hätte, hätte er es nicht geschafft, mir in die Augen zu sehen.

Während des Trainings war mein Dad ungefähr so furchteinflößend wie Thanos. Selbst mit der auffälligen Kniebandage, die er über seiner Sporthose trug.

»Das habe ich nicht verstanden«, rief Coach Dad.

»Shuttles, Coach!«, rief Austin zurück. »Drei Stunden lang!«

Shuttles war eine Übung, die eigentlich *Renn-als-hättest-du-was-gestohlen-und-versuch-dabei-dich-nicht-zu-übergeben* hätte heißen sollen. Drei Stunden Shuttles bedeutete eigentlich, drei Stunden lang zu rennen. Es war eine dieser Übungen, die die Männer von den Jungs trennte. Vor zehn Jahren hatte sich einer der Spieler dabei den Knöchel verstaucht. Mein Dad hatte ihn nicht nur gezwungen, das Training fortzusetzen, er hatte ihn auch nach jedem Set Hampelmänner machen lassen, um seine Knochen zu kräftigen.

»Wo warst du, Maguire?« Coach Dad fuhr fort, mich vor dem ganzen Team zu steinigen, wie er es mit jedem von uns gemacht hätte. »Während der Rest dieser Ladys hier ihre erste Woche in einer Hölle voller Qualen zu Ende gebracht hat? Was hast du da gemacht?«

»Nachsitzen.« An diesem Punkt interessierte es mich nicht mehr *wirklich*, dass dieser Mann mich im wahrsten Sinne des Wortes zum Frühstück verspeisen und mit einem Schluck Einhornblut hätte hinunterspülen können. Manchmal ging er echt zu weit, wenn er den harten Kerl mimte.

»Und wird das noch einmal passieren?«

»Wirst du uns noch einmal Mädchen nennen?«

Absolute Stille. Meine Teamkollegen betrachteten eingehend die Bälle zu ihren Füßen, während Busse vorbeirauschten, die glücklichere Schüler, als wir es waren, nach Hause brachten.

Die Neulinge im Team, die unser shakespeareskes Fußballdrama noch nicht gewohnt waren, drängten sich näher an Carter, der die Stollen in den Rasen grub, die Sonne genoss und darauf wartete, dass der Sturm vorbeizog.

Eins... zwei... Ich zählte im Kopf mit, wie lange es dauern würde, bis mein Dad antwortete.

»Gentlemen.« Er klopfte auf sein Clipboard. »Gute Nachrichten. Heute ist das Training freiwillig, außer für Maguire, der seine Strafläufe gleich absolvieren wird.«

Macht er Witze? So unverschämt war ich nun auch wieder nicht gewesen.

»Ihr dürft ihm selbstverständlich Gesellschaft leisten, ich würde es aber niemandem empfehlen. Morgen treten wir gegen das Mädchenteam an, und es wäre eine Schande, wieder so haushoch zu verlieren wie letztes Jahr.« Mit diesen Worten wandte er sich so abrupt wie eine Drama-Queen aus der Middle School um und marschierte davon, um die Umkleideräume aufzuschließen.

Also kein Witz.

Vielen Dank auch, Dad.

Entschlossen, die Sache durchzuziehen, joggte ich zum anderen Ende des Feldes. Der Fußballplatz lag neben dem Baseballplatz, der wiederum neben der Highschool lag, und alles war Teil der städtischen Freizeitanlagen. Das Footballteam trainierte ganz in der Nähe, genauso das Mädchenteam und die Feldhockeymannschaft. Es gab also genug Zeugen, sollte ich umfallen, kotzen und sterben.

»Yo.« Austin schloss zu mir auf. Ich war inzwischen schon bis zu Mittellinie gekommen. »Ich dachte mir, du könntest ein bisschen Gesellschaft gebrauchen.« Er stieß mich mit dem Ellbogen an. »Ich verstehe nicht, warum du nicht hinschmeißt und es ihm unter die Nase reibst.«

»Ach, zur Hölle mit ihm«, erwiderte ich.

Austin und ich hatten dieses Gespräch in der Vergangenheit bereits geführt, und ich konnte nicht leugnen, dass es mir Genugtuung verschaffen würde, es meinem Dad auf diese Weise heimzuzahlen.

Ich hatte Coach Dad auch schon einmal damit gedroht, mit dem Fußball aufzuhören. Vor ungefähr zwei Jahren, bei einem unserer seltenen Familienessen. Meine Mom hatte sogar Pizza bestellt gehabt.

Du hörst nicht auf zu spielen, hatte er gesagt.

Es macht keinen Spaß mehr, hatte ich geantwortet. Ich konnte mich erinnern, dass ich gerade Brokkoli aß, weil meine Mom darauf bestanden hatte, dass ich vor der Pizza zuerst mein Gemüse aufaß. An diesem Abend hatte das bedeutet, dass ich überhaupt keine Pizza bekommen hatte.

Das bezweifle ich stark. Mein Dad war mit seinem Brokkoli bereits fertig gewesen und hatte mich mit jedem Bissen, den er von seiner Pizza genommen hatte, verhöhnt.

Tut es nicht. Ich kann es nicht leiden, bei jedem Training herausgepickt zu werden.

Bin ich dir peinlich?

Niemand sonst hat einen Vater, der ihn derart schikaniert.

Das weißt du nicht.

Andere Väter lassen ihre Söhne mit Dingen aufhören, auf die sie keine Lust mehr haben. Wie bei Austin, als er Mandarin gelernt hat. Oder bei Robert und dem Klavierspielen.

Du hörst nicht mit dem Fußballspielen auf.

Irgendwann muss ich doch aufhören, oder? Es ist ja nicht so, als würde ich Profi werden.

Nicky, setzte meine Mom an.

Werde ich nicht. Bevor das möglich ist, bekomme ich eine Verletzung wegen Überbelastung. So wie Dad.

Daraufhin hatten sie beide geschwiegen. Ich hatte mir selbst dafür auf die Schulter geklopft, wie gut ich es hinbekommen hatte, sie zum Verstummen zu bringen – schließlich ist das der Job eines jeden Highschool-Schülers. Ich hatte erwartet, dass mein Dad mich jetzt aufhören lassen würde. Dreimal dürft ihr raten, was nicht passiert war.

Okay, sagte mein Dad.

Okay, ich kann es bleiben lassen?

Okay, du kannst es bleiben lassen, sobald du eine Verletzung wegen Überbelastung hast.

Ernsthaft? So weit müsste es kommen? Ich bräuchte erst eine furchtbare Verletzung, damit du auf mich hörst?

Wir hören doch auf dich, hatte sich meine Mom eingemischt. Endlich.

Das ist allen Ernstes die Bedingung, damit ich aus der Fußballsache rauskomme?

Ich würde es dir nicht empfehlen, hatte mein Dad gesagt.

Weil ich meine Träume dann durch meinen Superstar-Sohn leben müsste? Ich war immer lauter geworden, doch mein Dad war einfach nur dagesessen, hatte seine Pizza gekaut und war so ruhig wie immer gewesen.

Weil du es viel zu sehr vermissen würdest.

Statt aufzuhören, hatte ich beschlossen, es ihm heimzuzahlen, indem ich besser wurde, als er es jemals gewesen war. Es würde allerdings nicht ausreichen, jeden seiner persönlichen Rekorde zu brechen, wie zum Beispiel die Anzahl der Tore, die er während seiner Highschool-Zeit geschossen hatte (138), oder seine Trefferquote (45 Prozent).

Ich musste sie *auslöschen.*

»Bist du bereit? Wo ist Mags …?«, gurrte Austin.

»'tschuldige«, sagte ich.

»Sollte dir auch leidtun«, meinte Austin. »Jetzt müssen wir diese dämlichen Läufe machen. Du bist übrigens so ein Idiot.«

»Danke.«

»Du bist immer noch ein Idiot.«

»Du bist immer noch hässlich.«

Austin schlug mich mit seinem Unterarm. »Immer noch ein Idiot.«

So ging es weiter, bis wir die Torlinie erreicht hatten. Ich zog mir das T-Shirt über den Kopf und warf es ins Gras. Für Frühherbst war der Nachmittag heiß und sonnig. Wir hatten nicht alle brasilianische Vorfahren so wie Austin. Manche von uns mussten für ihren goldenen Teint arbeiten.

Obwohl er Halbbrasilianer war, empfand Austin sich nicht als »schwarz« oder »farbig«, auch wenn seine Hautfarbe während des Sommers ziemlich dunkel war. Seine Großeltern waren von Brasilien nach Massachusetts gekommen, bevor Austins Mom überhaupt geboren worden war. Sie hatte es inzwischen aufgegeben, Austin und seinen Brüdern brasilianische Bräuche näherbringen zu wollen. Austin liebte Tacos, was seiner Meinung nach schon genug war. Carter erinnerte uns gern daran, dass die Art von Tacos, die Austin meinte, eine nordamerikanische Erfindung war, und dass Tacos grundsätzlich eher mexikanisch als brasilianisch waren, aber um ehrlich zu sein, kannte sich keiner von uns besonders gut damit aus. Außerdem hatte sich Austin immer geweigert, mehr über Brasilien zu erfahren, weil er nicht einer dieser Quotenfarbigen an der Schule sein wollte.

Austin warf sein T-Shirt auf meines. »Zu schade, dass keine Mädchen in der Nähe sind.«

»Ich könnte deine Mom herbestellen«, ertönte Carters Stimme.

Mit ihm kamen noch mehr Teamkollegen angejoggt, um die Läufe zu absolvieren. Ihre Schuhe quietschten auf dem feuchten Rasen. Nicht einer von ihnen beschwerte sich.

»Das kannst du vergessen, dass du hier ganz allein rennst, Mann«, sagte Carter. »Solltest du allerdings noch mal nachsitzen müssen, dann bring ich dich um, das schwöre ich beim Leben aller meiner Familienmitglieder.«

»Ich auch«, rief Jeff Karvotsky, einer der Neulinge im Team.

»Verpiss dich, Karvotsky«, murrte Carter. »Stell dich hinten an.«

Ich blickte zwischen den beiden hin und her. »Wollt ihr Jungs das vielleicht irgendwo anders klären?«

»Hell, yeah!«, rief Jeff zurück. »Den mach ich fertig.«

Carter schlug mit der Hand nach ihm, als würde er eine lästige Fliege verscheuchen. Er war fast zwanzig Zentimeter größer als Jeff und ohne Zweifel der kräftigste Spieler in unserer Mannschaft. Niemand machte Carter fertig. Nicht einmal ich.

»In Ordnung, Jungs.« Ich stellte mich an die weiße Linie. »Drei Stunden Qualen beginnen jetzt.«

Die anderen zogen ihre T-Shirts aus und stellten sich neben mir auf. Der überwältigende Körpergeruch von fünfzehn verschwitzten Teenagern hing in der Luft, bevor wir überhaupt angefangen hatten.

»Falls ihr dehnen müsst«, sagte ich. »Bleibt stehen und dehnt. Ein gezerrter Oberschenkel ist kein bisschen heldenhaft.«

»Können wir jetzt anfangen?«, fragte Jeff Karvotsky. »Je schneller wir rennen, desto schneller sind wir fertig, oder?«

»Alle außer Karvotsky können anfangen«, sagte Carter. »Fertig? Eins … zwei … drei …«

Die nächsten drei Stunden konzentrierte ich mich auf eine einzige Sache: die bescheuerte *Mädchen*-Bemerkung meines Dads. Keine Ahnung, warum mir das gerade heute derart gegen den Strich gegangen war. War ich überempfindlich? Vielleicht. Zu rennen, bis ich kotzen musste, würde jedenfalls viel leichter sein, als herauszufinden, was das alles zu bedeuten hatte. Kein Vergleich.

Als wir mit dem Laufen fertig waren, gaben wir uns, wie üblich unter Bros, gegenseitig einen Klaps auf den Hintern. Carter und ich leiteten das abschließende Dehnen und stellten sicher, dass die Jungs gut auf sich achtgaben und keine Körperstelle ausließen: vom Nacken über ihre Schultern zu ihren Beinen und bis zu den Zehen. Noch mal Beine und Zehen.

Auf dem Weg zur Kabine warfen Carter, Austin und ich abwechselnd Grashalme auf Jeffs verschwitzten Rücken. Vielleicht lag es an den Endorphinen, aber ich fühlte mich so zufrieden wie schon lange nicht mehr, die Zeit, die ich mit Eliza verbracht hatte, eingeschlossen. Irgendetwas an der Bewegung hatte diese Wirkung auf mich.

»Danke, Leute«, sagte ich. »Ich bin froh, dass ich das nicht allein machen musste.«

»Du hättest dasselbe für uns getan«, sagte Carter.

»Übrigens«, fügte Austin hinzu. »Du bist immer noch ein totaler Idiot.«

»Äh.« Ich tat, als sei ich verwirrt. »Da hat deine Mutter gestern Nacht aber etwas anderes gesagt.«

Austin trat nach meinem Knöchel.

Carter gab mir einen Fistbump.

Jeff Karvotsky hatte den Garten auf seinem Rücken immer noch nicht bemerkt.

Und diese Zufriedenheit, weil ich das Gefühl hatte, ernsthaft irgendwo dazuzugehören, hielt an, bis ich zu Hause war.

Der Gestank der dreckigen Küche drang mir in die Nase, noch bevor ich den Raum betreten hatte, und das nicht im positiven Sinne, also wie wenn man den Mixer zu voll gemacht hatte, der Erdnussbutter-Proteinshake explodiert war, nun von der Decke tropfte und man es mit Humor nahm, indem man versuchte, ihn mit dem Mund aufzufangen. Superwitzig.

Meine Eltern saßen, umgeben von Take-away-Essen und Sojasoße, am Küchentisch. In unserer Stadt gab es zwei chinesische Restaurants. Das eine war ziemlich gut, und das andere war billig, verwendete viel Fett und genau die richtige Menge Salz. Meine Eltern bestellten nur in einer ganz bestimmten Situation bei dem billigen Restaurant: wenn sie Stress-Essen brauchten.

»Hi«, sagte ich.

Vor meinem Dad lag ein Stapel Rechnungen, die er zwischen zwei Bissen frittierten Garnelen studierte. Meine Mom hatte den Kopf in die Hände gestützt, ein volles Glas Weißwein stand vor ihr. Daneben lag ein echter Taschenrechner – also ein wirklicher, nicht der auf ihrem Handy.

»Hast du uns deswegen im Training sitzen lassen?«, fragte ich.

»Du hast Glück, wir haben dir was zu essen aufgehoben«, sagte meine Mom.

»Könnt ihr mir mal bitte sagen, was hier los ist?«

Mein Dad hielt den Blick weiterhin konzentriert auf die Rechnungen gerichtet, während meine Mom den Kopf schüttelte. »Es ist alles in Ordnung. Deine College-Bewerbungen werden nur mehr kosten, als wir erwartet haben.«

»Viel, viel mehr«, sagte mein Dad. »Aber Clarkebridge ist es wert.«

Ich schielte in die fettigen Take-away-Boxen. Lange braune Nudeln schwammen zusammen mit ein paar zerquetschten grünen Bohnen in einer Pfütze aus Öl.

»Also ja? Deswegen hast du uns heute im Training allein gelassen?«

Meine Mom zeigte auf einen leeren Teller und Essstäbchen, die unter der Rechnung lagen, die sie sich gerade ansah.

»Ruhig, Tiger«, sagte sie. »Wir machen das für dich.«

Die Frau hatte echt eine Auszeichnung dafür verdient, wie gut sie es jedes Mal hinbekam, dass ich mich schuldig fühlte. Andererseits war das vielleicht die Aufgabe von Müttern.

Im Vergleich zum Inhalt der anderen Take-away-Boxen wirkten die öligen Nudeln wie Feinkost.

»Haben wir auch etwas anderes zu essen?«

»Nicht wirklich«, sagte meine Mom. »Willst du dir was kaufen gehen?« Circa fünf Sekunden später hatte sie auch schon ihr Portemonnaie in der Hand und scheuchte mich zur Tür hinaus.

»Nimm Brot und was immer du willst. Nichts zu Verrücktes.«

»Okay«, sagte ich.

Sie schloss die Tür mit einem lauten Klicken hinter mir.

Interessant ... Normalerweise versuchten meine Eltern nicht, mich loszuwerden. Und normalerweise ließen sie mich auch nicht kaufen, was auch immer ich wollte.

Dann würde es wohl Chocolate Chip Cookies zum Abendessen geben.

Ich stand knietief in der Regalreihe mit dem Brot im Supermarkt und suchte nach der perfekten Sorte. Das war schlechtes Timing. Eltern und Berufstätige, die ihre abendlichen Einkäufe erledigten, drängten sich aneinander und rempelten mich an, als wäre Black Friday. Ein Typ, der zehn Zentimeter größer als ich und gut zehn Kilo schwerer war, betrachtete das Brot im Regal neben mir, und ich drehte fast durch. Ich stellte mir vor, wie ich mit ihm um das Zimt-Rosinen-Brot ringen musste.

»Hey, Hübscher«, erklang ihre gewohnte Begrüßung. Madison hakte sich bei mir unter und tippte sich mit dem Finger ans Kinn. »Schwierige Entscheidung, oder?«

»Was willst du, Madison?« Sie trug enge Jeans, ein Tanktop mit Leopardenmuster und eine schwarze Lederjacke. Die Absätze ihrer Combat Boots klackten auf dem Linoleumboden. »Ein bisschen overdressed, um schnell mal Eier und Milch zu kaufen, oder?«

Madison tat verletzt, während sich Väter mit Kindern in unnötig großen, ausladenden Kinderwagen an uns vorbeischoben.

»Wer sagt, dass ich etwas will? Vielleicht freue ich mich einfach, dich zu sehen.«

»Wenn du das sagst ...«

»Ich brauche deine Hilfe bei etwas«, flüsterte Madison. »Ich wollte dich schon anrufen, aber jetzt, da ich dich hier treffe ...«

Eine nervöse Angst, dass sie mir die schlimmste Nachricht überbringen würde, die ich mir vorstellen konnte, schnürte mir die Kehle zu. »Hast du einen Test gemacht?«

»Nein. Ich bin nicht schwanger, Maguire.«

Ihr Geflüster brachte uns mehr als ein paar irritierte Blicke von den vorbeidrängenden Eltern ein.

»Okay ...«

»Gibt es ein Mädchen, an dem du interessiert bist?«

»Ich war seit der zweiten Klasse an niemandem mehr interessiert, Madison. Das weißt du doch.«

»Netter Versuch.«

»Selber«, wich ich aus. »Ich versuche nämlich gerade, mich auf mich selbst zu konzentrieren. Mich zu finden, bevor ich aufs College gehe, und so. Du weißt schon. Ich denke darüber nach, eine Auszeit im Kloster zu nehmen.«

Madison wollte sich gerade über meinen Sarkasmus beschweren, als sie von meinem Bro unterbrochen wurde.

»Was geht, Mags?« Carters Einkaufswagen quietschte, als er, gefolgt von Eliza, durch die Regalreihe auf uns zukam. Denn offensichtlich hatte die ganze Stadt eine exklusive Einladung zum Einkaufen bekommen, und zwar genau zur gleichen Zeit: jetzt. Ich machte einen Schritt von Madison weg, und sie nahm ihre beringte Hand von meinem Shirt. Genau wie ich hatte Carter immer noch seine verschwitzten Fußballklamotten an. Eliza trug ihre Volleyball-Trainingshose.

»Was geht, Alter?« Ich schlug gegen Carters Faust.

»Hey, Madi«, sagte er.

Gut gemacht. Madison liebte es, im Mittelpunkt zu stehen.

»Stockst du deinen Limettenvorrat auf?«, fragte ich Eliza, während die beiden anderen sich unterhielten.

»Vielleicht. Hab gehört, dass Spinds mit Zitrusduft der neue heiße Scheiß sind.«

Sie gab es immer noch nicht zu.

»Habe ich auch gehört.«

Eliza lehnte sich gegen ihren Einkaufswagen und stellte einen Fuß auf die unterste Strebe. Selbst im flackernden Neonlicht sah sie ziemlich cool aus.

»Weißt du, Maguire, für einen Moment hatte ich beinahe deinen Ruf vergessen. Du weißt echt genau, was du tust, oder?« Das war keine Frage. Und es schwang darin auch nicht die übliche Bewunderung oder Anerkennung mit, die mir andere Kerle und sogar auch Mädchen entgegenbrachten.

»Ich bin ein Naturtalent.«

»Schön für dich.« Eliza verschränkte in einer abwehrenden Geste die Arme vor der Brust, als müsste sie ihr Herz beschützen.

»Nein …« Ich grinste. »Du bist doch nicht etwa eifersüchtig, oder?«

»Du bist nicht witzig.« *Oh. Mein. Gott.* Ich hörte auf zu atmen. *Sie ist eifersüchtig.*

Bleib cool, Nick. So lässig wie möglich griff ich hinter ihr ins Regal und nahm eine Packung Brot heraus. Mir war egal, welche Sorte es war, ich brauchte es nur, um sie zu ärgern.

»Ich Glücklicher«, sagte ich und versuchte, mich nicht in dem Schwindel zu verlieren, den ihre Nähe bei mir auslöste.

Eliza berührte mich leicht mit den Fingerspitzen am Arm, warnte mich davor, noch näher zu kommen. Ich drehte mich instinktiv nach Carter um. Er stand mit dem Rücken zu uns.

»Das hättest du gern.« Aber sie schob mich nicht weg. Wenn Carter nur nicht buchstäblich *direkt* hinter uns gestanden hätte.

Eine kleine alte Lady schaffte es irgendwie, sich zwischen uns zu drängen. »Verdammte Kinder«, schimpfte sie, als sie an uns vorbei ins Regal griff. »Geht aus dem Weg. Das ist doch nicht so schwer.«

Eliza nutzte die Chance und machte einen Schritt zurück. »Wie auch immer, Maguire.« Sie warf sich ihren Pferdeschwanz über die Schulter und rammte ihren Bruder mit dem Einkaufswagen. »Lass uns gehen. Olivia braucht ihre Chocolate Chips.«

Wie auch immer, Maguire. Gäbe es einen Chick-Codex, wäre das eine seiner Regeln: Ein Mädchen ist grundsätzlich schwerer zu verstehen als *Krieg und Frieden* auf *Dothrakisch.*

Was die geheime Sprache des Chick-Codex anging, betrachtete ich mich gern als Fortgeschrittenen. Ich war kein totaler Anfänger, aber es gab ein paar Dinge, die ich einfach niemals verstehen würde. Zum Beispiel, warum sie so versessen auf dieses Kürbis-Gewürz waren. Ich meine, da waren Zimt, Piment, Nelken und Zucker drin. Was war daran so besonders?

»Bis später.« Carter klopfte mir auf den Rücken. So schnell, wie sie aufgetaucht waren, verschwanden die O'Connor-Geschwister auch wieder in der Menge aus Kinderwagen schiebenden Vätern und literweise Milch schleppenden Müttern.

»Du warst also seit der zweiten Klasse an niemandem mehr interessiert?«, fragte Madison grüblerisch. »Ja, sicher.«

»Das stimmt.« Plötzlich war ich völlig gebannt von der Zutatenliste auf der Packung Brot, die ich mir genommen hatte, um Eliza zu ärgern (Quinoa, Tomate, Spinat – nicht gerade meine beste Tarnung).

»Lügner!« Madison verschränkte die Arme.

Eine halbe Sekunde lang überlegte ich, ob ich mich dumm stellen sollte. Selbst wenn Madison der ganzen Schule davon erzählte oder versuchte, mich auf irgendeine Weise zu erpressen, wusste doch jeder, dass Eliza und ich nur Freunde waren und Madison gern übertrieb ... Niemals würde Eliza irgendetwas auf den Blödsinn geben, den Madison verbreitete. Carter allerdings ...

»Was willst du?«

Madison grinste wie eine Katze, die gerade eine Maus in die Enge getrieben hatte – mit einer Prise Cersei Lannister. Als würden wir gerade nett plaudern, bevor sie im nächsten Moment alles niederbrannte.

»Erzähl«, sagte sie.

»In Ordnung.« Ich zog sie mit mir in die Ecke des Ladens, in der Blumen verkauft wurden. Die Floralabteilung? Keine Ahnung, wie die korrekte Bezeichnung lautete.

»Du darfst es niemandem erzählen.«

»Ich bin mir nicht sicher, ob du hier Forderungen stellen kannst, Maguire.«

»Madison.«

»Okay, okay.« Ihr schwarzes Haar passte perfekt zu ihrem bösen Grinsen. »Okay. Was läuft zwischen dir und Carters kleiner Schwester?«

»Bevor du auf irgendwelche Ideen kommst«, sagte ich. »Es ist nicht ... Ich bin nicht ...«

Madison tippte mit ihrem Fuß auf den Boden, jede Bewegung ein deutliches *Klack*. Sie würde mich zwingen, es auszusprechen.

»Das ist keine große Sache. Sie ist ... süß.« *Wirklich verdammt süß.*

Das war die Wahrheit und nichts als die Wahrheit. Mehr als das würde ich Madison gegenüber nicht zugeben, denn mehr würde ich auch mir selbst gegenüber nicht zugeben. Carter würde ...

»Du bist so ein Feigling.« Madison runzelte gelangweilt die Stirn.

»Danke.«

»Du wüsstest doch nicht mal, was du mit einem Gefühl anfangen solltest, wenn es dir in deine lila Boxershorts klettern und dich in den Hintern beißen würde.«

»Warum hast du mich dann gefragt, ob ich an jemandem interessiert bin?«

»Oh.« Sie zog ihr Top zurecht, als hätte sie kurz vergessen gehabt, warum sie überhaupt damit angefangen hatte. »Weil *ich* an jemandem interessiert bin. Keine Sorge. Es geht nicht um dich. *Das* wäre wirklich tragisch. Nein, ich brauche Insiderinformationen.«

Oh, oh. Meine Ohren wurden ganz heiß. Für Insiderinformationen kamen zwei Bros infrage. Vielleicht noch Robert und Jamal.

»Wer?«, fragte ich.

Madison roch geziert an den Blumen um uns herum. »Ich kann dir helfen, weißt du? Wenn du wirklich mit ihr ausgehen möchtest.«

»Ich komm schon allein klar, danke.«

Sie wechselte von den Sträußen, um an etwas Lilafarbenem in einem Blumentopf zu schnuppern.

»Wenn du bei dem Mädchen auch nur einen Fehler machst, bist du im Arsch«, meinte sie. »Du wirst dich – wie sagt man doch gleich – anstrengen müssen. Und es gibt sogar etwas, was du *pour moi* tun kannst.«

»Mein Gott, Madison, spuck's schon aus!«

»Carter.«

Das Herz rutschte mir in die Hose.

»Er ist der einzige Kerl an unserer Schule, der mich keines Blickes würdigt. Ich will eine perfekte Trefferquote. Wenn du mir bei Carter hilfst, helfe ich dir bei Eliza.«

Ich konnte es nicht glauben, dass ich ihr Angebot in Betracht zog, wenn auch nur für einen kurzen Moment.

»Ich verlasse mich lieber auf meinen natürlichen Witz und Charme«, sagte ich.

»Wenn das so ist«, erwiderte Madison, »kann ich es nicht erwarten, Carter von deinem nächtlichen Geplansche mit seiner Schwester zu erzählen, kurz nachdem du mit mir rumgemacht hattest. Natürlich werde ich nicht so bald die Gelegenheit haben, mit ihm zu sprechen, wie ich es gern hätte, aber irgendwann …«

Das würde sie nicht tun.

»Das ist es nicht wert, Madison, sorry. Ich mag sie nicht so sehr, wie du denkst, und ich muss das hier nicht tun.« *Das hast du gut gesagt*, gratulierte ich mir selbst. *Du hast es völlig unter Kontrolle.*

»Doch, Maguire«, erklärte sie. »Das tust du. Du weißt es nur noch nicht. Und jetzt muss ich Milch kaufen.«

Madison salutierte vor mir, dann spazierte sie in Richtung Regalreihe sieben davon.

Ich stand in der Menge, die Packung Brot in meiner Hand wog schwer wie Blei, doch noch schwerer lastete Madisons Ultimatum auf mir. Die alte Lady, die vorhin Eliza unterbrochen hatte, sah sich nun die Blumen auf dem Regal mir gegenüber an. Ein kleiner Junge rang ein paar Meter entfernt mit seiner Schwester um einen Karton Müsli.

Der Gedanke, dass die größte Sorge dieser Leute die Entscheidung war, ob sie Spaghetti oder Burritos zum Abendessen machen wollten, war seltsam.

Denn ich hatte den Appetit gerade völlig verloren.

Regel Nummer 8

Ein Bro schreckt niemals vor scharfem Essen zurück.

Mein Appetit kam am nächsten Tag wieder – pünktlich zum Mittagessen. Ich saß mit Carter und dem Rest des Fußballteams an unserem gewohnten überlangen Tisch ganz hinten in der Cafeteria, so weit von den Lehrern entfernt, wie möglich. Der Tisch befand sich direkt neben den dreckigen Fenstern, die mich stark an das Heck meines Mustangs erinnerten, nachdem er auf der Abkürzung durch den Wald zwischen Carters und Austins Haus drei Schichten Schlamm abbekommen hatte. Austin hatte damals Hausarrest gehabt, weil er im Supermarkt Deo geklaut hatte, und war aus dem Fenster seines Zimmers gestiegen, um bei Carter dessen neues Nintendo-Spiel auszuprobieren. Das hatte länger gedauert, als wir geplant hatten, weshalb ich auf dem Rückweg zu seinem Gefängnis die Abkürzung genommen hatte. Am Ende hatten wir uns dadurch aber keine Zeit gespart, weil mein Wagen im Schlamm stecken geblieben war und wir aussteigen und schieben mussten. Was man nicht alles für Nintendo und Deo macht.

Die meisten Leute an der Cassidy High aßen ihr Mittagessen in der Cafeteria, außer den Strebernerds und den coolen Nerds, die dazu in die Bibliothek gingen – was vermutlich die einzige Regel war, die sie jemals gebrochen hatten. Die Wände der Cafeteria bestanden aus Glas, was bedeutete, dass es darin – je nachdem, ob die Sonne schien oder nicht – entweder megaheiß war oder so kalt, dass man eine Mütze tragen musste, und zwar nicht als Modestatement. Da die Cassidy High keine allzu große Schule war, gab es nur eine Handvoll verschiedener Cliquen, und obwohl meine Mitschüler ausgesprochen großen Wert darauf legten, als Individualisten zu gelten, konnte man doch anhand eines einzelnen Kleidungsstückes genau sagen, wer wo dazugehörte: Bros trugen Mützen, Hoes irgendetwas Neonfarbenes, Hipster Flanellhemden, Überflieger Haargummis oder extrem kurze Socken, Anime-Fans hatten bunte Strähnen im Haar, Neulinge Zahnspangen, Rebellen hatten ausgewaschene Jeans an, coole Unterstufenschüler schwarze, heiße Mädels Leggings, normale Converse, die Leute aus der Blaskapelle Kapuzenpullis. Die Künstlerkids trugen grellbunte Brillen, die Kids aus der Theatergruppe Business Casual, die Strebernerds T-Shirts mit Grafiken drauf, die heimlichen Nerds Quarter-Zip-Sweatshirts von irgendeiner Marke, die gerade angesagt war, und die coolen Nerds erkannte man an ihrer schlechten Haltung.

Wie gesagt. Nur eine Handvoll.

Ich ging zu unserem Tisch, wo Carter und Robert bereits ihre Peanutbutter-Jelly-Sandwiches verschlangen. Die Cafeteria war vom üblichen Mix aus unbegründetem Geschrei und misstönendem Geläster erfüllt. Dank der sadistischen Sonne lief mir bereits der Schweiß über den Rücken, die Luft im Raum kochte und erinnerte mich wieder einmal an den Klimawandel, der gerade in vollem Gange war.

»Hey, Mags«, begrüßte mich Carter. »Bist du bei der Fashion Show dabei?« Er deutete auf ein einzelnes Blatt Papier, das unter seinem Sandwich lag. Darauf waren in zwei Spalten jede Menge Namen aufgelistet.

»Was passiert, wenn ich Nein sage?«

»Eben«, sagte er.

Jedes Jahr veranstaltete der Elternbeirat eine Fashion Show, um mit den Einnahmen seine Arbeit zu finanzieren. Ms O'Connor – eine Hardcore-Ehrenamtliche – setzte Carter jedes Mal auf die Liste der Freiwilligen, um auch andere Vertreter des männlichen Geschlechts (mich) zur Teilnahme zu bewegen. Absolut nicht freiwillig.

»Wann ist sie?«

»In zwei Wochen.« Er kritzelte meinen Namen auf die Liste. »Meine Mom sorgt gerade dafür, dass der Smoking-Verleih Anzüge stiftet.«

»Deine Mom ist der Wahnsinn«, sagte Robert von der anderen Seite des Tisches aus. »Sie sollte als Präsidentin kandidieren.«

»Dafür ist sie überqualifiziert.«

Robert seufzte. »Und eine Frau würde niemals genug Stimmen bekommen. Das ist ungerecht, aber so ist es nun mal.«

»Sie würde, wenn du sie wählen würdest«, erwiderte Carter.

Ich hob meine Hände in einer beschwichtigenden Geste. »Jungs, es ist noch nicht mal halb eins.«

Zum Glück leuchtete in diesem Moment das Display meines Handys auf. Eine Nachricht von Madison: *Du zuerst.*

Ich schluckte.

Sie saß mit den anderen übertheatralischen Mädchen aus dem Abschlussjahrgang an dem kleinen (exklusiven) Tisch gleich neben der Tür und sah mir drei unendlich lange Sekunden lang direkt in die Augen.

Na gut.

»Oh, hey, Carter«, sagte ich. »Suchst du immer noch Nachhilfeschüler?«

»Sitzt mir die National Honor Society immer noch im Nacken? Ja, ja, tut sie.«

»Richtig«, sagte ich. »Die National Horror Society. Also, Madison ... Du erinnerst dich an Madison, das Mädchen, das du seit der sechsten Klasse kennst, mit dem du gestern gesprochen hast ...«

»Kommt mir bekannt vor.«

»Sie bräuchte deine Hilfe in Trigonometrie.« Ein Nachhilfe-Date zu arrangieren war vielleicht echt lahm, aber ich hatte nun mal improvisieren müssen. Und alles, was Madison davon abhielt auszuflippen, war gut.

Carter kaute auf seinem Sandwich herum, als hätte ich ihm gerade einen Käfer hineingeschmuggelt. *Nicht gut.* Wenn er nicht mal heimlich auf sie stand, würde das alles zehnmal länger dauern.

»Diese Woche bin ich schon ziemlich voll«, sagte er.

Oh, oh. Wenn er ihr nicht mal Nachhilfe geben wollte, dann ging die Sache den Bach runter, noch bevor sie richtig begonnen hatte.

»Aber nächste Woche habe ich Zeit. Gibst du mir ihre Nummer?«

Puh. »Danke, Mann.« Ich schickte ihm die Nummer. »Ich hoffe, sie weiß, wo die Bibliothek ist.«

»Genau.« Er lachte. »Ne, ist schon in Ordnung. Ich glaube, Madison ist schlauer, als sie tut.«

Okay ... Ich stocherte in meinem Schulmittagessen, bestehend aus wässriger Lasagne und kalten Erbsen, herum. Die Lasagne konnte man essen. Die Erbsen würde ich später noch brauchen, um sie auf Neulinge zu werfen. Carter steckte sein Handy ein. Auf der anderen Seite des Raums, der vor hungrigen Schülern auf der Suche nach einem Sitzplatz wimmelte, blickte Madison grinsend auf ihr Handy.

Es hatte begonnen.

Wie zu erwarten gewesen war, begann das wirkliche Drama an dem Tag, an dem Carter Madison Nachhilfe geben sollte. Unerwarteterweise spielte ich darin eine Hauptrolle.

Ich bekam einen Anruf von einer unbekannten Nummer, als ich nach dem Training gerade die Umkleidekabine betrat. Matt Damon hatte meine Mom einmal von einer unterdrückten Nummer aus angerufen, um irgendeinen Senator bei seinem Wahlkampf zu unterstützen, und ich hatte ihn dazu gebracht, »Stehst du auf Pflaumen?« zu sagen. Seitdem ging ich *immer* ans Telefon, auch wenn ich die Nummer nicht kannte.

»Sprich mit mir.«

»Du hast eine echt seltsame Art, dich zu melden«, erwiderte Eliza.

»Warum habe ich deine Nummer nicht?« Ich musste mich anstrengen, um sie trotz des Lärms des Footballteams, dessen Spieler sich gegenseitig hin und her schubsten, zu verstehen.

»Ich habe ständig gruslige Nachrichten von irgendwelchen Fremden bekommen. Da war es leichter, mir einfach eine neue Nummer zu besorgen.« Sie klang nicht so, als würde sie Witze machen.

»Das tut mir leid. Ich habe Carter gesagt, die Telefonstreiche gehen ein bisschen zu weit.«

Eine lange Pause am anderen Ende.

»Bist du noch da?«

Der Umkleideraum der Jungs hätte mit seinen nackten Wänden und den gesprungenen Fliesen am Boden eigentlich nur noch eine Regalwand voller Konservendosen gebraucht, um als echter Luftschutzbunker durchzugehen. Das letzte Mal, dass hier jemand guten Handyempfang gehabt hatte, war, als die Schule gebaut worden war ... was irgendwie nur ein paar Jahre zurücklag.

»Ja. Wenn das so ist, schuldest du mir also eigentlich was. Kommst du vorbei und hilfst mir, ein Curry zu kochen?«

Sollte das ein Scherz sein? Ich blickte mich suchend um, um sicherzugehen, dass nirgendwo die versteckte Kamera lauerte.

»Wie bitte?«, fragte ich.

»Ich habe angefangen, eins zu machen, aber das ist misslungen, und ... ich weiß nicht, ich brauche Rat.«

Und sie fragt mich? »Die Sache ist nur, ich habe keine Ahnung von Currys.« Das stimmte nicht ganz. Ich wusste, dass sie mir normalerweise viel zu scharf waren. Ich meine, nicht scharf genug. Ich kam super und völlig ohne Probleme und Augentränen mit jedem beliebigen Essen klar. Easy, Digger.

Yeah.

Genau.

»Aber du hast eine Ahnung davon, was gut schmeckt«, meinte sie. »Egal. Ich dachte nur, ich probier's mal bei dir. Ich würde ja Carter fragen, aber er gibt Nachhilfe, und Hannah hat zu viel Hausaufgaben oder so. Du warst einfach die nächste Person auf meiner Liste. Ich finde schon jemand anderen.«

Der größte Kerl des Footballteams, der einige Zentimeter größer war als Carter, salutierte zum Abschied vor mir, als die Mannschaft nach draußen stürmte. Sie ließen den Geruch ranziger Seife zurück, was ich umso deutlicher wahrnahm, als mein Mund vor Verwunderung offen stand. Sie lieferte mir einfach so diese Vorlage?

»Ich habe niemals zu viele Hausaufgaben. Du wirst dich schon mehr anstrengen müssen, um mich loszuwerden, O'Connor. Ich komme.«

»Wirklich?«

»Nein. Ich habe mit jemand anderem gesprochen. Ja, wirklich. Soll ich irgendetwas mitbringen?«

»Witzig. Vielleicht Hähnchenfleisch? Bei meinem ersten Versuch war es nicht durch, und dann bin ich irgendwie in Panik geraten und habe das Reservefleisch verbrannt ...«

»Hähnchenfleisch?« Mein Puls fing an zu rasen, als hätte man mir gesagt, dass ich jetzt sofort einen Biotest ablegen musste, bei dem die Fragen aus Bildern bestanden und man die Antworten aus bescheuerter Knetmasse formen sollte. »Welche Art von Hähnchenfleisch? Gibt es verschiedene Arten? Wie sucht man Hähnchenfleisch aus ...?«

»Nimm einfach ein Pfund von dem, was am billigsten ist. Es ist nur Hähnchenfleisch.

Kikeriki.«

Sie legte auf.

Ich lehnte mich über das Waschbecken in der Umkleidekabine und dachte über das nach, was gerade passierte. Ich spritzte mir lauwarmes Wasser (etwas Heißeres gab der Wasserhahn nicht her) ins Gesicht, um einen klaren Kopf zu bekommen. Ich würde mit Eliza O'Connor kochen.

Kochen.

Mit Eliza.

Ich konnte nicht sagen, was davon mich nervöser machte.

Zwanzig Minuten und eine erfolgreiche Suche nach Hähnchenfleisch später fand ich Eliza in ihrer Küche, wo sie so aufgeregt herumhantierte, als würde die Queen zum Abendessen kommen. Sie rannte zwischen drei Pfannen auf dem Herd und zwei Schneidebrettern hin und her, auf denen sich eine chaotische Menge aus Tomaten und einem weißen Gemüse türmte, das ich nicht erkannte. Später, nachdem es einen traurigen, wenig erinnerungswürdigen Eindruck auf meine Geschmacksknospen gemacht hatte, merkte ich, dass es Blumenkohl war.

»Danke, dass du gekommen bist«, sagte sie.

»Zusammen kochen? Das ist ein großer Schritt in unserer Beziehung.«

»Ich bin beeindruckt, dass du das Wort Beziehung kennst.« Eliza schwenkte eine brutzelnde Pfanne, deren Inhalt nach wässriger Tomatensoße mit zu viel Knoblauch roch.

»Ich stecke voller Überraschungen.« Ich stellte die Tüte mit den Einkäufen auf die Kücheninsel.

»Olivia macht gerade das Catering für irgendeine schicke Veranstaltung in einer Anwaltskanzlei«, erzählte Eliza. »Und anscheinend hat sie dabei vier neue Kunden gewonnen. Das wären dann ihr siebenundneunzigster, ihr achtundneunzigster, ihr neunundneunzigster und ihr …«

»Sie hat jetzt hundert Kunden?«

»Hashtag girl boss.«

Und das wollte Eliza angemessen feiern.

»Ist dieses Hähnchenfleisch okay?«

»Es ist genau richtig«, sagte sie, ohne es anzusehen. Sie flitzte in der Küche herum, warf lächerlich große Mengen Gemüse in eine Pfanne und begann, ihr neues Hähnchenfleisch für eine andere Pfanne in Stücke zu schneiden.

»Wie kann ich dir helfen, Chefköchin? Meine Eltern sagen normalerweise, ich soll ihnen aus dem Weg gehen.«

»Glaub nicht, dass du mir so leicht davonkommst. Dieses Rezept ist ein Monster. Ich bräuchte ungefähr zehn zusätzliche Hände.«

Sie reichte mir ihr riesiges Plastikschneidbrett mit dem Hähnchenfleisch darauf und bedeutete mir, damit weiterzumachen.

»Okay. Los geht's. Kochen. Jep.«

»Nick Maguire, eingeschüchtert. Und das ausgerechnet von einer Brust …«

Ich wackelte mit den Augenbrauen. »Was war das? Ein witziger Spruch von Eliza O'Connor?«

Sie öffnete eine Dose mit passierten Tomaten und warf den Deckel in die Spüle, wo schon zwei leere Dosen geduldig darauf warteten, ausgespült zu werden.

»Aller guten Dinge sind drei, hm?«, sagte ich.

Ihre Pfanne zischte, als sie die Tomaten hineinkippte. Der eklige Geruch nach alten Zwiebeln verwandelte sich in den noch ekligeren Geruch nach alten Zwiebeln und alten Tomaten.

»Ich brauche das Hähnchenfleisch gestern …« Sie stapfte zum Tisch, während ihr Gebräu auf dem Herd sprudelnd vor sich hin kochte.

»Uff. Herrisch ist sie auch noch.«

»Hey, danke.« Sie beugte sich über den Tisch zu mir – ihr Oberkörper war länger, als ich gedacht hätte – und schnappte sich das Hähnchenfleisch.

»Keine Ursache. Was jetzt?«

»Du kannst den Reis machen.« Sie rettete den Inhalt ihrer Pfanne, indem sie gerade noch rechtzeitig umrührte.

»Ja. Ich werde den *Reis* machen.« Der Reissack, der ganz oben auf Ms O'Connors massivem Küchenregal lag, war so groß wie eine ausgewachsene Katze. »Wie können zweitausend winzige Körnchen nur so viel Platz brauchen?«

»Soll *ich* den Reis machen? Du kannst hier umrühren.«

»Und du übernimmst diese triviale Aufgabe? Heute nicht, Frau Köchin.« Ich packte den gewaltigen, enorm großen, schweren Sack Reis (ich kann gar nicht genug betonen, wie riesig er war) und tat so, als wäre es keinerlei Problem für mich, ihn zu schleppen.

»Hey, nächstes Jahr musst du solche Sachen können. Du wirst es mir zu verdanken haben, wenn du in der Lage bist, deiner College-Freundin ein Drei-Gänge-Menü zu zaubern.«

Mein Mund wurde ganz trocken. Meiner Erfahrung nach erwähnten Mädchen die aktuelle oder zukünftige Freundin eines Bros aus zwei Gründen: Entweder wollten sie sich in die Beziehung einmischen, nach Fehlern suchen und einen Grund finden, um sich als die bessere Frau zu fühlen, oder sie wollten, dass er das Wort »Freundin« stattdessen unterbewusst mit ihr verband.

Elizas Bemerkung war ein weiteres Indiz, dass ich eine echte Chance bei ihr hatte.

Ich lehnte mich gegen die Kücheninsel aus Marmor und versuchte, so freundlich wie möglich zu wirken. »Jep, ich werde dich dann während meines Dates anrufen, um es dich wissen zu lassen.«

»Das solltest du.«

»Ich kann es kaum erwarten, dir alles über das Essen deiner süßesten Träume zu erzählen.« Sie hatte mir immer noch den Rücken zugewandt, und plötzlich drehte sich alles. Früher war es immer ganz unkompliziert gewesen, mit Eliza zusammen zu sein. Warum musste ich jetzt alles, was sie tat, haarklein analysieren? Jede bescheuerte Antwort, die ich ihr gab? *Bin ich* – nein, ganz sicher nicht – *erbärmlich?*

»Bin gleich wieder zurück.«

In dem Versuch, nicht in Panik zu geraten, rannte ich in den Keller der O'Connors und tigerte dort im Badezimmer zwischen der Dusche und den Cupcake-Handtüchern hin und her. Vielleicht hatte Madison doch recht und ich brauchte für Eliza mehr als Charme. Vielleicht musste ich eine wirklich ernsthafte Verbindung zu ihr aufbauen?

Apropos Madison, die Lösung meines Problems war nur eine SMS entfernt. *Mache ich das gerade wirklich? Jep. Mach ich.* Ich griff nach meinem Handy.

Bereit für Tipps, schrieb ich. *ASAP bitte, koche gerade mit ihr.*

Und dann wartete ich auf eine Antwort. Wie lange dauerte das denn? Ich wollte nicht, dass Eliza dachte, ich wäre abgehauen, um ihr nicht mehr helfen zu müssen, aber ich konnte Madisons Antwort auch nicht lesen, während sie in der Nähe war. Ich beschloss, bis hundert zu zählen und dann zurückzugehen.

Dreiundsechzig... vierundsechzig... Das Telefon vibrierte in meiner Hand.

Ich bin traurig, dass du nie für mich gekocht hast, hatte Madison geschrieben. *Ich hoffe, ihr Turteltäubchen habt Spaß. Mach Folgendes ...*

Ich überflog den Rest. Madisons Tipps waren alles Dinge, die mir nie im Leben eingefallen wären, was mich nervös machte. Es war, als lebte eine Tarantel in der Badewanne, die ich bisher nie bemerkt hatte. Andererseits war eine neue Herangehensweise vielleicht genau das, was ich jetzt brauchte.

Du bist gut, Maguire. Du hast alles im Griff. Du kriegst das hin. Geh und sprich mit ihr. Los. Go, go, go.

Zurück von meinem kleinen Abstecher ins Land der Loser fand ich Eliza genau dort, wo ich sie zurückgelassen hatte: in der Küche, wo sie die letzten Zutaten in die Pfanne warf, was ein brutzelndes Geräusch verursachte, das weniger nach Kochen und mehr nach Verbrennen klang.

Mein Magen knurrte. Oh, oh! Niemand hatte jemals Großes vollbracht, solange er hungrig war (vielleicht die Gewinner von Fresswettbewerben, aber wir wissen ja alle, dass diese Leute eigentlich nur Fehler in der Matrix sind).

Ich setzte mich auf einen hohen Barhocker an die Kücheninsel. Sie passte zu den anderen Arbeitsflächen im Raum, die nun alle entweder mit Ms O'Connors Küchengeräten und Backutensilien vollstanden oder mit dem Zubehör von Elizas Curry-Produktion. Alles in allem waren die O'Connors eine sehr kreative Familie. Außer Carter.

»Alles in Ordnung?«, fragte sie.

»Jep, danke. Oh, hey, ähm ...« Ich hatte einen Frosch im Hals, als ich versuchte, möglichst beiläufig zu klingen. »Wie geht's eigentlich Hannah so?«

Eliza streute ein Gewürz aus einer grünen Dose in ihr Gebräu. »Kann Robert sie das nicht selber fragen?«

Ich betrachtete meine Hände. *Hier kommt der schwierige Teil.* »Ich frage nicht für Robert«, sagte ich.

»Nick ...«, warnte sie.

Na ja, zumindest hast du jetzt ihre volle Aufmerksamkeit. »Kann ich nicht mal fragen, wie es Hannah geht, ohne dass eine Riesensache draus gemacht wird? Sie mag mich sowieso lieber als ihn.« Ehrlich, ich hätte den beiden sogar einen Gefallen getan, wenn ich was mit Hannah angefangen hätte.

»Ist das dein Ernst? Das würdest du Robert wirklich antun?« Sie starrte mich mit einem dieser Blicke an, auf die meine Mom das Patent hatte. Als hätte ich Mist gebaut und sie wäre nicht genug an mir interessiert, um ernsthaft enttäuscht zu sein.

»Was antun?«

»Wie du meinst.« Ihr Ton war so beißend wie der Geruch des Essens.

»Gibt's ein Problem?«, fragte ich. Madison hatte mir geraten, Eliza eifersüchtig zu machen, indem ich mich nach ihrer besten Freundin erkundigte. Was, wenn ich so darüber nachdachte, möglicherweise nach hinten losgegangen war.

»Nein.« Sie schaltete den Ofen aus und legte einen Deckel auf die Pfanne. Dampf quoll darunter hervor.

»Ich hätte nicht erwartet, dass du die Regeln des Bro-Codex wegen Hannah Green brichst.«

»Des Bro-Codex?«

»Jep, du weißt schon, die Sache, dass Robert Anspruch auf Hannah hat und so weiter. Nicht, dass irgendein Kerl jemals Anspruch auf ein Mädchen hätte. Und es ist nicht so, als wären eure heiligen Gebote ein großes Geheimnis.«

Sie sah mich immer noch nicht an.

»Was hast du dann gedacht, weswegen ich die Regeln brechen würde? Wegen einem Mädchen, mit dem einer meiner Freunde schon was hatte? Wegen jemandes Schwester?« *Komm schon, Eliza.* Ich hätte nicht noch deutlicher werden können, oder?

»Ach, egal«, sagte sie.

Ohne Carter als Puffer zwischen uns fühlte sich ihre erzwungene Gleichgültigkeit wie ein Feuer ohne Hitzeschild an. Carter vermittelte immer zwischen uns, wenn wir Meinungsverschiedenheiten hatten, und ich vermittelte immer zwischen ihnen. Carter und ich hatten bisher keinen Vermittler gebraucht. Hoffentlich würde das auch so bleiben.

»Nein, das musst du mir jetzt sagen«, beharrte ich.

Eliza seufzte. »Ich muss gar nichts, Nick. Das ist der Unterschied zwischen uns beiden. Du spielst mit deinen Freunden, als wärst du der allmächtige Bro-Imperator, und ich ... bin einfach nur Carters kleine Schwester und sehe dabei zu.«

Der Tisch zwischen uns fühlte sich plötzlich an wie die Antarktis, zumindest, was die Größe und das Klima anbelangte, allerdings ohne die niedlichen Pinguine.

»Du weißt, dass du mehr als das bist«, sagte ich.

»Halt mich da raus.«

Ich saß verdutzt da und hatte völlig den Faden verloren. Der Subtext des Gesprächs oder sein Fehlen, oder irgendeine Kombination aus versteckten Bedeutungen gab mir das Gefühl, als würden wir unterschiedliche Sprachen sprechen.

»Jedes Mädchen würde gern etwas mit mir anfangen.«

Das sorgte dafür, dass sie mich ansah. »Warum? Du könntest dir jederzeit, sobald dir danach ist, eine andere suchen.«

»Was meinst du damit?«

Sie verschränkte die Arme vor der Brust und lehnte sich gegen die Spüle. »Ich zum Beispiel hätte Angst davor, etwas mit dir anzufangen. Denk nur mal dran, wie du letzte Woche mit Madison rumgemacht hast, und jetzt willst du plötzlich was von Hannah? Das ist nicht nur irgendwie unhöflich. Es ist selbstsüchtig, wie du mit den Leuten umgehst.«

Ihre Worte schwappten über mich hinweg, als wären die Pinguine doch noch aufgetaucht und hätten mich dabei überrascht, wie ich auf ihrer liebsten Wasserrutsche spielte.

»Danke für deine Hilfe«, fuhr sie fort und begann, das schmutzige Geschirr und die Konservendosen einzusammeln. »Ab hier komme ich allein klar.«

Ich rührte mich nicht. Meine Beine fühlten sich schwer wie Ziegelsteine an. »Du weißt, dass mir meine Freunde wichtig sind, oder?«

Und du.

»Klar sind sie das. Heute.«

»Dann freue ich mich darauf, dir morgen zu beweisen, dass du dich irrst.«

Ich verließ Eliza mit dem Geruch von verbranntem Knoblauch an meinen Klamotten. *Egal. Wenn Eliza ehrlich zu mir sein will, soll sie doch.* Obwohl ich nicht wirklich ehrlich zu ihr gewesen war.

Irgendetwas stimmte da nicht. Ihr Benehmen wegen dieser Sache hatte gar nicht unbedingt etwas mit mir zu tun, oder? Nach dem, was ich in Psychologie über Freud gelesen hatte, waren starke emotionale Reaktionen eigentlich ein Konflikt zwischen verschiedenen Teilen des eigenen Selbst. (Schau an, habe ich also doch etwas gelernt!) Vielleicht ging es im Grunde um ihren Dad, der sie wegen einer neuen Familie verlassen hatte. Um irgendjemand anderen, nur nicht um mich.

Mein Handy vibrierte zum millionsten Mal an diesem Tag.

Wie ist es gelaufen?, wollte Madison wissen.

»Lass mich in Ruhe«, murmelte ich. Sie konnte mir gestohlen bleiben. *Hat sie mir absichtlich einen schlechten Tipp gegeben?* Ich hätte es wissen müssen, das wäre typisch Madison.

Ich deute dein Schweigen einfach mal als gutes Zeichen, schrieb sie.

Ich trat abrupt auf die Bremse und schrieb zurück: *Leck mich!*

Dann legte ich wieder einen Gang ein und drehte den Country-Sender auf volle Lautstärke. Vielleicht würde mir das Autofahren dabei helfen zu vergessen, was für idiotische Entscheidungen ich traf.

Eine Sekunde später ertönte mein *Mission: Impossible*-Klingelton. Ein Anruf von Madison.

Ich schleuderte mein Handy auf den Beifahrersitz, und mein Display leuchtete mit einer Nachricht auf. *Was ist passiert???*

Als ich nicht antwortete, rief Madison noch mal an.

»Was ist, Madison?«, schrie ich, während das Telefon auf dem Sitz hin und her rutschte.

»Was für eine Begrüßung!« Sie klang so geschmeidig wie immer. »Hast du genau das gemacht, was ich dir gesagt habe?«

»Mehr oder weniger.«

»Und sie ist dir nicht völlig verfallen?«

»Warum spielst du mit mir? Ich habe dir ein ›Date‹ mit Carter verschafft, Madi. Ich dachte, wir wären quitt.«

»Ja ... ich weiß. Das hätte eigentlich funktionieren müssen ...«

Ich riss das Lenkrad herum und bog um eine scharfe Kurve, wobei ich nur knapp einem entgegenkommenden Polizeiwagen ausweichen konnte. Ich hielt den Atem an, während ich darauf wartete, dass sie mich herauswinkten ... Nein!

»Wie?«, rief ich. »Wann hat jemanden eifersüchtig zu machen jemals funktioniert?«

»Normalerweise immer dann, wenn dieser jemand theoretisch ein bisschen an dir interessiert ist und merkt, dass du sozusagen aktiv auf der Suche nach neuen Freunden bist.«

»Sie ist offensichtlich nicht theoretisch ein bisschen an mir interessiert. Jetzt zumindest ganz und gar nicht mehr.«

»Es tut mir leid, Nick. Ich schwöre, das passiert sonst nie.«

»Danke.« Ich spuckte praktisch aufs Lenkrad, während ich eine Vollbremsung hinlegte, um an einer Ampel hinter einer Schlange Autos zum Stehen zu kommen. »Ich muss aufhö…« Die Ampel schaltete auf Grün, und die Autos vor mir rasten los.

»Es sei denn«, unterbrach sie mich. »Sie … Okay, Nick, stell dir vor, du schwärmst ein bisschen für Taylor Swift.«

»Wieso sollte ich nur ein bisschen für Taylor Swift schwärmen? Sie ist eine 1a-Braut.« Ich versuchte, mit den Autos vor mir mitzuhalten. Madison zu ignorieren, machte es einfacher.

»Konzentrier dich! Also, du schwärmst ein bisschen für T-Swift, und sie sagt dir, dass sie auf Justin Bieber steht. Wie fühlst du dich?«

»Taylor würde sich niemals für den Bieber interessieren«, sagte ich. »Aber, okay. Ich würde alles tun, um sie Justin vergessen zu lassen. Ich würde mehr Zeit mit ihr verbringen und nach und nach ihre wildesten Träume erfüllen. Was kein Problem wäre, denn ich bin mehr Mann, als es Justin jemals sein wird.«

»Das ist der Nick, den wir alle kennen«, sagte sie lachend. »Genau. Okay, jetzt stell dir vor, du bist heimlich total in Taylor Swift verliebt, und sie sagt dir, sie steht auf Justin. Wie geht's dir jetzt?«

»Nach allem, was ich für sie getan habe?«, scherzte ich. »Und ihr fällt nichts Besseres ein, als sich in Bieber zu verknallen?«

»Ganz genau«, sagte Madison. »Nick. Wir sprechen hier von streng geheimem Verliebtsein … wie damals als Kind. Todernst und mit ganzem Herzen.«

Ich erreichte endlich unsere Einfahrt. Der Kies knirschte leise unter meinen Rädern, als ich einbog. Ich stoppte den Motor, ließ mich in den Sitz sinken und legte meine Füße aufs Armaturenbrett.

»Woher wusstest du, dass ich so für Tay empfinde?«

»Nick, was würdest du tun?«

Ich würde so tun, als wäre ich nie an ihr interessiert gewesen. Ich würde völlig überreagieren. »Mist.«

»Wenn sie dich mehr als ein bisschen mag, was ich wirklich nicht ahnen konnte, dann ergibt ihre Reaktion Sinn.«

»Und wenn sie einfach kein Interesse hat?«

Madison zögerte. »Warum sollte es sie dann kümmern, dass du dich nach Hannah erkundigst?«

Ich dachte darüber nach. Ob ich Madison trauen konnte, war immer noch fraglich, aber so oder so – die Sache klang interessant.

»Und was soll ich jetzt machen?«, fragte ich.

»Was du am besten kannst«, antwortete Madison. »Geh und schnapp dir das Mädchen. Oh, und sag Carter, er soll mich morgen wieder treffen. Danke, Nicky.«

»Madison ...«, setzte ich an. Sie legte auf, bevor ich noch irgendetwas fragen konnte.

Ich schlug gegen das Lenkrad. Ich fühlte mich wie mitten in einem Frauen-Rachefeldzug. Das passierte hier gerade, oder? Die Mädels wollten mir eine Lektion dafür erteilen, dass ich ein Player war.

Schön wär's.

Dann hätte ich nämlich zumindest gewusst, was ich tun sollte: eine Entschuldigung à la Lloyd Dobler aus *Teen Lover* als Instagram-Story und via Livestream. Seit wann waren Mädchen so kompliziert? Es war ja nicht so, als wäre es mit allen leicht ... aber Eliza war echt noch mal eine ganz andere Nummer.

Mein Nacken war steif vor Stress und schmerzte. *Junge, du musst dich mal entspannen.* Und wie ging das am besten?

Mit dem Lieblingshobby eines jeden Bro: Computer spielen.

Regel Nummer 9

Ein Bro geht niemals shoppen.

Eliza ignorierte mich für den Rest der Woche und sogar noch ein paar Tage der nächsten Woche.

Nicht, dass ich mitgezählt hätte.

Auch im Carter-Madison-Traumland sah es nicht viel besser aus.

Carter erzählte mir davon, als wir in unserer gewohnten Nische im *Straight Cheese 'n' Pizza* saßen. Seit letztem Jahr trafen wir uns dort jeden Mittwochabend. Das hatte erstens den Vorteil, dass wir ein erstklassiges fettiges Abendessen bekamen, und zweitens konnten wir dort unauffällig unsere Hausaufgaben austauschen. Die Zeit, als wir dafür in die Bibliothek gehen konnten, war leider vorbei. Seit Austin das Computersystem dort mit einem Virus infiziert hatte, nachdem er illegalerweise *World of Warcraft* heruntergeladen hatte, stand er auf einer inoffiziellen schwarzen Liste. Die Bibliothekare hatten ständig ein Auge auf ihn, und wäre er bei irgendetwas auch nur ansatzweise Verbotenem erwischt worden, wäre es sofort der Schule gemeldet worden. Austin, wie er nun mal war, hätte kein Problem damit gehabt, das Hausaufgaben-Austausch-Ding direkt vor deren Nase durchzuziehen, aber Carter hatte es nicht riskieren wollen.

Dass das *Straight Cheese 'n' Pizza* vor Leuten und kleinen Kindern, die an den Spielautomaten spielten, nur so wimmelte, war eine super Deckung für uns – wir sahen aus wie Schüler, die hier saßen, um zu lernen, und es gab zu viel Kindergeschrei, als dass irgendwer die Wahrheit hätte entdecken können.

»Wie läuft's mit der Nachhilfe?«, fragte ich Carter. »Ist Madison eine gute Schülerin?« Sie hatten seit meinem Hühnchenfleisch-Fiasko zwei weitere Nachhilfedates gehabt. Madison verschwendete keine Zeit.

Carter blätterte eine Seite seines Mathebuches um, zu konzentriert, um mich zu hören. Ich war gerade dabei, die Zusammenfassung des Freud-Kapitels für unseren Psychologiekurs fertigzustellen. Austin hatte die Geschichtshausaufgabe im Rekordtempo erledigt und spielte jetzt gegen sich selbst Air Hockey.

»Das müsstest du doch eigentlich wissen.« Ich konnte Austins Augenzwinkern hören, ohne dass ich dafür von meinem Notizblock aufsehen musste.

»Ha, ha«, erwiderte ich. »Weißt du, Freud sagt, Humor dient dazu, von unterdrückten Gedanken abzulenken.« Ich tippte auf mein Psychologiebuch. »Vielleicht würde er behaupten, dass *du* Madison gern ›Nachhilfe‹ geben *würdest.*«

Austin warf den Puck in die Luft und drehte sich, um ihn hinter dem Rücken wieder aufzufangen.

»War das nicht der Typ, der behauptet hat, dass wir alle in unsere Mütter verliebt sind?«, fragte Carter, denn das hatte er natürlich gehört. »Nehmen die Leute ihn immer noch ernst?«

»Oh, ich muss ihm da absolut zustimmen – ich bin aus tiefstem Herzen in Carters Mom verliebt.« Austin grinste und überließ den Air-Hockey-Tisch den zwei Kindern, die schon darauf warteten.

Carter schlug mit seinem Notizbuch nach ihm.

»Wie kann es sein, dass du mit Geschichte so schnell fertig warst?«, fragte Carter. »Wir werden dieses Jahr wieder durchfallen, oder?«

Austin ließ sich auf die Sitzbank unserer Nische fallen, wobei das Leder unter seinem Gewicht quietschte. »Du kennst doch den Spruch: Vier gewinnt.«

Er hielt mir die Faust entgegen, was ich halbherzig erwiderte. Etwas anderes, das Freud, das überholte Genie, geschrieben hatte, beanspruchte meine Aufmerksamkeit.

»O ja?« Austin schnappte sich mein Buch. Dass ich ihn ignorierte, hatte ihn neugierig gemacht. »Was ist denn jetzt ... oh. Interessant.« Er räusperte sich und las laut vor: *»Unterdrückte Gefühle werden niemals sterben. Sie sind lebendig begraben und werden später in hässlicherer Form wieder ans Licht kommen.«* Austin warf mir einen seltsamen Blick zu. »Gibt es etwas, das du uns sagen willst, Nicky?«

»Halt die Klappe.« Ich nahm ihm das Buch wieder ab und sah überall hin, nur nicht zu Carter. »Wie Carter schon sagte, der Typ spinnt.«

»Den Punkt finde ich aber gar nicht so dumm«, meinte Carter. »Also darüber, dass man nicht in der Lage ist, bestimmte Dinge auszudrücken. Vor allem, wenn es wegen irgendwelcher banaler sozialer Normen ist.«

»Bitte. Erklär. Das. Ich liebe eine gute Debatte.«

»Ne«, sagte Carter.

»Fick dich.«

»Na ja, ähm, was ist dann mit dem Bro-Codex?«, fragte ich. Meine Hände unter dem Tisch begannen zu zittern. Das war sie – meine vielleicht einzige Chance, das Thema unauffällig anzusprechen und zu sehen, wie sie reagierten.

»Genau«, meinte Carter.

O nein. Genau? Ich sprach weiter. »Stellt euch vor, einer von uns wäre total in Hannah verknallt, okay? Das würde aber bedeuten, dass er sich wegen Robert zurückhalten müsste. Oder die ganze Sache mit dir und Eliza. Ich meine, hast du dich damals vom Bro-Codex unterdrückt gefühlt, Austin?«

Zwei ganz theoretische, überhaupt nicht aktuelle Beispiele. (Nicht, dass ich in Hannah verknallt gewesen wäre. Aber ich wollte mein Thema beibehalten ...)

Austin gähnte. »Ich habe keine Zeit für Regeln.«

»Ich kann darüber echt nicht sprechen«, murmelte Carter.

Die beiden Kinder, die Air Hockey spielten – ein Junge und ein Mädchen –, begannen auf und ab zu hüpfen und darüber zu streiten, ob ein Punkt zählte oder nicht.

»Hattet ihr nie das Gefühl, dass euch der Bro-Codex erstickt?«, fragte ich hartnäckig weiter. »Was bedeutet das?«

»Wahrscheinlich, dass du schwul bist«, versuchte Austin abzulenken.

»Uuuund Austin gibt was aus«, sagte Carter.

»Jedes verdammte Mal«, stöhnte Austin. Münzen fielen klirrend auf den Tisch, als er sein Portemonnaie herauszog.

»CBR, bitte«, sagte ich.

Austin zeigte mir den erhobenen Daumen und trottete an die Theke, um eine Chicken-Bacon-Ranch-Pizza zu bestellen (die zweitliebste Pizza eine Bros nach Peperoni). Vor ein paar Jahren hatte Carter beschlossen, dass es seine Bürgerpflicht war, uns davon abzuhalten, homophobe Witze zu machen. Jedes Mal, wenn einer von uns einen schwulenfeindlichen Kommentar brachte, schuldete er den anderen etwas zu essen oder Eintrittskarten oder was auch immer. Austin hatte immer noch ein paar solcher Witze auf Lager, für den Fall, dass ihm nichts Besseres einfiel. Ich musste den anderen praktisch nie etwas ausgeben.

Carter nahm einen Schluck aus seiner Wasserflasche. »Also, Madison«, fuhr er fort. »Dieses Mädchen ist wirklich ... anstrengend. Sie spricht die ganze Zeit nur von dir. Echt, ich komme mir vor wie eine Art Nick-Maguire-Kronzeuge, der gerade verhört wird oder so.«

»Kann ich mir vorstellen«, sagte ich.

Austin kam mit einer neonfarbenen Nummer zu uns an den Tisch zurück. Er nahm seine alte Position ein, indem er sich wieder tief in das Polster der Bank sinken ließ.

»Das letzte Mal«, fuhr Carter fort, als könnte das Gespräch tatsächlich noch mal eine Wendung nehmen, »hat sie mich nach meinem Liebesleben gefragt und was nötig ist, damit ich mir endlich Eier wachsen lasse und sie um ein Date bitte.«

Austin zuckte überrascht zurück. »Moment, *was*?«

»Ich weiß. Keine Ahnung, was in dem Mädchen vorgeht.«

»Hat es funktioniert?«, fragte Austin.

Carter hob die Schultern. »Wenn überhaupt, dann hat es dafür gesorgt, dass sie mir leidtut. Als müsste ich ihr mehr helfen.«

Sie tat ihm leid ... Damit konnte ich etwas anfangen.

»Du bist gut darin, gemeinnützige Arbeit zu leisten«, sagte ich. »Leider können wir nicht alle so sein wie du.«

»Meine Schwester braucht einen Fahrer«, meinte Carter. »Falls das ein Angebot war.« Er blickte stirnrunzelnd auf das Mathebuch. »Ich muss mich echt um das hier kümmern.«

»Ich bräuchte auch jemanden, der sich um mich ›kümmert‹«, meinte Austin mit einem Augenzwinkern.

»Jetzt schuldest du uns Mozzarella-Sticks«, sagte Carter. »Zack, zack.« Er dreht sich zu mir um. »Sie muss zur Mall, um Kleider für die Fashion Show am Freitag auszusuchen. Ich bin ziemlich sicher, dass die um neun schließen.«

Schon wieder ein Babysitting-Auftrag von Carter. Gott, ich danke dir für die Fashion Show.

»Klar, kein Problem.« Ich konzentrierte mich wieder auf die Hausaufgaben, als wäre alles okay und ich würde nicht unter dem Tisch nervös mit dem Knie auf und ab wippen. »Die Nachhilfe muss jedenfalls großartig gewesen sein. Drei Stunden, in denen ihr nur über mich gesprochen habt ...«

Als er aufstand, um noch mehr Essen zu bestellen, schnappte sich Austin die *Red Sox*-Cap von meinem Kopf und warf sie quer durch den Raum. Sie landete ganz in der Nähe des Pizzabäckers, der uns schief ansah.

»Wenn ich keine doofen Kommentare machen darf, darfst du das auch nicht«, erklärte er, obwohl ich wusste, dass er nur nach einer Ausrede gesucht hatte, um meine Cap zu werfen. Austin hasste die Red Sox noch mehr als ich die Yankees, und zwischen uns hatte sich eine Art Cap-Wettstreit entwickelt.

»Willst du sterben, Banks? Du solltest besser aufpassen. Vergiss nicht, dass ich weiß, wo du wohnst.«

»Ruhig, mein Herz.« Er tat, als würde er auf sein Handy sehen, völlig ungerührt von meiner Drohung. »Yo, wie spät ist es?«

»18:21 Uhr«, sagte Austin. »Wenn du Eliza abholen willst, bist du jetzt offiziell spät dran.«

»Ah.« Ich schnappte mir meine Fußballjacke und stopfte mein Notizbuch in meinen Rucksack. »Sorry, Jungs. Muss los.«

»Bis später, Bro.« Carter winkte mir halbherzig zum Abschied.

Ich war schon fast zur Tür hinaus, als Austin mir nachrief: »Warte mal, Hübscher!« Seine Madison-Imitation war perfekt. »Ruf mich an, okay?«

Ich lachte. »Lass ihn in der Hose, Austin, Mann.«

»Kann nicht, er ist zu hart.«

Ich hörte, wie er laut »Wuhu« rief, und das Letzte, was ich sah, bevor ich auf den Parkplatz trat, war der entsetzte Blick eines älteren Paares, das an mir vorbei durch die Tür kam. »Sorry«, sagte ich. »Tut mir leid.«

Meine Shopping-Tour mit Eliza fing ganz okay an. Der schöne Teil war, dass wir durch einen unvergleichlichen gelb-orangen Herbstwald fuhren. Der nicht so schöne Teil war, dass sie mir den Großteil der Fahrt zur Mall über die kalte Schulter zeigte und nur mit mir sprach, um zu fragen, warum Carter sie nicht hinbrachte, und um zu sagen, dass es nicht nötig war, dass ich mitkam.

»Ich will aber«, erklärte ich. »Ich liebe Shopping.« Wir wussten beide, dass das extrem weit von der Wahrheit entfernt war. Ich mied Einkaufscenter wie die Pest.

»Super.«

Ehrlich, ihr Sarkasmus machte sie mir noch sympathischer.

Zehn Minuten später lief ich neben Eliza durch Horden von Middle-School-Schülerinnen, wobei ich mir große Mühe gab, mit ihr Schritt zu halten. Sie schien genau zu wissen, wo wir hingingen. Gut. Das letzte Mal, dass ich hier gewesen war, war in der achten Klasse gewesen, und damals war es mir nicht darum gegangen, Klamotten anzuschauen. Außer natürlich, sie hingen bereits an Mädchen aus der Highschool.

Alles war genau so, wie ich es in Erinnerung hatte – zumindest aus soziologischer Sicht. Es gab drei verschiedene Arten von Mädchen in der Mall: Mädchen, die aussahen, als kämen sie direkt aus dem Fitnessstudio, Mädchen, die jedem Jungen, der ihnen begegnete, böse Blicke zuwarfen, und Mädchen, die wirkten, als könnten sie es kaum erwarten, von hier wegzukommen. Mit ihrer leuchtend blauen Laufjacke gehörte Eliza in die erste Kategorie. Zufälligerweise passte die Jacke perfekt zu dem Shirt, das ich unter meiner schwarzen Windjacke trug. Farblich gesehen lief es gut mit uns.

»Lass uns hier anfangen.« Eliza blieb vor einem hell erleuchteten Geschäft stehen, dessen Front nur aus Fenstern bestand. »Das ist mein Lieblingsladen.« *Tatsächlich*? Ich folgte ihr in einen lauten, vollen Raum. Sofort wurden meine Geruchsnerven von dem aufdringlichen Duft nach kandierten Äpfeln überschwemmt. *Und genau deswegen gehe ich nie shoppen.*

Ich nahm mir vor, in Zukunft weniger Deo zu benutzen.

»Hey, Eliza«, sagte eine tiefe männliche Stimme.

Eliza winkte dem Milchbubi hinter der Kasse zu. »Hi, Dylan!« Sie schenkte ihm mein Lieblingslächeln und zeigte auf mich. »Das ist Nick.«

»Was geht?« Dylan nickte mir zu. Ich erwiderte den Gruß und musterte den Kassierer mit einem schnellen Blick. Er war ungefähr so groß wie Eliza, hatte pechschwarzes Haar und schien zu alt für die Highschool zu sein.

Ich beobachtete, wie Dylan uns beobachtete und wie ein paar (nur ein paar, aber immerhin) der Frauen im Laden ihm statt mir Seitenblicke zuwarfen. Das erste Mal in meinem Leben erreichte ich nicht die volle Punktzahl. Dieser Dylan-Typ war nicht zu unterschätzen.

Eliza berührte mich leicht an der Jacke. »Bevor du irgendetwas sagst, Maguire: Ja, ich komme oft hierher.«

»Dachte ich mir. Was suchen wir?«

Eliza wurde munter. Anscheinend gefiel es ihr, dass ich mich nicht weiter mit Dylan aufhielt. »Ich brauche ein langes und ein kurzes Kleid. Etwas Schickes. Ich werde ein paar Sachen aussuchen, und du sagst mir, was du davon hältst.«

»Cool.«

Eliza begann am Regal direkt neben uns, indem sie tat, was alle Mädchen auf der Suche nach Klamotten taten – sie kam an einem Kleidungsstück vorbei, befühlte es, ging ein paar Schritte weiter, befühlte das nächste Stück. Man sollte echt niemals das oberste Teil auf einem Stapel Klamotten nehmen. Es wurde bereits von jeder Frau im Geschäft angetatscht.

Ich konnte mir nicht erklären, wie der Laden sein Geld verdiente. Die Outfits an den Schaufensterpuppen sahen aus wie Hochzeitskleider aus einem Horrorfilm, und die Farben erinnerten mich an die Lollis, die immer übrigblieben, weil sie niemandem schmeckten. Moment ... Vor mir hing ein cooles, ziemlich kurzes schwarzes Teil. Ich grinste. Darin konnte ich mir Eliza vorstellen. »Hey!«, rief ich quer durch den Laden und hielt es für sie hoch.

Eliza und zwei andere Frauen schüttelten den Kopf.

»Das ist ein Unterkleid, Nick. Nein.«

»Selber schuld. Das wäre super gewesen.« Ich fand sofort ein neues. »Hey, was ist mit dem?«

Eliza kam herüber. »Nicholas James Magiure. Benimm dich. Bei diesem Kleid würde alles raushängen. Aber das weißt du eigentlich.« Sie kritisierte mich nicht wirklich. Es war mehr, als wünschte sie sich sehnlichst, irgendwer anders hätte sie heute gefahren; jeder, nur nicht ich. »Nick«, fügte sie hinzu. »Wenn du dir Mühe gibst, kaufe ich dir später was.«

»Eine Belohnung?« Kluges Mädchen. »Was für eine?«

»Was auch immer du willst.« Damit drehte sie sich um und suchte weiter nach einem Kleid. Was auch immer ich wollte. *Hervorragend.*

Trotzdem hätte sie nicht deutlicher werden können: Sie traute mir nicht zu, ein geeignetes Kleid auszusuchen. Herausforderung angenommen.

Als Eliza das nächste Mal zu mir kam, hing ihr ein Wust aus lilafarbenem, goldenem, blauem und rotem Stoff über den Arm. Das sollten Kleider sein?

»Fertig?«, fragte sie.

Und wie. »Ich habe dir auch noch was ausgesucht. Ich wusste allerdings deine Größe nicht, also habe ich verschiedene genommen.« Ich reichte ihr die Bügel mit den kurzen glitzernden und den langen dunklen Kleidern. Ich hatte offensichtlich bestimmte Vorlieben.

»Die sind eigentlich …« Sie sah die Kleider durch, wobei sie anerkennend nickte. »Die sind großartig. Danke. Gut gemacht.«

»Ach, das war doch nichts.«

Eliza schlug mir gegen die Schulter. »Komm drüber weg.«

»Niemals.«

Sie führte mich zu den Umkleidekabinen, und ich setzte mich davor auf eine Bank, die mir in den Hintern drückte.

»Das ist wie eine Szene aus einer Rom-Com, oder?«

»Was?« Ich verstand kein Wort.

»Eine Rom-Com«, rief sie zurück.

Ein Rascheln drang aus der Kabine – das Geräusch, wenn eine Frau mit ihren Klamotten kämpfte. Plötzlich schien mir der Flyer über Smoothies, der hier auslag, außergewöhnlich interessant.

»Die Szene, wenn das Mädchen mit ihrem superschrulligen exzentrischen besten Freund Kleider für irgendeinen Ball anprobiert, unterlegt mit einem Popsong. Oder sie ist mit dem Typ unterwegs, der in sie verliebt ist, was er noch nicht weiß, ihm aber genau in diesem Moment klar wird. Du weißt schon …«

Die Tür ging auf. Ich würde ein andermal etwas über köstliche Mango-Ananas-Drinks lesen.

»27 Dresses, Cinderella Story, Duff …«

Sie trug ein langes gelbes Kleid, das sich perfekt an ihre Kurven schmiegte. *Oh Boy.*

»Und ich bin dann der schrullige Nerd, oder was?«

Eliza lachte. »Du denkst, du wärst mein bester Freund?«

Ich legte mir die Hand auf die Brust und tat, als wäre ich verletzt. »Mitten ins Herz.«

Sie drehte sich im Kreis.

»Mir gefällt's. Mein abschließendes Urteil: sieben von zehn Punkten.«

Eliza musterte ihr Spiegelbild. »Du hast recht. Das ist eine Sieben.« Sie ging zurück in die Kabine.

»Wie wird man Juror bei *Project Runway*?«, rief ich. »Meinst du, ich habe das Zeug dazu?«

»Ich glaube nicht, dass irgendwer das Zeug dazu hat«, rief sie zurück.

Als sie das nächste Mal herauskam, trug sie ein dunkelblaues Kleid mit Spitze und Trägern, die sich um ihre Schultern schlangen.

»Das andere war besser.«

»Wirklich?« Sie strich den Rock glatt. »Stimmt. Das könnte auch meine Grandma tragen.«

Ich nickte und holte tief Luft. Diesem Mädchen stand echt alles, und das machte meinen Job gleichzeitig leicht und schwierig. Aber das Gelbe war tatsächlich besser gewesen.

»Probier eins von denen an, die ich ausgesucht habe.«

»Nur damit du aufhörst zu nerven.«

Sie ließ mich wieder allein, und ich zog mein Handy heraus. Die Genies von ESPN hatten echt einen Preis dafür verdient, dass man über ihre App auch Sportergebnisse checken konnte – das war perfekt für Situationen wie diese hier. Als ich gerade nachsah, welches Baseballteam die besten Chancen in der World Series hatte, kam eine Reihe von Schreien und Flüchen aus der Umkleidekabine.

»Au, nein«, rief Eliza.

Ich sprang auf, unsicher, ob ich reingehen durfte, um ihr zu helfen. Ich schätzte nicht ...

»Eliza?«

»Meine Schulter«, rief sie. »Beim Ausziehen habe ich sie mir wieder verrenkt. Verdammt. Oh, Mist, aua!«

Was sollte ich jetzt tun? Dank meiner obsessiven Beschäftigung mit Methoden, die halfen, Schulterverletzungen zu vermeiden, wusste ich – theoretisch – was zu tun war. Sollte ich anbieten, ihr zu helfen? Oder würde sie mich für einen Perversling halten?

Zum Glück löste sie dieses Problem für mich.

»Könntest du mir helfen? Du kriegst das wieder hin, oder? Nick, bitte, ich glaube, ich habe mir etwas gezerrt.«

»Klar, aber du solltest wahrscheinlich trotzdem in die Notaufnahme gehen. Für den Fall, dass sie ausgekugelt ist.«

Ich betrat die Umkleidekabine auf dieselbe Art, wie ein Dieb ein Juweliergeschäft betrat: Man wusste, man sollte eigentlich nicht da sein, und hatte Angst davor, irgendetwas zu berühren und den Alarm auszulösen. Ich war in meinem Leben noch nicht in vielen Umkleiden gewesen, mal abgesehen von den paar Mal, wenn ich neue Jeans oder so etwas gebraucht hatte. Im Vergleich zu denen der Männer war das hier das *Four Seasons.* Jede Kabine hatte eine weiße Schwingtür, und überall standen hohe Orchideen herum, nach denen es auch roch. Auf einem glänzenden weißen Tischchen unter einem Foto von irgendeiner Frau aus irgendeinem Film waren Wasserflaschen bereitgestellt.

Die Tür einer Kabine war geschlossen, und ich klopfte an.

»Darf ich reinkommen?«

»Ja. Ich habe das Kleid immer noch an. Ich habe es nicht geschafft, es auszuziehen.«

Sie öffnete die Tür, und ich rauschte hinein, bevor mich, Gott behüte, irgendwer sehen konnte. Ihre rechte Schulter war auf die Größe eines Softballs angeschwollen, doppelt so groß wie ihre linke. Ihr Kleid schleifte über den Boden.

Die Kabine war nicht für zwei Leute gedacht, weshalb ich abwechselnd gegen Eliza und gegen die Wand stieß. Der Platz reichte gerade, um mit den Armen zu rudern und in Klamotten zu schlüpfen. Was bedeutete, dass wir wieder einmal zu nah beieinanderstanden. Schon wieder.

Falls Eliza darüber nachdachte, verriet ihr Gesicht jedenfalls nichts davon – zumindest nach dem, was ich bei kurzen Blicken in den Spiegel erkennen konnte. Sie zuckte immer wieder zusammen und war wahrscheinlich eher mit ihren Schmerzen beschäftigt als mit meinen Händen auf ihrer nackten Haut.

»Ist das schon mal passiert?«

»Ein paar Mal. Normalerweise renkt Carter sie einfach wieder ein, und ich kühle sie.«

Ich fuhr mit der Hand über die Beule an ihrem Rücken. Ihre entzündete Schulter war mit Gänsehaut bedeckt, aber sie entspannte sich, als ich sie berührte. Das sah nicht nach einer Verletzung aus, bei der es mit Einrenken getan war, aber wenn es das war, was sie wollte, konnte ich es versuchen.

»Heb den Arm, als wolltest du die Decke berühren.« Sie streckte den Arm aus, und ich drückte ihn nach unten. Ihr Rücken verspannte sich, dann gab er nach. Fast.

»Ich sollte das echt nicht tun«, sagte ich. »Du müsstest eigentlich zu einem Physiotherapeuten. Ich will nichts kaputt machen.«

»Nein«, sagte sie, als ich Anstalten machte, ihren Arm loszulassen. »Das hilft.«

»Kannst du die Hände hinter dem Rücken verschränken?« Ich drückte ihren Oberkörper leicht nach vorn. »Ich werde ziehen.«

Eliza folgte meinen Anweisungen. Ich hatte ihre Arme kaum berührt, als sie schon nach Luft schnappte und zusammenzuckte. Ich ließ los, aber sie schüttelte den Kopf.

»Mach weiter. Es fängt gerade an, sich wieder normal anzufühlen. Halte es so.«

»Fünfzehn Sekunden«, sagte ich und strich mit dem Daumen über ihre Hand.

Eliza nickte. Ihre Wangen wurden ganz rot, während ich zählte.

Nach ungefähr sechs Sekunden erklang ein leises Knacken.

»Ich glaub, das war's«, sagte sie. Sie ließ die Arme langsam sinken. »Das war großartig, Nick. Danke.«

Ich untersuchte ihre Schulter. Sie war weniger dick, aber immer noch extrem verspannt. Ich fuhr mit der Hand von ihrem Nacken bis zur Lendenwirbelsäule, um herauszufinden, welcher Teil ihres Rückens für die Schulterprobleme verantwortlich war.

Je leichter meine Berührung war, desto stiller stand sie, bis es schien, als würde sie gar nicht mehr atmen.

»Sorry«, sagte ich. »Meine Hände sind wahrscheinlich kalt.«

»Das hat gekitzelt.«

Ich strich noch einmal über ihren Rücken, über die festen Muskeln dort, und versuchte ihren Zimtduft zu ignorieren. Versuchte, nicht an das zu denken, was ich eigentlich machen wollte.

»Du solltest das *wirklich* mal ansehen lassen.« Ich trat endlich einen Schritt zurück. »Ich bin mir auch nicht sicher, ob die Schwellung bis zur Fashion Show zurückgehen wird. Achtundvierzig Stunden Ruhe können viel bringen, aber nicht, wenn du ernsthaft verletzt bist. Außerdem solltest du es kühlen und dehnen und so weiter.«

»Danke. Schätze, wir werden sehen, ob es klappt.« Unsere Blicke trafen sich im Spiegel. Ich musste mich davon abhalten, ihr eine Haarsträhne aus dem Gesicht zu streichen.

»Ich habe noch ein Kleid, das ich anprobieren muss.«

»In Ordnung. Ich warte draußen.«

»Danke, Nick.«

Als sie das nächste Mal herauskam, trug sie ein rotes Kleid mit einer Art Dekoration am Ausschnitt. Trägerlos. Ihre Schultern, die gerade noch schief und verletzt gewesen waren, sahen darin aus, als wären sie für das Cover eines Magazins mit Airbrush bemalt worden.

»Das ist es.« Hitze stieg mir ins Gesicht. Bescheuerte Rom-Irgendwas.

Ich zwang mich, cool zu bleiben, während sie mich ansah und zu entscheiden versuchte, ob sie mir glauben sollte.

»Also, wenn du es dir nicht kaufst, mach ich das.«

Sie drehte sich vor dem Spiegel, und ich fragte mich, ob sie meiner Stimme angehört hatte, wie ernst ich es meinte.

Schalt einen Gang runter, Nick. Hör auf, etwas erzwingen zu wollen.

»Du kommst meinem schrulligen besten Freund immer näher, Nick«, rief Eliza, zurück in der Umkleidekabine. Ich rieb mir das Kinn, um mein albernes Grinsen zu verbergen.

Schließlich entschied sie sich für zwei Kleider und ließ sie bei *Dylan* an der Kasse, damit ihre Mom sie am nächsten Tag abholen konnte. Wir liefen durch die Mall zurück zu meinem Auto.

»Wow, gut gemacht, Maguire«, sagte sie.

»Mit den Kleidern? Ja, ich weiß.«

»Nein. Wir sind gerade an einem Laden von Victoria's Secret vorbeigekommen, und du hast nicht versucht hineinzuschauen.«

»Oh, Scheiße, sind wir?« Ich wirbelte herum. Waren wir. Ich war zu sehr damit beschäftigt gewesen, über die Nähe eines bestimmten Jemand nachzudenken, um es zu bemerken. Die Mall war kurz davor zu schließen, weshalb sie bis auf die paar Leute in den Geschäften fast leer war. Es roch nach salzigen Brezeln und fettigem Sushi. »Ich meine, Scheibenkleister.«

»Ist in Ordnung, Maguire. Du darfst ›Scheiße‹ sagen.«

»Ne, ich fluche grundsätzlich nicht in Gegenwart von Mädchen.«

»Das überrascht mich«, meinte Eliza. In ihrer Stimme lag Unglaube und noch etwas anderes. Verdammter Chick-Codex.

»Was meinst du?«

»Weiß nicht. Schätze, ich hätte einfach nicht gedacht, dass du«, sie suchte nach den richtigen Worten, »dich dafür interessierst, was andere Menschen denken.« *Andere Mädchen.*

Als wäre sie nie verschwunden gewesen, war die Befangenheit zwischen uns wieder zurück. »Das habe ich verdient.« Ich holte tief Luft und fuhr fort. »Ich hätte das mit Hannah letzte Woche nicht sagen sollen. Ich hab's nicht so gemeint. Ich wollte eigentlich nur herausfinden, wie sie deiner Meinung nach zu Robert steht.«

Und dann sagte ich etwas, das Bros normalerweise selten sagen müssen, denn der Bro-Codex legt ganz klar fest, dass ein Bro zu seinen Überzeugungen steht und es nicht nötig hat, sie zu verteidigen: »Es tut mir leid.«

»Danke.« Sie schluckte schwer. »Mir auch. Ich weiß, dass Carter und ich dir etwas bedeuten. Und dass du kein *ganz* schlechter Kerl bist.«

»Nicht ganz schlecht. Das nehme ich als Kompliment.«

»Versteh mich nicht falsch«, sprach sie weiter. »Du bist immer noch der eingebildetste Kerl, den ich je getroffen habe. Aber es kann sein, dass du nicht völlig unreif bist.«

Ich lachte und legte den Arm um sie, wobei ich auf ihre Schulter achtgab. Dann zog ich sie an mich, wie ich es schon tausend Mal hatte tun wollen. »Danke. Das bedeutet mir viel, O'Connor.«

Sie schüttelte mich nicht ab, wie ich es erwartet hatte, selbst als wir uns durch eine Gruppe stylisher Middle-School-Schülerinnen drängten, die die Verkaufsstände nach der perfekten Handyhülle absuchten. Neben ihr herzulaufen, den Arm um sie gelegt, fühlte sich unglaublich aufregend an: wie, sich heimlich aus dem Haus zu schleichen, hellwach zu sein und so, als könnte mir alles gelingen. Das mochte ich am meisten an ihr – wie spannend es mit ihr war, selbst wenn sie völlig entspannt blieb.

»Ja, kein Problem«, sagte sie. »Du hast dich heute echt nicht dumm angestellt. Wenn du willst, kannst du deine Belohnung haben.«

»Du weißt schon, was ich verlangen würde, wenn das hier eine Rom-Irgendwas wäre, oder?«

»Sei nicht eklig.«

»Können wir das bitte jugendfrei halten, Eliza? Hier sind Kinder.« Ich deutete um uns herum.

Sie machte einen Schritt zur Seite und schlüpfte unter meinem Arm heraus.

»In Ordnung, was wolltest du sagen?«

»Also«, begann ich. »Ich wollte sagen, dass das in einem Film jetzt die Stelle wäre, an der ich feststellen würde, dass du mir einen Kuss schuldest. Aber dann ist mir eingefallen, dass ich ja dein schrulliger bester Freund bin, also werde ich wohl, ähm, eine fettreduzierte Pumpkin Spice Latte mit Mandelmilch oder so verlangen müssen.«

»Oh, mein Gott. Ich weiß gar nicht, ob ich dir zuerst dieses Klischee um die Ohren hauen soll oder mich wundern, woher du meinen Lieblingskaffee kennst.«

»Ne, ist schon in Ordnung. Du schuldest mir nichts. Weißt du, du hast dich in den letzten zwei Jahren ziemlich verändert.«

»Was soll denn das heißen?«

»Du warst früher nicht so ... cool.«

Eliza schlug mich in die Seite. »Danke. Vielen Dank.«

»Jederzeit.« Wir traten aus der Mall und in einen kühlen Frühoktoberabend. »Soll ich dich bei dir zu Hause absetzen?«

»Klar«, antwortete sie. »Wo sonst?«

»Keine Ahnung. Ich habe inzwischen den Überblick über deine Freunde verloren.«

»Ich auch.« Sie schwang die Arme, sprang halb laufend, halb tanzend auf die Straße. Ihre Energie war ansteckend. Ich imitierte ihre Tanzbewegungen, während wir den leeren Parkplatz überquerten, versuchte, mit ihrem Rhythmus mitzuhalten. Eliza machte so weiter, bis wir mein Auto erreicht hatten, wo sie stehen blieb und uns für unsere Performance applaudierte. Ich verbeugte mich und öffnete ihre Tür. Sie knickste, dann schubste sie mich beiseite, bevor sie auf den Beifahrersitz rutschte.

Ohne Eile spazierte ich auf die Fahrerseite, genoss die Freiheit nach der Mall und das Gefühl, unterwegs zu sein – nur wir beide. Das Licht des Mondes und der Straßenlaternen spiegelte sich auf meinem Wagen. Er leuchtete fast so sehr wie das Mädchen in seinem Inneren.

Regel Nummer 10

Ein Bro macht immer den ersten Schritt.

Es war endlich Freitag, der zweitbeste Tag der Woche. Der beste war selbstverständlich Samstag. Ich wartete auf dem Weg zum Biologieunterricht – meiner fünften Stunde – im hektischen, übervollen Flur der Schule. Irgendein Typ hatte aus Versehen den Inhalt seines Rucksacks überall verteilt, weshalb Stifte über den Boden und Textmarker unter Schränke rollten, was einen gigantischen Stau verursachte. Ich würde zu spät kommen. Wie immer.

Etwas Spitzes tippte mir auf die Schulter. »Hey, Hübscher.« Die unvergleichliche Madison Hayes stand hinter mir und sah in Longsleeve und Jeans fast normal aus.

Es klingelte. Auch einige meiner Mitschüler drängten sich noch durch die Massen, und wahrscheinlich saß die Hälfte der Klasse noch nicht an ihrem Platz, aber Mr Kendrick, mein sadistischer Lehrer, war nicht der Typ, den so etwas interessierte.

»Madison Hayes. Genau das Mädchen, das ich sehen wollte. Was hast du jetzt?«

»Einzelarbeit.«

»Am Freitag in der letzten Stunde. Das ist hart.« Ich strich mir über die Stirn, wischte den Staub fort, den alle mit ihren Sneakers aufgewirbelt hatten. Offensichtlich sammelte sich Dreck auf einem, wenn man still dastand.

»Eine Qual. Übrigens ...«, sie packte mich am Kragen meines Flanellshirts, » ... hat Carter irgendetwas über mich gesagt?«

Was?

»Ehrlich, ich glaube, du hättest mehr Glück mit Austin«, sagte ich. »Carter konzentriert sich gerade voll und ganz aufs College ...«

»Ich habe mich gefragt, ob er etwas von gestern Abend erzählt hat. Es ist, ähm, sozusagen etwas passiert.«

Selbst wenn Carter mir etwas erzählt hätte, was er nicht getan hatte, legte der Bro-Codex fest, dass ein Bro das Drama, das sich zwischen einem Mädchen und einem anderen Bro abgespielt hatte, nicht mit diesem Mädchen diskutierte. Ich hätte ihre Frage also gar nicht beantworten können, auch wenn ich den Hauch einer Ahnung gehabt hätte, wovon sie sprach.

Obwohl es schwierig war, die genaue Herkunft bestimmter Klauseln des Bro-Codex zurückzuverfolgen, weiß man doch, dass diese spezielle Regel auf die beiden OBs Keith Richards und Mick Jagger zurückgeht. In den Sechzigern hatte Richards seine Freundin angeblich mit Jaggers Freundin betrogen, woraufhin Jagger wiederum seine Freundin angeblich mit Richards Freundin betrogen hatte. Die Ladys hatten sich gerächt, indem sie den Medien und der ganzen Welt von der angeblich unterdurchschnittlichen Ausstattung der Rockstars erzählt hatten.

Um eine derartige Farce in Zukunft zu vermeiden, beschloss man, dass ein Bro, wollte er sein bestes Stück nicht auf dem Cover eines Klatschmagazins wiederfinden, sich nicht länger in die Beziehungsdramen seiner Mit-Bros einmischte. Man wusste ja nie.

Madison rückte ihre glitzernde Schultasche auf der Schulter zurecht, als sich die Schüler vor uns wieder in Bewegung setzten. »Hör dir Carters Sicht der Dinge an, okay? Wer weiß, vielleicht nehme ich mir deinen Tipp mit Austin ja zu Herzen.« Sie warf mir zum Abschied eine Kusshand zu und begann, sich durch die Menge zu drängen. »Kommt schon, Leute!«, rief sie. »So schwer ist das doch nicht. Je schneller wir im Unterricht sind, desto schneller dürfen wir nach Hause!«

Jubelschreie ertönten. Ich schloss mich dem Applaus an. Dieses Mädchen war supernervig, aber niemand konnte leugnen, dass sie die Dinge geregelt bekam.

Ich kam zu spät zu Bio, wie es gerade in Mode war (für Leute, die gern chic zu spät kamen), wo Carter an unserem langen schwarzen Labortisch saß und bereits die Schutzbrille aufhatte.

Das Klassenzimmer roch, als hätte ein Tier seine Barthaare in eine Steckdose gesteckt, wäre gegrillt worden und hätte dann einen ganzen Monat dort gelegen. Ziemlich typisch für die Cassidy High.

»Du bist gut drauf«, stellte Carter fest. »Großartig. Das wirst du für diese Stunde brauchen. Die saugt die Freude nur so aus dir heraus.«

»O nein«, sagte ich. Auf dem Tisch waren Gummihandschuhe, Skalpelle, Scheren, Spatel, Schneidewerkzeuge, kleine Werkzeuge zum Herumstochern und ein paar Papierhandtücher bereitgelegt. Daneben schwamm eine tote Ratte in einer Wanne voll stinkender Formaldehydlösung. Mein Totes-Tier-Vergleich war also gar nicht so abwegig gewesen.

»Schon wieder Ratten sezieren? Das haben wir doch schon letztes Jahr gemacht.« Im Biologie-Einführungskurs hatte uns unser Lehrer die grundlegende menschliche Anatomie nähergebracht, indem er uns Ratten sezieren und ihre Muskeln und ihr Körpergewebe hatte freilegen lassen.

»Mr Kendrick will, dass wir uns diesmal das Gehirn vornehmen«, sagte Carter. Er deutete auf einen Stapel Arbeitsblätter mit dem Titel *Leistungskurs Biologie, Laborübungen IV.*

»Cool.« Die schleimige Ratte vor uns war sozusagen ein Volksheld – ein Krieger, der sein Leben für die Wissenschaft geopfert hatte.

»Glaubst du, Stuart Little hier war eingetragener Organspender? Oder führen wir die Gehirn-OP gegen seinen Willen durch? Mir persönlich wäre nicht wohl dabei, seine Wünsche zu missachten.«

»Mir auch nicht.« Carter schüttelte den Kopf. »Der arme Kerl hatte wahrscheinlich Frau und Kinder.«

»Ich weigere mich, eine Familie zu zerstören.«

»Irgendwo muss man eine Grenze ziehen.«

»Apropos Grenze, Madison hat nach dir gefragt. Vor ungefähr zwei Minuten. Das war irgendwie seltsam.«

Carters Skalpell fiel klappernd in die Metallwanne. »Fantastisch«, sagte er wie jemand, der etwas ganz und gar nicht fantastisch fand.

»Warum?«

Carter kritzelte etwas auf seinen Notizblock.

»Ach, komm schon, Carter. Sie ist verdammt heiß.«

Mit einem Seitenblick auf Mr Kendrick, um sicherzugehen, dass er nicht auf dem Weg zu uns war, zog Carter sein Handy heraus und rief seine neuesten Nachrichten auf.

Die letzten zwanzig Mitteilungen stammten alle von Madison. In jeder deutete sie an, wie heiß sie Carter fand und was genau sie deswegen unternehmen wollte.

»Warum hast du nicht geantwortet?«, fragte ich.

»Spinnst du? In keiner davon steht mein Name. Wahrscheinlich hat sie sie unaufgefordert auch an andere Jungs geschickt.« Carter streifte die Gummihandschuhe über. »Ich bin überrascht, dass du sie nicht bekommen hast.«

Ich scrollte noch einmal durch die Nachrichten. »Die hier ist sehr detailliert«, sagte ich. »Ich bin eifersüchtig. Ich kann dir garantieren, dass ich niemals derart anschauliche romantische Textnachrichten von ihr bekommen habe.«

»Aber du hast welche bekommen.«

»Worauf willst du hinaus?«

»Ach, vergiss es!« Carter überflog unsere Anleitung. Er nahm das Skalpell und reichte mir eine Pinzette, die so groß wie mein kleiner Finger war. »Wir sollen herausfinden, wie das Gehirn dieses kleinen Kerls seine Organe und so weiter beeinflusst. Wir werden also eine komplette Sektion machen müssen.«

»Geht klar.«

»Und die Eingeweide müssen unversehrt bleiben. Wir können nicht wieder darin wüten wie beim letzten Mal.«

»Ich kann mich nicht erinnern, dass das meine Schuld war.«

»Mags.«

»Ich kann mich nicht erinnern, dass das *ausschließlich* meine Schuld war.«

Carter durchschnitt die Haut der Ratte mit einer einzigen flüssigen Bewegung. Ganz der zukünftige Chirurg. Meine Aufgabe war es, ihm dabei zu helfen, die Teile zu entfernen, die im Weg waren. Das war normalerweise der Moment, in dem die Leute, die dazu neigten, in Ohnmacht zu fallen, in Ohnmacht fielen.

»Iiiiiih«, ertönte es im ganzen Raum, als unsere Mitschüler an derselben Stelle anlangten.

»Von meiner Seite aus geht es besser«, sagte ich und nahm ihm das Skalpell ab. Ich musste aufpassen, dass das Muskelgewebe der Ratte intakt blieb. Das hatte uns schon mal in Schwierigkeiten gebracht.

Das hier war eine ernste Angelegenheit.

»Das sorgt echt dafür, dass ich am liebsten hundertmal duschen würde«, meinte Carter.

»Ich finde, ich stell mich gar nicht so dumm an mit dem Skalpell.«

»Nein«, sagte er. »Madisons Nachrichten.« Carter trommelte mit den Fingern auf den Tisch. Er konnte nicht stillhalten und holte sich das Skalpell zurück. »Ist das sexuelle Belästigung? Ich glaube, ich drehe gerade durch.«

Oh, oh. Carter hatte einen Knacks abbekommen.

Na ja, vielleicht keinen Knacks. Eher einen Kratzer. Es brauchte schon deutlich mehr als Telefonterror von Madison, um Carter wirklich aus der Bahn zu werfen.

Die Schüler an den anderen Tischen arbeiteten weiter, als hätten sie keine andere Sorge im Leben gehabt als das tote langsam vor sich hin rottende Tier vor ihnen, an dessen Gestank sie sich bereits gewöhnt hatten. Mr Kendrick, unser 1,80 Meter großer, farbloser Lehrer, hasste Sonnenschein und Freude und hatte Vorhänge aufgehängt, die kein Licht durchließen. Er behauptete, dadurch würden wichtige Ausrüstungsgegenstände vor der Sonne geschützt. Vor allem sorgte es dafür, dass der Biologieunterricht eine sehr düstere Angelegenheit war.

Natürlich kannten wir Schüler die Wahrheit. Ich hatte sie damals in meinem ersten Jahr von einem älteren Schüler aus der Fußballmannschaft erfahren, der die Geschichte wiederum in seinem ersten Jahr erzählt bekommen hatte. Mr Kendrick war eigentlich ein legendärer Vampir, der die Schule nachts bewachte und vor den anderen Vampiren aus North Cassidy schützte. Es war kein leichter Job, und viele Schüler wurden dabei geopfert, aber irgendjemand musste es tun.

Carter arbeitete sich durch die Ratte, wobei er jedes Mal hustete, wenn er versehentlich giftige Dämpfe einatmete.

»Ich bin noch nie zuvor so direkt zu einem Sexobjekt gemacht worden«, sagte er, immer noch mit Madison beschäftigt. »Das war sonderbar. Keine Ahnung. Mir wurde ganz schlecht dabei. Als wäre ich in meinem eigenen Körper gefangen.« Er schauderte.

»Das tut mir leid, Alter.«

»Ist nicht deine Schuld.«

Ups.

»Sag mir, wenn ich irgendwas tun kann.«

»Danke, Bro. Du könntest damit anfangen, Bilder von dem ganzen Zeug hier zu machen. Wir müssen sie für unsere Aufzeichnungen beschriften.«

Während Carter sich als Neurochirurg betätigte, beschäftigte ich mich mit den Belichtungseinstellungen meiner Kamera. Ich war wirklich zu allem bereit, außer zu gestehen. Ich konnte Carter nicht sagen, dass ich Madison dabei half, sich an ihn ranzumachen, ohne ihm auch zu sagen, was dabei für mich raussprang.

»Lass es mich wiedergutmachen«, schlug ich vor. »Wie wär's, wenn heute Abend bei dieser Fashion Sache keiner von uns beiden mit einem Mädchen rausgeht, sondern wir den Catwalk zusammen betreten?«

Ich hielt ihm die Faust entgegen. Carter schlug ein. »Obwohl du echt nichts wiedergutzumachen hast, Alter.«

»Na ja, vielleicht wegen all den Malen, als Austin und ich dich hinter deinem Rücken zum Sexobjekt gemacht haben«, witzelte ich.

»Das geht schon klar«, erwiderte Carter. »Ich weiß, ihr Jungs seid nur neidisch auf meinen heißen Körper.«

»Wer nicht?«

Carter konzentrierte sich wieder auf die Ratte und ich schoss Bilder von ihm, bereit, ein Riesengeschäft damit zu machen, wenn er einmal ein berühmter Chirurg war.

Ich wusste, ich schuldete Carter mehr als nur Witze, denn diese Sache schien ihn ernsthaft mitzunehmen. Ich verstand nicht so wirklich, warum, aber das war nicht der Punkt. Von der Luft in meiner Lunge bis zu meinem langsamen Herzschlag – ich wollte nicht, dass Eliza sich jemals so fühlen musste wie Carter gerade. Bei diesem Mädchen galt für mich alles oder nichts. Ich würde mich ganz und gar darauf einlassen müssen. Vor allem, wenn wir irgendwann Carters Segen haben wollten. Das war mein letztes Highschool-Jahr, aber ich schwor mir, sollte Eliza O'Connor meine erste Highschool-Freundin werden, dann würde sie auch meine letzte bleiben.

Trotz des Sexobjekt-Zwischenfalls stand ich Punkt sieben Uhr vor der Aula der Cassidy High bereit, um dem Publikum meinen Smoking zu präsentieren. Ich trug ein schwarzes Jackett und ein weißes Hemd, alles andere war gelb. Ziemlich lässig.

»Zeit für ein Selfie!« Hannah Green tauchte aus dem Nirgendwo auf, packte mich und hielt mir ihr pinkes Handy vors Gesicht. Andere schicke Fashion-Show-Teilnehmer kamen an uns vorbei und machten ebenfalls Fotos – ich konnte mich echt nicht an die Zeit vor Selfies erinnern.

»Nick Maguire, du bist unglaublich. Mach das noch mal, ohne die Zunge rauszustrecken.«

Hinter uns ertönte ein sonniges Lachen. Meine Haut prickelte – ich hätte dieses Lachen überall wiedererkannt.

»Ich will auch eins.« Eliza legte ihre Hand auf meinen Rücken. Ich schlang den Arm um ihre Hüfte. Der Stoff ihres langen gelben Kleides war weicher als Carters liebste Fleecedecke. Ich setzte mein bestes Rockstarlächeln auf, als ich in Hannahs Kamera blickte.

»Na klar, *jetzt* guckst du normal«, meinte Hannah lachend. »Hey, ihr zwei seid ja im Partnerlook!«

Eliza schlug bei mir ein. Unsere Klamotten hatten genau denselben Gelbton. Was vielleicht, vielleicht auch nicht, Absicht war. »Aber hallo!«

»Oh, gut, da ist Carter. Carter!«, rief Hannah Carter zu, der gerade am Wasserspender stand. »Komm her. Wir brauchen ein Bild von dir und Nick.«

»Brille auf!«, sagte ich. Da wir zusammen rausgehen wollten, hatten wir beide eine Sonnenbrille mitgebracht. Ein Bro brauchte Accessoires!

Carter setzte seine auf und stellte sich neben mich, den Ellbogen lässig auf meine Schulter gelegt. Absolut legendär.

»Ihr zwei solltet Modells werden«, meinte Hannah. »Wirklich. Ihr hättet das Zeug dazu.«

»Ich bin mir nicht sicher, ob die Magazine schon bereit für uns sind«, erwiderte Carter. »Das könnte für eine Menge Aufruhr sorgen.«

Ich schlug meine Faust gegen seine.

»Carter und Nick!«, rief Ms O'Connor vom Bühneneingang aus.

Sie organisierte den Großteil der Show, wozu auch gehörte, uns zu sich zu winken, als wären wir gerade drauf und dran, den letzten Heimflug zu verpassen, während sie irgendjemandes Großmutter eine tolle Show wünschte.

»Ihr seid dran!«

»Wenn wir in zehn Minuten nicht wieder da sind, weißt du, was zu tun ist«, sagte ich zu Eliza.

»Bring die Kamera mit, wir brauchen Beweise.« Carter tippte Hannah auf die Schulter.

Ms O'Connor führte uns zu den blendenden Bühnenlichtern.

Die Bühne der Cassidy High war nichts Besonderes: ein hölzernes Rechteck in der Größe eines Klassenzimmers, wie an den meisten anderen Highschools auch. Alles, was Carter und ich tun mussten, war, zusammen bis zur Mitte zu gehen, von dort nach rechts beziehungsweise links zu stolzieren, umzudrehen und wieder zurückzustolzieren. Die Aula war nur zu drei Vierteln voll, und meine Eltern waren nicht gekommen. Also überhaupt kein Druck.

Warum waren meine Hände dann ganz feucht?

Hannah und Eliza warteten am Rand des Saals. Beide klatschten, als wir die Bühne betraten, wo die Lichter auf uns niederbrannten wie die unangenehm heiße Julisonne. Die Menge begann zu pfeifen, als sie uns sah, und der Applaus wurde noch einmal doppelt so laut, als wir unsere Sonnenbrillen aufsetzten. In der Mitte der Bühne nahmen wir sie wieder ab, gestikulierten verwirrt und taten, als würden sie nicht richtig funktionieren. Wir tauschten sie und nickten zufrieden. Wäre Austin da gewesen, hätte er uns aus dem Publikum zugerufen, dass wir uns endlich küssen sollen (und hätte uns deswegen später auf eine Pizza einladen müssen), aber offensichtlich hatte er Besseres zu tun, weshalb wir unsere Show ohne Unterbrechung durchziehen konnten.

Als Nächstes kamen Eliza und ein Unterstufenschüler, den ich nicht kannte. Da wir unseren Job schon erledigt hatten, konnten Carter und ich, immer noch in unseren Smokings, in der ersten Reihe sitzen, und unseren Mitschülern dabei zusehen, wie sie chic aussahen. Ich genoss es, dass Eliza im Zentrum der Aufmerksamkeit stand, denn so hatte ich eine Ausrede, sie ebenfalls zu bewundern. Das Kleid betonte den Schwung ihrer Hüften und ihrer Schultern. Die eine war im Gegensatz zu gestern kaum mehr geschwollen. Doch ich sah nicht wirklich auf ihre Schulter. Ihr Gesicht erhellte die gesamte Aula. Ihr gelocktes Haar rahmte ihre dunklen Augen perfekt ein, und ihr glänzendes Lächeln war das Highlight ihres Outfits.

»Zeig's uns, Mädchen!« Ich feuerte sie an, als sie an uns vorbeilief, weil ich wusste, wie sehr sie es gehasst hätte, wenn ich ihr nachgepfiffen hätte, ganz egal, wie sehr ich es tun wollte.

Eine Stunde später kamen Hannah und Eliza zu uns in die erste Reihe, während Ms O'Connor eine Rede darüber hielt, wie wichtig der Elternbeirat für die Schüler und die ganze Welt war oder so. Es fiel mir schwer, mich zu konzentrieren, während Eliza links von mir und Carter rechts von mir saß. Ich beobachtete jede einzelne von Elizas Bewegungen – wenn sie die Beine übereinanderlegte oder mit den Fingern auf ihre Oberschenkel trommelte –, ich konnte nichts dagegen tun. Das führte aber auch dazu, dass ich mir Carters Regungen und seiner grundsätzlichen Anwesenheit übermäßig bewusst war. Und wie sie mich einschränkten.

Nach Ms O'Connors Rede begann der Empfang. Eltern spazierten herum, aßen Cupcakes, brachten sich beim Tratsch auf den neuesten Stand und gratulierten den Schülern für die gelungene Show.

Ich lehnte mich zu Carter, um eine sarkastische Bemerkung über Ms O'Connors Behauptung zu machen, die Schüler wären ohne den Elternbeirat aufgeschmissen, nur um festzustellen, dass er den Punkt bereits mit Hannah diskutierte. Ich konnte seinen Gesichtsausdruck nicht sehen, aber Hannahs besagte ganz klar, dass er sie ... absolut ... umhaute.

Ich drehte mich zu Eliza und flüsterte ihr zu: »*Jetzt* weiß ich, warum es dir nicht gepasst hat, dass ich mich nach Hannah erkundigt habe.«

Eliza drehte ihre Daumen. »Genau.«

»Beeindruckend ... du hast gewirkt, als würdest du den Bro-Codex superernst nehmen, dabei wusstest du, dass Carter ihn sowieso brechen würde.«

»Vor ein paar Wochen hat sie erwähnt, dass sie sozusagen an ihm interessiert ist, und er ist im Grunde in sie verschossen, seit wir hergezogen sind. Du kannst dir nicht vorstellen, wie anstrengend es war, den beiden dabei zuzusehen, wie sie langsam herausfanden, dass sie sich mögen. Vor allem, weil ich das schon seit Längerem wusste und es keinem von beiden sagen konnte.«

Ich weiß genau, wie sich das anfühlt.

»Was ist so lustig?«, fragte sie, als ich lachte.

»Ich, ähm.« *Du könntest es ihr sagen, Nick. Sie hat dir eine gute Vorlage geboten.*

»Was?«

»Ach, nichts«, murmelte ich.

Irgendjemandes kleiner Bruder rannte auf die Bühne. Obwohl das Mikrofon aus war, stellte er sich auf die Zehenspitzen und versuchte zu singen.

»Der kleine Kerl hat dir aus der Patsche geholfen, Trottel«, sagte sie.

»Hast du mich gerade Trottel genannt?«

»Häh?«

»Ha. Okay.« Je länger sie mich ansah, desto weniger war ich offenbar in der Lage, mich angemessen zu artikulieren. *Komm damit klar, Maguire.*

Vielleicht war ich ein Trottel.

Bevor ich mich wieder sammeln konnte, strich sie ihr Kleid glatt und sagte: »Lust, woanders hinzugehen? Ich nämlich schon.« Sie deutete auf Carter und Hannah, die immer noch in irgendein wahlloses Gespräch vertieft waren, wahrscheinlich über Mathe oder so.

»Klar.« Ich bot ihr meinen Arm an. Sie hakte sich mit einer so anmutigen Geste unter, dass ich mich beinahe wie ein echter englischer Gentleman fühlte.

»Danke dir, Nicholas.«

»Selbstverständlich. Wohin belieben Mylady zu gehen?«

»Irgendwohin, wo es nicht so heiß ist.« Sie fächelte sich mit der Hand Luft zu. Inzwischen hatte sich eine Horde Kinder um uns versammelt, die alle darauf warteten, auch einmal ans Mikrofon zu dürfen.

»Warst du schon mal auf dem Dach?«, fragte ich.

»Unsere Schule hat ein Dach? Komisch. Das ist mir nie aufgefallen.«

»Und du hast es bis ins vorletzte Schuljahr geschafft? Ich weiß nicht, Eliza. Vielleicht bist du noch nicht dazu bereit, das Dach zu sehen. Es ist quasi geheim. Ich kann nicht *jeden* mit raufnehmen.«

Wir stießen gegeneinander, während ich sie aus der Aula führte, weg von dem Spektakel ums Mikrofon und (traurigerweise) auch von den Cupcakes. Die kühle Luft und die Leere draußen waren es jedoch wert.

Sie drückte meinen Arm. »Nein, ich nehm's zurück. Kann ich das Dach sehen? Bitte?«

»Du musst die Zauberworte sagen.«

»Welche Zauberworte?«

»Es geht so ...« Ich räusperte mich aus theatralischen Gründen. »Sprich mir nach: O wundervoller, hübscher Nick, der du besser riechst als eine Rose im Sommer, zeigst du mir bitte das Dach?«

»Du bist seltsam.«

Ich machte mich von ihr los und steckte die Hände in die Hosentaschen. »Willst du aufs Dach oder nicht?«

»Wie wär's mit *bitte*?«

»Perfekt.« Ich grinste. »Da lang.«

Eliza hakte sich wieder unter, und ich versuchte, nicht zu viele Gedanken daran zu verschwenden, wie natürlich es sich anfühlte, ihr so nah zu sein. Ich führte sie zu einer der geheimen Leitern in [zensiert].

»Wie hast du die gefunden?«, fragte sie. »Obwohl, vergiss es. Ich will es gar nicht wissen.«

Die Leiter quietschte, als ich sie herunterzog. Ich hielt sie fest, während Eliza nach oben kletterte.

»Kommst du klar in diesen Schuhen?«, fragte ich. Ihre High ... wie auch immer die Dinger hießen ... sahen gefährlich aus. Doch was wusste ich schon von Schuhen?

»Tu nicht so gönnerhaft.«

»Hast recht.«

Ich stieg knapp hinter ihr die Leiter hinauf, bereit, sie aufzufangen, sollte sie abrutschen, was sie nicht tat. Nicht mal ansatzweise.

Wir betraten das Dach, von dem aus man die Sportplätze und den Schülerparkplatz überblicken konnte. Eliza ging zu der Seite mit der Aussicht auf die Sportanlagen und lehnte sich gegen die Brüstung. Das einzige Licht, das sie traf, war ein fahler Schein vom Parkplatz und vom Sternenhimmel, der über uns lag wie eine Decke.

Sie erschauerte – das Zeichen für mich, ihr mein Jackett zu geben. Mädchen liebten solche Gesten. Außerdem konnte sie es brauchen, und ich wollte nett sein. »Hier.« Ich legte es über ihre bloßen Schultern.

»Echt, Ni...«

»Das ist in Ordnung. Du kannst es haben.«

»Danke.« Sie schlang es um sich und sah darin besser aus, als ich es je getan hatte. »Und die Antwort auf deine Frage lautet, es ist erstaunlich schön hier oben. Ich dachte, dass man hauptsächlich den Parkplatz sehen würde und dass es an unserer Schule nichts Hübsches gibt. Ich habe mich offensichtlich geirrt.«

»Wie ist das so?«, witzelte ich.

»Haha.« Eliza beugte sich über die Brüstung, die aus einem Streifen Zement bestand, der rund ums Dach führte. »Hey, kann ich dich was fragen?«

»Du meinst, *noch etwas*?«

»Was?«

»Mich zu fragen, ob du mich etwas fragen kannst, war schon eine Frage.«

»Klugscheißer.«

Ich verbeugte mich. »Zu Ihren Diensten.«

Ein Helikopter flog über unsere Köpfe hinweg, warf ein grünliches Licht auf uns und zerzauste unsere Haare. Eliza versuchte, ihre Frisur mit den Fingern wieder zurechtzukämmen, gab sich dann aber geschlagen und ließ die Hände sinken. Ich lehnte mich ein paar Zentimeter von ihr entfernt ebenfalls gegen die Brüstung.

»Was wolltest du fragen?«

»O ja, stimmt. Warum hattest du noch nie eine Freundin?«

Hitze durchfuhr mich, füllte meine Lunge und machte es mir schwer zu atmen, als mir klar wurde, was sie gerade in Gang gesetzt hatte: die Aula zu verlassen, gegen mich zu stoßen, diese Frage jetzt ... Das war alles kein Zufall, oder? Unglücklicherweise wäre es fatal, bei diesem Mädchen einfach irgendetwas anzunehmen.

»Kann ich einen Telefonjoker einlösen?« *Tu es, Nick,* befahl ich mir selbst und fuhr mir zum tausendsten Mal mit den Fingern durchs Haar. *Sag es ihr einfach.* »Scherz.« Ich tätschelte die Brüstung, während sich Schwindel in meinem Kopf ausbreitete. »Ich meine, da gibt es dieses Mädchen, das ich sehr mag, aber ich würde ein gesellschaftliches Tabu brechen, wenn ich etwas mit ihr anfangen würde, weil sie die Schwester meines besten Freundes ist und so.«

»Der war gut«, sagte sie, und ich war mir nicht sicher, ob sie wirklich dachte, dass ich Witze machte. Doch so oder so lehnte sie sich gegen meine Schulter, als wollte sie nah bei mir sein.

»Kann ich dich auch etwas fragen?«

»Du meinst *noch etwas*?«, sagte sie.

So, wie das Mondlicht auf ihrem Gesicht lag, war es unmöglich, sie nicht anzusehen. »Warum hast du mit Josh Schluss gemacht?«

Sie zögerte. »Kannst du dich an die Strandparty erinnern, daran, wie wir im Wasser waren?«

Ich nickte. Mir gefiel die Richtung, die das Gespräch nahm.

»Ich konnte nicht aufhören, daran zu denken.« Sie drehte sich mit dem Rücken zu den dunklen Sportplätzen. Ihre Fingerspitzen lagen leicht auf meinem Unterarm. »Ich habe mich von ihm getrennt, weil mir klar wurde …«, ihre Stimme war plötzlich ganz leise, »… dass er nicht der Junge war, mit dem ich eigentlich zusammen sein wollte.«

»Ich verstehe.«

Wir betrachteten uns gegenseitig so intensiv, wie wir es uns bisher nie zugestanden hatten. Eliza spielte mit meinem Ärmel. Ich strich ihr sanft über die Seiten. Mein Herz hämmerte mit jeder ihrer leichten Berührungen noch stärker in meiner Brust, vor allem, als ihre schimmernden braunen Augen meine suchten.

»Ich habe mich schon so lange gefragt, wie du für mich empfindest«, gestand ich.

Ihr Lachen erhellte ihr Gesicht. »Ich auch.«

»Allerdings ist das für mich kein …« Ich unterbrach mich. *Langsam, Nick.*

Sie neigte den Kopf. »Kein was?«

Gewöhnlicher Flirt. Ich löste mich von der Brüstung und trat vor sie, nur einen Schritt von ihr entfernt. Ich konnte meinen Blick nicht von ihren ganz leicht geöffneten Lippen lösen oder ignorieren, wie meine Finger vor Vorfreude bebten, als ich ihre Wange berührte, kurz davor, die Frage zu stellen, die mir schon den ganzen Abend im Kopf herumging.

Doch sie kam mir zuvor. »Nick, würdest du mich bitte einfach küssen?«

»Das ist das Beste, was du je gesagt hast.« Ich strich ihr eine Haarsträhne hinters Ohr und zog sie an mich.

Dann schloss ich die Augen, um sicherzugehen, dass ich mich an das hier erinnern würde. An das Gefühl ihrer Lippen, daran, wie langsam wir begannen, uns aneinander heranzutasteten, bis klar war, dass keiner von uns beiden einen Rückzieher machen würde. Ich umfasste ihr Kinn und zog sie noch näher heran, Eliza packte meinen Hemdkragen, vertiefte den Kuss und fing an, meinen Mund zu erkunden.

Ich musste grinsen, was dafür sorgte, dass sie kicherte und mich noch fester packte.

Irgendwann lösten wir uns voneinander, um Luft zu holen, doch sie blieb, wo sie war – fest in meine Arme geschlossen, während der Saum ihres Kleides um meine Knie wehte.

»Wenn ich gewusst hätte, dass es so sein würde, dich zu küssen …«, sagte sie.

Ich fuhr mit den Fingern ihr Schlüsselbein nach. »Das war es definitiv wert, zwei Stunden shoppen zu gehen.«

Ich hätte mir nichts Besseres wünschen können, als hier mit Eliza zu stehen.

Leider drangen einen Moment später Stimmen von der Leiter herauf. Wir bekamen Gesellschaft. Eliza schlüpfte aus meiner Umarmung und strich ihr Kleid glatt. Anscheinend verstand sie, dass die letzten fünf Minuten unser Geheimnis bleiben mussten. Vorerst.

»Hey, ihr!«, rief Hannah. Carter folgte ihr. »Wie ist es hier oben?«

Eliza sorgte dafür, dass mir ein Schauer über den Rücken lief, als sie antwortete: »Es ist unglaublich.« Ihr Gesicht leuchtete praktisch im Dunkeln.

Irgendetwas an ihrem Ton schreckte Carter auf, denn er fuhr zu uns herum und beäugte den Abstand zwischen mir und seiner Schwester. Zufrieden, dass er nichts Unrechtes entdecken konnte, kam er mit Hannah herüber.

»Die Cupcakes sind fast aus«, sagte er. »Wenn ihr noch welche haben wollt, solltet ihr euch beeilen.«

»Versuchst du, uns loszuwerden, Carter?«, fragte Eliza und stemmte die Hände in die Hüften.

Hannahs Ohren verfärbten sich pink, obwohl im schwachen Licht schwer zu erkennen war, wie pink. Carter schlurfte zur Brüstung und verbarg so seine Reaktion.

»Also ich hätte gern noch einen Cupcake«, sagte ich.

»Noch einen?« Eliza verstand meine Andeutung. »*Oh.* Richtig. Noch einen. Wir sollten uns beeilen.«

»Definitiv.« Ich führte sie zur Leiter und stieg als Erster hinunter, bereit, ihr zu helfen, falls sie Hilfe brauchte. Brauchte sie nicht, aber es verschaffte uns noch einmal ein paar Minuten, um uns anzusehen –

wirklich anzusehen –, bevor es Zeit war, nach Hause zu gehen.

Regel Nummer 11

Die 48-Stunden-Regel

Eliza. Ich brauchte am nächsten Morgen zehn Minuten, um meinen Orangensaft zu trinken, weil meine Gedanken immer wieder abdrifteten, zu ihrem Kleid, zu ihrer Hand auf meinem Hemd ... dazu, wie es war, ihr nah zu sein. Dieselbe Luft wie sie zu atmen.

Das Beste an dem Kuss war nicht gewesen, wie natürlich er sich angefühlt oder wie sie dabei ihre langen Beine gegen meine gepresst hatte. Das Beste war gewesen, dass sie mich zurückgeküsst hatte.

Ich befestigte mein Handy mit Klebeband an der Unterseite meines Betts, um mich davon abzuhalten, Eliza anzurufen oder ihr womöglich sogar zu schreiben. Jeder Bro wusste, dass er, nachdem er mit einem Mädchen rumgemacht hatte, 48 Stunden warten musste, bevor er ihr sagen konnte, dass er sie wiedersehen wollte. Ganze 48 Stunden lang. Das würde schlimmer werden, als mit meiner Mom Reality Shows im Fernsehen anzusehen, wozu sie mich schon mehr als einmal gezwungen hatte.

Als ich fertig war, war mein Handy vermutlich effektiver gesichert als Fort Knox. Es würde ziemlich mühsam werden, wollte ich es jemals wieder in meinen Händen halten.

Es klopfte an meiner Zimmertür. »Nick?«, rief meine Mom. »Zeit zu gehen.«

Wirklich? Wie spät ist es? Ich machte Anstalten, mein Handy aus der Hosentasche zu ziehen. *Ich bin ein Idiot.*

»Ich komme.«

Fünfundzwanzig Minuten später saß meine Mom auf dem Beifahrersitz meines Wagens. Irgendetwas war an den Bremsen ihres eigenen Autos kaputt, und sie hatte ihn für wer weiß wie lange in die Werkstatt bringen müssen. Bei uns gab es eine einzige Autowerkstatt, und wir waren ein paar Ortschaften weiter zur Werkstatt eines ihrer Klienten gefahren, wo sie einen Rabatt bekommen würde. Sie lag in der Stadt, in der auch die Mall war und wo es drei Eisdielen gab, ein Bowling Center und ein Kino, in das ich früher gegangen war, bevor Carter seine eigene gigantische Kinoleinwand bekommen hatte. Ich war der Glückliche, der meine Mom zurück in die Realität chauffieren durfte. Sie nutzte die zwanzigminütige Heimfahrt, um mich auf das bevorstehende Bewerbungsgespräch vorzubereiten.

»Vergiss nicht, der erste Eindruck zählt. Das fängt damit an, dass man das Hemd ordentlich in die Hose steckt, sich die Haare kämmt und einen festen Händedruck hat. Niemand mag es, eine schlaffe Hand zu schütteln.«

»Verstanden«, sagte ich. Es war kaum Verkehr an diesem schönen Samstagvormittag, wodurch es mir nicht schwerfiel, meiner Mom zuzuhören. Was man jetzt gut oder schlecht finden konnte.

»Passt dir dein Anzug noch?«

»Das hoffe ich.«

»Nick. Wenn nicht, haben wir immer noch Zeit ...«

»Ja, er passt noch.«

»Nenne bei deinen Antworten immer ein Beispiel. Wenn sie dich nach deinen Stärken fragen, sag nicht einfach nur *Verantwortung zu übernehmen*. Erzähl ihnen davon, wie du beim Fußball Verantwortung übernommen hast.«

»Okay.« Mein Mom blickte stur geradeaus und gestikulierte mit den Händen. Sie war ganz in ihrem Element, und ich war einer ihrer Coaching-Klienten.

»Versuch, nicht zu stottern oder ›äh‹ zu sagen. Falls du das Gefühl hast, es rutscht dir gleich raus, sprich langsamer.«

»Okay.«

»Und achte darauf, dass deine Sätze nicht wie Fragen klingen. Etwa so?«

»Okay.«

»Erwähne deinen Notendurchschnitt nicht.«

Denn er ist nicht gut genug. »Was soll ich dann erwähnen?«

Die Ampel vor uns sprang auf Rot, und meine Mom unterbrach ihre Predigt, als mein Wagen zum Stehen kam. »Was denkst du denn, was du erwähnen solltest?«

Ich tippte mit dem Fuß gegen das Bremspedal. »Vielleicht, wie ich Schule und Fußball unter einen Hut bringe? Dass ich gern anderen Leuten helfe, wenn sie verletzt sind?« Das war das Beste, was mir einfiel. Ich konnte nur hoffen, dass es gut genug war.

»Sehr gut«, sagte sie. Es wurde grün, und ich fuhr weiter. »Vergiss nicht, selbst auch Fragen zu stellen.«

»Okay.«

Es ging noch zehn Minuten so weiter, bis ich in unsere Straße einbog. »Du wirst das ganz wunderbar machen«, sagte meine Mom.

»Okay.«

Als wir an unserem Haus ankamen, saß niemand anderes als Austin Banks wie ein Gartenzwerg im Vorgarten.

»Geh schon«, meinte Mom. »Ich übernehme ab hier.« Ich sprang aus dem Auto, und sie fuhr noch den restlichen Weg die Einfahrt hinauf.

»Hey, Mann!« Das zu lange Gras streifte meine Knöchel, als ich zu ihm ging. »Was geht?«

»Ist bei dir alles in Ordnung?«, fragte er. Der dunkle, regenverhangene Himmel im Hintergrund betonte seine sorgenvolle Stimme.

»Yeah ... warum fragst du? Sind die Red Sox etwa dabei zu verlieren, denn das letzte Mal, als ich nachgesehen habe ...«

»Leider nein«, unterbrach er mich. »Du bist nicht ans Telefon gegangen. Bei jedem anderen wäre ich deswegen nicht den ganzen Weg bis zu ihm nach Hause gefahren, aber du hast mir gesagt, dass ich dir, sollten je zwei Mädchen schlägern, schreiben soll, und wenn du daraufhin nicht kommen solltest, ich sofort bei dir vorbeischauen muss.«

»Ah, Mist, sorry. Ich habe meine Mom gefahren und hatte das Handy nicht dabei. Wer war's denn?«

»Zwei jüngere Mädels. Ich weiß nicht, wie sie heißen. Es war auch nicht so toll. Du hast im Grunde nichts verpasst. So, hast du Lust zu chillen?«

»Es ist Samstag.«

Er kam mit in mein Zimmer. Es war eigentlich ein bisschen zu klein, um darin abzuhängen, aber ich hatte zumindest einen oldschool Fernseher aus den Achtzigern.

»Ich war schon ewig nicht mehr hier«, meinte Austin. Er ließ sich auf mein Bett fallen, während ich den Fernseher anmachte. »Hast du immer noch dein Lego?«

»Schau in den Schrank.« Bei mir zu Hause Lego zu spielen, war während der Grundschulzeit unsere Lieblingsbeschäftigung gewesen. Bevor Carter und seine Spielsachen nach North Cassidy gezogen waren.

Ich zappte auf der Suche nach Basketball oder Fußball durch die Sender. Football oder Tennis wären auch okay gewesen, wenn auch nur zweite Wahl. Austin durchsuchte meinen Schrank, fuhr dann aber plötzlich hektisch blinzelnd herum.

»Was?«

Er legte den Finger auf seinen Mund. »Hörst du das?«

»Was soll ich …?«

»Da. Schon wieder.« Er ließ seinen Blick über meine wenigen Möbelstücke gleiten. »Moment mal, Alter, warum vibriert dein Bett?«

Ich rieb mir den Nacken, unschlüssig, wie ich das mit meinem Handy erklären sollte.

Austin legte sich auf den Bauch und kroch unter mein Bett, wo er das Telefon aus seiner improvisierten Festung befreite.

»Also das ist einfach nur traurig.« Er warf es mir zu. Ihm war vollkommen klar, was ich damit hatte bezwecken wollen. »Falls du heute Abend schon etwas vorhattest, vergiss es. Du brauchst eine Intervention.«

»Mir geht's gut.«

Austin setzte denselben Gesichtsausdruck auf wie damals, als er mir erklärt hatte, dass der Essiggurken-

Smoothie, den er trank, damit sein Haar schön glänzend blieb, kein Marketingtrick war – als wäre er die alleinige Autorität auf diesem Gebiet.

»Du bist fast achtzehn, Nick. Kein Mädchen ist es wert, dass du in diesem Alter dein Handy unters Bett klebst.«

Ich wollte nicht mit ihm streiten. Ich konnte es nicht riskieren, dass er fragte, wer das Mädchen war. Hätte Austin gewusst, dass ich Eliza mochte, hätte er Carter definitiv davon erzählt, und das wollte ich selbst tun. Irgendwann. Wollte ich Austin also davon abhalten, das mit uns herauszufinden, musste ich ihm den Gefallen tun.

»Du hast recht«, sagte ich.

»Gut. Ich gebe Carter Bescheid.«

Er tigerte durch mein Zimmer, während er eine Nachricht schrieb. Kurz darauf vibrierte das Handy in seiner Hand mit einer Antwort.

»Carter möchte seine Schwester heute Abend nicht allein zu Hause lassen, also gehen wir zu ihm«, sagte Austin.

»Warum nicht? Eliza ist ein großes Mädchen.«

Es war zu ironisch, dass meine »Intervention« bei den O'Connors stattfinden sollte, aber das konnte ich nicht laut sagen. In tausend Jahren nicht.

»Keine Ahnung. Musst du irgendwas mitnehmen?«

Mein Biologiebuch lag unaufgeschlagen und verlassen auf meinem Bett. Nächste Woche stand eine große Prüfung bevor, und ich überlegte, ob ich es in meinen Rucksack packen sollte.

»Ne, lass uns gehen.«

Ich lag ausgestreckt auf Carters riesigem Bett, während er und Austin sich bei ihrem Autorennen gegenseitig von der Straße drängten. Es war ein Spiel für zwei, weshalb der Gewinner nach jedem Rennen weiterspielen durfte, während der Verlierer ausschied. Was bedeutete, dass Austin und ich abwechselnd gegen Carter spielten.

»Siehst du, Nick«, sagte Austin. »Keine Mädchen, kein Drama, kein Stress. Dafür Pizza, Computerspiele und Musik.«

»Das Handy ans Bett geklebt?«, meinte Carter. »Tragisch. Ich meine, wenn das nötig ist, damit du 48 Stunden warten kannst, okay. Trotzdem, wer ist es wert, dein Handy zwei Tage lang nicht zu haben?«

Wenn er nur wüsste.

»Danke, dass ihr mir helft, das Licht zu sehen, Jungs.« Vor vier Tagen hätte ich ihnen noch zugestimmt. Seltsam, wie sich die Dinge ändern konnten.

»Hey, ist deine Schwester da?«, fragte ich und versuchte, dabei cool zu bleiben.

»Ja, warum?«

»Sie hat gestern Abend etwas von Josh Daley erwähnt. Ich dachte, ich sehe mal nach ihr, solange ich hier bin.« Die Lüge kam mir zu leicht über die Lippen.

»Ich glaube, sie ist in ihrem Zimmer. Sei aber bitte nett zu ihr, ich will nicht, dass sie zu ihm zurückrennt.« Immer häufiger spielte Carter in letzter Zeit den überbehütenden Bruder, nicht dass ich ihm deswegen einen Vorwurf machte. Carter hätte buchstäblich alles für Eliza getan. Wahrscheinlich wäre er sogar für sie gestorben, was angesichts der ganzen Streiche, die wir ihr gespielt, und dem ganzen Ärger, den wir ihr im Laufe der Jahre gemacht hatten, überraschen mochte. Seit ihr Dad sie verlassen hatte, war Carter derjenige, der dafür sorgen musste, dass ihr die Typen nicht das Herz brachen.

Gerade als ich von Carters Bett springen wollte, wehte ein leichter Zimthauch ins Zimmer.

»Carter, wolltest du …?« Eliza brach abrupt ab. »Hey, Nick. Austin.« Ihre Wangen wurden so rot wie ihr Volleyballshirt.

Die Rennwagen stoppten, als Carter das Spiel unterbrach. »Sorry, ich habe vergessen, dir zu sagen, dass sie kommen. Wollen wir immer noch hier essen?«

»Klar.« Sie kam herein. »Olivia hat uns Tiefkühlpizza dagelassen. Ich habe nur eine in den Ofen geschoben. Schätze, wir brauchen noch eine zweite.« Das Einzige, was Ms O'Connor noch mehr liebte als Cupcakes, war Tiefkühlpizza – ihre Gefriertruhe war voll damit. So kamen Carter und Eliza allein klar, wenn sie eine Veranstaltung hatte oder sich mit Freunden traf.

Carters Bett gab nach, als Eliza sich neben mich setzte. Sie trug schon ihre graue Jogginghose, also hatte sie vermutlich keine Pläne für den Abend. Carter drückte Play und machte sich wieder daran, Austin eine Lektion zu erteilen.

»Was macht ihr?«, fragte sie.

»Das ist eine Intervention für Mags«, antwortete Austin, als würde er über das Wetter sprechen.

»Sag bloß. Was für eine Art von Intervention, wenn ich fragen darf?«

»Sag du es ihr«, forderte Austin. »Akzeptanz ist der erste Schritt, Nicholas.«

»Du klingst wie jemand in einem dieser Selbsthilfevideos.« Ich drehte mich zu Eliza. »Da ist dieses Mädchen, an das ich immerzu denken muss, und diese beiden Idioten behaupten, das würde mein Leben ruinieren.«

Ich schaffte es, keine Miene zu verziehen. Eliza ebenfalls.

»Ja, übrigens, wer ist das Mädchen?«, fragte Carter. »Das hast du uns noch gar nicht gesagt. Aber nicht Madison, oder?«

»Ihr Name ist Ms Banks oder so«, sagte ich.

»Du kannst doch nur davon träumen, ihr Typ zu sein.« Austin zeigte mir den Mittelfinger.

Eliza schwang die Beine vom Bett. »Ich schieb die zweite Pizza rein. Ihr Jungs scheint mir schon ein bisschen hungry.«

Austin war unausstehlich, wenn er Hunger hatte. Es war wichtig, immer dafür zu sorgen, dass er genug zu essen bekam, bevor er sich in den unglaublichen Hulk verwandelte. Das letzte Mal, als das passiert war, hatte er Robert einen grünen Scheißer genannt, und ich hatte ihn zu jedem Fast-Food-Restaurant im Umkreis von acht Kilometern fahren müssen, bis wir eines gefunden hatten, das ihm gepasst hatte.

»Ich komme mit.« Ich stand ebenfalls auf. »Da die zwei hier ihr Spiel sowieso nicht mit mir teilen ...«

»Mist«, sagte Austin. »Wir hatten gehofft, du würdest nicht merken, dass ich eigentlich schon vor zwei Runden mit dir hätte tauschen müssen.«

»Jetzt habe ich den Vortritt bei der Pizza. Das ist ein fairer Deal.«

Als wir auf der Treppe und damit außer Sicht waren, schlang ich den Arm um Elizas Schultern und drückte sie kurz an mich. Sie legte ihren Arm auf meinen Rücken, und dieselbe wärmende Energie wie gestern Abend erfüllte meine Brust.

Ich sitze definitiv in der Patsche.

»Eine Intervention? Echt jetzt?«

»Nach dem Essen lesen sie mir Briefe vor.« Wir betraten die Küche, und Eliza schloss die Tür hinter uns mit einem leisen Klicken.

»Du musst ihnen sagen, dass die Situation wieder unter Kontrolle ist«, erklärte sie.

»Muss ich.«

Sie band ihr Haar zu einem lockeren Pferdeschwanz und ging zum Kühlschrank. Ich winkelte mein Bein an, um meinen Oberschenkel zu dehnen. Das brachte mich wieder zurück in die Gegenwart und weg von dem Gedanken, was wir hier ganz allein alles hätten anstellen können.

Mit Eliza herumzuschleichen sorgte dafür, dass mir die Küche der O'Connors noch größer vorkam als sonst. Ich war mir all der Orte, an denen wir zusammen in Schwierigkeiten geraten konnten, nur allzu bewusst. Doch ihre Nähe ließ den Raum auch viel kleiner wirken.

Die Paradoxie der Weiblichkeit.

Eliza kramte zwischen der Eiscreme, den gefrorenen Hamburgern und den übrigen Cupcakes die Tiefkühlpizza heraus.

»Ich habe mich schon gefragt, ob du mir schreiben würdest. 48 Stunden sind eine lange Zeit.«

»Das stimmt.« Ich lehnte mich an die Wand. Sie schien nicht sauer zu sein.

»Darum geht es aber wahrscheinlich, oder? Das Mädchen so lange hinzuhalten, bis sie meint, du rufst nicht mehr an, und wenn du's dann doch tust, ist sie überglücklich.«

»So in der Art.« Was die meisten Mädchen nicht verstanden, war, dass auch Jungs vorgeben konnten, schwer zu haben zu sein, und das taten sie fast immer mit Absicht.

»Zu schade, dass dein großer Plan jetzt ruiniert ist«, sagte sie. »Schätze, wir werden niemals herausfinden, ob ich so viel an dich gedacht habe wie du offensichtlich an mich.«

Eliza legte die Pizza auf ein Blech, das sie in den Ofen schob. »Kannst du die bitte runterholen?« Sie deutete auf eine Glaskaraffe auf dem obersten Regalbrett.

»Mit Vergnügen.« Ich war mehr als zehn Zentimeter größer als sie und half ihr gern. Es duftete nach Käse und Tomaten. Eliza hatte die erste Pizza bereits herausgenommen, damit sie nicht anbrannte.

Sie lehnte sich mit dem Bauch an die Spüle, während sie dabei zusah, wie sich die Glaskaraffe langsam mit Wasser füllte. Ich stellte mich hinter sie.

Als sie sich umdrehte, stießen wir gegeneinander, und sie schnappte überrascht nach Luft. »Guter Trick.«

»Danke.« Ich ließ meine Finger über ihre Arme gleiten. Wie gestern Nacht standen ihr ihre Gefühle ganz deutlich ins Gesicht geschrieben. Ich presste meine Lippen auf ihre Nasenspitze, verweilte dort ein bisschen. Neckte sie damit, wie knapp davor wir waren, uns wieder zu küssen. Dann erinnerte ich mich daran, dass Eliza dieses Spiel ebenfalls beherrschte.

»Nick?«, flüsterte sie. »Wenn du willst, dass ich mich mit achtzig noch an dich erinnere, musst du dir mehr Mühe geben.«

»Muss ich mich etwa mit anderen Kerlen um diesen Platz in deinem Gedächtnis streiten, Süße?«

»Vielleicht.« Sie biss sich leicht auf die Unterlippe. Stand das etwa auch im Chick-Codex? Warum beherrschte jedes Mädchen diese sexy Geste?

»Ich nehme die Herausforderung an«, sagte ich.

Die Karaffe begann überzulaufen, und ich griff hinter Eliza, um sie zu retten. Eliza rutschte mit ihren Hausschuhen auf dem Holzboden, als sie zurückwich, weil ich ihr so nahegekommen war, und hielt mich so davon ab, ihr *noch* näher zu kommen.

»Ist das in Ordnung?«, fragte ich.

»Ich glaube schon.«

»Du glaubst schon?« *Was soll das heißen?*

Die dank des Ofens warme Küchenluft lastete schwer auf mir, als ich versuchte, sie zu durchschauen.

»Es ist toll«, sagte sie schließlich. Die Freude, die in ihren Augen glitzerte, bekräftigte ihre Worte, was mich glücklicher machte als der eine Freitag im Jahr, an dem es an unserer Schule kostenloses Eis gab.

Ich bewegte mich in Zeitlupe, damit sie mir jederzeit sagen konnte, dass ich aufhören sollte, bis kein Zentimeter Abstand mehr zwischen uns war.

Sie vergrub die Hände in meinem T-Shirt, zog mich an sich und ließ mich sie küssen. Sie lächelte an meinen Lippen und lehnte sich endlich entspannt an meine Brust. Unsere Beine waren aneinandergepresst, und sie strich mit den Daumen über meinen Bauch, fuhr die Muskeln unter meinem Shirt nach. Meine Haut stand in Flammen. Sie küsste mich immer schneller, während sie mit den Händen meinen Oberkörper erkundeten. Minuten später berührten sich unsere Finger, und wir verschränkten sie ineinander, um dem Drang zu widerstehen, noch viel mehr zu tun.

Sie ließ mich atemloser zurück, als ich es zugeben wollte. Nicht, dass ich mich beschwert hätte. »Wir brauchen Carter noch nichts davon erzählen, oder?« Eliza fuhr die Buchstaben auf meinem Cassidy-High-Fußball-Shirt nach. »Ich will das *noch nicht* durchstehen müssen.«

Normalerweise hätte ich Carter und Austin von jedem Mädchen erzählt, mit dem ich etwas anfing. So lief das nun mal. Wir drei genossen und schwiegen nicht, so wie es der Bro-Codex vorschrieb. Zum Glück dachte ich tatsächlich keine Sekunde daran, ihm davon zu erzählen – nicht daran zu denken bedeutete, dass ich ihn auch nicht bewusst hinterging.

Ich nickte, und Eliza küsste mich auf die Wange. »Danke, Kumpel. Du bist der Beste.«

Sie schlüpfte aus meiner Umarmung und holte die Pizza aus dem Ofen, bevor sie verbrennen konnte.

»Vergiss mich nicht, wenn du achtzig bist«, sagte ich.

»Hatte ich nicht vor.«

O Mann.

Wir nahmen das Essen und das Wasser, um es hinauf in Carters Zimmer zu tragen. Carter und Austin Pizza zu bringen war wirklich der einzige Weg, wie sie etwas essen würden. »Moment, warte!« Ich blieb stehen.

»O ja, du hast recht«, sagte sie. Anscheinend war sie mit mir auf einer Wellenlinie.

Ich stellte eine der Pizzas zurück auf den Tisch, und Eliza öffnete den Kühlschrank, an dem Zettel mit Prüfungsergebnissen und Terminen von bevorstehenden Veranstaltungen hingen.

»Was haben wir hier?« Sie tippte sich mit dem Finger ans Kinn.

Ich stellte mich hinter sie und schlang die Arme um ihre Hüfte. Ihr ausgewaschenes Baumwollshirt fühlte sich rau an. Offensichtlich hielt Ms O'Connor nichts von Weichspüler.

»Hm,« sagte ich, ohne wirklich aufzupassen.

Sie lehnte den Kopf zurück auf meine Brust, ich legte mein Kinn auf ihr Haar. Sie hatte die absolut perfekte Größe für mich.

»Scharfe Soße?«, fragte sie.

»Nenn mich Nick. Aber ja.«

»O Gott. Relish?«

Ich nickte.

»Worcestershiresoße?«

»*So* spricht man das aus? Das war mir nicht klar.«

»Echt ...?«, setzte Eliza an und drehte sich zu mir um. Sie hielt inne, als sie mich zwinkern sah. So verharrte sie ein paar Augenblicke länger als eigentlich nötig. Als wäre sie irgendwie genauso schockiert wie ich, dass das gerade passierte.

Ich rieb ihre Hände, zwickte sie sanft. »Keine Angst, du träumst nicht.«

»Ach, Mist. Das hatte ich gehofft.« Sie nahm die Soßen. »Darf ich bitten?«

»Zu freundlich.«

Ich begoss die Pizza großzügig mit Jalapeño-Soße. Carter und ich hatten Eliza über die Jahre immer wieder heimlich richtig ekliges Essen vorgesetzt und versucht, sie dazu zu kriegen, dass sie es aß. Wir hatten Zwiebeln in ihre Milch getan, Currypulver auf ihre Bananen, und einmal hatten wir sogar Spargel in ihren Schokopudding geschmuggelt.

»Du weißt, dass sie das wahrscheinlich trotzdem essen werden.« Sie zog die Nase kraus. Das Relish war ein bisschen fraglich, aber es gab nicht viel, was Carter, Austin oder ich nicht reingehauen hätten.

»Gut. Es wäre schade um die Pizza.«

»Wer als Erstes oben ist.«

Sie rannte davon, bevor ich etwas erwidern konnte.

»Schummlerin.« Ich trug mehr Essen als sie und holte sie trotzdem ganz schnell ein.

Als wir die Treppe erreichten, streckte sie das Bein aus und versuchte, mich aus dem Gleichgewicht zu bringen.

»Also, also, Eliza.«

»Was soll ich sagen, Maguire? Ich habe ein paar schmutzige Tricks auf Lager.«

»O Gott, das hoffe ich.«

Sie riss mir die Papierservietten aus der Hand, warf sie auf den Boden und fing an zu rennen, als ich mich bückte, um sie aufzuheben.

»Brauchst du Hilfe?«, rief sie über die Schulter. »Zu schade, dass ich schon so weit weg bin.«

Einen Moment später stand sie, die Hand in die Hüfte gestemmt, vor Carters Zimmer und tippte scheinbar genervt mit dem Fuß auf den Boden. »Was dauert denn da so lange?«

Ich zog mein T-Shirt mit der freien Hand zurecht. »Na ja, ich wollte nicht, dass du denkst, ich hätte mich zu sehr bemüht.«

Sie streckte mir die Zunge heraus und streifte meine Hand mit ihrer. Dann trat sie einen Schritt zurück. »Los geht's, Superstar, Essenszeit.«

Austin und Carter saßen genauso da, wie wir sie zurückgelassen hatten: in den Sitzsäcken versunken, die Augen starr auf den Fernseher gerichtet, wie pubertierende Zombies. Ich hielt Austin die »Spezialpizza« unter die Nase, und er griff automatisch danach.

Eliza blickte mir über die Schulter, um seine Reaktion mitzubekommen. Schweiß trat ihm auf die Stirn. Er hatte fast die Hälfte des Stücks gegessen, bevor die scharfe Soße ihre Wirkung entfaltete. Als sie es tat, sprang er hoch, als stünde sein Mund in Flammen. Leider würde es ihm nichts nutzen, die Feuerwehr zu rufen.

Austin rannte zu Eliza und riss ihr die Karaffe aus der Hand. Er schüttete sich Wasser in den Mund, wobei ein Teil auf dem Fußboden landete, das meiste davon aber auf seinem Shirt. Als er sich endlich wieder beruhigt hatte, drehte er sich zu uns um und erwischte uns dabei, wie wir ihn anstarrten, erschreckt von dem, was gerade passiert war.

»Was für eine Pizza ist das denn?« Austin keuchte. Carter griff nach einem Stück, aber Austin schlug seine Hand weg. »Das willst du nicht, Bro.«

Carter hörte nicht auf ihn. Er aß das ganze Stück, ohne irgendeine Regung zu zeigen, dann zuckte er mit den Schultern, als wäre nichts dabei gewesen. »Ohne die Worcestershiresoße wäre sie besser«, sagte er.

Ich klatschte lachend in die Hände. Ich wollte mich zu Eliza umdrehen, um bei ihr einzuschlagen, doch sie war schon verschwunden. Sie hatte sich während des Unterhaltungsprogramms davongeschlichen.

Es gab wieder nur uns drei Musketiere, als hätte sich nichts geändert. Wo sich doch in Wirklichkeit alles geändert hatte. Ich setzte mich auf Carters Bett und ließ mich in seine Kissen sinken.

»Fühl dich ganz wie zu Hause.« Carter hob eine Augenbraue.

Ich hielt ein Stück meiner soßenfreien Käsepizza in einer *Mach ich, danke dir*-Geste in die Höhe.

»Sollen wir?«, fragte Austin.

Er und Carter drehten sich in ihren Hamburger- und Oreo-Sitzsäcken zu mir um, ihr Spiel war vergessen. Carter öffnete eine Dose mit Ananassaft. »Was ist los, Mags?«, fragte er. »Wer ist schuld daran, dass du so durch den Wind bist?«

»Um ehrlich zu sein, haben Mädchen nicht einmal was damit zu tun.« Das war gelogen, aber wenn sie Ehrlichkeit wollten, würde ich ihnen den Rest so wahrheitsgetreu wie möglich erzählen. »Ich mach mir wegen Clarkebridge ein bisschen in die Hose und wollte keine Ablenkung.«

Leise Countrymusik kam aus Carters Lautsprechern. Das Licht in seinem Zimmer kam mir heute heller vor als sonst.

»Absolut verständlich«, meinte Carter.

»Was daran macht dir denn so zu schaffen?«, wollte Austin wissen.

»Der Druck, vielleicht. Keine Ahnung. Mein ganzes Leben hängt von diesem Bewerbungsgespräch und dem Probetraining ab. Und womöglich stelle ich mich großartig an und bin trotzdem nicht gut genug.«

Ich bemerkte, dass die Sohlen meiner Schuhe dreckig waren, weil ich meine Freunde nicht ansehen konnte. Wir drei hatten bisher nie über so etwas gesprochen, doch nachdem ich diese Sache zugegeben hatte, lockerte sich meine verspannte Nackenmuskulatur etwas, und ich konnte wieder besser atmen.

»Der Druck, den du aushalten musst ...«, begann Carter, unterbrach sich dann aber. »Ich würde verrückt werden.«

»Es ist superunfair«, sagte Austin. »Versteh mich nicht falsch, aber dein Dad ist ein ganz schöner Arsch.«

»Weil du ihm wichtig bist«, meinte Carter. »Das darfst du nicht vergessen.«

Die Bettdecke schmiegte sich an meinen Rücken. Sogar an Carters Decke hingen Poster von Basketballspielern, sodass die erste Person, die Carter jeden Morgen sah, LeBron war. Aus der 23 auf LeBrons Trikot hatte Carter allerdings ein OB gemacht.

»Ja«, sagte ich. »Das Schwierige daran ist nur, dass er möchte, dass ich er werde.«

»Nein«, widersprach Carter. »Er möchte, dass du besser wirst als er.«

»Genau. Damit ich das mache, was er nicht machen konnte.«

»Weil du besser bist als er«, sagte Carter. »Nick, du bist besser als er, und er weiß es.«

»Steh dazu!«, meinte Austin. »Mach was draus, Alter. Außerdem wird es wahrscheinlich leichter, wenn du das Stipendium erst einmal hast. Das ist es doch, was er will, oder?«

»*Falls* ich das Stipendium bekomme.«

»Wirst du«, sagte Carter. »Du bist verdammt noch mal Nick Maguire.«

»Das versteht sich von selbst«, meinte Austin.

»Genau. Außerdem geht's bei Clarkebridge nicht um ihn, sondern um dich. Du gehst da hin, um für *dich* zu spielen.«

»Sag ihm das«, meinte ich. »Ich glaube nicht, dass er das weiß.«

»Mags.« Carter benutzte seine *Lass den Scheiß*-Stimme, die er immer dann anwandte, wenn die Neulinge im Fußballteam sich für besonders cool hielten und sich zum Beispiel aus *Solidarität* gegenseitig mit Klopapier einwickelten. »Es geht um dich.«

»Yeah.« Er hatte recht, ich hatte in letzter Zeit viel mehr für meinen Dad als für mich Fußball gespielt. Vielleicht hatte ich damit einfach versucht, den Druck von mir zu nehmen. So wäre es nicht wirklich meine Schuld, wenn ich versagte. Doch wenn ich nicht versagte, wäre es auch nicht wirklich mein Verdienst. Sie hatten beide recht: Es war superunfair.

»Zumindest kümmert es deinen Dad, was du machst«, sagte Austin.

»Eben.« Carter nahm eine Schluck Saft und hustete.

Wie ich lebte Austin mit beiden Elternteilen zusammen. Mr und Mrs Banks waren wirklich nett, aber Austin war der jüngste von vier Brüdern mit einem Abstand von fünf Jahren zum Nächstälteren. Wie seine Eltern auch der gesamten Nachbarschaft erklärt hatten, war er »ungeplant« gewesen.

»Ich brauche ein bisschen frische Luft.«

»Lass dir Zeit«, meinte Carter.

Wir mussten uns erst noch an die ganze Über-Gefühle-sprechen-Sache gewöhnen. So sonderbar es auch gewesen war, mit den beiden ernsthaft über meinen Dad zu reden, etwas Stress war dadurch tatsächlich verschwunden.

Ich spazierte zu Elizas Zimmer. Der Soundtrack von *Wicked* dröhnte aus ihren Boxen. Ihre Tür stand offen, und ich sah sie an einem mit Farbklecksen übersäten metallenen Zeichentisch sitzen, einen Kohlestift in der Hand. Vielleicht benutzte ich sie nur als Ablenkung. Doch eine Ablenkung hatte bei mir bisher noch nie für weiche Knie gesorgt.

»Hey.«

»Hey, Nick. Ich hatte gehofft, dass du vorbeikommen würdest.«

Elizas Zimmer war genauso groß wie das von Carter, doch statt mit Filmen und Computerspielekonsolen vollgestopft zu sein, gab es hier antike Möbel und eine Menge Kunstwerke: einen Schreibtisch mit ausgefallenen Schubladen, ein Bett, das zu ihren orangen Wänden passte und auf dem etwa eine Million Kuscheltiervögel lagen, und ihr Zeichentisch. Letzterer sollte jedoch eigentlich nicht mit Farbklecksen übersät sein. Das war das Resultat eines Streichs, den ihr Carter und ich gespielt hatten und der schiefgegangen war – weshalb wir uns danach von ihren Kunstsachen ferngehalten hatten.

Ich setzte mich auf den Drehstuhl an ihrem Schreibtisch, lehnte mich zurück und drehte mich schnell im Kreis.

»Was machst du?«

»Siehst du gleich ...« Sie blickte stirnrunzelnd auf die DIN-A4-große Zeichnung.

»Ich kann es kaum erwarten.« Ich tappte mit dem Fuß zur Musik auf den Boden und klopfte mit dem Finger gegen den Stuhl. Elizas leuchtend orange Wände waren mit ihren eigenen Bildern bedeckt, das meiste davon Kohlezeichnungen mit ein paar Farbtupfern und abstrakte Wasserfarbmalereien.

»Fertig.« Ihre Jogginghose strich über meine Fußballshorts, als sie sich seitlich auf meinen Schoß setzte. »Was denkst du?«

Wäre sie irgendein anderes Mädchen gewesen, wäre ich in diesem Moment auf und davon gerannt. So viele Läufe, wie ich gerade machte, wäre ich vermutlich innerhalb von Minuten über alle Berge gewesen.

Weil sie aber sie war, konnte ich kaum sprechen, und meine Hände, in denen ich das Bild hielt, begannen zu zittern. Jede der Linien, die sie nur für mich gezeichnet hatte, zog mich in ihren Bann. Ich schlang den Arm um ihren Rücken.

Ich hoffe echt, dass Carter und Austin immer noch zocken.

Das Schwarz-Weiß-Bild zeigte einen Jungen und ein Mädchen. Sie standen auf einem dunklen Dach, von dem aus man ein Fußballfeld überblicken konnte. Sie waren chic gekleidet. Der Mond war von Wolken verhangen, und Schatten lagen auf ihren Gestalten, doch die Sterne erhellten das Fußballfeld und das lange Kleid des Mädchens.

Wow.

»Gefällt es dir?«

»Bist du sicher, dass du nicht eigentlich Vincent heißt?«

»Da müsste ich in meiner Geburtsurkunde nachsehen.«

Ein neues Gefühl beschloss, zu den anderen in meinem Emotionsarsenal zu stoßen. Es raste durch meine Finger, breitete sich in meinen Beinen aus und ließ sogar meinen Kiefer ganz kraftlos werden. Ich musste das alles erst mal in mich aufnehmen: die Tatsache, dass ich unter dem süßesten Mädchen der Welt saß.

Eliza legte die Zeichnung auf ihren Schreibtisch. Sie schlang die Arme um meinen Hals, und ich hielt sie so fest an mich gepresst, dass der Stuhl beinahe umgekippt wäre. *Drei, zwei, eins* ... Ich beugte mich vor und küsste sie mit allem, was ich hatte.

Erinnere dich an mich!

Regel Nummer 12

Ein Bro telefoniert nicht mit Mädchen, außer es ist seine Schwester oder Freundin.

Die nächsten Wochen rasten wie im Flug dahin, allerdings war es kein stressiger Flug. Oder zumindest kein ausschließlich stressiger Flug, was daher kam, dass ich Eliza häufig sah. Und ich sah sie wirklich häufig, da sich Carter, Austin und ich so oft bei den O'Connors zum Zocken trafen.

Schließlich kam der eine Morgen Ende Oktober – wir brachen so früh auf, dass es draußen noch dunkel war und die Sonne für die ihr Laub abwerfenden Bäume nur noch eine ferne Erinnerung. Es war der Morgen der langen Fahrt zur Clarkebridge University.

»Snacks?«

»Check.«

»Musik?«

»Doppelcheck.«

»Die Adresse des Wohnheims und die Telefonnummer von diesem Typen?«

»Ja, Mom«, antwortete ich Carter.

»Perfekt.« Er kletterte auf den Beifahrersitz meines rostigen Mustangs. »Die sechs Stunden Fahrt beginnen genau ... jetzt.«

Er steckte mein Handy in die Halterung am Armaturenbrett und spielte mit dem GPS herum. »Clarkebridge University. Ankunft: 12:03 Uhr.«

Unsere Anzüge hingen an den hinteren Fenstern, unsere Fußballtaschen waren im Kofferraum und der Rest – Essen, Bewerbungsmappen, Wechselklamotten – lagen in einem Beutel in Carters Fußraum.

Der dunkelgraue Morgenhimmel verhöhnte mich, während mein Motor vor sich hin stotterte. Nicht einmal Vögel flogen herum.

»Ich verstehe immer noch nicht, warum wir vor dem Morgengrauen losfahren mussten«, sagte ich, als ich aus Carters Einfahrt auf die Straße bog. »Das Probetraining findet nicht vor fünf statt.«

»Ich will nicht in den Verkehr geraten, okay? Wir dürfen heute nicht zu spät kommen.«

»Jep. Der Verkehr.« Ich deutete auf die leere Straße.

»Das wird mehr werden, sobald wir in New York sind«, sagte er.

Carter strich seine Sporthose glatt und spielte am Fensterheber herum, entweder nervös oder voller Vorfreude.

»Ich kann nicht glauben, dass wir womöglich beide nach Clarkebridge gehen werden«, meinte er.

»Womöglich? Bro, du bist praktisch schon drin. Ist dieses Bewerbungsgespräch für dich nicht eigentlich nur eine Formalität?«

»Schätze schon. Dass meine Eltern beide in Clarkebridge waren, schadet sicher auch nicht.«

Ich hielt den Blick weiter auf die Straße gerichtet und boxte ihn in die Schulter. »Ich wünschte, meine Eltern wären auf einem College gewesen, auf das ich auch will.«

»Der Nachteil ist, dass es ziemlich weit weg ist«, stellte er fest.

Ich erstarrte. *Mist.* Wie konnte es sein, dass mir das erst jetzt bewusst wurde? Ich fühlte mich, als hätte ich ein Schulprojekt vergessen, das siebzig Prozent meiner Note ausmachte. Das wichtige Projekt war, mich zumindest einmal im Leben anständig zu verhalten, und das Schulfach war Carters Schwester.

»Sie kommt schon klar ...«, sagte ich und versuchte damit, uns beide zu beruhigen. »Sie hat deine Mom und viele Freunde. Und Josh Daley wird nicht zulassen, dass ihr irgendetwas passiert.« Nicht einmal ich fand diesen Witz komisch.

»Toll. Danke für das Bild.«

»Null Problemo.«

»Ich weiß nicht, ich möchte für sie da sein.«

Seit wir vierzehn Jahre alt waren, hatten Carter und ich davon geträumt, gemeinsam nach Clarkebridge zu gehen und dort Fußball zu spielen. Carters Traum war noch damit weitergegangen, dass er Medizin studieren und ein Superstar-Arzt werden wollte. Ich konzentrierte mich immer noch darauf, erst mal aufgenommen zu werden. Clarkebridge war für niemanden ein »sicheres« College, besonders nicht für mich.

Wen wir bei unseren Plänen beide nicht bedacht hatten, war Eliza.

Lass' gut sein, Bro. Hier geht's nicht um sie. Es geht um dich.

Fast hätte ich es geglaubt.

Auf der Fahrt durch New Yorks Hinterland versuchten wir herauszufinden, wie viele Gummibärchen in unseren Mund passten, hörten Sportradio, diskutierten erbittert darüber, was das beste Computerspiel war, und sprachen – natürlich – über Mädchen. Dreißig oder vierzig Mal versuchte Carter, unauffällig eine Nachricht zu schreiben, als er dachte, ich würde nicht hinsehen. Dass Carter viele Nachrichten schrieb, war normal – doch gewöhnlich ploppten sie dann in unserem Gruppenchat auf. Bisher hatte ich aber nur Erinnerungen von meiner Mom bekommen, dass ich heute Spaß haben sollte, und Erinnerungen von meinem Dad, dass ich meine Beine warmhalten sollte. Dass Carter jedes Mal, wenn ich auf dem Highway die Spur wechselte, schnell ein paar Nachrichten rausschickte, war gleichzeitig wahnsinnig komisch und absolut traurig.

»Wer ist das?« Ich versuchte, ganz lässig zu klingen.

Er zögerte. »Hannah.«

»Ein Booty Call?«

»Du bist nur neidisch, weil du keinen bekommst.«

Mir klappte die Kinnlade bis zum Boden meines Wagens herunter und dann durch den Boden auf den Highway und bis zum äußeren Erdkern. Er leugnete es nicht, was nur eins bedeuten konnte.

»Ich habe recht?! Alter!« Ich streckte ihm die Faust entgegen, doch er schlug nicht ein. »Autsch. Warum lässt du einen Bro hängen?«

»Ich weiß noch nicht genau«, sagte er.

»Du hältst sie aber nicht hin, oder so?«, fragte ich. »Ist das nicht das, was du Austin und mir immer vorwirfst?«

»Ich mache ihr zumindest nichts vor.« Carter stöhnte.

»Was ist das Problem? Hannah ist toll. Und Robert weiß, dass zwischen ihnen sowieso nie etwas laufen wird. Er würde es verstehen, wenn sie mit dir zusammenkommt.«

Carter ließ sich in seinen Sitz sinken. Das Auto machte einen Sprung, als ich auf die Bremse trat – ich hatte vor lauter Aufregung nicht gemerkt, dass ich hundertvierzig gefahren war. Zum Glück war die Straße frei und zu rasen war nicht allzu gefährlich gewesen. Natürlich hielten einen die Cops mit ziemlicher Sicherheit genau dann an, wenn kein Verkehr war und man statt hundert hundertzehn fuhr. Ich stellte den Tempomat ein, nur zur Sicherheit.

»Schau mal«, sagte er. »Du bist mein bester Bro, also versteh das nicht falsch.«

Ich machte seine Playlist mit den besten Popsongs leiser, um ihm meine volle ungeteilte Aufmerksamkeit schenken zu können – so gut das eben ging, ohne von der Fahrbahn abzukommen.

»Also, Hannah ist die beste Freundin meiner Schwester. Würde ich mit ihr etwas anfangen, würde das bedeuten, dass ich etwas mit der besten Freundin meiner Schwester habe. Gleichzeitig habe ich dir gesagt, dass ...« Er nuschelte plötzlich. »Was ich zu sagen versuche ist, dass es irgendwie heuchlerisch von mir wäre, wenn ich etwas mit Hannah anfangen würde, weil ich mir nicht sicher bin, ob es andersrum für mich okay wäre, also wenn meine Schwester etwas mit meinem besten Freund hätte, der«, er wurde ganz leise, »du bist.«

Ich brauchte eine Minute, um zu verstehen, was er gesagt hatte. *Die beste Freundin meiner Schwester ... häh?* Als ich es endlich kapierte, traf es mich mit der

Wucht einer Socke mitten in den roten Bereich meiner Männlichkeit.

Das war nicht gerade der richtige Zeitpunkt für Aretha Franklins legendären Hit, der im Hintergrund lief.

»Bro, ich sage ja nicht, dass ich etwas von deiner Schwester will, aber was ist das Problem? Ich bin ein toller Kerl, das wissen wir alle. Also rein hypothetisch …«

»Weißt du, Nick, ich kann das nicht logisch erklären. Ich glaube, es liegt zum Teil daran, dass sie meine Schwester ist und ich im Grunde nicht möchte, dass sie überhaupt mit irgendjemandem etwas hat, und dann ist da noch deine ›Erfolgsbilanz‹ …« Er musste gar nicht mehr sagen.

»Mein Gott«, rief ich und drückte, wieder abgelenkt, erneut aufs Gas. »Diese *Nick Maguire ist der größte Player aller Zeiten*-Sache fängt langsam an, mich wirklich zu nerven.«

»Warum?«, fragte Carter. »Normalerweise siehst du's als Kompliment.«

Wir rasten an einem Polizeiwagen vorbei, und ich hielt den Atem an. 30 km/h zu schnell würde teuer werden. Als nach ein paar Sekunden immer noch keine Sirene zu hören war, atmete ich wieder aus.

Ich verstand, warum Carter mir seine Schwester nicht anvertrauen wollte. Aus irgendeinem Grund war sie nicht einfach nur irgendein Mädchen. Aber sogar ich kapierte, dass jetzt, da wir noch eine Million Stunden miteinander in einem Auto eingesperrt sein würden, nicht der richtige Zeitpunkt war, um mit ihm darüber zu diskutieren.

»Ganz schön viel Verkehr für sechs Uhr in der Früh, hm?« Ich seufzte.

»Idiot.«

Als wir durch das gesamte New Yorker Hinterland gefahren und in Clarkebridge angekommen waren, hatte ich es fast geschafft, mir einzureden, dass die angespannte Stimmung zwischen uns verschwunden war. Was mich betraf, war die Sache mit Eliza etwas, worum sich der zukünftige Nick kümmern musste. Vorher standen das Probetraining für das Clarkebridge-Team, eine Campustour und unsere Bewerbungsgespräche auf dem Programm. Große Aufgaben warteten auf uns, um es harmlos auszudrücken.

Als potenzielle neue Nachwuchsspieler (Daumen drücken!), waren wir im Wohnheim bei zwei aktuellen Studienanfängern aus dem Fußballteam untergebracht, Luke und Tyler. Da wir lange vor dem Probetraining angekommen waren, erklärten sich die beiden bereit, uns herumzuführen. Ihre Tour begann in der Mensa (ganz wichtig) und endete am Naturwissenschaftszentrum, worum Carter extra gebeten hatte. Es lebten und studierten etwa fünfzehntausend Studenten auf dem Campus, überall standen riesige Wohnheime und hoch aufragende Universitätsgebäude. Der Campus wirkte neu, ziemlich cool und finanziell echt gut ausgestattet.

Auch Luke und Tyler waren cool. Luke kam aus L. A., trug einen Männerdutt und wollte Krankenpfleger werden; Tyler war aus Florida, trug sein Haar so kurz wie Carter und studierte im Hauptfach Finanzwissenschaften. Wie wir hatten sie beide während der Highschool ein Probetraining hier absolviert, und wie wir hatten sie beide schon immer Clarkebridge im Sinn gehabt.

»Wer den medizinischen Zweig in Clarkebridge absolviert, hat eine hundertprozentige Chance, später zum Medizinstudium zugelassen zu werden«, erklärte Luke uns oder besser Carter. »Falls du dich dazu entschließen solltest, hierher zu kommen, wirst du in guten Händen sein.«

»Und wir sind die einzige Uni, die Studenten schon vor dem Vordiplom im Krebszentrum forschen lässt«, fügte Tyler hinzu.

»Wow, das ist super.« Carter machte ein Foto des Zentrums, wie er schon Fotos von jedem Gebäude gemacht hatte, an dem wir vorbeigekommen waren.

Eigentlich war es mehr als ein Zentrum. Es war ein ganzer Campusabschnitt mit drei eigenen Gebäuden und einem eigenen Innenhof. Die Krönung war die Holografie eines DNA-Strangs im Hauptgebäude. Luke und Tyler betonten auch immer wieder, dass Clarkebridge keine Uni für reiche Leute war.

»Man kommt hierher, um reich zu werden«, meinte Tyler. »Viele von uns haben Stipendien.«

»Echt?«, fragte ich.

»Was sind das für Gebäude?«, wollte Carter wissen. »Auf der Karte sind sie nur nach Leuten benannt.«

»Das da sind die Naturwissenschaften.« Luke deutete auf das Hauptgebäude, das komplett aus Glas bestand. Wie es schien, befanden sich auf vier seiner Etagen ausschließlich Labore. »Also Chemie, Physik und so weiter.« Er nickte in Richtung des nächsten hohen Bauwerks. »Hier werden Biologie, Geologie und Umweltwissenschaften unterrichtet.« Das dritte Gebäude sah genauso aus wie die anderen beiden, war aber am weitesten vom Parkplatz entfernt. »Und da sind die Gesundheitswissenschaften und auch das PT-Programm.«

»Ein paar Leute aus dem Team machen das«, meinte Tyler.

»PT wie Physiotherapie?«, fragte ich. Ich hatte gewusst, dass es in Clarkebridge eine gute Fakultät für Sport- und Trainingswissenschaften gab, aber das war auch schon alles gewesen.

Luke nickte. »Das ist ein etwas seltsamer Studiengang. Er dauert sechs Jahre, obwohl alles andere in Clarkebridge nur vier dauert.«

»Aber man schließt im Grunde direkt mit dem Doktor ab«, erklärte Tyler.

»Moment, das ist ja super.«

Tyler lachte. »Die Bio- und Physikkurse bei diesem Studium sind ziemlich hart«, sagte er. »Und Anatomie ist ein Albtraum. Aber die Leute, die das machen, helfen anderen einfach unglaublich gern dabei, sich richtig zu bewegen. Und sich von Verletzungen zu erholen oder so.«

Carter stieß mich an.

»Wahrscheinlich muss man aber ziemlich gute Noten haben, um da reinzukommen, oder?«, fragte ich und fürchtete mich vor der Antwort.

Tyler schüttelte den Kopf. »Das schadet zwar nicht, aber die Professoren bevorzugen eher Studenten, die einen persönlichen Draht zur Materie haben. Das macht es leichter, durchs Studium zu kommen.«

»Falls du Interesse hast …«, meinte Luke. »Es gibt ein separates Bewerbungsformular, das du ausfüllen musst. Und ich glaube, du musst den Abschlusstest des Biologie-Fortgeschrittenenkurses bestanden haben. Ich kann dir die Infos schicken, wenn du willst.«

»Dasselbe gilt für Medizin«, sagte Luke zu Carter. »Hier bewerben sich so viele Leute, da ist es noch mal eine Möglichkeit zu zeigen, dass es einem ernst ist.«

»Easy«, witzelte ich.

Carter klopfte mir auf den Rücken, was seine Art war, mir dabei zu helfen, mich zu entspannen. »Dann sind wir wohl Study Buddys, Bro.« Er streckte mir die Faust zum Einschlagen entgegen.

Um ein Probetraining für das Clarkebridge Fußballteam absolvieren zu dürfen, musste man eingeladen werden, allerdings testeten sie die möglichen Kandidaten nicht alle zusammen. Stattdessen sollten Carter und ich an einem normalen Training des Teams teilnehmen und würden dann auch nach deren Maßstäben beurteilt werden. So ähnlich wie bei Spiderman, der Teil der Avengers wurde, *nachdem* er ihnen dabei geholfen hatte, die Welt zu retten. Es fühlte sich an, als würde bei diesem Probetraining ähnlich viel auf dem Spiel stehen. Außer uns waren noch zwei andere Schüler von der Highschool dabei.

Statt den Druck zu spüren, pulsierte eine aufgeregte Energie durch meinen Körper. Da es bereits dunkel wurde, spielten wir unter den hellen Stadionscheinwerfern, die es einem schwer machten, sich nicht wie ein Star zu fühlen.

Carter und ich hatten beide ein Clarkebridge Trainingsleibchen bekommen (weiß auf der einen Seite, blau auf der anderen), und jedem von uns war einer der Mannschaftskapitäne als Trainingspartner für heute Abend zugeteilt worden. Mein Partner, Kyle Kohl, ein fast zwei Meter großer Student aus Ohio, ließ es langsam angehen.

»Du bist normalerweise Stürmer?«, fragte er.

»In meinem Highschool-Team schon. Im Verein war ich Mittelfeldspieler. Aber ich kann auf jeder Position spielen.« *Allerdings hasse ich Verteidigung.*

»Das ist gut«, sagte Kyle. »Okay, in ein paar Minuten werden wir mit dem Rest des Teams Dribbling-Übungen machen, doch vorher absolvieren du und ich einen Geschicklichkeitsparcours.

Er führte mich zu ein paar orangen Hütchen, und ich rieb meine Hände aneinander, um warm zu bleiben. Obwohl ich unter dem Trainingsleibchen ein langärmeliges Shirt trug, war es kein Picknick, so spät im Herbst draußen zu trainieren. Ich konnte meinen Atem sehen, und es kostete mich zusätzliche Energie, mich warm zu halten, damit meine Beine nicht verkrampften. »Die erste Runde ist zum Aufwärmen, dann auf Zeit, danach eine Proberunde mit Ball, zum Schluss mit dem Ball auf Zeit.«

Ich nickte. Um uns herum machten die Spieler des Clarkebridge-Teams eine ähnliche Übung, nur hatte ihr Trainer keine Stoppuhr in der Hand. Auf der anderen Seite des Platzes stand Carter vor einem identischen Parcours.

»Es geht mit Kniehebelauf bis zum ersten Hütchen los, dann Rückwärtssprint bis zum Start, Sprint bis zum zweiten Hütchen, umdrehen und Anfersen zurück zum ersten Hütchen, Side Shuffles bis zum dritten Hütchen, Seitenwechsel und Side Shuffles bis zum vierten Hütchen, und dann volles Tempo zurück zum Start. Keine Sorge, mit dem Ball machen wir andere Übungen.«

»Kein Problem«, sagte ich. Ich absolvierte jeden Morgen mit meinem Dad eine ähnliche Trainingseinheit.

In der ersten Runde machte Kyle mir die Übungen vor. Seine Beine waren so lang, dass er den Parcours in nur ein paar Schritten beendet hatte. Dann stellte er sich an die Seitenlinie, um meine Zeit zu nehmen.

»Auf die Plätze, fertig, los!« Kyle drückte seine Stoppuhr.

Ich raste durch die Hütchen, schnell und wendig auf dem College-Rasen. Beim Rückwärtssprint blieb ich leicht auf den Zehenspitzen, für die Side Shuffles ging ich in die Knie und verlagerte meinen Schwerpunkt, um sie möglichst schnell und technisch einwandfrei ausführen zu können. Als ich das letzte Hütchen erreicht hatte, drehte ich mich um und sprintete zurück, meine Beine wie Blitze, die durchs Wasser zuckten. Das waren vielleicht fünfundzwanzig Sekunden gewesen, oder?

»Achtzehn Sekunden, Gratulation«, sagte Kyle und notierte die Zeit auf seinem Klemmbrett.

Ich legte die Hände auf meinen Kopf, während sich meine Atmung bereits wieder beruhigte. »Was für eine Zeit ist normal?«

»Für Kandidaten? So zwischen zwanzig und fünfundzwanzig Sekunden. Teammitglieder schaffen normalerweise etwas zwischen siebzehn und neunzehn Sekunden. Ein Spieler schafft es in fünfzehn, aber wir glauben, dass er ein Halb-Android ist.« Er klopfte mir auf die Schulter. »Jetzt mit Ball.«

Nach dem Geschicklichkeitsparcours folgte ein Dribbling- und Torschusstraining mit dem Team. Wir stellten uns auf, um durch eine weitere Reihe mit Hütchen zu dribbeln und dann auf das Tor zu schießen – eine ziemliche Standardübung. Nur dass hier die Hütchen näher beieinanderstanden, als ich es je zuvor gesehen hatte, und wir zwanzig Meter vom Tor entfernt schießen mussten, was doppelt so weit war, wie ich es gewohnt war. Außerdem mussten wir in die Ecke zielen, die uns der Trainer, der neben dem Tor stand, kurz vor dem Schuss anzeigte.

Carter war vor mir dran. Das Team klatschte, um ihn anzufeuern, als er loslief. Sie klatschten lauter, als er so wendig durch die Hütchen dribbelte, mit denen sogar ein paar Spieler aus dem Team ihre Probleme gehabt hatten, dass es geradezu leicht aussah. Er preschte durch die Hütchen und schoss in einer flüssigen Bewegung eine harte Dreißig-Grad-Flanke aufs Tor. Der Ball landete sicher im Netz, und Carter joggte zurück zu uns.

»Verdammt, der Typ ist gut«, hatte jemand hinter mir gesagt, als Carter noch mit den Hütchen beschäftigt gewesen war.

»Wow!«, hatte ein anderer nach seinem Tor gesagt. »Den brauchen wir.«

Zuerst hatte ich gedacht, es wäre toll, nach Carter dran zu sein. Ich würde mir seine Technik ansehen und ihm später Feedback geben können. Jetzt war ich *nach* Carter dran.

Der Trainer pfiff. »Alter, du kommst«, sagte der Typ hinter mir.

Ich holte tief Luft, meine Fußspitze ruhte leicht auf dem Ball. *Drei, zwei, eins* ... zählte ich. *Los!* Ich raste davon und versuchte, so locker durch die Hütchen zu stürmen wie Carter. *Los, los, los.* Ich trieb mich selbst dazu an, noch schneller zu laufen. Als ich am Ende der Hütchen ankam, hob der Clarkebridge Trainer die Hand und zeigte nach links oben.

Ziel auf die obere linke Ecke! Ich schoss und der Ball segelte direkt ins Netz – mittig auf der rechten Seite. *Ups.* Die Jungs aus dem Team wussten nicht, wohin ich eigentlich hätte schießen sollen, und jubelten mir zu, als ich zurück in die Reihe joggte.

»Ich weiß nicht, aber ich glaube, der war noch schneller«, sagte jemand.

»Aber der Blonde hatte einen besseren Torschuss.«

»Die sind beide unglaublich gut«, sagte jemand anders.

Im Training an der Cassidy High war ich immer der Star. Das waren meine Jungs, und ich gehörte einfach dazu. Mit dem Clarkebridge-Team zu spielen war anders. Aufregend. Als wären meine unmöglich erscheinenden Träume tatsächlich in Greifweite. Als ich das nächste Mal aufs Tor schoss und hörte, wie mich die supersportlichen Fremden um mich herum anfeuerten, war es, als würde ich eine Herausforderung meiner Zukunft annehmen, die mich dazu bringen wollte zu entscheiden, ob das hier wirklich das war, was ich mir wünschte.

Es war spannend zu erleben, wie mein Leben aussehen würde, falls ich entschied, dass die Jungs hier meine neuen Jungs werden sollten. Zumindest, wenn ich zu der harten Arbeit bereit war, die nötig war, um in diesem Team Erfolg zu haben. Und wenn ich dazu bereit war, lebe wohl zu sagen.

Als wir mit dem Torschusstraining fertig waren, joggten wir zur Seitenlinie, um etwas zu trinken. Als Nächstes stand ein Trainingsspiel mit dem Team auf dem Programm. Carter kam zu mir, seine Haare und sein Trainingsleibchen nass vor Schweiß.

»Ziemlich cool, oder?«, sagte er. »Stell dir das hier mit ein paar Tausend Zuschauern vor.«

Imaginärer Jubel drang von den Zuschauertribünen zu uns, als wir uns umsahen. Carter stieß mich an. »Angeblich stellen wir uns viel besser an als die anderen Typen von der Highschool.«

Die beiden anderen Kandidaten, die mit uns trainierten, saßen auf dem Rasen und schütteten sich Wasser über den Kopf. Ihre Wangen waren vor Anstrengung ganz rot.

»Ich habe ein gutes Gefühl«, sagte ich. »Wir müssen nur bei dem Trainingsspiel noch ordentlich punkten.«

»Das ist unsere Spezialität«, meinte Carter. Er legte den Kopf zurück, trank aus seiner Wasserflasche, und als ihn das Licht so traf, leuchtete sein Haar wie ein Pokal.

Ich konnte es kaum erwarten, meinem Dad von all dem hier zu erzählen.

Am nächsten Tag warteten Carter und ich, im Anzug, nervös auf unsere Bewerbungsgespräche. Carter kam zuerst, was mir mehr Zeit gab, mich hineinzusteigern und mich in dem zentralen Verwaltungsgebäude im Buckingham-Palace-Style super unwohl zu fühlen. Warum hatte eigentlich jede Art von Schule so ein nobel-biederes Verwaltungsgebäude, wenn doch der Rest der Schule ganz anders war? Vielleicht, damit sich das eine Prozent ganz wie zu Hause fühlte. Hauptsächlich machte es einem das Atmen schwer.

Wir saßen beide über unsere Beine gebeugt da, die Hände zwischen den Knien verschränkt. Ich hatte geduscht, die Falten aus meinem Jackett gestrichen und die *Frage statt Aussage*-Betonung aus meiner auswendig gelernten Rede verbannt, wie meine Mom es verlangt hatte.

»Du wirst es ihnen zeigen, so wie gestern bei dem Torschusstraining«, meinte Carter. Von uns beiden war ich derjenige, dessen Bewerbungsgespräch zählte.

»Sag bloß!« Ich versuchte, mich selbst aufzubauen.

»Versuch, nicht durchzudrehen.«

»Du bist derjenige, der durchdreht, Bro. Ich bin absolut cool«, sagte ich, während ich so heftig mit dem rechten Knie auf- und abwippte, dass der Tisch neben mir wackelte.

»Es wird schon gut gehen.«

»Du klingst wie meine Mom.«

»Sehr gut sogar.«

»Sag noch einmal gut.«

Carter grinste. »G-U-T ...« Er wurde vom Klingeln seines Handys unterbrochen. »Das muss ich ausmachen.« Er sah aufs Display, wer anrief.

»Hey, Eliza«, sagte er, nachdem er abgenommen hatte. »Ach, echt?« Gleichzeitig wurde am anderen Ende des protzigen Flurs eine hohe Tür geöffnet, und ein kleiner Mann im Nadelstreifenanzug, der aussah wie aus einem Film, kam heraus und auf uns zu.

»Carter O'Connor?«, fragte er.

Carter schluckte. »Hier«, sagte er ins Telefon. »Rede mit Nick, während ich das Gespräch habe.«

Er warf das Handy geradezu nach mir, bevor er davonrauschte.

»Was geht, Hübsche?«

Carter konnte mir keinen bösen Blick zuwerfen, solange der Mann zusah. Er marschierte machtlos den Flur hinunter und auf den Typ zu, der unser Schicksal in seinen Händen hielt. Es machte fast genauso viel Spaß, Carter glauben zu lassen, dass ich so tat, als würde ich mit seiner Schwester flirten, als wirklich mit ihr zu flirten.

»Sieh an, wer dran ist.« Ihre sonnige Stimme verwandelte das stressige Verwaltungsgebäude in ein Yoga-Retreat.

»Ist schon in Ordnung, ich weiß, dass du eigentlich sowieso mit mir sprechen wolltest.«

»Weißt du, wo Carter die Mittel gegen Sodbrennen aufbewahrt? Deswegen rufe ich nämlich an.«

»Nein, weiß ich nicht«, antwortete ich. »Und das würde mir auch deutlich zu weit gehen.«

»Ich habe gestern Abend einen Cupcake zu viel probiert.«

»Einer heißt zwölf, oder?«

»Einer heißt gerade so viele, dass Olivia ihr Verschwinden nicht bemerkt hat. Wie läuft's bei euch? Muss ziemlich langweilig sein, wenn du nichts Besseres zu tun hast, als mit der kleinen Schwester deines Bros zu telefonieren.«

»Hast du gar keinen Unterricht? So weit ich weiß, ist es gerade mitten am Vormittag.« Das Einzige, was mich an diesem Bewerbungsgespräch wirklich bei Laune hielt, war die Tatsache, dass ich deswegen nicht in die Schule gehen musste. Und da es um mein Fußballstipendium ging, würde ich auch keine Strafläufe machen müssen, weil ich das Training verpasste.

»Ich habe eine Freistunde«, sagte Eliza. »Deswegen kann ich mich gerade auf die Suche nach Sodbrennen-Mittel machen.«

»Ach so. Na ja, du kennst mich.« Ich machte es mir in meinem gepolsterten Lehnstuhl gemütlich. Im Warteraum befand sich niemand außer mir und dem Studenten, bei dem wir uns angemeldet hatten. »Überall

Partys, ich mittendrin. Ich bin erst seit vierundzwanzig Stunden hier, und die Uni hat noch nicht so richtig gecheckt, auf was sie sich gefasst machen muss.«

»Ich habe nichts anderes erwartet.« Nach dem wenigen, was ich über den Chick-Codex wusste, bedeutete ihre tonlose Stimme, dass sie *nicht* beeindruckt war. Mit meiner normalen Masche würde ich bei ihr nicht weit kommen. Stattdessen drängte sie auf Authentizität. »Bist du bereit für dein erstes und hoffentlich einziges College-Bewerbungsgespräch?«

»Du stellst immer so schwierige Fragen.«

»Danke. Brauchst du Hilfe?«

Normalerweise hätte ich einem anderen menschlichen Wesen gegenüber nie Schwäche eingestanden, erst recht keinem Mädchen. Aber das hier war Clarkebridge. Und es war Eliza.

»Yeah.«

»Das hätte ich nicht erwartet. Nick Maguire, bittest du gerade um Hilfe?«

Mein Schuh schrammte jedes Mal gegen den Steinfußboden, wenn ich mit dem Knie auf- und abwippte. »Gewöhn dich nicht dran.«

»Würde ich nie. Sollen wir mit einer einfachen Frage anfangen? Warum willst du nach Clarkebridge?«

»Ähm ...«

»Guter Einstieg.«

Ich stöhnte. »Ich werde es in den Sand setzen.«

»Warum zweifelst du an dir, Nick? Ich dachte, du bist Mr Selbstbewusst.«

»Haha«, sagte ich. »Ich bin auch Mr *Fällt-beinahe-in-Bio-durch.* Was ich aber nicht sein darf, wenn ich irgendeines der Sportfächer hier studieren will.«

»Vielleicht bist du das. Nur dass du, wenn du ins College gehst, jeder sein kannst, der du sein willst, oder?«

»Schätze schon.«

»Angeblich«, sagte sie, »sind wir alle eine Kombination aus den fünf Menschen, mit den wir am meisten Zeit verbringen. Wenn du also nicht mit Carter, Austin, deinen Eltern und Madison aufs College gehst, wirst du dort wahrscheinlich jemand anderes sein.«

Ich dachte darüber nach. »Vielleicht will ich mehr wie du sein.«

»Dann wirst du mehr Zeit mit mir verbringen müssen«, sagte Eliza.

Ich grinste ins Telefon. »Du willst mehr Zeit mit mir verbringen?«

Eliza verstummte. Ich musste das Handy vom Ohr nehmen, um zu sehen, ob der Anruf unterbrochen worden war.

»Willst *du*?«, fragte sie.

Trotz der Klimaanlage brannten meine Wangen.

»Wie wär's mit Donnerstagabend?«

»Ich glaube, das kann ich einrichten. Wohin führst du mich aus?«

»Wohin ich dich ausführe?« Ich konnte mir vorstellen, wie sie gerade versuchte, ein Lächeln zu unterdrücken. »Heißt das etwa, du hast keine Lust auf einen Film und Chillen?« Das war ein Witz, schließlich wusste jeder, was damit eigentlich gemeint war, und ihr war klar, dass es kein ernst gemeinter Vorschlag war.

»Wow, du bist echt ein heißes Date«, witzelte sie. »So sieht der Traumabend eines jeden Mädchens aus.«

»Ach, das wird ein Date?«

»Ich weiß, mit so etwas hast du keine Erfahrung«, sagte sie. »Ich glaube, es könnte Spaß machen.«

Ich war froh, dass sie mich nicht sehen konnte. Sonst hätte sie gemerkt, wie ich absolut überhaupt nicht cool blieb.

»Ich will dir die ausgefallene Überraschung nicht verderben, die ich selbstverständlich für dich geplant habe. Soll ich dich um sechs abholen?«, fragte ich.

»Hast du dann nach dem Fußballtraining genug Zeit? Ich weiß, wie lange du für deine Haare brauchst.«

»Ich werde mich beeilen.«

»Solltest du besser.«

Eine Minute lang sagte keiner von uns etwas. »Also ... warum Clarkebridge?«, fragte Eliza.

Weil es sich bereits wie zu Hause anfühlt.

Ja, aber warum tut es das?

Ich konnte Eliza bei der imaginären Unterhaltung in meinem Kopf nachhaken hören.

Weil ...

Ich hatte immer noch keine genaue Antwort. Die Zimmertür ging auf, und Carter kam heraus.

»Ich bin dran«, sagte ich. »Bis dann, Eliza.« Ich zwinkerte Carter zu, als er näherkam.

»Hast du die ganze Zeit mit ihr gesprochen?«

»Jep, ich habe sie nach Geschichten über dich ausgefragt.«

Carter nahm sein Handy, und der Mann trat aus dem Zimmer und wandte sich mir zu. »Nicholas Maguire?«

Weil ...

Du kannst sein, wer du willst, oder?, hörte ich ihre Stimme in meinem Kopf.

So selbstbewusst wie den ganzen Aufenthalt hier noch nicht nickte ich, knöpfte mein Jackett zu und ging zu dem Mann hinüber, um ihm die Hand zu schütteln.

Ich wusste, dass Nick Maguire nicht perfekt war, aber er war auch nicht ganz übel.

Hoffentlich würde mein Gegenüber das auch so sehen.

Mit einer Sache hatte Eliza sich jedoch geirrt: Keiner von uns konnte sein, *was auch immer* er wollte. Sie würde immer Carters Schwester bleiben. Und ich immer sein Bro.

Regel Nummer 13

Ein Bro behandelt seine Mutter wie eine Königin.

Nach unseren Bewerbungsgesprächen gingen Carter und ich auf dem Campus Pizza essen. Es war eine sizilianische Pizza, eckig und extra knusprig, wohingegen die Pizza bei *Straight Cheese 'n' Pizza* einen dünneren Boden hatte, weshalb wir nicht entscheiden konnten, welche besser war. Es war, wie Äpfel mit Birnen zu vergleichen.

Auf der Fahrt nach Hause schlief Carter, während ich mein Glück mit der State Police herausforderte: Wie schnell konnte ich fahren, ohne erwischt zu werden? Offensichtlich hundertsechzig, zumindest war das meine Topgeschwindigkeit (allerdings kam ich in keine Radarfalle).

Wir schafften die sechseinhalb Stunden Fahrt in unter fünf. Obwohl die Abendessenszeit schon vorbei war, brannte bei den O'Connors kein Licht.

»Bist du sicher, dass du nicht noch zum Essen reinkommen willst?«, fragte Carter.

»Bei mir zu Hause gibt es auch Tiefkühlessen, Bro.«

»Hast recht. Bis bald.« Er warf die Beifahrertür zu und schlang sich seine Duffelbag über die Schulter. Die halb aufgegessenen Tüten Chips ließ er bei mir.

In dem Moment, in dem ich aus seiner Einfahrt bog, begann mein Handy zu vibrieren. Ich steckte es in die Freisprechanlage.

»Nick?«, fragte die Stimme meiner Mom. »Bist du schon zurück?«

»Fast zu Hause.«

»Ich bin gerade mit der Arbeit fertig geworden. Mein Auto ist in der Werkstatt, und dein Dad ist immer noch in der Lehrerkonferenz. Könntest du mich abholen?«

Gott, Mom. So spät. Doch Schuldgefühle regten sich in mir. Die Überstunden waren für mich. Meine Eltern wollten nicht, dass ich mir einen Job suchte, um etwas zu meinem Collegegeld beizusteuern – denn anscheinend brauchte ich jede freie Minute, um zu trainieren. Nach dem zu schließen, wie gut ich auf das Probetraining vorbereitet gewesen war, schien es sich ausgezahlt zu haben.

»Bin in fünfzehn Minuten da.« Ich legte einen anderen Gang ein. Ihr Auto war ständig in der Werkstatt, aber meine Mom war entschlossen, das Ding bis zum bitteren Ende zu fahren. Aus drei Gründen:

1. Jetzt, da wir bald jeden Cent für meine Collegegebühren brauchen würden, kam ein neues Auto bei den Anschaffungen nicht gerade an erster Stelle.
2. Nachbarn oder Freunde zu fragen, ob sie sie fahren konnten, war unter ihrer Würde.
3. Sie hatte die schlechteste Uber-Bewertung, die die Welt je gesehen hatte.

Jeder dachte, sein verrückter, sich gern mal übergebender, pöbelnder Freund wäre die Person mit der schlechtesten Uber-Bewertung. Nein, es war Alison Maguire.

Meine Mom trat an den Straßenrand, als ich vorfuhr. Sie arbeitete in einem achtstöckigen, fast ausschließlich gläsernen Gebäude. Es war vollkommen dunkel. Ihr schwarzes Kostüm verschmolz mit den Schatten, und ihr dunkles Haar glänzte im Licht der Straßenlaternen. Ihr müdes Gesicht verriet, wie sehr sie sich sonst zusammennahm.

Meine Mom war großartig in ihrem Job, und zwar aus demselben Grund, aus dem sie ein schrecklicher Uber-Fahrgast war: Sie provozierte Leute dazu, sich zu beweisen. *Ach, du kannst gut tippen und super mit Excel umgehen? Das kann ein Computerprogramm auch. Ach, deine Stärken liegen in der Kommunikation? Mal sehen, in wie vielen Sprachen du mir den Weg erklären kannst. Du arbeitest gut unter Druck? Was, wenn ich dich anschreie, Gas zu geben, dich dazu dränge, über gelbe Ampeln zu fahren, dir sage, dass eine Katze mitten auf der Straße sitzt, und dich zwinge eine Vollbremsung hinzulegen, wodurch der Wagen hinter dir einen Auffahrunfall baut?* (Im Ernst: Meine Mom war offiziell einer der unangenehmsten Uber-Fahrgäste aller Zeiten, denn sie ruinierte das Selbstwertgefühl von Leuten, fing wegen Kleinigkeiten einen Streit an und hatte schon dafür gesorgt, dass sowohl Fahrer als auch Fahrgäste in Tränen ausbrachen, aber angeblich nur, um ihnen dabei zu helfen, ihre Fähigkeiten besser einzusetzen.)

Sie kletterte auf den Beifahrersitz und stolperte dabei über ihren Gurt. »Mist.« Sie fand ihr Gleichgewicht. »Wie war Clarkebridge?«

Ich wartete, bis sie saß, bevor ich im Schneckentempo auf die Hauptstraße bog. Meine Mom zu fahren war schwieriger als meine Führerscheinprüfung – und man konnte es kein zweites Mal versuchen.

»Toll«, sagte ich. »Das Probetraining lief super, das Bewerbungsgespräch war ganz in Ordnung. Ich habe ein gutes Gefühl.«

»Ein gutes oder ein relativ gutes?«

»Komm schon, Mom.« Eigentlich versuchte ich ja immer, ihr gegenüber gelassen zu bleiben, aber ... *Sie hatte angefangen.*

»*Gut* verschafft dir ein Stipendium. *Relativ gut* heißt, wir müssen eventuell noch andere Optionen in Betracht ziehen.«

»Warum?« Obwohl es spät am Abend war und ich in unserer winzigen Stadt das einzige Auto auf der Straße, betätigte ich den Blinker lange, bevor es nötig war, um sie zu besänftigen. »Ich habe gute Chancen, bald Bescheid zu bekommen. Was ist das Problem?«

»Ich gebe mein Bestes«, sagte sie. »Wir haben letzte Woche eine Schätzung von der Kreditanstalt bekommen ...«

Es fühlte sich an, als würde mein Atemzug in der Lunge feststecken. *Jetzt kommt es, die fantastischen letzten Wochen werden mir heimgezahlt, und alles bricht über mir zusammen.*

»... und es sieht so aus, als würden wir mehr Geld brauchen, als wir dachten.«

Ich atmete aus. Was konnte ich dazu schon sagen? »Gibt es noch irgendetwas, was du in der Arbeit tun kannst?«, fragte ich.

»Ich habe mich tatsächlich heute um eine Beförderung beworben. Ich glaube, es lief gut. Pass auf, wo du hinfährst, Nick.«

Gut oder relativ gut?

Autos hupten, als ich etwas zu knapp in den Verkehr einbog. Je mehr wir über Clarkebridge sprachen, desto schlechter konnte ich mich konzentrieren.

»Es gibt da einen Physiotherapie-Studiengang, für den ich mich bewerben könnte«, sagte ich und versuchte, nicht zu dicht auf den Wagen vor uns aufzufahren. »Das würde mir eine gewisse finanzielle Sicherheit bieten, zusätzlich zu dem, was ich mit dem Fußballspielen verdienen würde.«

»Das sechsjährige Programm? Du glaubst wirklich, dass du dafür zugelassen wirst?«

»Mann, danke.« Vor uns tauchte ein weiteres Auto auf und stoppte an der roten Ampel. Ich trat auf die Bremse – beinahe hätte ich es nicht rechtzeitig bemerkt. In der Dunkelheit konnte man schlecht sehen, außerdem hatte ich jetzt zusätzlich noch andere Dinge, die mich beschäftigten.

»Weißt du, Mom, vielleicht …«

»Pass auf!« Wir fuhren wieder. Sie grub ihre Fingernägel so fest in das Polster ihres Sitzes, dass ihre Knöchel ganz weiß wurden, was man sogar in der finsteren Nacht sehen konnte.

»Wenn ihr mir nicht so viel Druck gemacht hättet, damit ich ein Fußballstipendium bekomme, wären meine Noten vielleicht besser.«

»Da kommt ein Stopp-Schild.« Sie wurde immer lauter.

»Und wenn Dad mich vielleicht nicht jeden Tag im Morgengrauen aufwecken würde …«

»Stopp-Schild!«, schrie sie.

Zu spät. Ich schoss mitten auf die Kreuzung und direkt auf ein abbiegendes Auto zu. Meine Bremsen kreischten, als ich sie voll durchdrückte. Im letzten Moment riss ich das Lenkrad in Richtung Randstein herum. Die Hinterräder des Wagens hoben vom Boden ab, wodurch er beinahe seitlich umgekippt wäre. Ich schloss ganz fest die Augen und wartete auf den Aufprall. Unser Wagen krachte gegen den Randstein, ein lautes Knirschen ertönte, gefolgt von einem Scheppern, als eine Radkappe auf die Straße fiel. Mein Kopf schlug gegen das Lenkrad. Zum Glück waren wir nicht allzu schnell gewesen. Ich war nur einfach gefahren, obwohl ich hätte anhalten müssen.

Keiner der Airbags war ausgelöst worden, was schlecht war, weil das eigentlich hätte passiert sein sollen, aber auch gut, weil wir sie offensichtlich nicht gebraucht hatten und sie zu ersetzen dreitausend Dollar gekostet hätte.

Wir saßen in Schockstarre da. Wir hatten den Randstein direkt nach der Kreuzung gerammt, wo es auf einer Länge von zwanzig Metern keine Häuser oder andere Bauwerke gab. Wir hatten Glück gehabt.

»Alles in Ordnung?«, fragte ich.

Sie nickte.

Nachdem ich kurz durchgeschnauft hatte, schwang ich die Tür auf, um mir den Schaden anzusehen. Das ganze Ausmaß würde ich wahrscheinlich erst am Morgen erkennen können, jetzt bemerkte ich nur eine softballgroße Delle seitlich an der vorderen Stoßstange. Wenn ich damit leben konnte, musste sie vielleicht gar nicht repariert werden. Die Radkappe schepperte, als ich sie in den Kofferraum warf.

Meine Mom blieb stumm, als ich mich wieder zu ihr in den Wagen setzte. Angespannt und schuldbewusst machte ich mich auf eine Predigt gefasst. Es kam keine. Sie musste es auch gar nicht aussprechen.

Ich habe es dir ja gesagt.

Ich trat vorsichtig aufs Gas, und wir ratterten mit normaler Geschwindigkeit in Richtung unseres Hauses davon. Ich hielt die Augen fest auf die Straße gerichtet.

»Es ist deine eigene Zukunft«, sagte sie schließlich. »Die Tatsache, dass du überhaupt Geld fürs College hast, sollte dir wie ein Gottesgeschenk vorkommen.«

Ich weiß. Ich konnte mich glücklich schätzen, eine Mom zu haben, die ihren Arm schützend vor mich hielt, wie sie es gerade bei einer kleineren Kollision mit dem Randstein getan hatte.

»Ich habe ein gutes Gefühl«, sagte ich.

»Willst du vielleicht noch mal einen Blick auf die Stoßstange werfen?«

»Ich meine das Probetraining. Kein relativ gutes Gefühl. Ein sehr gutes.«

Wir fuhren unsere Auffahrt entlang. »Es tut mir leid, Mom. Ich werde es in Zukunft besser machen.«

Ich rutschte auf dem Kies, als ich aus dem Auto sprang, um mir den Schaden noch einmal anzusehen. Außer einer ordentlichen Delle neben dem Vorderrad und einem langen Kratzer am unteren Rand der Beifahrertür fand ich nichts allzu Schlimmes.

»Hast du dich eigentlich verletzt?«, fragte meine Mom. Sie kletterte aus dem Wagen.

»Ich bin nur ein bisschen durch den Wind«, sagte ich. »Ich gehe ins Bett.«

»Das ist eine gute Idee. Und du hast Hausarrest.«

Ich zuckte zusammen.

»Autounfälle sind eine schlimme Sache, Nick«, sagte sie mit ihrer gruseligen Mutter-Stimme. »Dabei sterben Leute.«

»Okay, okay.«

Meine Autoschlüssel klimperten, als sie sie hochhielt. *Mist.* Ich hatte sie im Zündschloss stecken lassen, während ich den Schaden inspiziert hatte.

»Die kannst du nächste Woche zurückhaben.«

Das habe ich verdient. Ihr war wohl klar, dass es ein Unfall gewesen war, sie wollte mich aber dennoch nicht so leicht davonkommen lassen.

Mit hängendem Kopf stapfte ich in mein Zimmer, meine Fußballausrüstung und die Klamotten, die ich für das Bewerbungsgespräch dabeigehabt hatte, hingen schwer über meinen Armen. Ich warf mich aufs Bett, zog mir das dicke Kissen über die Augen und vergrub mich in den Fleecedecken.

Eigentlich kann ich Carter gleich Bescheid geben.

Erst als mein Finger über dem Senden-Button schwebte, fiel mir ein: Ich konnte unmöglich Hausarrest haben.

Mir wurde ganz kalt. Das Handy rutschte mir aus den verschwitzten Händen.

Eliza.

Regel Nummer 14

Ein Bro ist immer mit ganzem Herzen bei einem Date.

Donnerstagnachmittag pickte Carter an Sir Whiskerton herum (so hatten wir unsere Opferratte für die Wissenschaft genannt), und ich blätterte durch die Laboranweisungen. Diese Gehirnsektion dauerte bereits Wochen, und nichts von dem, was wir taten, ergab einen Sinn.

Das verhieß nichts Gutes.

Unsere Mitschüler kreischten, als sie tiefer in ihr Exemplar vordrangen. Viele von ihnen legten jetzt die ... Mist, ich hatte immer noch keine Ahnung, was es war, was sie da freilegten, obwohl Carter und ich schon letzte Woche soweit gewesen waren. Denn Carter war ein Supernerd.

»Ich möchte den Biologie Leistungstest ablegen«, sagte ich. »Für den Physiotherapie-Studiengang. Ich weiß, das hatten wir sowieso vor, aber jetzt möchte ich auch wirklich gut darin sein.«

»Du weißt, dass du in Bio momentan auf circa 71 Prozent kommst.« Carter wischte sich einen Spritzer Formaldehyd von seiner Schutzbrille.

»Eigentlich eher 69.« Ich war ziemlich stolz darauf.

Carter schlug mir gegen die Schulter. *Das ist die richtige Einstellung.*

»Wie praktisch, dass ich gute Beziehungen zum besten Nachhilfelehrer habe, den es an der Cassidy High jemals gegeben hat«, sagte ich.

»Das wird eine Menge Arbeit, Mags«, sagte er. »Es wird nicht damit getan sein, Etiketten an die ...« Er betrachtete blinzelnd das Schildchen, das ich am vermeintlichen Dickdarm der Ratte angebracht hatte. »Das ist die linke Niere.«

»Ich wollte dich nur testen. Und ich weiß. Ich will es machen. Ich glaube, der Studiengang passt gut zu mir.«

»Willst du dann gleich heute Abend anfangen? Der Test ist im Februar, aber die Vorprüfungen beginnen schon bald.«

»Heute Abend ...« Ich zermarterte mir das Gehirn auf der Suche nach einer Ausrede. *Ne, kann nicht, ich treffe mich mit deiner Schwester* ... Nein, das konnte ich wohl kaum sagen.

Wie genau ich das mit dem Date eigentlich anstellen wollte, war allerdings noch völlig unklar, da ich Hausarrest hatte und kein Auto.

So wie es schien, hatte ich vier Optionen:

1. Mein Date mit Eliza absagen und damit riskieren, total unzuverlässig und wie ein Versager zu wirken, weil ich Carter und Biologie ihr vorzog. Damit lief ich Gefahr, sie zu verlieren.
2. Carter sagen, dass ich keine Zeit hatte, und irgendwie seine Schwester abholen und mit ihr ausgehen, ohne dass er Wind davon bekam.
3. Die Situation wie Ms Doubtfire regeln und mich heimlich mit beiden gleichzeitig treffen, dann

immer wieder vom einen zum anderen rasen und dabei eine Perücke verlieren.

4. Ehrlich sein und beiden die Wahrheit sagen.

Jede der Optionen erschien mir selbstsüchtig und beiden O'Connors gegenüber unfair. Doch wenn ich eingestand, dass es selbstsüchtig war, bedeutete das, dass ich es trotzdem tun konnte, oder?

Dracula kam an unseren Tisch und legte die letzten unangekündigten Tests vor uns: 105 Prozent für Carter; 69 Prozent für mich.

»Hell yeah …«

»Nein, Nick, jetzt nicht mehr.«

»Stimmt.« Ich musste besser werden. »Würde es so gegen sechs gehen?«

»Klingt gut.« Während unsere Mitschüler ihre Noten verglichen und darüber debattierten, ob Punkte unfair vergeben worden waren, machte Carter damit weiter, mit dem Skalpell in Sir Whiskerton herumzustochern.

Dann also die dritte Option.

Ich brauchte eine Perücke.

An diesem Abend fuhr Coach Dad mich um fünf Uhr nach Hause. Nachdem ich ihm erzählt hatte, dass das Probetraining gut gelaufen war, hatte er während der ganzen fünfzehnminütigen Fahrt gelächelt.

»Gut gemacht, Nicky«, sagte er, als wir das Haus betraten. »Ganz große Klasse!«

»Okay, danke, Dad.« Ich schlug bei ihm ein.

»Mm, das riecht gut«, sagte er, als wir an der Küche ankamen.

Meine Mom rührte in einem Topf mit Spaghettisoße, der Geruch von Basilikum und Knoblauch erfüllte die Küche. Und ich hatte gedacht, sie könnte nicht kochen.

Sie trug bereits ihren pinken Morgenmantel. »Ich hatte heute einen kurzen Tag«, sagte sie.

Wenn meine Mom nicht viel Arbeit hatte, nutzte sie ihre Freizeit normalerweise, um sich auszuruhen. Ich schätzte, der Rest ihres Lebens beanspruchte sie sehr.

»Wie war's in der Schule?«

»Ganz gut«, sagte ich. »Aber ...« Ich erzählte ihnen von meinem Prüfungsergebnis in Bio und dass ich ein bisschen zusätzliche Hilfe gebrauchen konnte. »Ich weiß, dass ich Hausarrest habe. Aber gibt es irgendeine Chance, dass ich mich heute trotzdem mit Carter treffen kann, damit er mir hilft?«

Meine Eltern wechselten einen Blick.

»Was heißt, du fällst in Bio durch?«, fragte mein Dad.

»Es geht ja nicht darum, dass ich durchfalle ...« Dazu bräuchte ich unter 65 Prozent.

Der Topf klapperte, als meine Mom immer aggressiver umrührte.

»Wie wäre es, wenn Carter hierher kommt?« Das war keine Frage.

Ich zögerte. Immer wenn ich meine Eltern anlog, versuchte ich zu so zu lügen, dass ich bestimmte Dinge nicht erwähnte – was ich ihnen erzählte, war die Wahrheit, aber eben nur ein Teil davon. In all den Jahren, in denen ich Mädchen das sagen musste, was sie hören wollten, hatte ich gelernt, dass man sich totsicher verriet, wenn man sich zu sehr anstrengte. Sie ließen mir keine Wahl.

»Er gibt einer Gruppe von Leuten in der Bibliothek Nachhilfe«, erklärte ich. »Wäre es okay, wenn ich da hingehe?«

»Du kannst in Bio nicht durchfallen«, sagte mein Dad. »Wir spielen bald gegen L-W und die Schule wird dich nicht antreten lassen, wenn du durchfällst.«

»Ich falle nicht durch. Ich brauche nur ein bisschen Nachhilfe.«

Meine Mom seufzte widerwillig. »Du bist um neun wieder zu Hause. Wie kommst du hin?«

»Ich hatte gehofft, ich könnte das Auto nehmen?« Obwohl meinen Eltern die *Wütender Cop/enttäuschter Cop*-Masche inzwischen ins Blut übergegangen war, war mein Dad heute vielleicht, eventuell, nicht wirklich enttäuscht? Ausnahmsweise?

Er hob die Hände in einer abwehrenden Geste. »Hauptsache, du kommst da irgendwie hin.«

Der Knoblauchgeruch war langsam nicht mehr auszuhalten.

Meine Mom wedelte mit der Hand über dem Ofen. »Du fährst mit dem Fahrrad. Das Auto kannst du am Wochenende wiederhaben.«

Seufz.

»Als Belohnung für das gute Bewerbungsgespräch.« Mein ganzer Körper wurde durchgeschüttelt, als mein Dad mir das Haar zerzauste. Ich hielt mich am Küchentisch fest.

»Du kannst in Bio nicht durchfallen«, sagte er. »Ich brauche dich für das Spiel gegen L-W.«

»Geht klar.«

L-W bedeutete Littleton-West, auch bekannt als der wichtigste Gegner der Saison, zumindest laut meinem Dad, da unsere Rivalität mit dieser Schule bis in die Zeit zurückreichte, bevor er vor zwanzig Jahren angefangen hatte, unser Team zu trainieren. Es war typisch mein

Dad, dass er meine schulische Leistung von meiner sportlichen Eignung abhängig machte.

Jetzt kam der schwierige Teil. Ich nahm auf dem Weg in mein Zimmer immer zwei Stufen auf einmal. Irgendwie musste ich mich für das Date mit Eliza so fertig machen, dass *sie* sah, dass ich mir Mühe gegeben hatte, und gleichzeitig niemand sonst bemerkte, dass ich mir Mühe gegeben hatte.

Eine schnelle Dusche half mir, mich zu beruhigen. Trotzdem zitterte meine Hand immer noch, als ich versuchte, mich ein bisschen zu rasieren (ich hätte mich sowieso nicht mehr als *ein bisschen* rasieren können). Ich benutzte ein nach Moschus riechendes Aftershave, schlüpfte in meine liebste Jeans und ein lässiges T-Shirt, und setzte mir in letzter Minute noch meine *Red Sox*-Cap auf. Beinahe jedes Mal, wenn ich mit Eliza geflirtet hatte, hatte ich diese Cap getragen. Wer weiß, vielleicht erfüllte sie ja den zweifachen Zweck, mich cool und gleichzeitig unwiderstehlich wirken zu lassen.

Um 17:30 Uhr eilte ich mit meinem Bioheft und einer Fleecedecke im Rucksack die Treppe hinunter.

»Bis halb zehn«, rief ich. Carters Haus war mit dem Rad zehn Minuten entfernt, aber ich musste vorher noch ein paar Dinge besorgen.

Um 17:40 Uhr erreichte ich den Supermarkt. Es war Zeit, die Zutaten für ein perfektes erstes Date zu kaufen.

Um 17:52 Uhr war mein Rucksack voll, weshalb ich Probleme hatte, den eine halbe Meile langen Berg zu den O'Connors hochzuradeln. Die Sonne war schon fast ganz untergegangen, doch der dunkelgelb-orange Hintergrund, den sie bot, würde ausreichen.

Um 18:01 Uhr schrieb ich Eliza, dass ich da war. An der Tür zu klingeln wäre zu riskant gewesen, da womöglich Carter aufgemacht hätte. Ich tigerte am Rand ihrer Veranda hin und her.

»Hey!« Eliza sah sich in der Einfahrt um, um sicherzugehen, dass wir allein waren. »Wohin gehen wir?« Sie kam die Stufen der Veranda herunter und blieb abrupt stehen. »Ich weiß nicht, wie ich dich begrüßen soll.«

»Komm her.« Ich nahm ihre Hand und führte sie zu einem großen, mit Moos bewachsenen Baum am Rande ihres Grundstücks. Um den Stamm ganz zu umfassen, brauchte man acht Leute, und seine weit ausgebreiteten Äste boten tolle Versteckmöglichkeiten (vor allem, wenn Wasserpistolen mit im Spiel waren). Das letzte Tageslicht reichte, damit wir uns sehen konnten, war aber nicht genug, als dass man uns vom Haus aus entdeckt hätte.

Carter und ich hatten viele Nachmittage damit verbracht, in diesem Baum um die Wette zu klettern, ohne dass Ms O'Connor es bemerkt hatte. Sie hätte einen Herzinfarkt bekommen.

Ich ließ meinen Rucksack ins Gras fallen, wo er das herbstliche Laub zerdrückte, und zog die Decke heraus, ein paar verschiedene Käsesorten, Cracker, Weintrauben, Brownies und Sparkling Apple Juice.

»Ich dachte, wir könnten es uns hier ein bisschen gemütlich machen.« Ich wartete gespannt auf ihre Reaktion.

»Wer hätte gedacht, dass Nick Maguire so ein Romantiker sein kann?« Sie drückte meine Hand.

Wir lehnten uns an den Baum, ihr Kopf ruhte an meiner Schulter. Mit den Fingerspitzen strich sie mir über die Wangen.

»Du riechst gut.«

Ihr warmer Atem kitzelte mich, was noch schlimmer wurde, als sie anfing, mein Kinn mit zarten Küssen zu bedecken. Ich blieb still, hielt sie nur leicht im Arm und spielte mit dem Saum ihres Pullis. Als sie sich nicht zurückzog, fuhr ich mit dem kleinen Finger darunter und strich über ihre nackte Haut. Ich berührte den Bund ihrer Jeans und musste so schnell, wie ich angefangen hatte, wieder damit aufhören. Ich wollte sie nicht verschrecken. Und ich wollte *das* nicht hier tun.

»Ich muss dir etwas sagen«, meinte ich schließlich.

»Hm, okay …« Sie biss sich auf die Lippe, als wollte sie mich dafür ärgern, dass ich sie nicht küsste.

»Okay, du musst damit aufhören«, flüsterte ich. Sie machte einen Schritt zurück und lachte leise. Sie wusste, dass sie mich hatte.

»Es sieht so aus, als würde ich Bio gerade in den Sand setzen«, fing ich an.

»Warte! Erzähl mir das, während wir Fake-Wein trinken und Käse essen.« Sie musterte das Angeberpicknick, das ich auf der Decke ausgebreitet hatte. »Wir brauchen noch Teller und Servietten.«

Sie drehte sich um und lief zurück ins Haus.

»Kannst du ein paar Cupcakes mitbringen?«, rief ich ihr nach.

In der Nähe quietschte ein Tor. Es war schwer zu sagen, wo genau, da der Garten inzwischen vollkommen finster war.

»Wofür brauchst du Cupcakes?«

Ich wurde blass.

Carter trat – tropfnass und in ein Mickey-Maus-Strandtuch gewickelt – zu mir. Richtig, ab und zu schwamm er nach dem Training in ihrem beheizten Pool, um zu entspannen und die Muskeln zu lockern.

Ups.

Die Hintertür fiel ins Schloss – anscheinend war Eliza ins Haus gegangen, ohne ihn gehört zu haben.

Ich rieb mir den Nacken. »Super Timing, ich wollte dich gerade suchen gehen. Ich habe Eliza erzählt, dass ich komme, und sie meinte, es wäre witzig, ein Lern-Picknick zu machen. Ich dachte eigentlich, sie hätte dir was gesagt.«

»Wir haben fast November, Nick. Es ist arschkalt.«

Ich ließ mich auf die Decke fallen, damit er nicht merkte, wie ich mich wand. Um die Kälte war es mir ja gerade gegangen. Warme, kuschlige Decken, die Sterne, Eliza ...

»Das ist bescheuert«, sagte er, als ich nicht reagierte. »Wir brauchen mehr Licht.« Er machte eine Pause. »Und ich werde eine Jacke holen müssen. Ich schätze, sie hat auch die Zeitumstellung vergessen. Ich ziehe mich um und hole ein paar Laternen. Danke, dass du ihr geholfen hast, das hier auf die Beine zu stellen. Das ist eine wirklich schicke Art zu lernen.«

»Ich kenne es nicht anders.«

Er ging, und ich blieb allein mit den Delikatessen zurück. Im Hintergrund zirpten paarungsbereite Grillen.

»Reibt es mir nur unter die Nase«, murrte ich.

Keine Ahnung, was ich erwartet hatte; natürlich hätte ich es auf keinen Fall geschafft, zwischen den O'Connor-Geschwistern hin und her zu rennen, ohne dass es einer von ihnen bemerkt hätte.

Jetzt stand uns ein höllischer Dreier des Grauens bevor:

– ein Date mit Eliza mit Carter als fünftes Rad am Wagen
– die Nachhilfestunde mit Carter mit Eliza als fünftes Rad am Wagen
– und Elizas und Carters Familienleben mit mir als fünftes Rad am Wagen.

Peinlichkeit, wohin man auch blickte.

Carter hat unser Picknick gefunden, schrieb ich Eliza. *Jetzt ist es eine Hausaufgabenparty, und er macht mit. Verschieben?*

Als die O'Connor-Geschwister zurückkamen, setzten wir uns alle drei gleich weit vom Essen entfernt auf die Decke. Gartenfackeln, die von einem von Ms O'Connors Cateringevents übrig waren, beleuchteten unsere Schulbücher. Carter hatte beschlossen, mir Biologie beizubringen, indem er mir zuerst Chemie beibrachte, und hatte in seinem alten Chemiebuch die Seite mit dem Periodensystem aufgeschlagen. Ich versuchte, nicht so dumm zu wirken, wie ich war. Eliza hatte die Nase in ihrem Geschichtsbuch vergraben und stöhnte alle zwei oder drei Minuten vor Langweile.

Ich musste irgendetwas tun, um sie mit einzubeziehen, und das schnell, sonst würde das wohl das letzte Date mit ihr gewesen sein. Mädchen gaben dir vermutlich keine zweite Chance, wenn ihr Bruder in euer erstes Date platzte und du ihm nicht klargemacht hast, dass er verschwinden sollte. Nur so eine Vermutung.

»Kohlenstoff ist das Grundelement allen Lebens«, sagte Carter. »Daraus lassen sich organische Verbindungen bauen. Das ist wichtig, weil wir im College sicher organische Chemie belegen werden müssen.«

»Okay.« Ich hörte ihm nur mit halbem Ohr zu und durchsuchte stattdessen das Periodensystem nach einem Witz.

»Es ist wichtig, dass man weiß, wie viele Isotope …«

»Ich habe eine Idee für eine Verbindung«, meinte ich. »Wie heißt es, wenn man Natrium, Brom und, äh, Sauerstoff kombiniert?«

»Das ist neu.« Carter blätterte auf der Suche nach einer Antwort durch seine Notizen.

»Nein, ich meine, wenn man die Elementsymbole kombiniert.«

»Na, Br, O?

»Na, Bro.«

Eliza sah von ihrem Buch auf. Sie verzog keine Miene. Kein Problem, darauf war ich vorbereitet.

»Und wenn man Kupfer und Tellur kombiniert?«, fuhr ich fort.

»Cu-Te«, sagte Carter. »Jep, den kannte ich schon.«

Ich hielt Eliza meine Hand zum High five hin, und sie schlug halbherzig ein.

»Wer hat dich *cute* genannt?«, fragte ich Carter.

Carter hustete, genervt, dass ich mit Eliza flirtete. Beziehungsweise versuchte er, genervt zu wirken, was ihm aber nicht gelang. »Helium, Helium, Helium«, sagte er.

»Was?«

»He, he, he.« Carter schlug mir gegen die Schulter. »Uff, er kann austeilen, aber nicht einstecken.«

Eliza stand auf und sammelte ihre Sachen ein. Die Decke verrutschte unter ihren Sneakers. »Mir ist kalt«, sagte sie.

»Ich schätze, das war's für heute«, meinte Carter. »Ich finde, es ist ganz gut gelaufen. Hoffentlich weißt du jetzt mehr als vor zwei Stunden.«

»Sicher.«

Carter klappte sein Heft zu. Eliza trat von einem Bein aufs andere. Sie fragten beide gleichzeitig: »Soll ich dich heimfahren?«

So viel zum Thema »leichte Entscheidung«. Einerseits setzte ich gerade mein Date mit Eliza in den Sand. Andererseits musste ich mich anstrengen, um die Sache mit dem seltsamen Picknick wiedergutzumachen und Carter zu zeigen, dass das eherne Gesetz der Männlichkeit immer noch galt: *Bros before hoes.*

Carter sah Eliza an, und sie zuckte mit den Schultern. »Ich dachte, ich schulde Nick was, weil er mich doch neulich zum Einkaufen gefahren hat.«

Als ich nichts dazu sagte, gähnte Carter. »Ist schon okay. Ich mach's.«

»Danke, Mann«, sagte ich.

Eliza und Carter teilten sich einen Minivan, in dem ich schon oft genug mitgefahren war, um zu wissen, dass darin nicht nur mein Fahrrad Platz hatte, sondern auch noch der gesamte Vorrat eines Supermarkts an Peanut Butter Cups. Ich sprach aus Erfahrung.

Carter half uns, das Picknick wegzupacken, immer noch in der Annahme, dass es Elizas Idee gewesen war. Ich wartete darauf, dass er merkte, dass die Decke, die er gerade zusammenlegte, nicht die seiner Schwester war. Aber Carter gähnte nur ständig.

»Mit wem schlägst du dir die Nächte um die Ohren?«, fragte ich und erinnerte mich zu spät daran, dass Eliza nicht wissen durfte (was sie aber tat), dass Carter in ihre beste Freundin verknallt war.

Aus irgendeinem Grund musste ich deswegen an meine Mom und ihre bescheuerten willkürlichen Regeln denken.

Mist. Die Bibliothek machte bald zu, und sie wartete bestimmt schon auf mich.

Ich sah auf mein Handy. Das Display war voller Nachrichten. *Es ist spät. Komm bitte heim.* Dreißig Minuten später hatte sie's dann wirklich ernst gemeint. *Nick!*

»Warte«, sagte ich, als Carter Eliza sein Schulzeug gab, damit sie es für ihn mit ins Haus nehmen konnte. »Ich brauche ein Bild von dir und dem Buch.«

Carter sah mich an, als hätte ich von ihm verlangt, dass er am Strand Sand recht.

»Meine Mom denkt, ich bin in der Bibliothek.«

»Warum?«

»Ja, Nick«, sagte Eliza. »Warum denkt deine Mom, du bist in der Bibliothek?«

»Ich habe eigentlich Hausarrest«, gab ich zu. Einer gegen einen hatte ich eine Chance, mich zu verteidigen, aber gegen beide O'Connors gleichzeitig war ich wehrlos.

»Weißt du, wir hätten uns einfach wirklich in der Bibliothek treffen können.«

»Aber dann hätte ich das hier verpasst«, erklärte ich und versuchte, es so klingen zu lassen, als würde ich einen Witz machen. Hoffentlich verstand Eliza, was ich damit sagen wollte.

»Wie auch immer, danke.« Meine Handykamera blitzte, als ich ein Foto von Carter und unserem Schulbuch machte. Ich würde mir irgendetwas ausdenken müssen, um die Gartenfackeln zu erklären, aber zumindest konnte sie sehen, dass ich gelernt hatte.

Da Carter gewohnt war, dass ich mich vor meiner Mom rechtfertigen musste, war er schon auf halbem Weg zum Auto. Eliza sammelte die Fackeln ein.

»Schau mal«, sagte ich. »Ich weiß, das ist nicht ganz so gelaufen, wie wir es uns vorgestellt hatten …«

»Schon in Ordnung. Es wäre sowieso superschwierig gewesen, es vor Carter geheim zu halten. Mach dir keine Gedanken.«

»Nein. Ich will nicht, dass …«

»Nick, los geht's!«, rief Carter.

»Das hier ist noch nicht vorbei«, erklärte ich ihr und joggte davon.

In der Dunkelheit ließ sich ihre Reaktion nicht erkennen. Carter machte mir ein Zeichen, mich zu beeilen. Ich konnte nur hoffen, dass sie weniger verwirrt und niedergeschlagen war als ich.

Regel Nummer 15

Ein Bro spricht niemals über den Bro-Codex.

Obwohl ich Eliza versprochen hatte, es bald wiedergutzumachen, standen uns jetzt erst einmal die Vorprüfungen für Bio bevor, außerdem die Vorbereitung für die Spiele zum Ende der Fußballsaison. Ich hatte keine freie Minute, weil mein Dad ständig um mich herumschlich, um sicherzugehen, dass ich mich vor dem Spiel gegen L-W nicht verletzte.

Eine Woche verging, und die Lage wurde sogar noch schlimmer. Ms Johnson war nicht da, und die Vertretung, die ihren Sportunterricht übernehmen sollte, kniff in letzter Minute, weshalb unsere dreißigköpfige Sportgruppe mit Mr Hoovers Gesundheits- und Ernährungsklasse zusammengelegt wurde.

Das Gute daran war, dass Austin in diesem Kurs war und heute nicht geschwänzt hatte. Das Schlechte:

1. Mr Hoover.
2. Mr Hoovers ewiger Straffeldzug gegen mich.
3. Sowohl Eliza als auch Josh Daley waren mit mir in Sport, und ich musste mit allen gerade erwähnten Persönlichkeiten klarkommen, ohne wie ein Eins-a-Arschloch zu wirken.

»Nein!« Austin begrüßte mich mit einem Fistbump, als ich meinen Rucksack auf die Schulbank neben seiner fallen ließ. Es standen immer vier Tische beieinander. Robert und Josh konnten also auch bei uns sitzen. »Alle meine Lieblingsmenschen sind hier«, sagte Austin. »Außer Carter. Dann wird LOC reichen müssen.«

Keine Ahnung, ob Eliza sein Akronym für Little O'Connor gehört hatte, sie antwortete jedenfalls nicht.

»Ms Johnsons Klasse wird heute an unserem Unterricht teilnehmen, setzt euch, Handys weg, wir haben viel Stoff vor uns«, leierte Mr Hoover herunter.

Ich kannte ein paar Leute aus der anderen Klasse, die meisten davon aus dem Fußballteam.

Eliza saß mit ihren coolen Nerd-Freunden auf der anderen Seite des Raums. Ich hatte ihr den Rücken zugewandt. Weil ich immer noch verzweifelt darauf hoffte, mit ihr sprechen zu können, versteckte ich mein Handy in meinem Heft und schrieb ihr eine Nachricht. *Können wir nach der Schule reden?* Ich hatte keine Ahnung, ob sie ihr Handy ebenfalls heimlich auf dem Tisch hatte, aber ich vermutete nicht, da sie eher der Strebertyp war.

»Willkommen in der Hölle«, sagte Austin. Er ließ eine Packung Kaugummi herumgehen.

An der Stirnseite des Raums startete Mr Hoover seine heutige Power-Point-Präsentation. Sie wurde auf sein makellos sauberes Whiteboard projiziert. Gern geschehen.

Die erste Folie war mit *Die bedeutende Rolle des Schlafs* überschrieben. Darauf war ein Cartoon zu sehen, in dem ein Typ im Bett lag und Schäfchen zählte. Das versprach, gut zu werden. Und mit *gut* meinte ich schrecklich.

»Ich schätze, er hat nichts dagegen, wenn wir seine Stunde verschlafen«, flüsterte ich. »Da Schlaf doch so wichtig ist.«

Josh kicherte. Austin lehnte sich über seinen Tisch zu mir herüber. »Yo, ich muss dir was sagen.«

Mr Hoover schien überhaupt nicht mitzubekommen, dass ihm so gut wie niemand zuhörte.

Josh und Robert hingen gespannt an Austins Lippen. Bei ihm wusste man nie, ob er so etwas sagen würde wie, »deine Mutter ist so fett, als sie in den Weltraum flog, wurde sie der neunte Planet«, oder etwas Todernstes von sich geben würde.

»Ich hatte gestern was mit Madison.«

Ich blinzelte. Von allem, was er hätte sagen können, überraschte mich das am wenigsten.

»Ich hätte zuerst fragen sollen, was zwischen euch läuft«, meinte er. »Ich weiß, ich bin das Letzte. Aber sie kam …«

Ich schüttelte den Kopf, um ihm zu bedeuten, dass er nicht weitersprechen musste. Obwohl ich es immer noch kaum glauben konnte, da Madison ja explizit erklärt hatte, dass sie an Carter interessiert war, ergaben sie und Austin durchaus Sinn.

»Und jetzt willst du meinen Segen?« Austin machte eine große Blase mit seinem Kaugummi. »Tu, was du nicht lassen kannst«, sagte ich. »Aber vergiss nicht …«

»Bros before hoes.« Austin lehnte sich in seinem Stuhl zurück.

Eigentlich hatte ich ihn daran erinnern wollen, dass Madison eine Psychopathin war, der es nur darum ging, was andere über sie dachten, aber diese Regel – dieser Grundsatz – passte auch.

»Bros before motherfucking hoes.«

Vielleicht lag es am plötzlichen Fluchen oder daran, dass wir es seit Beginn des Unterrichts darauf angelegt hatten, jedenfalls entschloss sich Mr Hoover, uns in exakt diesem Moment seine Aufmerksamkeit zu schenken.

»Mr Maguire«, rief er. Denn wen hätte er sonst foltern sollen? »Würden sie diese Aussage bitte mit der Klasse teilen?«

Ich sah mich um. Meine gelangweilten Mitschüler hatten schon so lange abgeschaltet, dass sie dieses Gespräch nicht im Geringsten interessierte.

»Ich sagte, ich will heim«, log ich.

»Das ist nicht das, was ich gehört habe. Was haben Sie wirklich gesagt? Bitte wiederholen sie es.«

»Mein Gott, warum?«, fragte ich. Das brachte uns die Aufmerksamkeit meiner Mitschüler ein. Mr Hoover, auf dem so viele Blicke ruhten wie nie zuvor, nutzte die Gelegenheit voll aus, um mir aus der Sache einen Strick zu drehen und mir irgendeine sadistische Lehre zu erteilen.

»Anscheinend sind ein paar von Ihnen aus ihrem Schlummer erwacht«, sagte Mr Hoover. »Und Mr Maguire möchte offenbar lieber über toxische Männlichkeit sprechen als über die fünf Schlafphasen.«

Die Klasse stöhnte.

Mr Hoover nahm den Block mit den Gelben Karten, die einen zum Nachsitzen verdonnerten, aus seiner Tasche und machte Anstalten, mir eine davon abzureißen. »Mr Maguire, bitte wiederholen Sie Ihre Aussage für die Klasse.«

»Bros before hoes«, sagte ich.

»Das ist bescheuert«, murmelte Austin.

»Möchte jemand mit ihm darüber diskutieren?«, fragte Mr Hoover.

Alle schwiegen. Keiner wollte es riskieren, vor allen etwas dagegen zu sagen.

Allerdings gab es eine Person im Raum, von der ich mir wünschte, dass sie mir widersprach.

Stattdessen schrieb sie mir endlich. *Schätze, ich weiß schon, was du mir sagen willst.*

Sie dachte, ich hatte *sie* damit gemeint. *Oh no!*

Ich verspreche, dass es nicht darum geht. Kannst du dich nach dem Training mit mir treffen?

»Was macht Männlichkeit toxisch?«, fragte Mr Hoover und änderte damit das Thema des Unterrichts. »Kommt es davon, dass Männer überzeugt sind, Frauen niemals verstehen zu können? Davon, dass in unserer Gesellschaft Männer und Frauen angeblich nicht befreundet sein können? Von der Vorstellung, dass es einen Mann verweiblicht, wenn er Rosa trägt und shoppen geht?« Er machte eine Pause, als würde sich irgendjemand tatsächlich an der Diskussion beteiligen. »Oder liegt es daran, dass die Welt es einfach nur als typisch für Jungs ansieht, wenn sie Mädchen drangsalieren, sich gegenseitig herumschubsen oder sich weigern, über ihre Gefühle zu sprechen?«

»Entschuldigung, aber jetzt fühle ich mich persönlich angegriffen«, rief Austin.

Überall im Raum wurde gelacht.

»Und warum?«, fragte Mr Hoover.

»Weil keiner von uns etwas dafür kann, dass er mit einem Schwanz geboren wurde.«

Falls irgendjemand bisher noch nicht zugehört hatten, tat er es jetzt.

»Genau das ist es«, sagte Mr Hoover. »Dieses ›keiner von uns‹.«

»Jetzt fühle ich mich *wirklich* angegriffen.«

Mr Hoover ignorierte ihn. »Sehen wir uns das genauer an. *Wir* impliziert ein *Wir gegen die anderen.* Und damit einher geht ein Machtanspruch und die Frage, von wem man sie sich holen kann, diese Macht.«

Ich stieg aus. Nachdem ich noch ein paar Minuten von Mr Hoovers Hasspredigt gegen Bros abgesessen hatte, bekam ich ihre Antwort.

Okay, bis nach dem Training.

Es war das letzte Training vor dem Spiel gegen den schlimmsten Angstgegner meines Dads: Littleton-West. Es war, als bereite er uns auf ein World-Cup-Spiel vor.

»O'Connor, wenn du den Fuß beim Eckball so anwinkelst, verrätst du uns genau, wohin du den Ball schießen wirst. Karvotsky, das Knie beim Innenseitstoß mehr beugen. Du brauchst Stabilität.«

Coach Dad hätte niemals einfach zugegeben, dass er nervös war. Das wäre so gewesen, als wenn ein Arzt vor einer Operation am offenen Herzen gesagt hätte, dass er sich Sorgen machte. Kannst du dir das vorstellen? Das Letzte, was du hörst, bevor die Narkose wirkt, ist »Schwester, ich bin mir unsicher, was diese Operation anbelangt«. Echt grauenhaft. Stattdessen verhielt er sich wie der Chirurg und überspielte seine Unsicherheit, indem er auf jedem kleinsten Fehler herumhackte. Manchmal erfand er sogar Fehler, wenn es nichts zu kritisieren gab.

»Banks«, rief er Austin zu, der mir eigentlich den Ball abnehmen sollte, es aber nicht hinbekam. »Komm schon. Sogar dein Mom kann das besser.«

»Woher willst du das wissen?«, murmelte Austin.

»Lass es«, warnte ich ihn.

»Ich möchte, dass er seine Gefühle mit uns teilt«, sagte Austin. »Wir müssen doch etwas gegen diese toxische Männlichkeit tun.« Er schubste mich, um mir zu zeigen, dass er Witze machte.

»Alter.«

»Schon gut. Er ist sowieso gruselig, wenn er emotional wird.«

Austin versuchte weiter vergeblich, mir den Ball abzunehmen.

»Wie viel Uhr ist es?«, fragte ich, als wir zurück an der Seitenlinie waren, um nach unserer ersten Trainingseinheit etwas zu trinken.

»Zeit, dir eine Uhr anzuschaffen«, antwortete Austin.

»15:30 Uhr«, sagte Carter, der auf seinem Ball hockte.

Noch zwei Stunden.

Nach dem Training hatte ich noch etwa eine halbe Stunde, bevor ich mit Eliza verabredet war. Ich machte mich zum Schwimmbad auf.

Der Pool war einer der coolsten und unsichersten Orte der Cassidy-High-Sportanlagen. Er war riesig – genauso groß wie die Becken, in denen die Schwimmer bei den Olympischen Spielen antraten, nur viel, viel wärmer, da an unserer Schule auch alte Ladys eine Schwimmmitgliedschaft bekommen konnten, und die verstanden keinen Spaß.

Das kochend heiße Wasser schreckte den Rest von uns ab, außer dem Schwimmteam. Es gab nicht einmal einen Bademeister – nur Leute mit einer Schwimmmitgliedschaft durften den Pool benutzen, und man musste vorher einen Schwimmtest absolvieren, damit sie sicher waren, dass man nicht ertrinken würde.

Da ich die einzige Person hier war, zog ich mein verschwitztes T-Shirt aus und ging zum Sprungbrett. Obwohl ich es eigentlich gemusst hätte, duschte ich nicht zuerst. Es kam nie irgendjemand ins Schwimmbad. Wer sollte davon erfahren?

(Ich weiß, ich bin Teil des Problems.)

Immer wenn wir in Carters Pool schwammen, hatten wir einen Dauercontest am Laufen, wessen Arschbombe am meisten spritzte. Momentan führte Austin.

Er sollte mal zum Trainieren hierherkommen.

Das Wasser schlug über mir zusammen, wärmte meinen steifen Rücken und meine müden Beine. Ich hielt den Atem an und tauchte ans andere Ende des Beckens. Obwohl ich durch Coach Dads Training im bestmöglichen körperlichen Zustand war, schrie meine Lunge trotzdem nach Sauerstoff, als ich eine gesamte Länge schwamm, ohne Luft zu holen.

Ich schlug an der anderen Seite an, mir war schwindlig, und ich keuchte. *Gott, Maguire, du bist so ein Waschlappen.*

Eine Minute später machte ich weiter. Meinen Körper an seine Grenzen zu treiben, war ein gefährliches Spiel, aber die anschwellende Panik, wenn meine Lunge zu brennen begann, und das Wissen, dass ich verwundbar war, sorgten dafür, dass ich mich lebendig fühlte.

Als ich das fünfte Mal auftauchte, um nach Luft zu schnappen, rief mir jemand über das Wasser zu: »Versuchst du, dich zu ertränken? Ich glaube, es könnte funktionieren.«

Eliza stand am flachen Ende des Pools. Sie trug ihr gold-braunes Volleyballoutfit mit dem Umriss einer

Eule darauf und dazu Flipflops. Ihr Haar hatte sie zu einem festen Zopf geflochten.

Ich blieb relativ weit von ihr entfernt und schwamm auf der Stelle. »Ich übe für den neuen *Findet Nemo*«, rief ich. »Sie wollen diesmal echte Schauspieler, anstatt eine Animation zu machen.«

Eliza ging zur Mitte des Beckens, was ich als Zeichen auffasste, dass ich näherkommen konnte. Sie ging in die Hocke und tauchte eine Hand ins Wasser.

»Sag mir Bescheid, wenn du die Rolle bekommst. Ich würde einiges dafür bezahlen, dich in einem riesigen orangen Fischkostüm zu sehen.«

»Ich spreche für die Rolle als Hai vor.« Ich fasste mir ins nasse Haar und versuchte, es zu coolen Stacheln zu stylen. »Kommst du rein oder nicht?«

Sie streifte ihre Flipflops ab, setzte sich an den Rand und ließ die Beine ins Wasser hängen.

»Das lass ich gelten«, sagte ich. Sie sah mir nicht in die Augen.

»Ähm.« Sie wurde rot.

Gänsehaut breitete sich auf meiner nackten Brust aus.

Ich versuchte, das Thema als Erster anzusprechen.

»Es tut mir leid wegen des Dates, das nicht stattgefunden hat«, sagte ich. »Ich weiß, es ist irgendwie komisch mit Carter ...«

»Das ist es nicht«, sagte sie. »Ja, das Date war peinlich, aber welches erste Date ist das nicht?« Sie machte eine Pause, ihre Finger zogen sanfte Kreise auf der Wasseroberfläche. Sie hatte so schöne Hände. »Was mir von dir als Freund, oder was auch immer, am wichtigsten ist, ist Respekt. Und was du heute Morgen gesagt hast ... Wenn ihr Jungs in der Schule herumspaziert und solche Sachen sagt, dann hören euch die Leute zu und merken es sich. Und das ist kein gutes Gefühl.«

Was? Ich kam mir wie der weltgrößte Trottel vor, weil ich ihr nicht folgen konnte.

»Bros before hoes?«, sagte sie. »Das ist beleidigend. Es stempelt alle Frauen als Schlampen ab und tut, als wäre es okay, dass sie immer an zweiter Stelle kommen.«

O Mann. »Wenn du mehr Aufmerksamkeit willst ...«, fing ich an.

»Es geht nicht um Aufmerksamkeit«, sagte sie. Ihr langer Zopf streifte ihre Schultern, als sie den Kopf schüttelte. *Es geht um Respekt.*

»Natürlich respektiere ich dich«, erklärte ich. »Das ist nur so ein Ausdruck, Eliza.«

»Diese Sache über toxische Männlichkeit, von der Hoover heute Morgen gesprochen hat«, fuhr sie fort. »Der Spruch *Bros before hoes* spielt da mit hinein. Und er sorgt dafür, dass sich Jungs auf eine Weise verhalten, die ich wirklich supergruselig finde.«

»Was meinst du damit?«

»Na ja, als wäre so ein Verhalten einfach typisch Jungs.«

Mein Hals kratzte, als ich schluckte. »Was meinst du?«

Die Belüftung nutzte diesen Moment, um eine Pause einzulegen, was eine geisterhafte Stille erzeugte.

»Auf einer Hausparty in Australien verschwand eine Freundin von mir einmal mittendrin mit ihrem Freund. Jeder hielt das für völlig normal, nur kam er nach einer Weile zurück und sie nicht. Die Jungs haben ihm zugejubelt, als er sich zu ihnen setzte, so, als hätte er den entscheidenden Home Run erzielt. Du weißt schon, so rowdyhaft und mit High five und so. Ich habe sie gefunden, als ich nach Hause gehen wollte. Sie saß schluchzend im Sand. Sie erzählte, dass er sie an Stellen hatte berühren wollen, an denen er sie noch nie berührt hatte, was ihr unangenehm gewesen war, aber sie war betrunkener gewesen als er, und er hatte es trotzdem getan. In den nächsten Wochen war sie super hin- und hergerissen und wusste nicht, was sie tun sollte. Einige unserer Freundinnen erklärten ihr, dass er ihr Freund sei, wo also das Problem sei, wenn sie ihn doch mochte. Schließlich hat sie mit ihm Schluss gemacht und konnte für den Rest des Aufenthalts nicht mehr mit ihm in einem Raum sein. Währenddessen wurde er weiter wie ein Held behandelt.« Sie sah mich an. »Darum benehme ich mich heute so komisch, und ich weiß, dass es melodramatisch wirkt. Aber daran muss ich denken, wenn jemand *Bros before hoes* sagt. Wie ein absolut beliebiger Typ auf einer Party von seinen loyalen Bros dafür gefeiert wird, dass er seiner Freundin das Gefühl gegeben hat, machtlos zu sein. Und dass er ihr eine Erfahrung gestohlen hat, die sie niemals mehr zurückbekommen wird.«

Je mehr sie sagte, desto kälter schien mir das warme Wasser des Pools. Das Blut rauschte in meinen Ohren, als würde ich eine Bombe hören, bevor sie hochging, als würde ich immer noch auf die Explosion warten.

Sie hatte Angst vor mir.

Sie dachte, ich könnte sie zu etwas drängen. Dass ich sie lächerlich machen könnte, um mein Gesicht zu wahren.

Dass mir meine Männlichkeit wichtiger war als ihre Sicherheit.

»Nicht alle Kerle sind so«, sagte ich. *Richtig?*

»Du meinst wie Raubtiere?«

Ich wurde blass. Sie hatte einen Lauf.

»Der Punkt ist«, fuhr sie fort, »dass der Spruch *Bros before hoes* zu einer Welt beiträgt, in der eine solche Scheiße passiert.«

Die Kälte, die ich gerade noch gespürt hatte, verwandelte sich in siedende Hitze, die in meine Wangen kroch.

»Wie geht es deiner Freundin jetzt?«, fragte ich.

Eliza zuckte mit den Schultern. »Wir sind nicht wirklich in Kontakt geblieben.«

»Weiß Carter davon?«

Sie nickte.

Darum hatte Carter so großen Wert darauf gelegt, besonders nett zu Mädchen zu sein, seit Eliza aus Australien zurück war – er hatte die Geschichte gehört.

»Ich werde es nicht mehr sagen«, erklärte ich.

Das Wasser um ihre Hände lag plötzlich ganz still da. »Was?«

»*Bros before hoes*«, antwortete ich. »Ich wollte damit niemanden beleidigen. Ich weiß über solche Sachen nicht so viel wie du.«

»Danke«, sagte sie, und dann ging die Bombe hoch. »Es ist schwer zu entscheiden, wem man vertrauen kann.«

»Es tut mir wirklich leid. Sag mir, wenn ich irgendetwas tun kann.«

»Ähm«, setzte sie an, als wollte sie mir noch etwas sagen, aber ich musste mich ja weiter bei ihr einschmeicheln. Ich hätte sie weitersprechen lassen sollen. Aber ich konnte nicht anders. »Danke, dass du mir davon erzählt hast«, sagte ich hektisch. »Bitte versprich mir, dass du weiterhin mit mir über solche Dinge sprechen wirst.«

»Dinge, bei denen ich ein ungutes Gefühl habe?«

»Ja. Wie wenn ich mich zum Beispiel wie ein Arschloch benehme.«

»Ist schon okay, Nick. Ich weiß, dass du ein guter Kerl bist.«

»Ich weiß nicht, ob ich das glauben soll«, sagte ich. *Aber ich wäre es gern.*

Wellen bewegten die Wasseroberfläche, als ich weiter auf der Stelle paddelte. »Kommst du rein?«

Sie blickte auf ihre Hände herab. Was auch immer sie hatte sagen wollen, der richtige Moment dafür war jetzt vorbei. Dann, endlich, sagte sie: »Nicht, wenn ein Hai im Wasser ist.«

»Fische sind Freunde, kein Futter«, sagte ich feierlich. Ich glitt durchs Wasser zu ihr hinüber und spritzte ihre Schienbeine vorsichtig nass. »Sei besser vorsichtig, Eliza, es sieht so aus, als würde ein Sturm aufziehen.«

»Was machst du?«

Ich bespritzte ihre Knie, und diesmal ein bisschen weniger vorsichtig. »Oh, oh, scheint ein großer zu sein …«

»Nick, nein. Tu's nicht.« Sie sprang auf. Ich war viel schneller als sie und hielt ihre Handgelenke fest, damit sie nicht von mir wegkonnte.

»Darf ich dich in den Pool ziehen?«, fragte ich. »Oder zählt das als *nicht okay*?«

»Ich erlaube es ausnahmsweise.«

Und schon fiel sie, halb lachend, halb kreischend.

Eliza blieb für ungefähr fünf Sekunden unter Wasser.

»Das hat ganz schön gespritzt«, sagte ich, als sie wieder auftauchte. »Du könntest Austin ohne Probleme schlagen.«

Wassertropfen regneten auf mich herab, als sie mit den Beinen in meine Richtung trat.

Sie strich sich den Zopf über die Schulter, legte sich auf den Rücken und ließ sich treiben. Ich tat es ihr nach.

»Wusstest du, dass Otter Händchen halten, wenn sie schlafen«, fragte ich.

»Echt?«

»Ja, damit sie nicht auseinandertreiben.«

»Das ist süß.«

Wie du, wollte ich sagen. Stattdessen streckte ich den Arm aus und berührte ihre Finger.

»Ich frage mich, was der korrekte chemische Ausdruck dafür ist.«

»Da ist er wieder, der smarte Nick Maguire, den wir alle kennen.«

Wir blieben ein paar friedliche Minuten so. Ihr Volleyball-Shirt klebte an ihr und war gerade weit genug hochgerutscht, dass man die verblassende Bräune an ihrem Bauch erkennen konnte.

Endlich fühlte sich alles wieder richtig genug an, dass ich mich sagen traute: »Es tut mir leid. Ich werde aufhören, dumme Dinge zu sagen, die ich eigentlich nicht so meine. Es war nie meine Absicht, dass du dich unwohl fühlst.«

»Ich weiß.«

Sie stellte sich hin. Ich hatte nicht bemerkt, dass wir ans flache Ende gedriftet waren.

»Ich wollte auch nicht, dass du dich unwohl fühlst«, sagte sie. »Ich mag es, wenn du mich überraschst und mich küsst, ohne vorher zu fragen.«

Wir standen gefährlich nah beieinander, und sie legte ihre Finger auf meine nackte Brust, einen nach dem anderen. Wir waren uns bereits so nah gewesen, aber jetzt berührten wir uns Haut an Haut.

Ich küsste sie auf die Nasenspitze, dann tauchte ich unter ihr durch und kam mit ihren Beinen über meinen Schultern wieder hoch. Ich hielt sie an den Fußknöcheln fest, während mir das Wasser übers Gesicht lief, weil sie meine Haare gepackt hatte.

Ihr Lachen hallte über das Wasser. Meine Wangen taten weh, weil ich die ganze Zeit wie ein Idiot grinste. Das unheimliche Neonlicht schien auf uns herab. Es war die am wenigsten romantische Kulisse überhaupt, und trotzdem perfekt.

All das wusste ich.

Und hätte ich mir die Zeit genommen, um mich umzusehen, anstatt von Elizas Gewicht auf meinen Schultern vollkommen abgelenkt zu sein, hätte ich die Person bemerkt, die am Eingang des Schwimmbads stand und durch das Fenster hereinblickte. Uns beobachtete.

Regel Nummer 16

Ein Bro schaut auf sein Handy.

Wir alberten lange im Pool herum.

»Ich sollte dich heimbringen«, sagte ich irgendwann. »Bevor Carter mir noch den Kopf abreißt.«

»An deiner Stelle würde ich mir darüber definitiv Sorgen machen.«

»Toll, danke.«

Mein Trizeps tat weh, als ich aus dem Pool kletterte, und sogar noch mehr, als ich mir mein verschwitztes T-Shirt überzog.

»Schade«, sagte Eliza. »Ich habe gerade die Aussicht genossen.«

»Ich schätze, das werden wir irgendwann wiederholen müssen.«

Nach einem kurzen Umweg über meinen Spind, um mir meine Ersatzjogginghose zu holen, traf ich Eliza vor dem Umkleideraum der Mädchen. Es war schon fast sieben, die Sonne ging bereits unter, und der Wechsel der Jahreszeiten war deutlich zu spüren. Es standen noch ein paar Autos auf dem Parkplatz, aber Carters Minivan war schon lange verschwunden.

Eliza kuschelte sich auf den Beifahrersitz und schlug die Beine übereinander. Jedes Mal, wenn wir über einen Gully oder große Steine fuhren, wurde sie durchgeschüttelt. One Direction tönte aus dem Radio.

»Die sind wirklich gut«, sagte sie. »Es ist echt schade, dass sie sich aufgelöst haben; sie waren gerade dabei, die nächsten Beatles zu werden.«

»Das hast du jetzt nicht gesagt. *What Makes You Beautiful?* Ein Song über fünf verschiedene Typen, die ein und demselben Mädchen nachsteigen. Damit hast du kein Problem?«

»Aha! Du hörst also ihre Musik, Nick Maguire. Leugne es nicht.«

»Soweit ich weiß, Eliza, lebe ich nicht unter einem Felsen. Du weißt schon, mit Käfern und ohne irgendwelche Nachrichten.« Ich fuhr langsamer, als wir am Ende ihrer Straße ankamen.

»Das ist gut. Es tut mir leid, aber ich glaube, ich könnte nicht mit jemandem zusammen sein, dessen Mitbewohner Feuerameisen sind.«

»Was hast du gegen Feuerameisen? Sie versuchen nur, für ihre Familien zu sorgen.«

»Sie attackieren und fressen tote Würmer. Das finde ich echt gruselig.«

»Also das ist fies von dir.«

»Warte mal«, sagte sie. »Du hast mich gar nicht korrigiert.«

»Über die Freundschaften von im Untergrund lebenden Spezies?« Ich versuchte, lässig zu klingen.

»Nein.« Der Geruch von Chlor stieg mir in die Nase, als sie näher heranrutschte. »Über die Sache mit dem Zusammensein. Bist du nicht genetisch darauf programmiert, Mädchen, was das angeht, zu verbessern?«

»Ähm, weißt du, was zwischen Carter und Hannah läuft?«, fragte ich.

»Ah, ich verstehe, er hat dir die *Ich werde nichts mit Hannah anfangen, weil das hieße, dass es auch okay wäre, wenn …*«, sie machte eine Pause, »*andere Dinge geschehen würden*-Predigt gehalten, oder?«

»Jep.«

»Fantastisch.« Sie trommelte mit den Fingern auf ihren Sitz. »Ich habe ihm gesagt, dass es nicht seine Aufgabe ist, sich einzumischen und zu bestimmen, mit wem ich ausgehe. Wie bei Josh. Er wollte nicht, dass ich mich mit ihm treffe, und ich habe es trotzdem getan. Ich muss nicht auf Carter hören. Dieses kleine Gespräch wird meine Meinung über dich nicht ändern, Nick. Für dich ist das, was Carter gesagt hat, aber vielleicht etwas anderes.«

Dieses kleine Gespräch wird meine Meinung über dich nicht ändern, Nick. Ich hatte kaum gehört, was sie danach noch gesagt hatte.

»Ich wünschte, wir hätten dieses Gespräch geführt, bevor ich letzte Woche unser Date völlig in den Sand gesetzt habe.«

»Wir waren ein bisschen beschäftigt.«

Sie legte ihre Hand in meine, und ich war geschockt davon, wie klein sie war. Dass sie meine Hand drückte, war alles, was ich brauchte.

»Aber wie sagen wir's Carter …«, überlegte ich laut.

»Müssen wir es ihm sagen?«

Wir wussten beide, dass wir es mussten.

Mit einem sanften Scheppern kroch mein Mustang ihre Einfahrt entlang. In der Küche brannte Licht, und Ms O'Connors Wagen stand vor dem Haus. Das gemeinsame Auto der Geschwister nicht.

»Interessant«, sagte Eliza. »Carter verbringt *furchtbar viel* Zeit bei Hannah.«

Ihre roten Wangen zogen mich an, aber es waren ihre scharfsinnigen Beobachtungen, die mich dazu brachten, die immer noch triefnasse Schönheit neben mir gebannt anzustarren.

Im tiefsten Herzen wussten wir beide, dass Carter einbrechen würde. Dann lag ihre vom Wasser runzlige Hand in meiner, und mein Herz pochte so laut in meinen Ohren, dass es jedes andere Geräusch übertönte. Und das war's. Ich war verloren.

»Du bist süß, Nick.«

Ich war noch nie zuvor als süß bezeichnet worden. Ich durchforstete mein Gehirn nach allem, was ich mir über den Chick-Codex gemerkt hatte. War *süß* gut?

»Weißt du, das, was du da immer mit deiner Augenbraue machst, ist unglaublich sexy.«

Mit sexy konnte ich dagegen etwas anfangen.

»Wirklich?«

»Wirklich.«

»Und was ist damit?« Ich hob ihre Knie an und rutschte auf den Beifahrersitz, wobei ich sie auf meinen Schoß zog, sodass sie jetzt mit dem Rücken zur Tür saß.

»Das ist riskant«, sagte sie. Wir stießen mit den Knien zusammen. Sie sah über die Schulter zu dem dunklen Haus hinter uns.

»Du liebst es.«

»Ja.« Ihr Atem fühlte sich kühl an, als er meine Wange streifte, wie ein Regentropfen im Mai. »Wenn du Schweiß und Poolwasser kombinierst und mich daran schnüffeln lässt, tja, dann triffst du meinen Geschmack ziemlich genau.« Sie schlang die Arme um meinen Hals. »Gute Nacht, Nick.«

»Nacht, Eliza.«

Sie legte den Kopf an meine Schulter und blieb noch einen weiteren Moment auf meinem Schoß sitzen. Nicht lange genug.

Nachdem Eliza ins Haus verschwunden war, saß ich still da und versuchte, wieder zu Atem zu kommen. Ich wusste nicht, ob es an Eliza lag oder an der Aufregung der Heimlichtuerei, dass ich so viel Freude empfand, aber ich würde es auch nicht herausfinden, solange alles in mir in Aufruhr war.

Ich zog das Handy aus meiner Tasche und kam wieder in der Realität an. Ich hatte sechs Nachrichten.

Zwei waren von Carter.

Carter 17:30 Uhr: *Danke, dass du Eliza heimbringst. Fahr jetzt zur Nachhilfe, bin nicht sicher, ob ich da bin, wenn du kommst.*

Carter 18:30 Uhr: *Immer noch bei der Nachhilfe, werde nicht da sein.*

Und dann waren da noch vier Nachrichten von Austin.

Austin 17:34 Uhr: *Carter und Hannah … oder? ;););)*

Austin 18:00 Uhr: *Bist du noch in der Schule? Hab, glaub ich, das Geschichtsbuch vergessen. Sag mir Bescheid, wenn du es siehst.*

Austin 18:20 Uhr: *Wo bist du? Gerade ist niemand im Pool, Lust auf ein paar Arschbomben? Geh mich umziehen, bin in 10 min zurück.*

Und dann las ich die letzte Nachricht von ihm.

Austin 18:29 Uhr: *Alter! Du und LOC? Wir müssen reden.*

Ich schlug gegen das Lenkrad. Das Handy fiel mir aus der Hand und krachte gegen das Armaturenbrett.

Shit.

Regel Nummer 17

Ein Bro bleibt immer cool.

Ich schaffte es, Austin den Großteil des nächsten Tages aus dem Weg zu gehen. Das war eine echte Leistung, da wir die meisten Kurse zusammen hatten und er wusste, wo ich wohnte.

Keiner von uns beiden konnte Fußball schwänzen. Er lauerte mir in der Kabine auf, kurz vor dem wahrscheinlich wichtigsten Fußballspiel meiner Highschool-Karriere. Ich holte gerade meine Fußballschuhe aus meiner schmutzigen, fleckigen Sporttasche, als er sich auf die lange Bank hinter mir fallen ließ. Überall um uns herum zogen sich Jungs um und rannten in alle Richtungen. Carter wischte ein paar Schränke entfernt über seine Schienbeinschoner, und ich hoffte wirklich, Austin würde nicht genau vor dem Spiel einen Streit zwischen Carter und mir provozieren. Wir brauchten aus so vielen Gründen einen Sieg.

»Bei mir zu Hause. Acht Uhr. Heute Abend.«

»Ich werde da sein«, sagte ich. Er stellte mir ein Ultimatum. Austin war ein großartiger Freund, sowohl Carter als auch mir gegenüber. Entweder kam ich heute zu ihm nach Hause und schilderte ihm meine Version der

Geschichte, bevor er Carter davon erzählte, oder ich tat es nicht, und er würde Carter genau das berichten, was er gesehen hatte.

»Gut.« Er stapfte ans andere Ende der Kabine, um mit seiner *Vor-dem-Spiel*-Routine zu beginnen. Seit Coach Dad uns eine zweistündige Predigt über Sportpsychologie gehalten hatte, hatte jeder Spieler des Teams sein eigenes *Vor-dem-Spiel*-Ritual entwickelt. Manche der Jungs schlangen einfach nur einen Schokoriegel herunter oder malten sich schwarze Striche unter die Augen, wie die Spieler der NFL es taten, oder irgendetwas in der Art. Bei anderen war das Ritual beträchtlich komplizierter. Carter zum Beispiel hatte für jedes Teil seiner Ausrüstung eine spezielle Motivationsrede. Er machte ein großes Geheimnis daraus, und die meisten Sprüche kannte ich nicht, aber einmal hatte ich ihn sagen hören: »Du hast die Wahl – du kannst entweder das Handtuch werfen oder es dazu benutzen, dir den Schweiß vom Gesicht zu wischen.« Ich war mir ziemlich sicher, dass er das aus einer *Gatorade*-Werbung hatte.

Meine Routine bestand darin, einen dieser 250-Milliliter-Tetrapaks Schokomilch aus der Schulcafeteria zu trinken. Das tat ich auch vor jedem Training. Es half mir dabei, mit dem Schultag abzuschließen. Sobald der Tetrapak in den Mülleimer neben der Kabinentür segelte, wusste ich, dass es Zeit war zu spielen.

Ich spülte die Schokomilch mit einem Schluck Wasser herunter und versuchte, mich zu konzentrieren. Wenn ich die Augen schloss und ausatmete, konnte ich die Sache mit Austin beinahe vergessen. *Denk an Fußball, denk an Fußball*, sagte ich mir vor. *Denk daran, Littleton den Arsch aufzureißen. Denk daran, im Sturm zu spielen.*

Denk daran, den Ball zu schießen. Denk an das »Wusch«. An den Jubel. An Dads Gesicht, wenn er dir zunickt und du zurück zur Mittellinie joggst. Fühl die verschwitzten High fives. Denk an Fußball, Nick.

Coach Dad donnerte zu seiner Kabinenansprache herein. Mein emotionaler Aufruhr hatte sich gelegt – die Ruhe vor dem Sturm. Ich hatte es sogar geschafft, statt an den Zimtduft von Elizas Shampoo, der mir seit Stunden durch den Kopf ging, an den muffigen Geruch von feuchtem Gras und Erde zu denken.

Ich war bereit.

Und wir würden gewinnen.

»Gentlemen«, begann Coach Dad. Sogar die paar Typen aus dem Crosslauf-Team, die immer noch in der Kabine herumhingen, drehten sich um, um ihm zuzuhören.

»Letztes Jahr haben wir Littleton zwei zu eins geschlagen«, fuhr er fort. »Es wäre ein Unentschieden geworden, hätte O'Connor nicht in letzter Minute einen Elfmeter versenkt.« Es wurde geklatscht. »Dieses Jahr will ich Tore sehen, und zwar bald.«

Wer will das nicht? Ich wollte Austin zuzwinkern. Heute konnte ich das aber nicht riskieren.

»Maguire«, dröhnte mein Dad. »Du spielst heute in der Defensive. Rechte Seite.« Er zählte noch ein paar andere Positionswechsel auf. Ich bekam keinen davon mit. *Defensive? Sollte das ein Witz sein?* Ich hatte noch nie während eines Spiels in der Defensive gespielt – nicht ein einziges Mal in den dreizehn Jahren, die ich jetzt Fußball spielte. Im Training, klar. Aber niemals in einem Spiel. Ich schoss Tore. Carter, Austin und ich liefen immer als Stürmer aufs Feld. Jedes. Einzelne. Spiel.

»Sorry«, unterbrach ich ihn. »Hast du gerade gesagt, ich spiele in der Defensive?«

»Verdammt richtig.« Mein Dad hielt es anscheinend nicht für nötig, weiter darauf einzugehen, dass er eine halbe Stunde vor dem Spiel meine Position geändert hatte. *Unglaublich.* Ich biss die Zähne aufeinander. Carter runzelte die Stirn. Jeder dachte es, aber keiner sprach es aus: Wenn ich in der Defensive statt in der Offensive spielte, würden wir verlieren.

Zehn Minuten später wärmten wir uns auf dem Platz auf. Carter und Austin übten ihre Schusstechnik, und ich war versucht mitzumachen. Stattdessen stand ich mit Kevin Light und Paul Jones, zwei der anderen Verteidiger, bei der Bank und tat, als würde es mir nichts ausmachen, neben ihnen zu spielen.

Die Schule hatte für die Eltern eine glänzende Tribüne gebaut, von der aus sie sich das Spiel ansehen konnten, aber kaum jemand benutzte sie. Stattdessen drängten sich die Zuschauer an den Seitenlinien rund um das Spielfeld. Offensichtlich gingen sie davon aus, dass der Ball das Spielfeld niemals verlassen würde.

Zwischen ungefähr vierzig meiner Mitschüler bemerkte ich meine Mom, die in ein Gespräch mit Ms O'Connor vertieft war. Der Zuschauerandrang war nicht schlecht, bedachte man, dass es weder ein überregionales noch ein Ligaspiel war. Eliza stand bei Hannah und ein paar anderen Mädchen aus ihrem Jahrgang, die Brüder oder Freunde in unserem Team hatten. Alle trugen unsere Schulfarben: Braun und Gold. Eliza sah gut darin aus.

Eulen vor!

Austins Nachrichten kamen mir wieder in den Sinn.

Ich hockte mich ins feuchte Gras und schnürte meine Fußballschuhe. Das war Teil meines Rituals – ich band sie erst, wenn das Spiel begann. Ich warf mein Sweatshirt neben meine Wasserflasche und joggte auf meine neue Position auf der rechten Seite des Strafraums. Kevin Light, der am Nächsten bei mir spielte, gab mir einen Fistbump. Zeit loszulegen.

Carter erledigte zusammen mit Ben Johnson, dem Kapitän von Littleton-West, den zeremoniellen Münzwurf, um zu bestimmen, welches Team zu Beginn den Ball hatte. Ben stand in dem Ruf, ein unfairer Spieler zu sein; natürlich nicht offiziell, da er bisher nie erwischt worden war. Einmal hatte er Carter so heftig gerammt, dass der den Rest des Spiels auf der Bank hatte verbringen müssen, weil seine Nase nicht mehr aufgehört hatte zu bluten. Und der Schiedsrichter, der direkt in ihre Richtung gesehen hatte, als es passiert war, hatte aus irgendeinem Grund nichts davon bemerkt.

Ja, genau.

Nach einem kurzen Blick auf den heutigen Schiedsrichter sank meine Laune. Wie wahrscheinlich war es denn bitte, dass das derselbe Typ war? Er war immer noch haarig, klein und trug ein ausgebleichtes schwarzweißes Trikot, das man ihm schon vor Jahren hätte abnehmen sollen.

Wundervoll.

Ich sprang auf der Stelle, um locker zu bleiben. Ich wusste, wie Ben agierte. Jeff Karvotsky, der neue Mittelstürmer, hatte keine Ahnung davon.

»Maguire«, rief mein Dad. »Du kümmerst dich um die Eckbälle.«

Übersetzung: *Du bist Verteidiger und du wirst spielen, als würde dein Leben davon abhängen.*

Das war der Moment, als ich sie sah. Sie trugen Windjacken in den Clarkebridge-Farben – blau und weiß. Ihre Klemmbretter hingen locker an ihren Seiten, und sie kauten beide Kaugummi, wie sie es auch während des Probetrainings getan hatten. Sie waren keine Trainer, sondern Scouts. Wir hatten das Probetraining absolviert. Jetzt war es an den Scouts, sorgfältig zu prüfen, ob wir den Platz in ihrem Team auch wirklich verdienten. Die Team-Scouts reisten herum und bestätigten die Vergabe von Stipendien.

Sie standen so nah an der Mittellinie, dass es auch sein konnte, dass sie Spieler aus der anderen Mannschaft beobachteten.

Ich ballte die Hände zu Fäusten. Heute war der Tag, an dem es sich entscheiden würde, ob ich ein Stipendium bekam oder nicht, und ich spielte in der Defensive.

Will Dad mir eins auswischen?

Wenn sich andere Spieler über die Position, auf der sie spielen mussten, beschwerten, war ich normalerweise derjenige, der ihnen sagte, sie sollten sich zusammenreißen und aufhören zu jammern, da es nun mal nichts gab, was sie dagegen tun konnten. Jetzt war es an der Zeit, mir das selbst zu sagen. *Konzentrier dich auf den Ball, Maguire. Du wirst heute der beste Verteidiger auf dem Platz sein. Keine Ausreden.*

»Wie geht's der Nase?«, fragte Ben Carter.

Selbst von der Strafraumlinie aus konnte ich das Grinsen auf dem Gesicht dieses kleinen Kotzbrockens erkennen. »Wie geht's deiner?«, erwiderte Carter. »Muss alles furchtbar stinken, wenn man bedenkt, in wie viele Ärsche du sie heute schon gesteckt hast.«

Gut so, Junge! Dann war der Ball im Spiel. Carter kickte ihn sofort zu Jeff Karvotsky. Jeff dribbelte ein paar Meter und gab dann an Austin ab, bevor Ben ihm den Ball abnehmen konnte. Der Pass war nicht gut genug. Ben ging dazwischen und – ratet mal! Das runde Stück Leder kam in meine Richtung.

Ben stürmte das Spielfeld entlang, während mein Team hinter ihm herrannte. Er sah während des Dribbelns auf und grinste mich spöttisch an. Ich stand auf der rechten Seite und wartete auf ihn. Ich wusste, dass er mich erkannt hatte, denn er gab den Ball an einen Spieler hinter sich ab. Ihm war klar, dass ich, weil ich der hinterste Verteidiger war, bleiben musste, wo ich war, und darauf zu achten hatte, dass der Ball nicht in meinen Bereich vordrang, da ich sonst einen gegnerischen Torschuss riskiert hätte.

Beeindruckend.

Als Bens Team ihn eingeholt und ihm den Ball zurückgepasst hatte, schaffte er es bis direkt vors Tor, bis wir genug Druck auf ihn ausüben könnten, dass er den Ball dem heftig schnaufenden Jungen neben sich abgeben musste.

Tolle Teamarbeit, Ben.

Coach Dad hätte jeden von uns auf die Bank geschickt, wenn er solange nicht abgespielt hätte wie Ben. Kevin und Paul fielen über Ben und sein Team her wie die Fliegen über ein Picknick und ich ließ mich hinter sie zurückfallen. Der keuchende Junge von L-W täuschte einen Pass zu Ben an und wagte stattdessen einen ungeschickten Schuss aufs Tor. Unser Torwart, Mike Dawson, fing den Ball ab und warf ihn mir zu. Mike wurde von den L-W-Jungs ziemlich belagert. Sein

Wurf geriet ein bisschen kurz. Ben bemühte sich, den Ball mit dem Knie zu erwischen.

»Oh, hey, Maguire«, höhnte er. Er versuchte, mich mit ein paar fancy Tricks vom Ball fernzuhalten. »Ich hätte dich hier hinten beinahe nicht erkannt.«

So sicher wie im Schlaf nahm ich ihm den Ball ab und kickte ihn über das ganze Spielfeld zu Austin, der den Pass locker annahm und den Ball wieder zu Carter zurückspielte.

»Und jetzt?«, erwiderte ich.

Ben zeigte mir den Mittelfinger und joggte zurück zur Mittellinie.

»Idiot«, murmelte er.

Ich blieb beim Tor. Carter brachte den Ball über das Spielfeld. Seine Fußarbeit war technisch makellos, und mir fiel auf, dass Austin ihm den Ball bei jeder Gelegenheit zuspielte.

Konzentrier dich auf die Verteidigung. Hier geht's nicht um Carter. Nur dass es das womöglich doch tat.

Carter sprintete aufs Tor zu und schoss. Der Ball segelte an den Fingerspitzen des Torwarts vorbei direkt ins Netz. Carter sprang hoch und krachte gegen Austin. Sie schlugen sich gegenseitig auf den Hintern. Die Menge brach in Jubel aus. Nach zehn Minuten Spielzeit ein Tor gegen L-W zu schießen, war eine große Sache.

Die Scouts nickten sich zu und kritzelten etwas auf ihre Klemmbretter. Das Blut gefror mir in den Adern. Sie waren nicht wegen mir hier. Sie waren nicht mal wegen Ben hier. Sie waren wegen Carter hier. Carter, der ein Stipendium überhaupt nicht nötig hatte.

Als Carter zu mir kam und die Hand hochhielt, hätte ich beinahe nicht eingeschlagen. »Bist du okay?«, fragte er.

»Jep. Saubere Arbeit, Mann.« Meine Wangen schmerzten, weil ich die Zähne so fest aufeinanderbiss.

Carter grinste, und wir joggten zurück auf unsere Positionen. Es war unmöglich, auf ihn sauer zu sein. Carter O'Connor war mein bester Freund, und er hatte nichts falsch gemacht. Was man von mir nicht behaupten konnte. Ich konnte nicht einmal *Fick dich, Carter* denken, ohne Schuldgefühle zu bekommen.

Meine Nackenhaare sträubten sich – jemand beobachtete mich. Ich drehte mich um und erwischte die Clarkebridge-Scouts dabei, wie sie mich anstarrten. *Denk an Fußball, denk an Fußball.*

Selbst wenn sie wegen Carter hier waren, würde ich ihnen eine spannende Show bieten. Das musste ich tun. In den nächsten dreißig Minuten schoss L-W zwei Tore, und zur Halbzeit stand es zwei zu eins für Littleton-West. Ich hatte drei Ballkontakte gehabt, bei jedem davon hatte ich Ben den Ball erfolgreich abgenommen. Mehr hatte ich nicht tun können.

Der Schiedsrichter pfiff zur Halbzeitpause. Ich war kaum ins Schwitzen geraten, und als ich zu den anderen joggte, fühlte ich mich ausgeruhter als jemals zuvor. Nachdem jeder ein paar Schlucke Wasser (riesige, in Carters Fall) genommen hatte, rief mein Dad uns zu sich.

»Das war bisher nicht schlecht, Nerds«, sagte er. »Das frühe Tor war gut, aber jetzt brauchen wir zwei weitere. Und ihr dürft sie auf keinen Fall, unter gar keinen Umständen, noch mal treffen lassen. Maguire! Karvotsky! Ihr tauscht Positionen. Maguire, du bist wieder in der Offensive, Karvotsky, du bist mein neuer rechter Innenverteidiger.«

Meine Schulter tat weh, als Carter mir hart dagegen schlug.

O danke, Gott.

Kurz darauf stand ich auf der Mittellinie zwischen Carter und Austin, so, wie es sein sollte. Ben wartete mir gegenüber.

»Sieh an, wer zurück im Spiel ist«, sagte er. »Was ist passiert, Maguire? Dachten sie, ihr könntet gewinnen, wenn du eine andere Position bekommst?« Sein Lachen hallte über das Spielfeld. »Ja, das wird sicher funktionieren.«

»Das haben sie über das Kondom deines Dads auch gesagt«, meinte ich. »Schätze, deine Geburtsurkunde war der Entschuldigungsbrief.«

»Nick, das war wunderschön«, sagte Austin.

»Wichser«, sagte Ben.

»Das sind aber harte Worte«, mischte sich Carter ein. »Nennt deine Mom dich so?«

Der Schiedsrichter pfiff. Carter schoss den Ball zu Austin, und ich stürmte voran, wodurch ich völlig freistand, als er ihn zu mir passte. Ben schloss heftig atmend zu mir auf, aber ich tänzelte um ihn herum und passte zurück zu Austin. Ben ließ mich nicht in Ruhe; er blieb immer direkt hinter mir und deckte mich pausenlos. Ich schaute zum Schiedsrichter, um sicherzugehen, dass er nicht hersah (obwohl er uns, um ehrlich zu sein, etwas schuldete), und rammte Ben dann meinen Ellbogen in die Rippen, hart genug, dass er sich bewegte, aber nicht hart genug, um ihn zu verletzen. Er rückte mir von der Pelle, aber nur ein bisschen.

Meine Lunge dankte mir dafür, dass ich sie endlich benutzte, als ich zum Tor sprintete, wo Carter mir den Ball zuspielte. Nachdem ich rechts angetäuscht hatte, dann links, dann wieder rechts, spielte ich den Ball zurück zu Carter. Carter schoss aufs Tor. Der Ball prallte gegen das Tor, genau dort, wo der Torwart auf ihn gewartet hatte, und sprang zurück. Das war genau das, was Carter vorgehabt hatte. Mit einem Knall, der laut genug war, dass unser eigener Torwart ihn gehört haben musste, traf mich der Ball auf die Brust, nur Sekunden, nachdem ich hochgesprungen war. Ich fing ihn mit dem Knie ab, schoss und hörte die beiden schönsten Geräusche der ganzen Welt: das Zischen, als der Ball im Netz landete, und das Jubeln der Menge hinter mir.

Carter und ich hatten dieses Manöver ungefähr zehn Millionen Mal geübt.

Ich warf die Arme in die Luft, als hätte ich gerade die Ziellinie bei einem Marathon überquert.

»So wird das gemacht!«, brüllte Austin, und schlang die Arme um mich, als wäre zwischen uns vielleicht wieder alles in Ordnung. »Yeah, Mann. Sauber.«

Die Scouts notierten etwas auf ihren Klemmbrettern. Mein Dad nickte mir anerkennend zu, wie er es immer tat, wenn ich ein Tor geschossen hatte. Eliza lächelte. Es fühlte sich an, als hielte ich das Universum in meiner Hand.

Wir drei gingen zurück zur Mittellinie und tauschten uns dabei leise über verschiedene Spielstrategien aus. Der Schiedsrichter beantwortete einem der Scouts eine Frage, und Coach Dad wechselte zwei der Mittelfeldspieler aus. Ben Johnson hatte alle Zeit der Welt, um uns auf die Nerven zu gehen.

»Das sah ja fast aus, als wolltest du mit deinem Torjubel vor irgendjemandem angeben, Maguire«, sagte er. Er scannte die Menge. »Welches davon ist dein Mädchen?«

»Jetzt machst du dich lächerlich«, sagte Carter, als wäre es unmöglich, dass ich eine *Fast-sozusagen-beinahe-vielleicht-hoffentlich*-Freundin unter den Zuschauern hatte.

»Halt die Klappe, Johnson«, sagte Austin. »Du brauchst nicht eifersüchtig sein, nur weil Nick im Gegensatz zu dir ein Mädchen kriegen kann, Kumpel.«

Carter lachte.

So sehr ich Austin auch dafür dankbar war, dass er versuchte, mir zu helfen, dieser Kommentar machte alles nur noch viel schlimmer.

»Also gibt es ein Mädchen.« Ben sah zu Hannah, Eliza und ihren Freundinnen hinüber, die uns zuwinkten. »Ist es die kleine Miss Cheerleader?« Damit meinte er Hannah, die gold-braune Cheerleader-Pompoms schwenkte. »Die sieht nach Spaß aus.« Seine Augen klebten an meinem Gesicht, das jede Farbe verloren hatte. »Wenn ich raten müsste, würde ich sagen, es ist Blondie.« Carter verzog das Gesicht. Anscheinend war es schlimmer, über Eliza schlecht zu reden, als über Hannah schlecht zu reden. »Ich weiß nicht, Maguire, aber die sieht aus, als wäre sie echt willig ...«

Jeder Muskel in meinem Körper spannte sich an. Ich konnte nichts dagegen tun. Es war ein Reflex. Und es reichte aus, damit Ben verstand, dass er ins Schwarze getroffen hatte.

»Gut gemacht, Maguire. Tolle Beine. Ich wette, sie ist viel beweglicher als die kleine Miss Cheerleader. Allerdings«, er machte eine Pause, »sieht sie aus, als würde sie jeden ranla...«

Ich ließ ihn den Satz nicht beenden.

Genau in dem Moment, als mein Dad, der Schiedsrichter, die beiden Scouts, meine Mom, Carter und Eliza in meine Richtung blickten, schlug ich Ben mitten ins Gesicht. Er taumelte zurück, hielt seinen Kiefer, und Carter stürzte sich auf ihn und drückte sein Gesicht in den Dreck.

Irgendetwas – irgendjemand – hielt mich zurück, bevor ich daraus zwei gegen einen machen konnte.

»Bro, er ist es nicht wert«, sagte Austin. »Nicht.« Austin wog circa zehn Kilo mehr als ich, und ich hatte keine Chance, mich aus seinem Griff zu befreien. Dann spürte ich einen anderen Griff am Oberarm, als Coach Dad Carter und mich zur Seitenlinie zerrte.

»Hinsetzen.« Er deutete auf die Metallbank.

Ben lag wimmernd auf dem Rasen, Blut quoll ihm aus dem Gesicht. Unsere treuen Fans an der Seitenlinie starrten voller Entsetzen auf die Szene. Die Scouts standen beim Schiedsrichter und erwarteten sein Verdikt. Ich konnte den Ausdruck auf Elizas Gesicht nicht ertragen.

Mein Dad, der Mitte siebzigjährige Coach-Opa von L-W und der Schiedsrichter steckten an der anderen Seitenlinie die Köpfe zusammen. Der Schiedsrichter hob seine Hände, als würde er gerade verhaftet werden, und L-Ws Coach rastete aus. Sein Gesicht lief leuchtend rot an, und er keuchte geradezu, während er den Schiedsrichter stammelnd anschrie.

»In m…meinen vierzig Ja…jahren als Trainer, i…ist mir das …«

Den Rest bekamen wir nicht mehr mit, weil mein Dad zu uns zurückmarschiert kam. »Ihr habt Glück«, sagte er. »Der Schiedsrichter hat es nicht gesehen.«

Was?! Wie kann er das nicht *gesehen haben? Er hat direkt in unsere Richtung geschaut!*

Der Schiedsrichter war gut damit beschäftigt, sich gegen die Beschimpfungen des Coachs von L-W zu wehren, der ihm mit einem Anwalt drohte, und plötzlich hatte ich einen komischen Verdacht. Vielleicht, aber nur vielleicht, hatte er Schuldgefühle wegen des einen Mals, als Ben Carter ins Gesicht geschlagen hatte und er es ihm hatte durchgehen lassen.

»Er hat es nicht gesehen«, sagte mein Dad in warnendem Tonfall. »Die Scouts aber sicher. Ich werde versuchen, etwas von dem Schaden, den ihr Idioten angerichtet habt, wiedergutzumachen, und ihr solltet besser beten, dass es funktioniert. Sollte ich von euch noch einmal so etwas zu sehen bekommen, fliegt ihr schneller aus dem Team, als ihr ›Vergeltung‹ sagen könnt.«

Der Schiedsrichter pfiff. Austin und zwei jüngere Spieler nahmen Ben den Ball ab, nur damit Austin darüber stolpern und ihn wieder verlieren konnte.

Die verwirrte Menge, die sich wohl damit abgefunden hatte, dass sie einfach nicht verstand, was passiert war, fing wieder an, unsere Mannschaft anzufeuern. Meine Knie wurden weich, wenn ich daran dachte, dass ich den Vorfall später erklären musste.

»Ben Johnson ist so ein gottverdammtes Opfer.« Carter spuckte auf den Rasen.

»Ein echter Loser«, sagte ich.

»Danke, Mags. Es ist schön zu wissen, dass meine Schwester jemand anderem genauso wichtig ist wie mir.«

»Kein Problem. Ich kenne sie ja genauso lange wie dich.«

Carter nickte in Richtung der Scouts. »Wusstest du, dass sie heute kommen würden?«

»Ne. Mir sagt ja nie jemand was.«

Carter stützte sich auf seine Arme und dehnte sich, damit seine Muskeln für den Fall, dass wir jemals wieder eingewechselt wurden, locker blieben. »Deswegen hat dein Dad dich wahrscheinlich in die Defensive gesteckt, weißt du.«

»Was?«

»Er hatte von Anfang an vor, dich zur Halbzeit wieder zurück in die Offensive zu holen. So konnten die Scouts dich als Teamplayer sehen, und wir haben plötzlich nicht mehr abgelost.«

»Wir haben nicht abgelost«, sagte ich. »Du hast ein Tor geschossen, Bro.«

»Trotzdem. Du weißt, dass ich recht habe.«

Gänsehaut bildete sich auf meinen Armen, als mich Schuldgefühle überkamen. Während ich in der Defensive gespielt hatte, war es mir die ganze Zeit nur darum gegangen, vor den Scouts gut dazustehen. Ich war überhaupt kein Teamplayer gewesen – zumindest nicht so, wie ich es hätte sein sollen.

Vor allem nicht Carter gegenüber.

Coach Dad holte uns für das nervenzerreißende Finale zurück ins Spiel – anscheinend wollten die Scouts noch mehr von uns sehen. Ich schoss dank einer Vorlage von Carter und Austin noch ein Tor, und wir gewannen drei zu zwei. Die Scouts schüttelten mir nach dem Spiel sogar die Hand und sagten, wir würden in Kontakt bleiben.

»Gut gemacht, Nicky«, sagte mein Dad, als die Scouts zusammenpackten. »Das war ein verdammt gutes Spiel. So gut habe ich dich noch nie spielen sehen.«

»Danke, Dad.«

»Ich bin stolz auf dich.« Er tätschelte mir den Rücken, dann ging er davon, um sich von den Eltern der anderen gratulieren zu lassen.

Mein Dad ... hatte gerade über seine Gefühle gesprochen.

Carter und Austin hingen mit einer Gruppe Mädchen bei der unbenutzten Tribüne herum. Wo sonst sollten sie auch sein?

»Nick! Du warst großartig!« Hannah drückte mich an sich.

»An deiner rechten Flanke musst du noch ein bisschen arbeiten«, sagte Eliza. Ihr blondes Haar strich mir über die Wange, als sie mich ebenfalls drückte. Sie lachte lautlos an meiner Brust, und ich schmolz dahin.

»Siegesparty bei mir zu Hause!«, rief Jeff Karvotsky.

Nachdem Freitagabend war, hatten wir irgendeine Art von Party erwartet, besonders im Falle eines Sieges.

»Warum nicht?«, sagte Carter. »Wir haben viel zu feiern. Kommt ihr Ladys auch?« Er wandte sich an Hannah und Eliza. Vor allem an Hannah.

»Ich muss mal meinen Terminkalender checken ...«, meinte Hannah. Carter bettelte sie daraufhin geradezu an.

»Hast du immer noch Hausarrest, Superstar?«, fragte Eliza.

»Nachdem wir L-W so was von fertiggemacht haben? Das bezweifle ich.« Ich würde noch mal mit meiner Mom sprechen müssen, aber ich ging stark davon aus, dass mein Dad mir nach diesem Spiel einen Gefallen tun würde.

Auf dem Weg zurück zur Kabine hörte ich Austins Schritte hinter mir. »Komm vor der Party bei mir vorbei, Nick«, sagte er. »Vergiss es nicht.«

Ich trat vor mir in die Luft, als würde ich einen imaginären Fußball kicken. *Als könnte ich das vergessen.*

Regel Nummer 18

Ein Bro spricht niemals über die Li…, außer seine Freundin tut es. Er denkt nicht mal daran.

Ich war nicht abergläubisch. Überhaupt nicht. Wenn Leute Freitag, den 13. erwähnten, dachte ich an diesen lausigen Spielfilm, in dem die Blondine zuerst starb. Das lag vermutlich daran, dass mein Dad damit angefangen hatte, mir Horrorfilme zu zeigen, als ich fünf war, und er hatte mich jedes Mal auf das Kunstblut und die klischeehafte Handlung hingewiesen. Doch als ich ins Auto stieg, um zu Austin zu fahren, fing es an zu schütten, obwohl der Himmel den ganzen Nachmittag über wolkenlos gewesen war und die Sonne geschienen hatte.

Es war schwer, das nicht als Omen zu sehen.

Ich stand um 20:15 Uhr vor Austins Haustür. Ich kam grundsätzlich nicht pünktlich zu Austin. Er ging im Vergleich zu normalen menschlichen Wesen fünfzehn Minuten nach, was hieß, dass mein 20:15 Uhr sein 20 Uhr war.

Das hatten wir in der achten Klasse herausgefunden, als Überraschungspartys zum Geburtstag noch in gewesen waren. Es war am 10. Juni, meinem vierzehnten Geburtstag, gewesen. Carter und Austin hatten unsere Freunde versammelt, um mich zu überraschen. Sie hatten jedem gesagt, er solle um 18:30 Uhr bei Carter sein, und mich hatten sie für 18:45 Uhr hinbestellt. Ich war zur gleichen Zeit angekommen wie Austin, der ein ganzes Netz voll bunter Ballons und ein in Zeitungspapier gewickeltes Geschenk dabeigehabt hatte. Ich war nicht besonders überrascht gewesen, als ich Carters Esszimmer betreten hatte und alle aus ihren Verstecken gesprungen waren.

Ich klingelte an der Tür, und Austin machte ungefähr vierzig Sekunden später auf, also circa so lange, wie es dauerte, ein *Call of Duty*-Spiel zu sichern. Nach einem knappen »Was geht, Mann?« führte er mich in den Keller, auch bekannt als seine Man Cave. Austins Zuhause war größer als meines, aber immer noch nur halb so groß wie Carters. Sein Keller war allerdings viel besser als meiner, denn er hatte tatsächlich einen. Er hatte einen Fernseher, der so groß war wie ein aufgeplusterter Golden Retriever, einen Kicker und einen Pokertisch, um den Stühle herumstanden. Es war nicht Carters Promi-Kinokeller, aber es war ein ziemlich guter Ort, um zu chillen.

Austin warf mir ein Root Beer aus einem Minikühlschrank zu, und wir setzten uns an seinen leeren Kartentisch, als würden wir irgendein Geheimtreffen abhalten. Obwohl sein hell erleuchteter Keller nicht gerade an einen Drogendealer-Gangsterboss-Unterschlupf erinnerte, war es trotzdem kein schlechter Ort, um eine Leiche verschwinden zu lassen.

»Ich nehme mal an, Carter weiß nichts davon?« Austin sprach als Erster. »Um das Offensichtliche gleich zu Beginn aus dem Weg zu räumen.«

Es wäre mir nicht in den Sinn gekommen, ihn anzulügen. Das Geheimnis war keines mehr.

»Meine Nase ist nicht gebrochen, also nein.«

»Zu schade, die Schönheits-OP hätte dir gutgetan.« Austin nahm einen großen Schluck von seinem Root Beer, gefolgt von einem noch größeren Rülpser.

»Wie lange geht das mit euch zwei Süßen schon so?«

»Einen Monat, ungefähr.«

»Verdammt, Maguire. Du lügst deinem Bro einen Monat lang ins Gesicht? Eiskalt.«

»Nur raus damit«, sagte ich. »Halt dich nicht zurück. Das wird nicht halb so schlimm, als wenn Carter es herausfindet.«

»Wer weiß noch davon?«

»Madison«, sagte ich zögernd.

»Madison?« Austin klatschte. »Du musst ein echt schmutziges Geheimnis von ihr kennen, dass sie nicht herumgeht und es jedem erzählt.«

Du meinst, dass sie in Carter verliebt ist? Echt jetzt, Nick. Du versaust es dir gerade mit allen deinen Freunden.

Ich musste es ihm sagen.

»Sie wollte, dass ich ihr dabei helfe, bei Carter zu landen.«

»Niemals! Ich dachte, ich wäre ihre zweite Wahl nach dir.«

»Anscheinend war sie hauptsächlich deswegen mit mir zusammen, weil sie an Carter herankommen wollte.«

Austin grinste, wobei seine Augen durch seine dicken Brillengläser leuchteten. »Und jetzt werde ich benutzt. Das lasse ich mir gern gefallen. Dieses Mädchen ...«

Hätte ich ihn nicht besser gekannt, hätte ich vermutete, dass Austin gerade dabei war, Gefühle für Madison zu entwickeln. Er räusperte sich.

In der Stunde zwischen dem Fußballspiel und der Fahrt zu Austin hatte ich mich mental auf dieses Treffen vorbereitet. Ich rechnete mit zwei möglichen Ausgängen:

Worst-Case-Szenario:
Austin hasst mich.
Austin erzählt Carter von meiner Beziehung mit Eliza.
Carter hasst mich.

Best-Case-Szenario:
Austin und ich sind immer noch Bros.
Austin erzählt Carter von meiner Beziehung mit Eliza.
Carter und ich sind immer noch Bros.

Es wäre mir nie auch nur in den Sinn gekommen, dass Austin Carter nicht von mir und Eliza erzählen könnte. Austin war jedem von uns beiden ein Bro, aber diese Sache war einfach zu groß, um sie geheim zu halten, da Carter es ausdrücklich verboten hatte.

»Du weißt, dass ich es ihm sagen muss, oder?«

Und da war es.

Der Stuhl quietschte, als ich mich so weit zurücklehnte, dass die vorderen Beine in einem perfekten 110-Grad-Winkel vom Boden abhoben. Ich zeigte Austin, wie man das machte. Wie ein Boss.

»Kann ich es ihm sagen?«, fragte ich. »Ich denke, es wäre besser, wenn er es von mir erfahren würde.«

»Das ist eine Untertreibung«, sagte er. »Es ist so ziemlich die einzige Möglichkeit, wie ihr beide vielleicht doch noch Freunde bleiben könntet.«

»Was ich nicht verstehe«, meinte ich, »ist, warum er so eine große Sache daraus macht. Du warst doch auch mit ihr zusammen. Warum ist das bei jedem anderen ein Problem für ihn?«

Er nahm seine dunkle Yankees-Cap ab und warf sie auf den Tisch, wodurch sein dickes schwarzes Haar zum Vorschein kam. Außer dem Geräusch, mit dem die Cap auf den Tisch traf, war im ganzen Haus nur noch das Summen des Minikühlschranks zu hören. Das war nicht ungewöhnlich. Austins Eltern waren wahrscheinlich dort, wo auch mein Dad war: bei Robert Maxins Dad, um sich Sport im Fernsehen anzusehen.

»Es war auch bei mir ein Problem. Carter war deswegen echt sauer. Eliza wollte mit mir ausgehen, und es gab nichts, was er tun konnte, um ihre Meinung zu ändern, und dann hat er sich daran gewöhnt. Er und ich waren nicht wirklich eng befreundet, als ich mit ihr zusammen war. Ich glaube, das war einer der Gründe, weshalb wir uns schließlich getrennt haben. Na ja, das und die Tatsache, dass wir uns beide in andere Leute verliebt haben, außerdem habe ich gemerkt, dass eine feste Beziehung nichts für mich ist. Aber die Sache ist, dass du dich zwischen Carter und Eliza wirst entscheiden müssen, Nick. Als ich mit ihr zusammen war, hat er mich ganz anders angesehen. Solange, bis Schluss war, und jetzt sind wir wieder beste Freunde – vorher war es, als hätte ich für ihn gar nicht wirklich existiert. Es ist nicht unvermeidlich, aber doch ziemlich wahrscheinlich, dass du Carter für lange Zeit verlieren wirst, wenn du mit Eliza zusammen bist. Vor allem, da du es hinter seinem Rücken getan hast.«

»Carter verhält sich aber immer noch so komisch wegen der Sache mit dir und ihr. Er will nicht einmal wahrhaben, dass ihr zusammen wart.«

Austin spielte nervös mit seinen Fingern auf dem Tisch herum. »Es gibt einen Grund, warum Carter es am liebsten vergessen würde. Aber das willst du nicht hören, Bro.«

Das Root Beer machte meine Lippen ganz kalt, und ich drückte die Dose an mein Kinn, als könnte sie wie ein Puffer zwischen uns wirken. Als könnte sie mich vor diesem Gespräch bewahren.

»Jetzt *musst* du es mir erzählen.«

»Ja.«

Es wurde ganz still im Raum, so wie manchmal, wenn man wusste, dass gleich etwas Schlimmes geschehen würde, noch bevor es geschah. Ich wollte es trotzdem wissen.

»Ich«, setzte Austin an. »Boah, das ist hart.«

»Kann nicht so schlimm sein wie damals, als Jenny Martin Müll über mein Auto gekippt hat, nachdem wir ihr Grillen in den Spind getan haben, und du es mir sagen musstest.«

»Schlimmer«, sagte er. »Ich bin zu weit gegangen mit Eliza. Und zwar nicht auf die gute Art.«

»Zu weit, im Sinne von ...« Das Blut rauschte mir so laut in den Ohren, dass es das Summen des Kühlschranks übertönte. Ich musste mich konzentrieren, um Austin zu hören.

»Nein. Nicht so weit.«

»Aber du warst in ihrem Höschen?«

»Ja.«

Worte bildeten einen Klumpen in meinem Hals und weigerten sich herauszukommen. Das klang langsam vertraut.

»Erinnerst du dich an die Party, die die beiden vor zwei Jahren gegeben haben? Die, bei der die Cops auftauchten, weshalb Ms O'Connor lauter Gefallen einfordern musste, damit Carter keinen Ärger bekam?«

Ich nickte.

»Da ist es passiert. Jamal hatte Tequila mitgebracht. Eliza hat nur einen Shot getrunken, also dachte ich, sie ist okay, aber plötzlich war sie es nicht mehr. Sie muss vorher schon was getrunken haben.«

Der Deckenventilator schien zu pulsieren, als mir schwindlig wurde.

Ich nickte.

»Genau«, sagte Austin. »Jamal hat diese blöde Geschichte erzählt, über das eine Mal im Band Camp, du weißt schon, über …« Er machte eine obszöne Geste. »Dann habe ich im Spaß gemeint, ich bin untenrum auch ein bisschen trocken – wir hatten bisher nichts in der Art gemacht –, und irgendjemand hat vorgeschlagen, dass sie etwas dagegen unternehmen könnte, und wir sind hoch in ihr Zimmer.«

»Das war vor zwei Jahren? Da ist sie gerade erst auf die Highschool gekommen.«

»Ich weiß.«

»Gott.«

»Carter hat uns gefunden. Eliza war in Tränen aufgelöst, weil sie etwas getan hatte, was sie nicht wirklich hatte tun wollen. Bis heute weiß ich nicht, warum ich nicht aufgehört habe. Carter schwört, dass sie sich nicht daran erinnert, aber wir sind nie drüber weggekommen.«

Oh, sie erinnert sich sehr gut daran.

»Und Carter hat dich nicht umgebracht?«

Austin schüttelte den Kopf. »Nein. Das war die Nacht mit Sarah Rosen.«

»Was heißt?«

»Was heißt«, sagte Austin, »dass er sich um sein eigenes weinendes Mädchen kümmern musste.«

»Oh, verdammt!« *Carter muss genau dasselbe getan haben.*

Bei jedem Atemzug kämpfte ich gegen Übelkeit und Schwindel an. Meine Hände und Füße waren heiß, als würde ein unsichtbares Feuer in meinen Extremitäten brennen.

»Wo war ich währenddessen?«, fragte ich.

»Keine Ahnung.«

Das Blut pumpte mir inzwischen so laut durch die Adern, dass es mir schwerfiel, einen klaren Gedanken zu fassen.

»Warum hat mir nie jemand davon erzählt? Wir haben so oft über Sarah gelacht, und keiner von euch hat je erwähnt, dass ...« Ich hielt inne.

Sie es nicht auch wollte.

Wir kannten beide die Antwort. *Carter.* Darüber hätte Carter nie gesprochen. Und jetzt wusste ich, warum.

»Ich kann nicht glauben, dass Carter dir das verziehen hat«, sagte ich.

»So lautet der Bro-Codex«, sagte er. »Und diese Nacht fiel darunter. Wir mussten bei dieser Sache zusammenhalten. Ganz egal, wie die Umstände waren.«

Bros before hoes.

»Das ist so abgefuckt.«

»Ich weiß«, sagte er. »Als hätte irgendein Typ eine sexistische Verfügung erlassen, weil er Angst hatte, dass er sonst ganz allein endet.«

»Blasphemie von Austin Banks? Ich hätte nie gedacht, dass ich mal jemanden so etwas über den Bro-Codex sagen höre, erst recht nicht dich.«

»Das habe ich im Grunde aus deinen Psychologie-Aufzeichnungen.«

»Was?«

»Ja, Mann. Aus deinen Notizen dazu, ob Freud okay oder einsam war. Und ob er deswegen dachte, dass es nicht normal sei, schwul zu sein, weil er womöglich selber schwul war. Alles, was er hätte tun müssen, wäre gewesen, sich selbst zu akzeptieren, und schon wäre er zu den Schwulen viel netter gewesen. Hast du das echt vergessen?«

Natürlich musste er jetzt den verdammten Freud mit ins Spiel bringen.

»Achtung, Welt!«, sagte ich. »Austin Banks hat etwas gelernt.«

Er tippte sich seitlich an die Stirn. »Alles hier drin.«

Warte. *Wenn Austin diese Schlussfolgerung über Freud gezogen hat ... und Austin quasi ununterbrochen Schwulenwitze macht, heißt das ...?*

Austin nippte an seinem Root Beer, während ich unser Gespräch verdaute. Ich pfiff leise, geschockt, und überlegte fieberhaft, ob ich ihn fragen sollte.

Ich tat es nicht. Wahrscheinlich war er nicht schwul. Es war nur etwas, was er gelernt hatte. Oder?

In North Cassidy gab es zwei Kids, die sich als bisexuell geoutet hatten, und noch mal zwei, die sich zur LGB ... Verdammt! Ja, wir hatten das 21. Jahrhundert, und ich hätte die korrekte Bezeichnung eigentlich kennen müssen. Ich würde es schon noch hinkriegen, okay? Es gab zumindest einen Grund dafür, dass ich diese Abkürzung und das alles nicht wusste: North Cassidy war zu neunzig Prozent weiß, zu acht Prozent asiatisch, und die übrigen zwei Prozent waren alles andere. Die Stadt versuchte das auszugleichen, indem sie einmal pro Jahr an der Schule einen »Diversitätstag« veranstaltete, der immer peinlich war, weil an diesem einen Tag jeder den drei schwarzen Kids an unserer Schule, von denen einer Jamal war, in den Hintern kroch. Mist, ich meinte Afroamerikaner. Das würde ich auch noch hinkriegen. Am Diversitätstag wurde die gesamte Geschichte einer Bevölkerungsgruppe in halbstündige Präsentationen über Political Correctness gepresst. Und wenn man die Präsentationen verpasste, um mit Madison Hayes auf dem Schülerparkplatz rumzumachen, dann, na ja ... Der Diversitätstag hatte bei mir offensichtlich nicht funktioniert. Dazu kam, dass ich mich selber bisher nie mit den korrekten Bezeichnungen hatte auseinandersetzen müssen, weil ich nun mal jeden Tag als nichts anderes als weiß, heterosexuell und männlich erwachte.

Genauso meine Freunde.

Genauso der Großteil meiner Mitschüler.

Bis gestern, als Eliza mich im Pool auf meine täglichen sprachlichen Verfehlungen aufmerksam gemacht hatte, hatte ich nicht gewusst, wie ernsthaft feindlich die Welt jemandem vorkommen konnte, der kein hundertprozentiger weißer Hetero-Bro war.

Oder vielleicht hatte es mich auch einfach nicht interessiert.

Zurück zu Austin.

Ich kannte Austin seit dem Kindergarten und war nie auf die Idee gekommen, dass er womöglich mit irgendetwas zu kämpfen hatte. Ich hoffte nur, dass er es nicht allzu schwer gehabt hatte. Und ich hoffte, dass das nicht meine Schuld gewesen war.

»Alter«, sagte Austin. »Ich bin nicht schwul.«

»Dachte ich mir.« Meine Wangen wurden ganz heiß. *Ups.* »Du weißt aber, dass du es mir sagen könntest, wenn du es wärst, oder?« *Yeah.* Ich hatte absolut keine Ahnung, wie ich dieses Gespräch führen sollte.

»Mein Gott, Mags.« Seine Dose knackte, als er das Metall mit dem Fingernagel eindrückte. »Für jemanden, der Dinge nicht gern mit Labeln versieht, versiehst du Dinge aber wirklich gern mit Labeln.«

»Wie auch immer«, sagte ich. Damit kam ich einer Entschuldigung am nächsten.

Austin fing an zu lachen. »Du solltest dein Gesicht sehen. Du siehst aus, als hättest du eine schwangere Kuh verschluckt.«

»Woher willst du wissen, wie das aussieht, Alter?«

Er nahm den letzten Schluck seiner Limo. »Ah, wow. Das ist echt zum Brüllen. Ich bin so froh, dass du heute vorbeigekommen bist.«

»Ja, hm, das war ziemlich viel zu verdauen«, sagte ich. *Gut gemacht, Nick. Weiter so. Sprich.* »Lass mich einfach wissen, wenn du jemals mit mir über andere Dinge sprechen willst, oder wenn du eine andere Art von Hilfe brauchst.«

Das hatte in meinem Kopf besser geklungen.

Austin grinste, und ich schloss den Mund. »Nein«, sagte er. »Mach weiter, echt. Das läuft besser, als ich es mir hatte vorstellen können.«

Mein Stuhl landete mit einem dumpfen Schlag wieder auf dem Teppichboden. »Was machen wir jetzt?«

Austins Finger krachten, als er sie dehnte. »Du hast zu mir gehalten, als ich in der siebten Klasse aus dem Fußballteam geflogen bin. Als ich in der Hackordnung ganz unten war, hast du einen Monat lang jeden Tag nach deinem eigenen Training noch mit mir trainiert und hast den Coach dazu gebracht, mir noch mal eine Chance zu geben. Als ich mit Eliza zusammen war, hast du zu mir gehalten, obwohl Carter kaum noch mit mir gesprochen hat, und gerade hast du mir nicht ins Gesicht geschlagen, als ich dir von der Party erzählt habe. Ich halte auch zu dir. Es interessiert mich nicht, mit wem du zusammen bist. Na ja, das ist gelogen.« Er lachte. »Solltest du vorhaben, noch mal was mit Madison anzufangen, könntest du hier und jetzt Ärger mit mir bekommen.«

»Ich glaube, da brauchst du dir keine Sorgen machen«, sagte ich. »Und was das Ins-Gesicht-Schlagen angeht, habe ich mich noch nicht entschieden.« *Oder Carters Gesicht. Was ist die vorgeschriebene Verhaltensweise, nachdem deine besten Freunde richtig Scheiße gebaut haben?*

»Das ist fair. Wann wirst du mit Carter sprechen?«

»Schätze morgen. Heute Nacht feiern wir. Aber ich kann es genauso gut hinter mich bringen, oder?«

»Viel Glück.«

»Danke.«

Der Tisch quietschte und wackelte, als Austin sich beim Aufstehen daraufstützte.

»Wer ist heute der Fahrer? Denn nach diesem Gespräch sind das sicher nicht du oder ich.«

»Hannah«, antwortete ich. »Wir treffen sie bei den O'Connors, und sie nimmt uns alle mit.«

Das war zumindest mein letzter Stand.

»Robert Maxins Hannah?«

»Genau.«

»Verdammt. Carter ist auch eiskalt.«

»Kein Scherz«, sagte ich. »Ich kann immer noch nicht fassen, dass ihr mir nichts von der Sache mit Sarah erzählt habt.«

»Ich kann nicht fassen, dass du mir nichts von der Sache mit Eliza erzählt hast.«

Die Stufen der Kellertreppe donnerten, als wir hinaufrannten. Austin warf die Haustür hinter uns ins Schloss, ich startete den Motor, und schon bogen wir aus der Einfahrt, Austin auf dem Beifahrersitz.

»Bist du wirklich überrascht, dass ich dir nichts gesagt habe?«, fragte ich.

»Ne. Ich versteh schon.«

Er schrieb Carter und Eliza eine Nachricht, dass wir auf dem Weg waren.

Zwanzig Minuten später standen Austin und ich in Carters Zimmer und sahen ihm dabei zu, wie er sein Shirt zum sechsmillionsten Mal wechselte. (Womit alles, was wir über ihn und Hannah vermutet hatten, bestätigt wurde.)

»Was ist mit dem?«, fragte er und zog sich ein schwarzes Longsleeve über den Kopf.

»Auch gut«, sagte Austin.

»Mir hat das letzte besser gefallen«, meinte ich.

»Echt?«

Carter hatte das Shirt schon wieder halb über dem Kopf, bevor ich sagte: »Ne. Nimm das schwarze.«

»Raus mit dir, Mags«, sagte Carter im Scherz. Das Shirt schmiegte sich schön an seine Arme. »Super. Jetzt die Schuhe.«

»Ich gehe ein bisschen Luft schnappen«, sagte ich und schlüpfte durch die Tür. Ich musste Eliza finden und ihr von meinem Gespräch mit Austin erzählen. Die Treppenstufen knarzten, als ich in den zweiten Stock joggte und mich dabei fragte, was ich zu ihr sagen sollte. Ich wollte keinen von beiden verlieren.

»Nick!« Eliza öffnete die Tür und zog mich in ihr helles, freundliches Zimmer.

»Whoa.«

Es sah aus, als hätte ein Hurrikan ihr Zimmer verwüstet, gefolgt von einer wild gewordenen Herde Elefanten und vier Taifunen. Kleidungsstücke lagen in Haufen überall auf dem Boden verteilt, als wäre sie dabei auszusortieren, und ihr Zeichenpapier war *überall*: auf den Klamotten, auf ihrem Schreibtisch und in diversen Ecken des Zimmers. Das war alles sehr Eliza-untypisch.

Sie trug Jeans und ein Tanktop, passend für eine entspannte Party. Es war offensichtlich, dass sie schon Stunden vor Carter fertig gewesen war. Sie setzte sich wieder im Schneidersitz auf ihr Bett, wo sie mit einem Klemmbrett auf dem Schoß etwas mit Ölkreiden gezeichnet hatte. Ich kletterte neben sie.

»Dekorierst du um?«

»Ich wollte ein Stillleben machen. Von meinem unordentlichen Zimmer. Mein Zimmer ist *nie* unordentlich«, erklärte sie. »Das ist sozusagen der Witz bei diesem Bild.«

»Sehr meta«, sagte ich. Das Kopfteil des Bettes fühlte sich kalt an meinem Nacken an, als ich mich dagegenlehnte. Als ich meine Beine ausstreckte, berührten sich unsere Knie beinahe.

»Meine Kunstlehrerin, Mrs Davies, möchte, dass wir alle bei so einer Ausstellung mitmachen. Ich übe meine Stillleben, damit es eher wirkt, als hätte ich mich angestrengt, und nicht, als hätte ich während des Zeichnens einen Anfall gehabt.«

Das Blatt auf ihrem Klemmbrett war fast leer. Sie hatte ihren metallenen Zeichentisch skizziert und er sah genau so aus, wie er sollte. Die Schattierungen und die Farbgebung waren perfekt. Besser als alles, was ich je zustande gebracht hätte.

»Du wirst das super machen. Du bist vermutlich nur ein Bild davon entfernt, dass man dich bittet, die Sixtinische Kapelle neu zu bemalen.«

»Du bist mein Freund, Nick. Du musst das sagen.«

»Ganz genau.« Ich strich mit der Fingerspitze über ihren Fußknöchel.

»Wie war dein Abend bisher?«, fragte sie.

»Willst du die ungeschönte Version oder die mit Zuckerguss?«

Der Kreidestift rutschte ihr aus den Fingern und zog einen violetten Strich über das Blatt.

»Was meinst du?«

Eigentlich kann ich es ihr auch gleich sagen.

»Austin hat uns im Schwimmbad gesehen.«

Der Stift fiel zu Boden und traf auf der einzigen Stelle auf, die nicht mit Klamotten bedeckt war.

»Was?«

»Er wollte schwimmen gehen und hat uns gesehen. Ich musste heute Abend bei ihm vorbeikommen, damit wir darüber sprechen konnten.«

Sie stand auf. Stapfte durch ihre verstreuten Shirts.

»Wie ist es gelaufen?«

»Er lässt es *uns* Carter sagen.«

»Oh, puh. Das ist gar nicht mal so schlimm.«

Sie hob den Stift vom Boden auf. Ich nutzte den Moment, als sie mich nicht ansah, um im Dunkeln herumzustochern.

»Er denkt, du erinnerst dich nicht an das, was vor zwei Jahren auf Carters Party passiert ist.«

Eliza hockte sich auf den unordentlichen Boden und schlug die Hände vors Gesicht.

»Oh, Gott sei Dank«, sagte sie.

»Was heißt *Gott sei Dank*?«

Das Bett gab unter mir nach, als ich aufstand. Ich hockte mich neben Eliza und zog sie an meine Brust. Sie zitterte.

»Es ist einfach so peinlich.«

Meine Beine schmerzten in dieser gebeugten Haltung, aber Eliza schmiegte sich fest an mich. Ihr Zimtduft brannte sich mir unter die Haut.

»Die Geschichte, die du mir im Schwimmbad erzählt hast ...«

»Das ist wirklich einer Freundin von mir passiert«, sagte sie. »Und mir ist es auch passiert, ja.«

Ich strich ihr übers Haar. Es war so weich. Sie kuschelte sich noch enger an mich. »Bist du okay?«

»Mhm«, sagte sie. »Was mich wirklich fertig macht, ist, dass Austin und Carter die ganze Sache unter den Teppich gekehrt haben, sodass ich es nie ansprechen konnte. Und ich habe keine Ahnung, was mit Sarah passiert ist. Mit diesen beiden Dingen konnte ich mich nie abfinden.«

»Es tut mir leid, Eliza. Ich hatte keine Ahnung.«

Sie verschränkte die Arme hinter meinem Rücken. »Carter versucht seitdem, es wiedergutzumachen. Er weigert sich, mit mir darüber zu sprechen. Oder mit Austin zu sprechen. Aber ich sehe, dass er sich Mühe gibt, und ich habe Austin verziehen. Er ist noch nicht ganz da angekommen, wo er sollte, aber er lernt dazu. Genau wie ich.«

Wow. Sie war so unglaublich stark. Ich konnte nur hoffen, dass Carter genauso viel vergeben konnte wie seine Schwester. Dass ich es konnte. »Danke, dass du mit mir darüber gesprochen hast«, sagte ich. »Ich werde versuchen, ihnen dabei zu helfen, keinen Mist mehr zu bauen, damit so was nie wieder geschieht. Du hast mir echt, ähm, die Augen geöffnet.«

»Du scheinst gar nicht so übel zu sein. Ein Jahr ohne sie und ihren Bullshit hat echt geholfen«, meinte sie lachend. »Und danke. Ich bin tougher, als ich aussehe.«

Sie spannte ihren Bizeps an.

Ich war mir nicht sicher, ob ich ihr glauben sollte, aber ich würde mir auf keinen Fall die Gelegenheit entgehen lassen, sie ein bisschen auf den Arm zu nehmen.

»Ach, echt?«, sagte ich. »Vergleichen wir jetzt die Waffen?« Ich schob meinen Ärmel zurück und spannte die Muskeln an, mein Arm neben ihrem. »Wenn du weiter brav deine grünen Bohnen isst, kommst du vielleicht irgendwann halb so weit.«

Sie strich mir über die Schulter, über den Arm, bis ihre Hand meine fand, als wären unsere Handgelenke magnetisch. »Erinnere mich noch mal, weshalb ich dich zu mir kommen lasse!«

»Weil du mich in deinem tiefsten Inneren einfach unwiderstehlich findest, Eliza.«

Ihr Atem kitzelte mich am Ohr. »Du bist noch einen Kommentar davon entfernt, dass dir deine Besuchsrechte entzogen werden.«

»Dann sollten wir wohl besser aufhören zu reden«, sagte ich.

Sie boxte mich leicht gegen die Brust, bevor sie sich wieder an mich kuschelte.

Der Regen trommelte aufs Dach. Ich genoss ihre Wärme, legte mein Gesicht an ihr Haar und fühlte mich wie ein Glückspilz. Sich gegenseitig so schnell so sehr zu vertrauen war sowohl berauschend als auch furchteinflößend. Das Beste war, dass sie nicht deswegen mit mir Zeit verbringen wollte, weil mein Name Nick Maguire lautete oder ich Fußball spielte, wie es Madison oder irgendwer sonst getan hatte. Aus welchem Grund auch immer mochte sie mich wirklich.

»Lass es uns Carter morgen Früh sagen«, schlug sie vor. »Falls er dich umbringt, war ich so wenigstens einmal mit dir auf einer Party.«

»Deal.«

Sie küsste mich auf die Wange. »Meinst du, er ist jetzt fertig damit, seine Klamotten auszusuchen?«

Ich nickte. »Zeit für Rock 'n' Roll.«

Eingequetscht zwischen Austin und Eliza versuchte ich, nichts Dummes zu sagen, während Hannah uns zu Jeffs Party fuhr. Carter saß auf dem Beifahrersitz, obwohl Austin den als Erster für sich beansprucht hatte. Stattdessen saßen Austin, Eliza und ich nun auf der Rückbank, tippten Carter abwechselnd auf die Schulter und ließen ihn raten, wer von uns es gewesen war.

Ein Blick auf Jeff Karvotskys Zuhause machte die Nacht besser. Ich wusste nicht, wo seine Eltern waren, aber wo auch immer es war, es war nicht hier. Was Jeff unseren Respekt einbrachte. Deine Eltern dazu zu bringen, aus dem Haus zu gehen, wenn sie wussten, dass du eine Party gabst, war keine leichte Sache. Jeff war auf dem besten Weg, ein echter Bro zu werden.

»Was geht?«, rief Austin ins Wohnzimmer. Ein Schritt hinein, und ich hatte bereits einen Großteil der Gesichter erkannt: Das gesamte Fußballteam war erschienen, außerdem viele Leute aus dem Abschlussjahrgang und dem Jahrgang darunter. Jeff begrüßte uns.

»In der Küche gibt's was zu trinken, im Keller sind Spiele, und der Raum zum Chillen *est ici*«, erklärte er. Jeff war einer der Nerds, die in der Middle School Französisch statt Spanisch belegt hatten. Da er heute Abend der Gastgeber war, ließen wir es ihm durchgehen.

Jeff deutete auf Hannah und Eliza. »Ladys, die Hüte *sont là-bas* …« Er zeigte auf einen Korb neben der Couch, der voller spitzer Papierpartyhüte war.

»Uh.« Ich stieß Eliza mit der Hüfte an, als sie widerstrebend hinüberging.

In jeder Kleinstadt gab es Traditionen, und die Tradition auf Cassidy-High-Hauspartys war folgende: Jeder, der nicht ausdrücklich eingeladen war, musste einen Partyhut tragen. Wurdest du als Partycrasher ohne Hut erwischt, musstest du trinken, was auch immer dir der Gastgeber vorsetzte.

»Was für Spiele gibt es?«, fragte ich.

»T- oder D-Pong. Jedenfalls irgendwas mit Pong.«

Ich sah mich nach Carter um, meinem festen Bier-/Wasser-Pong-Partner – die Art des Getränks war vollkommen egal, wir wollten einfach nur gewinnen –, aber er war bereits auf dem Weg in die Küche.

»Yo, Carter!«, rief ich. »Spielst du mit?«

Er sah zwischen mir und Hannah, die gerade ihren pinken Partyhut auf dem Kopf befestigte, hin und her und zuckte mit den Schultern. *Vergiss es.* Ich drehte mich zu dem Mädchen neben mir um, das nervös die Hände in die Hosentaschen gesteckt hatte.

»Kommst du mit runter?«

Elizas glänzender goldener Hut passte gut zu ihrem blonden Haar. »Diese Hüte sehen bescheuert aus«, sagte sie. »Außerdem trinke ich nichts mehr. Nicht mehr seit Carters Party.«

»Verstanden, und du siehst toll aus.« Mein Herz klopfte. Aus irgendeinem Grund erschien mir Eliza, nachdem sie mir geradeheraus gesagt hatte, dass sie nichts mit Gruppenzwang und Partyleben anfangen konnte, umso attraktiver. Wahrscheinlich, weil ich in dieser Hinsicht das genaue Gegenteil eines Vorbilds war.

Hey, vielleicht ziehen sich Gegensätze ja wirklich an.

Das Licht im Keller war aus. Stattdessen gab es ein grünes Stroboskoplicht, das im Rhythmus von Jeffs Rapmusik blinkte. Hier unten drängten sich noch mehr meiner Teamkollegen und Mitschüler, und auch Austins neues Lieblingsgesprächsthema: Madison Hayes.

»Hey, Hübscher.« Sie lächelte, auf dem Kopf einen Partyhut mit Leopardenmuster. Ich fragte mich, ob sie ihn selbst mitgebracht hatte. Sie nickte Eliza zu, dann lehnte sie sich zu mir, um mir ins Ohr zu flüstern: »Schön, dass bei dir alles klappt. Zu schade, dass ich *ganz allein* an unserem Deal arbeite.«

»Du machst Witze, oder?« Austin war geradezu verrückt nach ihr. Sie stolzierte trotzdem davon.

»Die ist schrecklich«, meinte Eliza. »Entschuldige, ich weiß, dass ihr befreundet seid. Aber ich kann sie nicht ab.«

»Ich habe nie behauptet, dass wir Freunde sind«, erwiderte ich.

»Eklig.«

Ich streckte mich, wobei ich mit meinen Handflächen die unebene Decke berührte. »Was denkst du, wie es mir ging, als du mit Daley abgehangen hast?«

»Touché.«

Am anderen Ende des Raums wurden ein paar jüngere Schüler gerade mit ihrer Runde Pong fertig. Sie hatten nicht besonders gut gespielt, und die Leute um uns herum waren wahrscheinlich ein bisschen erleichtert, als ich an die Platte trat.

»Wer ist der Nächste?«, fragte ich. »Traut sich jemand zu, dieses Team zu schlagen?« Ich tätschelte Elizas Partyhut.

»Locker«, ertönte Austins Stimme. Er hatte den Arm um Madison geschlungen und zog sie zu uns herüber. Sie schmollte und tippte mit den Nägeln auf die Tischtennisplatte. Ich fragte mich, ob sie wirklich sauer war, weil ich ihr bei der Sache mit Carter nicht mehr geholfen hatte. Fairerweise musste man aber sagen, dass sie mir mit Eliza auch kaum geholfen hatte. Im Grunde hatte sie mich sabotiert.

»Uff. Wir hätten uns für dein erstes Mal keine besseren Gegner wünschen können. Austin und Madison sind hoffnungslos schlecht bei diesem Spiel.«

»Verdaaammt«, rief Austin. »Das tat weh. Zu schade, dass ihr am Ende des Spiels vollkommen dicht sein werdet.«

»Ne.« Ich suchte ein paar neue, keimfreie Becher zusammen. »Wir spielen mit H_2O. Wenn du einen Drink willst, musst du ihn in der Hand halten. Ich will nicht, dass irgendjemand verhaftet wird, wie beim letzten Mal.«

»Ich liebe Männer, die mir sagen, wo's lang geht«, erwiderte Austin.

»Uuuund Austin schuldet uns eine Pizza«, erklärte ich.

Jemand reichte uns Getränke, die wir halten konnten, während wir mit Wasser spielten. Eliza gab ihres an mich weiter, ohne es zu öffnen.

»Was soll das?«, fragte Madison. »Hat Little Miss Perfect nicht vor, das Spiel zu spielen?«

»Ist schon okay, Madison«, meinte Austin. »Wir sind doch hier, um Spaß zu haben.«

»Nein. Ich will wissen, warum sie sich nicht an die Regeln hält.«

Austin und ich stellten die Becher für das Spiel auf. Ziel war es, die Tischtennisbälle in die Becher der Gegner zu befördern. Dabei wechselten sich die Teams ab, bis das Team, das als Erstes alle Becher der anderen getroffen hatte, gewann. Bevor ich loslegen konnte, nahm Eliza mir den Ball aus der Hand.

»Nein. Ladys first. Los geht's Madison. Du und ich.«

Mir stand der Mund offen. Austin war vor Aufregung ganz zappelig. Madison nahm Austin den weißen Ball ab. Keines der Mädchen sagte etwas, als sie anfingen, die Bälle zu schießen. Eliza versenkte ihren locker in einem roten Becher, der vor Austin stand. Madisons Ball prallte vom Rand eines unserer Becher ab, und Eliza sprang, um ihn zu erwischen, bevor Madison ihn sich zurückholen konnte.

Madison trank aus der Dose in ihrer Hand. Eliza durfte noch einmal schießen, da sie Madisons Ball abgefangen hatte. Wieder landete er in einem Becher.

»Was?!«, rief ich. »Ich dachte, du hast das noch nie gespielt!«

»Ich habe nur gesagt, dass ich nichts trinken will.«

Ich brauchte jedes bisschen Selbstkontrolle, um sie nicht zu küssen.

Eliza und ich schossen während des Spiels ein paar Mal daneben, aber nicht annähernd so oft wie Austin und Madison. Es war kein Scherz gewesen, als ich gesagt hatte, dass sie gute Gegner waren, denn sie spielten furchtbar.

Nachdem Eliza und ich sie mit einigen Bechern Vorsprung geschlagen hatten, gab Austin einen leisen Pfiff von sich. »Gutes Spiel. Ich glaube nicht, dass ich bei diesem Spiel schon mal so fertig gemacht wurde. Alter, diese O'Connor-Gene.« Er schüttelte den Kopf.

»Vielleicht solltest du jetzt was essen, ein bisschen Wasser trinken oder dich hinsetzen«, spottete ich.

»Das war cool«, sagte Eliza.

»Du bist ziemlich ehrgeizig, oder?« Ich grinste. »Austin und Madison haben absolut nicht damit gerechnet.«

Eliza zog die Nase kraus.

Wir stellten uns an die Wand und ließen die nächste Gruppe spielen. Eliza holte sich eine Dose Limo, und ich nahm einen kleinen Schluck von meiner, ähm, Nicht-Limo.

»Geht da irgendetwas zwischen dir und Madison vor, von dem ich nichts weiß?«, fragte ich. Wir lehnten uns an die Kellerwand und sahen mit halbem Auge dem nächsten Spiel an der Tischtennisplatte zu.

»Nicht wirklich.«

»Ist schon in Ordnung«, sagte ich. »Madison hat Probleme, mit anderen Mädchen klarzukommen.«

»Ich kann mir gar nicht vorstellen, warum«, sagte Eliza.

Ich ließ mich nicht ködern. Es stimmte, Madison konnte furchtbar arrogant, melodramatisch und unverschämt sein. Aber sie war heiß, und viele Jungs mochten sie. Doch Eliza war so viel mehr. In jeder Hinsicht.

Was die Leute bei Madison nicht wirklich kapierten, war, dass sie genau wie Austin und ich war, oder zumindest wie ich vor Eliza gewesen war. Sie wollte keinen Freund, sie wollte viele davon. North Cassidy konnte einem Bro für diesen Lifestyle vergeben, aber nicht Madison. Vor allem, wenn sie ihre Entschlossenheit zu tun, was auch immer sie wollte, der Welt unter die Nase rieb, als wäre sie der Star in einer Soap Opera.

»Es ist schwer, mit ihr zu konkurrieren«, sagte Eliza.

»Sie ist keine Konkurrenz«, murmelte ich. Unsere Schultern berührten sich und ... Gott, ich hätte sie so gern an mich gezogen.

Um uns herum drängten sich immer noch Leute, manche versuchten, näher an die Tischtennisplatte heranzukommen, manche wollten bei einem anderen Spiel dabei sein. Auf der anderen Seite des Raums, wo auch Carter und Hannah saßen, hatte sich ein großer Kreis gebildet. Ich machte einen Schritt in ihre Richtung, aber Eliza schnappte sich meinen Finger.

»Es tut mir leid«, sagte sie. »Du hältst mich wahrscheinlich für verrückt und furchtbar anhänglich. Der Nick Maguire, den ich kenne, hasst es, wenn man klammert. Ich auch.« Sie sprach hastig, als könnte sie die Worte nicht schnell genug herausbekommen, als hätte sie Angst, ich würde sie unterbrechen. Ich hatte sie noch nie derart stammeln hören. Und ich liebte es.

»Die Sache mit Madison ist, dass ich es nicht ertrage, mir vorzustellen, wie sie mit dir zusammen ist. Ich ertrage es nicht, mir vorzustellen, dass nicht ich mit dir zusammen bin. Du bist mir wichtig, viel zu wichtig, und ich will nicht, dass sie das ruiniert.« Sie sah überall hin, nur nicht zu mir, und ich hörte es in ihrer Stimme. *Es.*

»Das klingt überhaupt nicht verrückt. Mir geht es genauso«, sagte ich.

Ich verliebe mich gerade in dich.

Dieser Gedanke war ein Schock.

Was, Nick? Mein Kopf surrte vor lauter Stimmen, die alle völlig verwirrt durcheinanderredeten und herauszufinden versuchten, was das bedeutete. Es war zu früh. Zu schnell. Zu viel.

Du bist nicht verliebt, Nick, widersprach mein Gehirn. *Du bist nur glücklich.*

Aber es ging nicht um mich. Es ging um sie und darum, dass ich ihr immer das Gefühl geben wollte, etwas Besonderes zu sein. Und sicher. Vor allem sicher.

»Ich könnte es auch nicht ertragen, nicht mit dir zusammen zu sein«, sagte ich. *Ich liebe dich.* »Ich …«

Ich hätte es ihr beinahe gesagt. Wahrscheinlich hätte ich es getan, wenn Carter und Hannah uns nicht in diesem Moment zu sich gerufen hätten.

Eliza ging zu ihren Freunden, die anscheinend alle auf uns warteten.

Ich hätte es Eliza gesagt, hätte ich sie nicht gehen lassen – von mir weg und dorthin, wo Carter, Hannah, Robert (natürlich), Austin, Madison, Jeff und ein paar Leute aus Elizas Jahrgang im Kreis saßen.

Die unausgesprochenen Worte hinterließen einen komischen Geschmack in meinem Mund. Wie Sojasoße mit Cola Light.

»Auf geht's, Nick«, rief Jeff. »Wir spielen Flaschendrehen.«

Elizas Schritte stockten, doch Hannah hatte sie schon an der Hand gepackt und machte Platz (indem sie näher zu Carter rückte), damit Eliza sich neben sie setzen konnte. Carter seufzte, als er sah, dass Eliza mitspielen würde, und gab Austin und mir mit Blicken zu verstehen, dass wir, was Eliza anbelangte, gar nicht da waren.

Hätte ich jemals nach einem Beweis verlangt, dass das Universum mich hasste ... Na ja, hier war er.

»Komm schon, Nick«, sagte Jeff. »Wir warten.«

»Das ist nicht so mein Spiel«, erklärte ich. *Lass uns gehen*, versuchte ich, Eliza zu signalisieren.

»Das ist gelogen«, sagte Carter.

Ich überlegte, Eliza allein hier zu lassen. Sie war ein großes Mädchen, und es gab noch andere Leute, mit denen ich mich unterhalten konnte. Wir mussten nicht die ganze Zeit zusammen sein.

»Mags, du weißt, dass wir nicht ohne dich spielen können«, meinte Austin. »Jeder möchte Nick Maguire küssen.«

»Uuund Austin schuldet uns eine Pizza«, sagte Carter.

Austin lachte nur.

»Zwei Pizzas«, stellte ich klar. »Eine von vorhin.« Ich setzte mich zwischen Jeff und eines der Mädchen, das ich schon ein paar Mal gesehen hatte, aber nicht wirklich kannte. Was ich aber wohl gesollt hätte, da sie eventuell bei unserem Fußballspiel gewesen war? Ich hatte es vergessen.

Das hier würde auf keinen Fall gut enden.

Zum einen herrschte in der Gruppe ein wirklich komisches Mojo – Carter war quasi mit Hannah zusammen, obwohl er geschworen hatte, dass das nicht passieren würde; Madison starrte die beiden unentwegt an und wirkte dabei, als würde sie jeden Moment eine Panikattacke erleiden; Austin starrte Madison an und sah selber aus, als würde er gleich in Panik geraten.

Außerdem war Flaschendrehen ein albernes Spiel für Sechstklässler. Es war im Grunde der sicherste Weg, um sich mit dem Pfeifferschen Drüsenfieber anzustecken. Was war denn bitte so schwer daran, das Mädchen, das man küssen wollte, einfach um ein Date zu bitten?

Jeff klatschte so laut und enthusiastisch in die Hände, dass klar wurde, wie viel es ihm bedeutete, dass wir hier waren. *Das sollte mal besser nicht mein Leben ruinieren, Karvotsky.*

Man wird ja wohl noch träumen dürfen, oder?

Wir fingen mit der Wange an. Jeff war der Erste, nachdem es seine Party war und so. Die Flasche zeigte auf ein Mädchen aus Elizas Jahrgang, das ich nicht kannte. Glaube ich. Ich hatte nicht wirklich aufgepasst.

Dann stoppte Austins Flasche bei irgendeinem anderen Mädchen und Madison zuckte nicht einmal. Ein weiteres ungutes Gefühl gesellte sich zu meinem Gemisch aus unheilvollen Empfindungen. Das schlechte Voodoo im Raum war mit den Händen zu greifen.

Ziemlich bald gähnte Madison demonstrativ. »Langweilig. Lasst es uns *bitte* etwas spannender machen. Auf die Lippen, drei Sekunden lang.«

Ich rutschte tatsächlich nach hinten und versuchte, mich davonzustehlen, aber Robert Maxin hielt mich am

Knöchel fest. »Wenn ich hier sein muss, musst du das auch«, sagte er.

»Buhu«, machte ich.

Wieder begann Jeff. Er drehte die Glasflasche, und jeder machte einen Trommelwirbel, um Spannung zu erzeugen. Sie stoppte bei mir.

Gelächter ertönte aus unserer Gruppe und von den Zuschauern, und mich befiel das hinterhältige Gefühl, das ich immer spürte, wenn ich die ungeteilte Aufmerksamkeit vieler Menschen hatte – und das dann mein ganzes Verhalten bestimmte. Ich sah Jeff an und spitzte die Lippen. »Bereit, wenn du es bist.«

Austin erhob sich auf seine Knie. »Jetzt muss Nick uns eine Pizza ausgeben!«

»Warum denkst du, dass ich einen Witz gemacht habe, Austin? Ich schätze, das heißt dann wieder, dass *du* uns eine Pizza schuldest.«

Austin fing an zu protestieren, aber niemand beachtete ihn. In der ganzen Aufregung hätte ich beinahe vergessen, nervös zu sein, und Jeff wich grinsend zurück. Dann war Hannah dran, und sie hat definitiv betrogen. Denn die Flasche stoppte bei Carter, und der saß neben ihr, und es war echt schwierig, die Flasche dazu zu bekommen, bei jemandem zu landen, der neben einem saß.

Mist, dachte ich, warum hatte ich mich nicht neben Eliza gesetzt? Die eine Person, bei der ich meine Flasche nicht landen sehen wollte.

Carter lehnte sich zu Hannah, die sich ihm entgegenbeugte. Robert beobachtete sie völlig atemlos, als wäre er erstarrt. Ich blickte zu Madison und sah, dass sie dasselbe tat.

Verdammt. Armer Austin.

Als Carter und Hannah sich küssten, waren das die heißesten drei Sekunden überhaupt. Ich musste einfach mitmachen, als alle anfingen zu pfeifen und sie anzufeuern. *Weiter so, Carter*, dachte ich und war irgendwie froh für ihn. Vor allem, als sie sich wieder zurücksetzten und er ein albernes Grinsen im Gesicht hatte, als wäre er der glücklichste Kerl in der Milchstraße.

Madison und Robert waren die einzigen beiden, die nicht mitgemacht hatten.

Die nächsten Runden waren weniger aufregend, außer als ein paar Mädchen sich gegenseitig erwischt und beschlossen hatten, es durchzuziehen. Als ich an der Reihe war, machte wieder jeder einen Trommelwirbel. Einige der Mädchen im Kreis schauten erwartungsvoll drein, und ich konnte mir ehrlich kein Best-Case-Szenario vorstellen. Vielleicht, wenn die Flasche auf Madison gezeigt hätte, denn darüber wären die Leute ziemlich schnell hinweggekommen. Meine Chancen standen eins zu sechzehn, dass die Flasche bei der denkbar schlechtesten Person landete.

Die Flasche wurde langsamer, bewegte sich Zentimeter für Zentimeter auf Eliza zu, und als sie sich gerade zur nächsten Person weiterdrehen wollte, schwang sie zurück zu ihr. Wie bei einem Magneten – was niemandem sonst passiert war und was in mir den Verdacht weckte, dass jemand die Flasche manipuliert hatte. Oder vielleicht war es Schicksal.

Eliza wurde blass. Carter zuckte die Schultern, als wäre das kein Ding. Als wäre er ganz sicher, dass ich seine Schwester selbstverständlich nicht küssen würde. Aber ich musste mich in ihrer Gegenwart »normal« verhalten. So, wie Carter es von mir erwartete.

»Heute ist dein Glückstag, Süße«, meinte ich grinsend.

»Was? *Oh*. Ha, das hättest du wohl gern.« Sie lehnte sich zurück.

Carter schob die Flasche in meine Richtung. »Dreh noch mal.«

»Nein, stopp«, rief Madison. »So funktioniert das Spiel nicht.« Madison war nach dem Carter-Hannah-Vorfall ziemlich ruhig geblieben, aber jetzt hatte sie wieder etwas gefunden, das ihr Interesse weckte.

Ich zeigte auf Jeff, dem Carters Reaktion nicht entgangen war. »Ein Fall für die Hausregeln«, sagte ich. »Was machen wir, Karvotsky?«

Carter entspannte sich, als wäre es klar, dass Jeff sich auf seine Seite stellen würde.

Madison fuhr sich durchs Haar und wirkte, als hätte sie die Situation völlig unter Kontrolle. Anscheinend war sie nicht rachsüchtig genug, um mein Geheimnis einfach so laut hinauszuposaunen. Noch nicht. Sie wartete auf etwas. Und ich zweifelte keine Sekunde daran, dass sie es mich büßen lassen würde, dass Carter mit Hannah zusammen war und nicht mit ihr, obwohl das nicht meine Schuld war.

»Ich springe für sie ein«, sagte sie.

Austin nahm einen großen Schluck von seinem Getränk.

»Sicher«, sagte Jeff, erleichtert, dass er nicht länger die Regeln eines Spiels bestimmen musste, das er offensichtlich selten spielte. Armer Kerl. »Das ist eine gute Idee. Der Erste, der sich bereit erklärt einzuspringen, bekommt den Kuss. Perfekt.«

Madison kniete sich hin. Eliza zupfte am Teppich herum, anscheinend entschlossen, sich das nicht anzusehen. Wir hatten vereinbart, dass wir morgen mit Carter sprechen würden.

Was, jetzt im Moment, anscheinend das hier bedeutete.

Madison kam auf mich zu, wobei sie auf dem Weg Carter streifte.

Sie blickte über ihre Schulter zu Eliza. »Letzte Chance.«

Eliza zuckte mit den Schultern, als wäre das alles lächerlich. Was es auch war, bis Madison sich auf meinen Schoß setzte und mir die Arme um den Hals schlang.

Unsere Gruppe und die aufgeregten Highschool-Schüler hinter uns, die das Ganze beobachteten, drehten fast durch.

Madison drückte mir ihren Körper ins Gesicht.

»Warte«, sagte Eliza.

Madison erstarrte, doch da ihre Lippen nur ein paar Zentimeter von meinen entfernt waren, konnte nur ich das ärgerliche breite Grinsen in ihrem Gesicht sehen. Darauf hatte sie es von Anfang an abgesehen gehabt.

Alle starrten Eliza an, vor allem Carter, und sie blickte demonstrativ zwischen Austin und Madison hin und her. Sie gab vor, es für Austin zu tun, den Madisons Verhalten anscheinend echt aus der Bahn warf.

Madison rutschte zur Seite, und Eliza krabbelte zu mir herüber. Ich versuchte, ihr mithilfe meiner Jedi-Kräfte wortlos mitzuteilen, dass sie das wirklich nicht tun musste, doch was auch immer ich tat, es hätte sowieso keine Rolle gespielt. Das war eine Sache zwischen den Mädchen.

»Ist schon in Ordnung«, flüsterte Eliza, als sie sich zu mir beugte. Dann presste sie einfach nur ihre Lippen auf meine, so unbeholfen, wie sie nur konnte. Ohne den

Mund zu öffnen, ohne irgendwelche Finessen. Drei Sekunden und fertig. Das war ihr Plan. Easy. Das würden wir hinbekommen.

Als die drei völlig leidenschaftslosen Sekunden vorbei waren, machte Eliza Anstalten, sich von mir zu lösen, und ich …

Jep.

Es war alles meine Schuld.

Ich übernehme die volle Verantwortung.

Es war ein dummer Reflex.

Es.

Ich musste einfach nach ihrem Kinn greifen, wie um sie festzuhalten. In dem Moment, in dem meine Finger ihre Haut berührten, realisierte ich, was ich tat, und nahm meine Hand sofort weg.

Eliza zuckte zurück, tat schockiert. Doch das war egal. Denn Carter sah nicht sie an. Er sah mich an.

Obwohl das der am wenigsten spannende Kuss aller Zeiten gewesen war, konnte ich nicht anders, als völlige Ehrfurcht vor ihr zu empfinden, dazu das Bedürfnis, sie zu beschützen, und dieses ganze L-I-E-B-E-Zeug. Und es ließ sich nicht verhindern, dass sich diese Gefühle auf meinem Gesicht widerspiegelten.

»Uhhh«, machte Madison. Ich wappnete mich. Sie wandte sich an Austin, der so lässig dasaß, als wäre alles völlig in Ordnung, und sagte in einem lauten Flüsterton: »Das war süß. Meinst du, das war das erste Mal, dass sie das getan haben? Ich finde, sie sehen entzückend zusammen aus.«

Woraufhin die ausgelasseneren unter unseren Mitspielern anfingen, mich anzufeuern und zu klatschen.

»Halt die Klappe, Madison«, sagte Eliza.

Doch ich hatte Carters erste Reaktion gesehen, bevor er sich mit ausdruckslosem Gesicht zurückgelehnt hatte. Ganz egal, was wir jetzt taten, was Madison vorhatte, was Eliza versuchte, das Spiel war aus.

Und ich hätte nie gedacht, dass das meine Schuld sein würde.

Regel Nummer 19

Ein Bro schlägt einen anderen Bro niemals ins Gesicht, jede andere Stelle ist okay, außer den Eiern.

Der wütende Blick, mit dem Carter mich bedachte, war vernichtend. Kurz hätte ich beinahe geglaubt, dass er es gut sein lassen würde und meine Befürchtungen umsonst gewesen waren. Doch er stand auf und stürmte herüber, stieß mich so fest gegen die Schulter, dass ich umkippte und auf den kratzigen Teppichboden fiel.

»Nach draußen«, sagte er.

Jeff schnappte nach Luft. Unsere Mannschaftskollegen schlossen den Mund, und ich verspannte mich.

»Carter«, sagte Eliza.

Er donnerte die Treppe hinauf.

»Nick«, sagte Eliza. Ich war bereits aufgesprungen und lief hinter ihm her.

Er wartete auf der Veranda der Karvotskys. Regen prasselte ihm ins Gesicht.

In der kühlen Nachtluft bekam ich sofort Gänsehaut, was durch den Regen noch schlimmer wurde. Wir hatten Glück, dass es nicht schneite, was zu dieser Jahreszeit durchaus möglich gewesen wäre. Langsam schloss ich die Verandatür hinter mir.

Carter stand am Rand der Veranda, das Gesicht mir zugewandt. »Wie lange geht das schon so?«

»Carter ...«

»Du hast wirklich Nerven«, sagte er.

Das war er, der Moment, den ich seit Wochen absichtlich vermied.

Carter war nicht von gestern, und Intelligenz war bei den O'Connors definitiv verbreitet. Er wusste, was zwischen mir und seiner Schwester lief. Er hatte es gesehen. Er hatte uns dabei ertappt, gerade als wir anfingen, uns vielleicht, hoffentlich, ineinander zu verlieben, und es gab nicht viel, was ich dazu sagen konnte.

»Du hast mich angelogen.«

Nur, indem ich geschwiegen habe. »Habe ich nicht.«

»Wie lange?!«, rief er. »Du selbstsüchtiger Mistkerl.«

Meine Hände begannen zu zittern. »Ungefähr einen Monat.«

Carter erwiderte nichts. Ich sprach weiter: »Ich habe mich nicht an deine Regeln gehalten, Carter. Das. Ist. Keine. Lüge.« Ich machte einen Schritt zur Seite, um mehr Abstand zwischen uns zu bringen.

Es funktionierte nicht.

Er stürzte sich auf mich. Ich wich seinem rechten Haken gerade noch rechtzeitig aus, dass er mein Auge verfehlte und mich stattdessen tiefer traf. Ein brennender Schmerz zuckte durch meinen Kiefer. Die Wucht des Schlages warf mich gegen das Verandageländer und nahm mir den Atem.

»Carter, hör auf!« Eliza war uns nachgerannt, genau wie Austin. Er hielt Carter zurück.

Carter schüttelte ihn ab. »Wusstest du davon?«

Als Austin nicht antwortete, lachte Carter höhnisch. »Ich weiß gar nicht, warum ich gefragt habe.«

Carter wandte sich von uns dreien ab und hielt sich an einer der Stufen fest, die zu Jeffs Garten führten.

»Das ist es nicht wert.« Elizas Stimme brach. »Carter, du benimmst dich wie ein Arsch.«

»Ach, *ich* benehme mich wie ein Arsch?« Er blickte mich an, der ich zusammengekrümmt am Geländer lehnte. »Das ist echt stark.«

Mein Kiefer pulsierte. Der Schmerz wurde immer schlimmer, während Carter weitersprach. »Warum konntest du es mir nicht sagen?«, fragte er. »Warum hast du mir verdammt noch mal ins Gesicht gelogen?«

Grillen hüstelten und warteten darauf, dass ich antwortete. *Deswegen.* »Es tut mir leid.«

Im Licht der Veranda wirkte Carters Blick sogar noch zorniger. »Weißt du, was das wirklich Ironische daran ist, Nick? Du bist derjenige, der ständig vom Bro-Codex spricht. Ein echter Bro würde ein Mädchen, *meine Schwester*, oder irgendetwas anderes, nicht Jahren der Freundschaft unter Männern vorziehen.«

»Nein, Carter«, sagte ich. »Ein echter Bro würde mich nicht dazu zwingen, mich zwischen den beiden zu entscheiden.«

Tränen tropften von Elizas Kinn. »Bitte hört auf«, sagte sie. »Ich halte das nicht aus, Jungs.«

»Viel Spaß dabei, in Bio durchzufallen. Ich bin fertig«, sagte Carter. Er drehte sich um und begann, die Verandatreppen hinunterzusteigen. Die Einfahrt hinunterzulaufen. Und von dort wer wusste, wohin.

»Carter.« Eliza lief ihm nach.

Er hielt sie mit dem Arm zurück. »Ich habe gesagt, ich bin fertig.«

»Warum kannst du dich nicht für mich freuen?«, rief sie schluchzend, und mir wurde bewusst, dass ich zwar schon einmal gesehen hatte, wie sich die O'Connor-Geschwister angeschrien hatten, aber noch nie, wie einer von ihnen weinte. »Das ist eine gute Sache. Wir können alle zusammen glücklich sein.«

Ich hing immer noch zusammengekauert am Geländer und versuchte, mein Gleichgewicht zu finden. Ich wollte ihn genauso sehr aufhalten wie sie. Aber ich konnte mich nicht bewegen. Das Einzige, was ich tun konnte, war, meine letzte Karte zu spielen und damit den Einsatz des Spiels so sehr zu erhöhen, dass es wehtat. Wenn Carter es tun konnte, konnte ich es auch.

»Sarah Rosen«, rief ich ihm nach.

Austin, Eliza und Carter erstarrten. »Tu's nicht«, warnte Austin.

»Was?«, fragte Carter.

»Du hast kein Recht, mir einen Vortrag über Geheimnisse zu halten«, meinte ich. »Wenn du niemals vorhattest, mir zu erzählen, was wirklich passiert ist. Du kannst eine Freundschaft nicht auf Lügen gründen.«

»Gut«, erwiderte Carter. »Langsam kapierst du's.« Er trat zurück in den Schatten. »Es wird mir fehlen, mit dir abzuhängen, Maguire.« Endlich entspannte er seine Fäuste. »Deine Gegenwart hat mich immer so gut aussehen lassen.«

Die gesamte Schule beobachtete uns durch Jeffs Küchenfenster. Keiner von ihnen zählte. Die Schlüsselfiguren dieses kleinen Dramas befanden sich hier draußen. Eine schluchzte, eine (ich) hing am Geländer, eine kickte fluchend das Gras, und eine war davongerannt. Ein langer Schatten, der in die Nacht marschierte.

Fertig.

Regel Nummer 20

Ein Bro beschwert sich niemals über das Training.

Ich verbrachte den nächsten Tag im Bett. Mein Handy nervte mich mit ständigen Textnachrichten, und ich warf es ans andere Ende des Zimmers auf den Stapel mit meiner schmutzigen Wäsche. Anscheinend war das der interessanteste Gossip an der Cassidy High, seit vor ein paar Jahren ein Mädchen sein Stofftier hatte heiraten wollen. Offenbar hatten die Eltern die Trauung vorgenommen.

Carter hatte genau so reagiert, wie wir es erwartet hatten, was diese unglückliche Situation so enttäuschend machte. Obwohl ich ungern nur Carter die Schuld an allem gab, war doch er derjenige, der eine Szene gemacht und uns zu diesem Elend verdammt hatte.

Aber ich hatte ihn dazu getrieben. Und ich hätte es besser wissen müssen.

Ich fühlte mich schlechter als nach einer Trennung. Dieser Streit mit Carter hatte dafür gesorgt, dass mein Herz wie ein schwarzer Klumpen in meiner Brust hing. Es tat weh, mich zu bewegen. Mein Herz war ernsthaft gebrochen.

Obwohl das auch der Tequila gewesen sein konnte.

»Hey.« Mein Dad kam in mein Zimmer. »Aufstehen, Junge.«

Ich zog mir das Kissen übers Gesicht, um mich vor der Welt und ihrer plüschigen Weichheit abzuschirmen.

»Nick.« Er kämpfte mit mir um das Kissen, versuchte, es mir aus meinen kalten toten Händen zu ringen. »Hoch mit dir.«

»Nein.«

»Es ist drei Uhr nachmittags. Wenn du nicht bald etwas isst, kannst du dich von deinem Sixpack verabschieden.«

Ich hob meine Wange von der Matratze. »Ich glaube nicht, dass das so läuft.«

»Willst du es herausfinden?«

Er hatte mich.

Ich setzte mich auf, und er warf mir ein Sweatshirt zu. Dann reichte er mir meine Laufschuhe und ein Paar Socken. Ich stöhnte.

»Dich zu bewegen wird dir guttun«, sagte mein Dad. »Endorphine und so.«

Ich starrte die Schuhe an, die er auf mein Bett legte.

»Hopp, hopp. Solange es draußen noch hell ist, bitte.«

Fünfzehn Minuten später lief ich mit meinem Dad auf einer unserer alten Runden, einem steinigen Pfad durch den Wald hinter unserem Haus. Wir zwei waren seit ein paar Jahren nicht mehr zusammen joggen gewesen, weil sein Knie wieder angefangen hatte, ihm Probleme zu bereiten. Zuerst hatte ich mich gefragt, ob er überhaupt in der Lage sein würde, mit mir mitzuhalten, aber während ich schnaufte, als würde ich jeden Moment einen Schlaganfall bekommen, war mein Dad noch nicht einmal ins Schwitzen geraten.

Nachdem Carter uns gestern Nacht sitzen gelassen hatte, hatten Austin und ich die Situation bewältigt, indem wir Tequila-Shots getrunken und Minidonuts gegessen hatten. Ich konnte mich nicht einmal mehr daran erinnern, wie ich nach Hause gekommen war, was hieß, dass mein Dad mit hundertprozentiger Sicherheit wusste, in was für einem Zustand ich mich befunden hatte. Ich war noch nie besonders gut darin gewesen, mich hart zu betrinken und es vor meinen Eltern zu verbergen.

»Ich muss mich gleich übergeben«, kündigte ich ungefähr drei Minuten später an. Mein Dad rannte einfach weiter. Ich schleppte mich noch so lange hinter ihm her, wie ich konnte, bis ich mich schließlich auf die Knie fallen ließ und mir die Seele aus dem Leib kotzte.

»Geht's jetzt besser?« Mein Dad kam zu mir zurückgejoggt.

»Ne.«

»Komm her.« Er streckte den Arm aus, um mich hochzuziehen.

»Danke.« Ich wischte mir den Mund an meinem Ärmel ab. »Wie viel Ärger bekomme ich?«

»Ich bin noch nicht sicher«, sagte mein Dad. Er machte einen großen Schritt über einen Felsbrocken, der auf dem Pfad lag, und ich trottete neben ihm her. »Deine Mom hatte vor, dir Hausarrest zu geben – wenn du nicht bereits Hausarrest gehabt hättest. Wir sind nicht so gut darin, unsere Strafen durchzusetzen, oder?«

Bunte Kieselsteine spritzten unter unseren Füßen davon.

»Mr Maxin hat uns gesagt, was passiert ist«, erklärte er. »Robert erzählt ihm alles. Ich bin mir nicht sicher, ob Hausarrest einen Unterschied machen würde, da du ja jetzt sowieso nirgendwo mehr hinkannst.«

»Mann, danke.«

Er boxte mich gegen die Schulter. »War nur ein Scherz, zum Teil.«

Wir kamen an eine Weggabelung. In der einen Richtung lag ein abgeschiedener Sumpf, wo Cranberrys wuchsen und von dem Austin behauptete, dass sich dort Geister trafen, um Gruselgeschichten auszutauschen. Der andere Weg führte zur Rückseite einer Sackgasse. Statt sich für eine Richtung zu entscheiden, drehte mein Dad um und lief zurück.

»Carter wird seine Meinung ändern.«

»Du hast ihn gestern Nacht nicht erlebt«, sagte ich.

Außer dem Geräusch unserer langsamen Schritte war die Natur um uns herum auf unheimliche Weise still. Es war zu spät im Herbst für Insekten und noch zu früh, als dass sich Vögel und Eichhörnchen schon auf den Winter vorbereitet hätten. Mein Dad stapfte mit ungleichmäßigen Schritten über den Pfad. Er fing an, sein Knie zu spüren.

»Wird er«, sagte er. »Vielleicht dauert es Jahre, aber ihr zwei seid zu gut befreundet, als dass euch das auseinanderbringen könnte.«

»Nichts für ungut, aber du irrst dich.«

Er lachte. »Ich möchte dir etwas erzählen.«

Fantastisch. Das hieß, dass ich mich wieder darauf konzentrieren konnte, mich nicht noch einmal zu übergeben.

»Ich habe das noch nie jemandem erzählt«, sagte er. »Ich habe auf, ich weiß nicht genau, was, gewartet. Vielleicht einen guten Moment.«

»Okay ...«

»Das hier ...«, er tätschelte sein Knie, das schlimme, »... war keine Verletzung wegen Überbeanspruchung.«

Er hatte recht – das war eine große Sache. Mein Dad hatte nur ein einziges Mal mit mir über seine Verletzung gesprochen – als ich sechs war und ihn gefragt hatte, warum er nie den Torwart für mich machte. Er hatte geantwortet, dass er es nicht riskieren wolle, sein Knie noch einmal zu verdrehen. *Noch einmal?*, hatte ich gefragt. Er hatte mir erzählt, dass er vor langer Zeit sein Knie verdreht habe und deswegen nicht mehr Fußball spielen könne. Deshalb habe er aufhören müssen, obwohl er richtig gut gewesen sei. Später hatte ich von meiner Mom erfahren, dass er das Zeug für die Nationalmannschaft gehabt hätte, aber seine Karriere beenden musste, bevor er es ins Team geschafft hatte.

»Was ist passiert?«

»Es war vor ungefähr fünfundzwanzig Jahren. An einem Dienstag. Ein paar Wochen nach meinem vorletzten Jahr am College. Ich war gerade frisch mit deiner Mom zusammen.«

»Eklig.«

»Genau. Jedenfalls sollte ich an diesem Tag ein Probespiel für die Nationalmannschaft absolvieren.«

Was? Ich hatte keine Ahnung gehabt, dass mein Dad tatsächlich an einem Probespiel für die Nationalmannschaft teilgenommen hatte. Von allen hatte ich immer nur gehört, dass er sich verletzt hatte, bevor es dazu kommen konnte. »Du hast echt ein Probespiel absolviert?«

»Ich hätte es tun sollen«, sagte er. »Ich habe an dem Morgen brav mein Müsli gegessen und alles. Ich hatte auch meine Glückssocken an. Ich war zu nervös, um selber zu fahren, und deine Mom ist eingesprungen. Sie durfte die grüne Maschine nehmen.«

Ach ja, der Lieblingswagen meines Dads: ein VW aus den Achtzigern. Ich hatte unzählige Geschichten über das Auto gehört und über den Ärger, den sich mein Dad eingehandelt hatte, als er damit unterwegs gewesen war.

»Was ist eigentlich mit dem Wagen passiert?«

»Warte ab, dazu komme ich gleich«, sagte er. »An diesem Tag hat mich also deine Mom gefahren. Auf der Strecke war sie schon tausendmal unterwegs gewesen. Nach dreißig Minuten sind wir rauf auf den Freeway, ganz einfach. Zehn Minuten später hatten wir plötzlich diesen Riesenkrach.«

»Oh, oh.«

»Ich glaube, es ging um irgendetwas, das ich gesagt hatte. Wahrscheinlich über Frauen am Steuer. Deine Mom hasst es, wenn ich mich über Frauen am Steuer beschwere.«

»Mom hasst es, wenn du sexistische Kommentare machst, Punkt.«

»Wie auch immer«, sagte er. »Wir sind auf dem Weg zum Probespiel, sie weint – du weißt, wie Frauen weinen –, als plötzlich dieser riesige Truck aus dem Nichts auftaucht. Er ist uns direkt hinten reingefahren.«

Oh, mein Gott.

»Der Kofferraum wurde in die Motorhaube geschoben. Man konnte nicht mehr unterscheiden, was Metall war und was wir. Das Nächste, an das ich mich erinnere, war das Krankenhaus. Deine Mom hatte großes

Glück, auch wenn sie viel geweint hat. Die Fahrer kommen meistens glimpflicher davon. Mein Knie wurde unter dem Armaturenbrett eingeklemmt und war mehrere Tage lang verdreht.«

Sein ungleichmäßiger Atem wurde lauter. Das erste Anzeichen von Gefühlen.

»Ich kann von Glück sagen, dass ich mein Bein nicht verloren habe.«

»Das ist krass«, sagte ich. »Ich hatte keine Ahnung.«

Deswegen ist Mom so ausgerastet, als ich den Unfall gebaut habe.

»Ich wollte dir keine Angst einjagen.« Die Stimme meines Dads brach. »Das ist einer der Gründe, warum ich mir nie allzu viele Sorgen darüber gemacht habe, dass du dich wegen Überbeanspruchung verletzten könntest, bevor deine Fußballkarriere überhaupt richtig startet.«

»Scheiße, Dad.«

»Worauf ich hinauswill«, fuhr er fort. »Obwohl mich deine Mom nur ein paar Stunden zuvor für das, was ich über Frauen am Steuer gesagt hatte, gehasst hat, spielte das alles, als wir in diesem Krankenzimmer saßen, keine Rolle mehr. Nichts, über das wir hätten streiten können, wäre so bedeutend gewesen wie dieser Unfall, den wir gemeinsam durchgestanden hatten. Alles andere wurde dadurch reines Zuckerschlecken. Du und Carter, ihr habt zu viel miteinander durchgemacht, als dass eure Freundschaft an so etwas zerbrechen könnte.«

»Dad«, meinte ich. »Warum sagst du immer noch ›Frauen am Steuer‹, als wäre das ein toller Witz?«

»Na ja, weißt du, du verstehst schon.«

»Nein. Nicht wirklich. Ich weiß, dass du Mom gut behandelst. Aber so, wie du über Frauen sprichst, wenn du uns zum Beispiel beim Fußball *Mädchen* nennst, wenn wir nicht gut genug gespielt haben ... Für so etwas kannst du heutzutage Ärger bekommen.«

»Nicht mehr Ärger als bei einem Verkehrsunfall«, erwiderte er.

Ich stöhnte.

Das war die Wahrheit hinter meinem Dad. Er gab dem Unfall die Schuld daran, wie sich sein Leben entwickelt hatte, und er gab allen anderen die Schuld an dem Unfall.

Der Wald öffnete sich und gab unsere Straße frei. Wir erreichten unser Haus, wo meine Mom mit einem Buch auf der Veranda saß und die vorbeifahrenden Autos beobachtete. Sie winkte uns zu.

»Nick«, sagte sie, als ich die Haustür öffnete. »Clarkebridge hat angerufen.«

Ich fuhr auf den Hacken herum.

Sie lächelte.

»Das volle Programm«, sagte sie und zog mich in eine Umarmung. »Du hast es geschafft.«

Ich stolperte. »Das ist ... wow!«

»Glückwunsch.« Meine Mom roch nach einem fruchtigen Shampoo und frisch gewaschenen Klamotten. Sie drückte mich fest an sich, das erste Mal, dass sie mich umarmte, seit ... vermutlich, seit ich auf der Highschool war.

Ich dachte nicht wirklich an das, was sie gesagt hatte. Ich dachte an die eine Person, der ich diese Neuigkeiten unbedingt erzählen wollte. Ich musste einfach wissen, ob er es auch geschafft hatte.

Regel Nummer 21

Ein Bro bringt seine Freundin niemals zum Weinen.

Das Erste, wo ich hinging, nachdem meine Mom aufgehört hatte, einen Wirbel um mich zu machen, war das gute alte *Straight Cheese 'n' Pizza.* Die eine Sache, die ich von Mr Hoover gelernt hatte, war, dass man, wenn man nicht genug schlief oder wirklich gestresst war, einen Heißhunger auf fettiges und süßes Essen bekam – das Gehirn schrie dann geradezu nach Energie, und der einfachste Weg, sie sich zu beschaffen, waren eben Fett und Zucker. Das Problem ließ sich mit ausreichend Schlaf und Stressvermeidung umgehen.

Das war mir bewusst und mein Kommentar an Mr Hoover lautete: *Ich brauche die Pizza mit dem mit Mozzarella gefüllten Rand wirklich.* Er hätte es besser gewusst, als sich heute mit mir anzulegen.

Danach fuhr ich zu den O'Connors. Ich bezweifelte, dass Carter da sein würde, denn wenn er Stress hatte, ging er immer zu so einer Art Ninja-Training, um sich so richtig aufzupumpen. Allerdings wollte ich nicht zu ihm. Noch nicht.

Ich schrieb Eliza eine Nachricht, als ich in ihre Einfahrt einbog. Sie saß im Garten an die Eiche gelehnt. Es war der perfekte Ort, um sich vor der Welt zu verstecken, der perfekte Ort, um allein zu sein.

Der Nachmittag neigte sich dem Ende zu, und der Himmel über Eliza begann, sich orange zu färben, als ich zu ihr trat. Aus irgendeinem Grund schien sie sich nur in einem weiten Pulli und Jeans in der kühlen Novemberluft wohlzufühlen. Oder vielleicht wollte sie einfach die Kälte spüren.

»Hey«, sagte sie und konzentrierte sich auf etwas, das nicht ich war. Sie saß mit dem Rücken zum Baum über einen Spiralblock gebeugt. Ihr offenes Haar hing ihr ins Gesicht und verbarg, was sie schrieb, selbst dann noch, als ich neben ihr in die Hocke ging. Was sagte man zu einem Mädchen, nachdem man ihre Beziehung zu ihrem Bruder ruiniert hatte? Sollte ich versuchen, ihre Hand zu halten? War es überhaupt okay, wenn ich als Erster sprach? Sie weinte nicht, aber ein trauriger Schatten lag um ihre stillen Lippen.

Ich konnte mich nicht entscheiden, ob es besser gewesen wäre, wenn sie sich gefreut hätte, mich zu sehen, anstatt so traurig zu sein. Beides würde das, was ich gleich tun wollte, noch zehnmal schwieriger machen. Vielleicht würde ich es bereuen, und vielleicht brach ich es übers Knie wie bei den anderen Malen, als es mit Mädchen ernst geworden war.

Ich stopfte meine klammen Hände in meine Jackentaschen.

»Es geht das Gerücht um, dass wir miteinander geschlafen haben«, sagte sie. »Carter glaubt es. Er hat mir eine Nachricht geschrieben, ob er Verhütungsmittel besorgen soll. Ich ertrage ihn gerade nicht.«

»O nein«, meinte ich. »Das tut mir echt leid. Kann ich irgendetwas machen?«

»Es würde helfen, wenn du verbreiten könntest, dass es nicht stimmt.«

»Mach ich.« Gerüchte richtigzustellen war eigentlich nicht meine Art. Jede Presse war gute Presse, oder? Für sie würde ich eine Ausnahme machen. Auch für Carter.

»Allerdings wird das Carters Meinung vermutlich nicht ändern.«

»Schadet ja nicht, es zu versuchen.«

Der Block auf ihrem Schoß war so auffällig wie eine Giraffe in New York City. Ich wollte nicht neugierig sein, aber die Worte am oberen Rand des Blattes sprangen mir geradezu ins Gesicht. »Lieber Nick, ich muss immer daran denken, was du als Erstes zu mir gesagt hast: *Zeig mir, dass ich mich irre!*« Ihre Arme verdeckten den Rest.

»Bei was irren?«, fragte ich.

Es war ein kalter Abend, der Herbst ging langsam in den Winter über. Meine Herbstjacke war fast nicht mehr warm genug für die grausamen Temperaturen.

»Bei allem«, erwiderte sie.

»Schreibst du mir einen Liebesbrief?«, fragte ich.

»Du kannst mit einem Liebesbrief doch gar nicht umgehen.«

»Haha.« Ich strich ihr über den Kopf, fuhr mit meinen Fingern durch ihr Haar. Es kostet mich mehr Willensstärke, sie nicht anzufassen und mich daran zu erinnern, weshalb ich hergekommen war, als mich durch das Sprinttraining meines Dads zu kämpfen.

»Ähm«, begann ich.

Eliza klappte ihren Block zu. »Ist schon in Ordnung. Ich weiß, warum du hier bist.«

»Tust du?«

Sie nickte. »Wegen Carter.« Ihre großen braunen Augen suchten meine, keiner von uns blinzelte. »Ich dachte mir, dass du so reagieren würdest, und ich verstehe es. Doch bevor du Schluss machst«, flüsterte sie, »oder was auch immer, kannst du bitte das hier lesen?«

Ich konnte nicht wegschauen. Nicht einmal, als sie ein vollgekritzeltes Stück Papier zerknüllte und mir in die Hand schob. »*Davor* hast du Angst?«, fragte ich. »Dass ich mich nach all dem für Carter entscheiden könnte?«

Sie antwortete nicht.

Das musste sie nicht.

Sie hatte recht.

»Bitte lies es, okay?« Die Baumrinde knackte, als sie aufstand. »Ich hole mir noch eine Jacke. Wenn ich zurück bin, können wir darüber sprechen.«

Ich nickte, als sie davonstapfte. *Ich weiß nicht, ob ich das durchziehen kann ...* Mir kamen Zweifel.

»Reiß dich zusammen, Nick«, murmelte ich. Dann öffnete ich ihren Brief.

Eliza ließ sich viel Zeit im Haus, genug, dass ich ihren Brief acht- oder neunmal lesen konnte. Die Sonne war bereits hinter der immer kahler werdenden Baumkrone der Eiche verschwunden, als sie schließlich zurückkam. Ihr Brief zitterte in meinen Händen, sowohl wegen der Temperatur als auch wegen seines Inhalts.

»Hi«, sagte sie.

»Hi.« Ich stand auf. Sie sah mich unsicher an, bereit für mein Urteil. Überzeugt, dass sie bereits wusste, was ich sagen würde.

Ihre Nachricht wog schwer in meiner Hand. Ich faltete das Blatt in der Mitte, als würde ich ein Buch zuschlagen.

»Du hast geschrieben, dass du weißt, was ich tun werde«, sagte ich.

Ihr offenes Haar wehte im Wind. Sie betrachtete meine Sneakers.

»Aber es gibt da vieles, was du nicht weißt.« Ich machte einen Schritt auf sie zu. »Du weißt nicht, wie häufig ich an dich denke. Nämlich seit Ewigkeiten praktisch rund um die Uhr, vor allem, seit du aus Australien zurück bist. Du weißt nicht, dass du das einzige Mädchen bist, an das ich denke.« Ich machte einen weiteren kleinen Schritt auf sie zu. »Du weißt nicht, wie nervös du mich machst. Wie viel mehr Spaß es dadurch macht, mit dir zusammen zu sein. Du weißt nicht, wie sehr ich mich immer darauf freue, dich zu sehen, oder dass ich das Gefühl habe, dir alles sagen zu können.«

Eliza runzelte die Stirn. »Bevor du das gelesen hast, wolltest du mit mir Schluss machen.«

»Ja. Ich wollte den leichten Ausweg nehmen«, gab ich zu. »Ich dachte, wenn ich mit Carter befreundet bin, könnten wir beide immerhin auch noch Freunde bleiben. Aber ich will nicht nur ein Freund für dich sein. Ich möchte, dass das zwischen uns ernst ist.« Sie öffnete den Mund. Ich sprach weiter. »Das Grinsen, das du in deinem Brief erwähnt hast ... Du bist die Einzige, der ich es jemals schenken will.«

Meine Stimme brach ... genau wie Eliza. Sie schlang die Arme um meinen Hals und vergrub das Gesicht in meiner Halsbeuge. Ihr wunderbarer Geruch und ihre Wärme umfingen mich.

»Ich ...«, begann sie.

»Ich weiß, du hast gesagt, das ist kein Liebesbrief …« Ich rang nach Luft.

Ihre Schultern bebten an meiner Brust, und ihre Tränen begannen, meine Jacke zu durchnässen. Ich drückte sie fest an mich.

»Sorry«, sagte sie. »Ich habe echt gedacht, dass es das jetzt war.«

Ihre Wangen waren ganz feucht und ich grinste. »Ich liebe dich.« *Ich habe es gesagt.* Aufregung durchflutete mich von den Ellbogen bis zu den Knien. »Ich hab's gemacht, ich habe es dir endlich gesagt.« Ich reckte eine Faust in die Höhe. »Hell yeah!«

»Ich liebe dich auch, Nick.« Ihr Lachen ging mir unter die Haut. »Wow, es fühlt sich so gut an, das endlich auszusprechen.«

Die Freude zwang uns dazu, unsere Finger miteinander zu verschränken, während sie laut nachdachte. »Aber was ist mit Carter? Ich will auch ihn nicht verlieren.«

»Vielleicht, wenn wir uns bei ihm entschuldigen?«, schlug ich vor. »Ich verkünde der Welt, dass ich *nicht* mit dir geschlafen habe. Wir machen ihm klar, dass wir ihn auch lieben. Und dann warten wir.«

»Es ist nur …« Sie verstummte. »Ich möchte euch beide haben.«

»Ich auch.« Ich fuhr mir mit der Hand durchs Haar. »Ich will das hier. Und dich. Und ich hoffe, das ist gut genug für ihn.«

»Ich glaube, er braucht nur Zeit. Er wird das Richtige tun, ich weiß es.« Eliza küsste mich auf die Wange. »Habe ich dir eigentlich schon gesagt, dass ich dich liebe?«

So verdammt süß.

Meine Jacke blieb an der Baumrinde hängen, als ich mich dagegenlehnte, Elizas zarte Lippen auf meinen. Unser Atem vermischte sich. Eliza zog mir den Brief aus der Hand und ließ ihn ins Gras fallen. Ich brauchte ihn sowieso nicht noch einmal zu lesen; sein Inhalt hatte sich mir ins Gedächtnis gebrannt, genauso wie ihr Geschmack und das sanfte Geräusch, wenn sie ihre Finger in meinem Haar vergrub.

Sie ließ mich ihre Leidenschaft spüren. Wir küssten uns, bis sich der Himmel lila färbte, kosteten einander, bis der letzte Sonnenstrahl unsere Herzen in Brand steckte.

Regel Nummer 22

Ein Bro betrügt nur bei den Hausaufgaben, niemals bei Examen, seine Freundin oder sich selbst.

Die Dinge waren in den folgenden Wochen, dann Monaten nicht mehr dieselben. Carter hatte es ernst gemeint, als er gesagt hatte, er wäre fertig mit mir. Er begann, mich sogar noch schlimmer zu behandeln, als wir die Neulinge behandelten, die wir immer schikanierten. Wenn sie zum Beispiel mit uns sprachen, redeten wir einfach los, als würden wir sie nicht hören. Gingen wir im Flur an ihnen vorbei, rempelten wir sie an und taten so, als würden sie nach Frauen-Deo riechen. Mir war neulich klar geworden, dass wir damit aufhören sollten.

Begegnete mir Carter jetzt im Flur, reagierte er überhaupt nicht. Wenn ich beim Mittagessen an unserem Tisch etwas sagte, wartete er, bis ich fertig war, und wechselte dann das Thema. Mir wäre es lieber gewesen, wenn er einfach offen unfreundlich gewesen wäre.

Aber *ich* war derjenige, der den bescheuerten Codex verletzt hatte.

Carter hatte, was sein eigenes Verhalten betraf, ebenfalls ernst gemacht. Er ging Hannah völlig aus dem Weg und traf sich nur noch mit Austin, Robert und Jamal. Laut Austin konzentrierte er sich mehr denn je aufs College und war sogar wegen eines Aufnahmegesprächs für das Medizinprogramm nach Clarkebridge gefahren. Ich lernte immer noch für den Biologie-Leistungstest und war noch Meilen davon entfernt, für den Studiengang zugelassen zu werden, den ich belegen wollte.

Das war das eine. Dazu kam, dass ich jetzt meine ganzen Hausaufgaben selber machen musste. Austin und Carter tauschten immer noch ihre Lösungen aus, aber Austin konnte mir nicht mehr so viele von seinen geben. Nicht, dass er es nicht gewollt hätte; er hatte einfach keine Zeit dazu.

Langsam begriff ich, warum es immer hieß, dass die Highschool hart war.

Zumindest hatte ich Eliza. Nach dem Ende der Fußballsaison wurde ihr Zimmer zu unserem nachmittäglichen Lerntreffpunkt. Das »durften« wir, weil Olivia Mitleid mit mir hatte. (Obwohl ihre Mitleids-Cupcakes schon fast ausgereicht hätten, um es wiedergutzumachen.) Während ich über meinem Biobuch brütete, saß Eliza an ihrem Zeichentisch und arbeitete an ihrem Portfolio für die Kunstakademie.

Die Nachmittage verschlechterten sich jedoch immer, wenn die Hintertür ins Schloss fiel und wir schwere Schritte die Treppe heraufstampfen hörten. Carter sagte nichts, während er an der Tür zu Elizas Zimmer vorbeiging, wo wir warteten und darauf hofften, dass heute der Tag gekommen war, an dem er wieder mit uns sprechen würde. Er stapfte immer den Gang entlang und warf die Tür hinter sich zu, durch die wir die Eröffnungsmelodie von *Fortnite* hörten. Eliza sagte jedes Mal »Hallo« zu ihm und wartete darauf, dass er antwortete.

Ich fragte mich jedes Mal, ob ich zu ihm gehen und irgendetwas sagen sollte.

Carter grüßte nie zurück.

Ich ging nie zu ihm, um etwas zu sagen.

Früher, als mir lieb war, kam der entscheidende Februartag, an dem mein Schicksal in den Händen des Bio-Leistungstests lag. Die Prüfung fand in einer Nachbarstadt statt und ich musste um fünf Uhr morgens aufstehen, um pünktlich da zu sein. An einem *Samstag*.

Zehn Minuten vor Beginn der Prüfung betrat ich den Raum, so, wie ich angewiesen worden war. Es war ein stickiges, nach Moder riechendes Klassenzimmer, und mein Kopf begann, augenblicklich zu brummen. Der Boden glänzte so sehr, dass es sich anfühlte, als würde man sich an Bord eines Raumschiffs begeben, aber ich schaffte es trotzdem, dem Studenten, der die Prüfung beaufsichtigen würde, meinen Ausweis zu zeigen. Er war gut über zwanzig, dünn und stand vermutlich kurz vor Abschluss seines Studiums. Seine eckige Brille und das Ultimate-Frisbee-T-Shirt zeichneten ihn als Ultra-Nerd aus. Früher hätte ich ihn deshalb sofort abgeschrieben, doch da ich angefangen hatte, Nerds für ihren Intellekt zu schätzen und dafür, dass sie mir beim Lernen helfen konnten, fragte ich mich ernsthaft, wie er so tickte. Welches war sein Lieblings-Baseballteam? Mit welchem *Smash*-Charakter spielte er?

Er gab mir einen dicken Packen Prüfungsunterlagen und einen Bleistift mit Härtegrad HB. »Den Namen auf die oberste Seite schreiben und nicht öffnen, bevor ich sage, dass es losgeht.«

Sir, yes sir! Ich wandte mich zu dem einzigen freien Platz im Raum um (anscheinend kam man als Nerd pünktlich zu Veranstaltungen) und blieb wie angewurzelt stehen. Da, drei Reihen entfernt und genau neben dem Platz, den ich nehmen musste, saß Carter O'Connor.

Es hatte zwei mögliche Termine für diese Prüfung gegeben, heute und die Woche danach. Natürlich hatten wir uns denselben Tag ausgesucht. Warum hatte Eliza mich nicht vorgewarnt, dass er hier sein würde? *Wahrscheinlich wusste sie es nicht.*

»Hey, Mann.« Ich ließ den Packen auf meinen vollgekritzelten Tisch fallen. »Ich schätze, das viele Lernen mit mir hat sich ausgezahlt«, versuchte ich zu witzeln.

Er zögerte, dachte darüber nach, ob er wirklich mit mir sprechen sollte. Schließlich nickte er mir zu. »Viel Glück!«

Ich schrieb meinen Namen auf den Prüfungsbogen. Ich hatte das Bedürfnis, mich zu Carter umzudrehen und mich über den Studenten lustig zu machen. Ich tat es nicht.

»Guten Morgen, zusammen«, sagte der Student schließlich. »Der Test besteht aus vier Teilen, für jeden davon habt ihr fünfundvierzig Minuten Zeit. Die Teile sind nacheinander zu bearbeiten ...« Er ratterte die Regeln für jeden beliebigen standardisierten Test herunter, den es gab. »Handys ausschalten. Es wird nicht gesprochen. Eure Zeit läuft ab ... jetzt.«

Papier raschelte, als jeder den Bogen aufschlug und eilig mit dem ersten Teil begann. Ich seufzte und sah mir Frage Nummer eins an. Das Blut pochte in meinen Ohren – ich hatte keine Ahnung, was ich da las. *Alles in Ordnung. Tief durchatmen.*

Die anderen füllten ihre Prüfungsunterlagen aus und schienen gut voranzukommen. Carter sah zu mir herüber. Als er bemerkte, wie nervös ich war, nickte er. Entweder, um mir zu sagen, dass ich es schaffen würde, oder um mir zu sagen, dass ich nur meine Zeit verschwendete. Doch wie auch immer, es half mir, mich zusammenzureißen und diesen verdammten Test in Angriff zu nehmen.

Das. War. Anstrengend. Nach den drei Stunden Prüfung knurrte mir der Magen, als wäre ich ganz offiziell am Verhungern, obwohl es noch nicht einmal Mittag war. Ich packte meine Sachen zusammen und machte mein Handy an. Ich hatte ein paar E-Mails und eine Sprachnachricht von Eliza. Während die anderen Prüflinge den Raum verließen, hörte ich sie ab.

»Hey, Superstar.« Ihre Stimme klang laut aus dem Telefon, vor allem in dem fast leeren Klassenraum. »Ich wollte dir viel Glück für heute wünschen. Also, viel Glück! Ich liebe dich.«

Ich lächelte. Das war süß.

Carter stand vorn im Klassenzimmer neben der Tür und wartete auf mich.

»Fährst du gleich wieder los?«, fragte er.

»Wahrscheinlich. Der Verkehr wird ätzend werden auf dem Heimweg.«

Carter nickte, als sähe er das genauso. »Hey, nur ganz schnell, hast du Lust, Mittagessen zu gehen?«

Was? »Ja«, sagte ich. »Natürlich. An was hast du gedacht?«

Carter führte mich zu einer billigen Pizzeria neben der Schule. Denn wo sonst hätten wir unser erstes gemeinsames Gespräch seit Monaten führen sollen?

Pizza war der große Gleichmacher.

Wir bestellten uns beide ein Stück und eine Cola. Carter suchte eine Fensternische für uns aus und, ich muss sagen, ich fühlte mich wie im Paten. Das war der Teil, wo er mich entweder davor warnte, dass ich bald sterben würde, oder er eine Stange Geld von mir verlangte.

»Ich werde gleich zur Sache kommen«, sagte er und blickte auf seine Pizza. Es war klar, dass er sich unwohl fühlte, denn er war direkt, sah mir aber nicht in die Augen. Carter war derjenige OB, der mir erklärt hatte, dass es bei Direktheit darauf ankam, seinem Gegenüber in die Augen zu blicken.

»Ich ...« Er suchte nach den richtigen Worten – ein weiteres Zeichen dafür, dass es ein spontaner Einfall von ihm gewesen war, mit mir essen zu gehen. »Ich wusste nicht, dass sie dich liebt.«

Die Pizza schmolz in meinem Mund. Das war nicht das, was ich erwartet hatte. »Davon war ich auch geschockt. Wenn man bedenkt, was sie alles von mir weiß und so.«

Carter nickte. »Und du ...«

Gleichzeitig sagte ich: »Ich versuche ...«

Wir verstummten, bedeuteten beide dem jeweils anderen fortzufahren.

Ich sprach als Erster weiter. »Ich versuche, ihr alles zu geben, was sie verdient. Also, ja, ähm. Ich ... ich liebe sie auch.«

Ein paar der anderen Prüflinge kamen in die Pizzeria und machten genug Lärm, dass man unser Gespräch nicht so leicht mithören konnte. Der Student, der den Test beaufsichtigt hatte, verschlang ein paar Nischen weiter eine Calzone, die so groß wie sein Kopf war. Respekt!

»Es tut mir leid, dass ich dir nicht erzählt habe, warum sie und Austin Schluss gemacht haben oder was wirklich mit Sarah passiert ist.«

»Das war echt superzwielichtig«, sagte ich.

»Jep. Ich kann den Typ, der das getan hat, auch nicht leiden. Oder den, der es verheimlicht hat. Ich probiere gerade was Neues aus und versuche, nicht mehr dieser Typ zu sein.«

»Ich hatte die ganze Zeit vor, dir von der Sache mit Eliza zu erzählen«, erklärte ich. »Wir wollten es gleich nach Jeffs Party machen. Nur einen Monat, nachdem das mit uns angefangen hat.«

»Kein Scherz. Ich schätze, das ist alles gewaltig schiefgelaufen. Jeffs Party war ... Aber jetzt mal im Ernst – wie schafft Madison es nur, dass sie immer bei jedem bisschen Drama im Mittelpunkt steht?«

Ich biss auf eine Peperoni. »Ja, wirklich, das ist beeindruckend.«

Carter nahm einen großen Bissen von seiner Pizza und sah mich jetzt wieder richtig an. »Der Abend, von dem Austin dir erzählt hat – an dem das mit ihm und Eliza passiert ist und das mit mir und Sarah – da hab ich's nicht wirklich verstanden. Ich habe mich vor allem schuldig gefühlt. Und diese Schuldgefühle haben größtenteils dazu geführt, dass ich Eliza beschützen wollte.« Er sah weg. »Ich hätte dir zutrauen sollen, dass du dich richtig benimmst, wenn du mit ihr zusammen bist, aber ich habe meinem eigenen Urteil nicht getraut. Und als ich herausgefunden habe, dass du hinter meinem Rücken etwas mit ihr angefangen hast ...«

»Das ist alles gewaltig schiefgelaufen«, wiederholte ich.

»Ich habe vor ein paar Wochen mit Sarah gesprochen.«

»Echt?«

Ein Tropfen Fett lief Carters Handgelenk hinunter. Er ignorierte es.

»Ich hätte nicht gedacht, dass ich das schaffe. Es hat sich herausgestellt, dass es für sie gar keine große Sache war. Sie dachte, es wäre normal, wie ich sie behandelt habe.«

»O Mann«, sagte ich.

»Ich habe mich trotzdem bei ihr entschuldigt. Hatte währenddessen einen Zusammenbruch. Vielleicht sind wir jetzt quitt. Ich habe ihr gesagt, dass sie etwas Besseres verdient. Ich hoffe, sie findet es.«

Ich schluckte. Ich hatte Carter immer schon für den Besten von uns gehalten. Die letzten paar Monate vielleicht nicht so sehr, aber er hatte bewiesen, dass er menschlich war, und sogar er machte Fehler. Doch das hier war noch mal eine ganz andere Nummer. Zu seinen Fehlern zu stehen, den Leuten mehr Respekt entgegenzubringen, als irgendwer von ihm erwartete, das war durch und durch Carter. Er hatte sich nur eine Weile verirrt gehabt.

»Wie auch immer«, fuhr er fort. »Eliza sagte mir, dass du hier sein würdest und dass ich nett zu dir sein sollte, weil sie dich liebt. Das war das erste Mal, dass sie das mir gegenüber erwähnt hat.« Er verstummte. »Ich weiß nicht. Vielleicht passt ihr beide ja wirklich perfekt zusammen. Eliza hat jedenfalls die Chance verdient, es herauszufinden.«

»Danke«, begann ich. Doch er war noch nicht fertig.

»Für die Entscheidung, ob du es verdient hast, habe ich ein bisschen länger gebraucht. Aber natürlich hast du es verdient. Im Grunde ging es um mich. Weil ich das Gefühl hatte, dass ich selbst keine zweite Chance mit einem Mädchen verdient hatte, niemals.«

»Das klingt, als hättest du dir ziemlich viele selbstkritische Gedanken darüber gemacht«, meinte ich lachend.

Carter lächelte ein bisschen verlegen. »Ich habe angefangen, mich mit jemandem zu treffen.«

»Was? Mit wem? Hannah?« Soweit ich wusste, war das schon lange vorbei.

»Ne. Mit einem Seelenklempner. Du weißt schon, um über diese ganzen *Mommy und Daddy*-Probleme zu reden.« Er hüstelte und hörte dem Aufruhr der Leute zu, die hier saßen und Pizza aßen. Ich blieb still, unsicher, ob er mir noch mehr erzählen wollte.

Das tat er.

»Ich bin endlich den ganzen Scheiß losgeworden. Ich musste immerzu an meinen Dad denken«, sagte er. »Welche Rolle er bei der Sache mit Sarah gespielt hat, wie er seine eigene Familie verlassen hat, ohne sich um unsere Gefühle zu scheren, und wie er uns und Mom wie Dreck behandelt hat. Ich bin damit nicht klargekommen. Nach dem, was er getan hat, habe ich mir selbst so viel Verantwortung aufgebürdet, wollte unbedingt alles richtig machen. Vor allem in Bezug auf Eliza. Langsam fange ich aber an, das alles zu verarbeiten. Das hilft sehr.«

»Wow!« Man brauchte viel Mut, um zuzugeben, dass man zu einem Therapeuten ging, und auch für die anderen Dinge, die er mir gerade erzählt hatte. Vor allem als Bro. »Das ist gut.«

»Jep. Ich versuche, Eliza zu überreden, dass sie auch hingeht. Jedenfalls hat mir der Doc vor einer Weile erklärt, dass ich zuerst dir vergeben muss, bevor ich mir selbst vergeben kann. Das ist der erste Schritt. Also ...« Er hielt mir seine Cola entgegen. »Prost?«

Grinsend hob ich meine Getränkedose und stieß mit ihm an. »Vielleicht sollte *ich* mich mal mit diesem Wundertäter treffen.«

Carter sah aus dem Fenster auf den Highschool-Campus. Er war viel größer als unserer, und für einen Samstag hingen hier ziemlich viele Schüler herum. »Ich hätte dir sagen sollen, dass ich heute hier sein würde. Wir hätten uns vielleicht ein bisschen Benzin sparen können.«

Ich stützte die Ellbogen auf den Tisch. »Ich hätte dir auch eine Menge Dinge sagen sollen«, meinte ich. »Jetzt wissen wir es.«

»Jetzt wissen wir es.« Er knüllte seine fettige Serviette zusammen und warf sie auf seinen Pappteller. »So, jetzt müssen wir mal über den Abschlussstreich sprechen«, sagte er mit einem vertrauten Glitzern in den Augen.

»Ah. Das ist der wirkliche Grund, weshalb du wieder mein BFF sein willst. Ich hatte immer schon die besseren Ideen.«

»Arsch«, sagte Carter.

»Du leugnest es also nicht.«

»Ich würde sagen, wir sind ungefähr gleich gut. Was bedeutet, dass dieses Jahr in die Geschichte eingehen könnte, wenn wir unsere Ideen zusammenwerfen.«

»Na schön. An was hast du gedacht?«

»Den Pizzabäcker«, sagte er.

»Offensichtlich.«

»Wir bauen eine gigantische Kissenburg in der Schule und setzten ihn hinein, ganz hinten ans Ende. Wie einen König.«

»Wir ziehen ihm einen Pyjama an und so eine Schlafmaske«, schlug ich vor.

»Genau.«

»Nicht schlecht.« Ich kratzte mich am Kinn. »Ich lege noch eins oben drauf. Die Kissen sind mit Wackelpudding gefüllt.«

»Bro«, sagte Carter.

»Bro.« Ich gab ihm einen Fistbump.

Die anderen Prüflinge verließen langsam die Pizzeria, und der Student winkte uns zu, als er seinen Teller wegwarf. Es wurde leiser, und auch Carter sprach leiser.

»Willst du immer noch das Physiotherapieprogramm in Clarkebridge machen?«

Ich nickte. »Leuten mit ihren Verletzungen zu helfen, ihnen wieder Hoffnung zu geben, Menschen auf diese Weise zu unterstützen – das will ich machen, ja.«

Carter ließ sich zurück in sein Polster sinken. »Deswegen möchte ich Medizin studieren«, sagte er. »Ich will ein gottverdammter Superheld werden. Ich weiß nicht, ob sie es dir gesagt hat, aber ich gehe auch nach Clarkebridge.« Er lachte. »Die haben keine Ahnung, was sie erwartet.«

»Falls ich in das Physiotherapieprogramm reinkomme. Diese Prüfung war der Hammer.«

Carter schüttelte den Kopf. »Du wirst reinkommen. Du hast die Prüfung gerockt.«

»Weißt du etwas, das ich nicht weiß?«

»Ich habe vielleicht den ein oder anderen Blick zu dir rübergeworfen, nur um sicherzugehen, dass du klarkommst.«

»Willst du damit sagen …«, flüsterte ich hastig, damit die anderen, die den Test mit uns geschrieben hatten, nichts mitbekamen, »dass Carter O'Connor gespickt hat?«

»Es ist ja nicht so, als hätte ich abgeschrieben. Ich wollte nur überprüfen …«

»Klar«, sagte ich. »Natürlich hast du das nicht.«

Carter lachte; er würde es niemals zugeben. »Aber Mann, wie krass wird das werden, für Clarkebridge Fußball zu spielen? Du bist im Team, richtig? Unabhängig vom Physiotherapieprogramm?«

»Hell yeah.«

»Ich auch.« Seine Miene hellte sich auf, und endlich erkannte ich die beiden Kids aus Elizas Brief wieder. Den alten Carter und den alten Nick.

»Und jetzt sind wir hier«, sagte ich. »Neues Team, dieselben Typen.«

Der Tisch klapperte, als Carter mit den Fingern darauftrommelte. »Verdammt, das wird super.«

Epilog

»Arschbombe!«

»Nein!!«

»Aufhören!« Die Mädchen, die an Carters Pool saßen, kreischten, als sie nass gespritzt wurden.

Carter tauchte auf und paddelte durch den überfüllten Pool an den Rand, wo Austin und ich in der Sonne brieten.

Austin hielt neun Finger hoch. »Das war nicht schlecht, Alter. Aber ich glaube, das kannst du noch besser.«

»Vier«, sagte ich. »Ich habe schon Besseres gesehen.«

Carter spritzte Wasser in meine Richtung und traf meine Badehose. »Wie auch immer.«

»Netter Versuch.« Ich rückte meine Sonnenbrille zurecht. Es war ein heißer Nachmittag im Mai, perfekt für uns und hundert unserer Mitschüler, um unseren allerletzten Schultag gemeinsam zu feiern.

»Ich hätte dir drei Punkte gegeben«, erklang meine Lieblingsstimme hinter uns.

Ein sanfter Kuss landete auf meiner Wange, und Carter streckte die Zunge heraus. »Könntet ihr zwei bitte aufhören, so süß zu sein? Das ist ekelhaft.«

Eliza schlang ihren Arm um meine nackten Schultern und meine Welt war wieder vollständig. »Nur kein Neid!«

»Das Gute daran, dass du vergeben bist«, sagte Carter, »ist, dass du jetzt ein noch besserer Wingman für mich bei den College-Mädels sein wirst.«

»Ich bin der beste Wingman.« Obwohl wir alle wussten, dass Carter keinen brauchen würde.

»Mags, ich kann es immer noch nicht glauben, dass du auf die College-Mädels verzichten willst, bevor du sie überhaupt getroffen hast.« Austin seufzte. »Nichts gegen dich«, fügte er hinzu, als Eliza vollkommen schockiert tat.

»Es ist nicht meine Schuld, dass du es in der Highschool vermasselt hast.« Ich gab Eliza einen Fistbump. Sie lehnte sich an meine Schulter und entspannte sich in der Sonne. Vor einem Jahr hätte ich Austin zugestimmt. Ich hätte behauptet, dass keine einen quasi unbegrenzten Nachschub an Mädchen am College wert war. Inzwischen wusste ich, dass College-Mädels dasselbe sein würden wie Highschool-Mädels. Nur mehr davon. Und keine davon wäre so perfekt für mich wie sie. Also war es egal.

»Aber du wirst Cupcakes mitbringen, wenn du auf Besuch kommst, oder?«, fragte ich. »Sonst haben wir vielleicht doch keinen Deal.«

»Hilfst du mir?«, fragte Eliza Carter.

Er packte meine Beine, und sie schob von hinten. So beförderten sie mich ins Wasser, was, nachdem ich ein paar Stunden in der Hitze gesessen hatte, richtig guttat.

Als ich wieder auftauchte, kamen Robert und Hannah Hand in Hand zu uns herübergeschlendert. Ich stieß Carter mit dem Ellbogen an, und er seufzte. Nachdem Carter beschlossen hatte, dass er sich auf die Sache mit Hannah lieber doch nicht einlassen wollte, hatte sie Robert schließlich eine Chance gegeben. Anscheinend machte er alles richtig, denn seitdem wich sie so gut wie nie von seiner Seite. Nicht, dass er das gewollt hätte.

Hinter ihnen wateten Jamal und Josh Daley durchs flache Wasser und warfen abwechselnd einen Wasserball nach Madison, die sich auf den Stufen des Pools sonnte. Nach dem Flaschendrehen-Desaster war Austin klar geworden, dass er etwas von Madison wollte, das sie ihm niemals würde geben können. Madison hatte Carter noch ein paar Wochen nachgetrauert, bis sie und Josh Daley eines Abends etwas miteinander angefangen und seitdem nicht mehr wirklich damit aufgehört hatten. Sie taten einander gut; beide hatten bessere Laune und waren zu festen Mitgliedern unseres Freundeskreises geworden. Nach meinem letzten Stand planten sie, sich eine Jahr Auszeit zu nehmen und mit dem Rad durch Afrika zu fahren.

»Karvotsky sucht nach euch«, verkündete Robert.

»Uh, ja.« Austin stand auf. Carter und ich kletterten aus dem Pool.

»Wir müssen da etwas erledigen«, sagte ich zu Eliza, während Carter das streng geheime Notizbuch unter seinem leuchtend bunten Strandtuch hervorholte. Kein Scherz, auf dem Ding stand sogar *Streng geheim.*

»Kannst du Olivia sagen, dass sie die Musik lauter machen soll?«, fragte sie, als wir den Pool verließen und uns in den Garten der O'Connors aufmachten.

Jedes Jahr veranstalteten Eliza und Carter diese riesige Jahresabschlussparty, die heuer wegen unseres Schulabschlusses und so weiter sogar noch größer ausfiel. Ms O'Connor hatte eine echte Wissenschaft daraus gemacht. Es gab Snacks am Pool, Snacks beim Badmintonfeld im Garten, Snacks im Haus – vor allem war es eine Party mit vielen Snacks.

Sie und meine Mom waren tatsächlich gerade in der Küche, um dafür zu sorgen, dass die Snack-Situation unter Kontrolle blieb. Mein Dad war so weit von dieser Party entfernt wie nur möglich, da der Großteil des Fußballteams hier war und seine Anwesenheit sonderbar gewesen wäre.

Coach Dad hatte aufgehört, mich so stark unter Druck zu setzen, seit ich das Stipendium für Clarkebridge bekommen hatte. Es hatte sich herausgestellt, dass er, wenn er weniger Zeit mit mir verbrachte, mehr Zeit mit Mom verbringen konnte. Ich wusste nicht, ob sie sich ausgesprochen hatten, aber sie schienen glücklich zu sein. Sie hatten mir seit Jeffs Party auch keinen Hausarrest mehr verpasst.

Allerdings war es knapp gewesen: Als der Pizzabäcker inmitten von Wackelpudding und Kissen im Schulflur aufgetaucht war, hatten alle nach den Schuldigen gesucht. Niemand hatte eine Vermutung geäußert. Meine Mom hatte sogar Jamal verdächtigt, bis in unserer Stadtzeitung Fotos von gestreiften Kissenbezügen aufgetaucht waren, die verdächtigt nach meinen ausgesehen hatten. Sie hatte mich eine halbe Stunde lang angeschrien. Doch die Vorstellung, dass ich schon bald im College sein würde und dann keine Möglichkeit mehr haben würde, bei ihr zu Hause Schaden anzurichten, hatte sie schließlich davon überzeugt, es einfach gut sein zu lassen.

Sie war die Einzige gewesen, die so reagiert hatte. Die Kissenpuddingburg des Pizzabäckers würde ganz sicher in die Geschichte der Cassidy High eingehen. Die Besitzer von *Straight Cheese 'n' Pizza* hatten sogar ganz stolz das Foto des Pizzabäckers aus der Zeitung aufgehängt, neben einem Bild ihrer drei extrem gut aussehenden und ziemlich stylishen besten Kunden. Sie haben nie etwas gesagt, aber sie wussten Bescheid.

Das Geschrei vom Pool wurde leiser und verstummte schließlich, als wir unsere ehemaligen Teamkollegen bei meinem Lieblingsbaum im Garten der O'Connors trafen – am heiligsten Platz, den Carter und ich uns vorstellen konnten, um *das hier* zu tun. Jeff Karvotsky, der neue Kapitän – und der jüngste, den es an der Cassidy High je gegeben hatte –, hatte die Truppe für uns zusammengerufen. Die Jungs warteten geduldig, während Carter, Austin und ich sie von der Party abhielten.

»Wir haben ein Abschiedsgeschenk für euch«, sagte Carter. »Weil wir die Besten sind.«

»Und weil wir viel zu weit weg sein werden, um euch rauszuhauen, wenn ihr Ärger habt«, erklärte Austin.

»Nicht, dass wir das sonst getan hätten«, fügte ich hinzu. Carter und ich würden zwar zusammen nach Clarkebridge gehen, doch Austin hatte vor, in Kanada zu studieren. Er wollte einmal in einem anderen Land leben, obwohl das kaum zählte. Es hatte irgendetwas mit ausländischen Mädchen zu tun.

Carter hielt das streng geheime Notizbuch vor sich, wie altertümliche Priester ihre Schriften hielten. Die jüngeren Schüler rollten mit den Augen, als hätten sie keine Zeit mehr, sich mit uns abzugeben. Ich wusste, dass sie darauf brannten, die neuen großen Checker zu sein, aber ganz egal, was sie auch sagten, wir drei würden es immer draufhaben.

Jeff griff nach dem Notizbuch, aber Carter zog es im letzten Moment zurück. »Mh, mh«, sagte er. »Zuerst müsst ihr versprechen, dass das hier *niemals* in die falschen Hände geraten wird.«

»Wieso, sind das Bilder von deiner Mom?«, fragte ein Junge von ganz hinten.

»Hey«, rief Austin. »Du sprichst über die Mom eines anderen. Zeig gefälligst ein bisschen Respekt.«

Die Jungs wurden still. Ich grinste. *Jep. Wir hatten es immer noch drauf.*

»Versprecht ihr es?«, fragte Carter. »Ihr werdet das hier niemandem außer euren Broskis zeigen? Keinen Erwachsenen. Ganz sicher keinen Lehrern.«

»Natürlich versprechen wir es«, sagte Jeff.

»Ihr müsst schwören«, erklärte Austin.

»Wir schwören es, okay?«

Carter reichte Jeff das Notizbuch. Unsere ehemaligen Teamkollegen drängten sich um ihn, um zu sehen, was es mit unserem aufgeblasenen Schwachsinn auf sich hatte. Jeffs Kinnlade klappte herunter. »Nicht wirklich …«

»Der Bro-Codex?«, meinte Kevin Light, einer der Verteidiger. »Ich dachte, der existiert überhaupt nicht.«

»Echt jetzt, Mann?« Jeff schüttelte den Kopf.

»Reiß dich zusammen.« Ein anderer Verteidiger, Paul Jones, klopfte Kevin auf den Rücken.

»Er existiert«, sagte Austin. »Er ist nur, ähm …« Er sah mich an.

»Überarbeitet«, erklärte Carter. »Wir überlassen euch alles, was wir darüber wissen.«

»Lernt von uns«, sagte ich. »Und vermasselt es nicht.«

Jeff blätterte durch das Notizbuch. »Regel Nummer 15«, las er laut vor. *»Ein Bro stellt sich nicht tot.«*

Carter nickte. »Richtig. Ihr schreibt eine Nachricht.«

»Und lasst sie nicht einfach nur sitzen«, fügte ich hinzu. »Ihr werdet noch froh sein, dass ihr es euch nicht zu leicht gemacht habt.«

»Oder ihn«, sagte Austin. »Laut Regel Nummer 18.«

Jeff balancierte das dicke Notizbuch auf seinem Arm. Kevin und Paul halfen ihm, indem sie die Seiten so schnell umblätterten, wie sie konnten.

»Ein Bro hat keine Vorurteile gegenüber der sexuellen Orientierung oder Geschlechtsidentität eines anderen Bros«, las Paul. »Ein solches Verhalten führt dazu, dass besagter Bro den anderen Bros ein Essen ihrer Wahl ausgeben muss.«

»Das kann richtig teuer werden«, meinte Austin.

»Danke, Jungs«, sagte Jeff. »Wir werden euch nicht enttäuschen.«

»Das solltet ihr auch besser nicht, Karvotsky«, meinte Carter. »Sonst kommen wir und holen euch.«

Ich fing Austins Blick ein, und er grinste. Wir mussten uns beide zusammennehmen, um nicht Regel Nummer 18 zu verletzen, einen sexistischen Witz zu machen.

Die Jungs vertieften sich in den Schatz, den wir ihnen hinterlassen hatten.

»Tschüss, Highschool«, sagte Austin.

Carter lachte. »Gut so.«

Austin trat von einem Fuß auf den anderen, als sich langsam ein bittersüßes Gefühl breitmachte. »Wir werden doch immer noch …«, begann er.

»'türlich«, sagte Carter.

»Carter hat schon einen zusätzlichen Schlafsack für unser Zimmer gekauft«, erklärte ich. »Wir erwarten, dass du uns circa jedes Wochenende besuchen kommst, Mann.«

»Nice.« Austin sah mich an. Dann Carter. »Diese Arschbomben machen sich nicht von allein.«

»Also los«, sagte Carter. Sie rannten zurück in Richtung Pool, wo die Situation langsam außer Kontrolle geriet. Ich jagte hinter ihnen her, versuchte aber gleichzeitig, alles in Zeitlupe zu sehen und mir die letzten Erinnerungen, die ich von der Highschool haben würde, einzuprägen.

»Hey, Maguire!«, rief jemand, als ich am Rand des Pools angekommen war. Eliza hielt eine von Carters riesigen Super Soakers. »Irgendwelche letzten Worte?«

Ich tippte mir ans Kinn und tat, als würde ich darüber nachdenken. »Ich glaube, die kennst du bereits, O'Connor. Irgendetwas darüber, dass du dich an mich erinnerst, wenn du achtzig ...«

Sie unterbrach mich, indem sie abdrückte und computerspielmäßig Wasser auf mich abfeuerte – so, wie ich es ihr beigebracht hatte.

Es brannte, als sie meinen Bauch traf. »Uff«, machte ich.

»Bist du in Ordnung?«

»Warum kommst du nicht rüber und siehst nach?«

»Wirfst du mich dann in den Pool?«

»Ne.« Ich grinste. »Das klingt nicht nach mir.«

Eliza ließ die Pistole fallen und kam auf Zehenspitzen zu mir herüber. Sie brauchte dafür ein paar Sekunden, weil sie Jungs ausweichen musste, die mit einem Volleyball spielten, und Mädchen, die in der Sonne lagen. »Du siehst gut aus«, sagte sie.

»Vergiss das nicht.«

»Sei ...«, begann sie, bevor ich in den Pool sprang und sie mit mir zog.

Der Bro-Codex

Von Austin Banks, Nick Maguire und Carter O'Connor – den OBs

Regel Nummer 1: Bros[1] before hoes[2]

Regel Nummer 2: Ein Bro liebt Barbecues.

Regel Nummer 3: Ein Bro erwidert jeden High five, Low five, jeden Fistbump, Chestbump, jeden Knuckle knock und so weiter.

Regel Nummer 4: Ein Bro gibt nicht damit an, dass er/sein Team/sein Bro gewonnen hat … wenn das Wochenende vorbei ist.

Regel Nummer 5: Ein Bro akzeptiert das Ergebnis von Schere-Stein-Papier.

Regel Nummer 6: Ein Bro kaut mit geschlossenem Mund.

Regel Nummer 7: Ein Bro behandelt seine Mutter wie eine Königin.

Regel Nummer 8: Bei Wahrheit oder Pflicht wählt ein Bro immer Pflicht.

---

1 Ein Bro ist jeder Typ, jedes Mädchen, alle sie und jeder Roboter im Freundeskreis eines Bros.

2 Eine Hoe ist jeder Typ, jedes Mädchen, alle sie und jeder Roboter, der/die toxisch und unaufrichtig ist/sind oder nur mit dir zusammen ist/sind, um sich wichtig zu machen.

Regel Nummer 9: Ein Bro lässt nicht zu, dass ein anderer Bro über die Feiertage allein ist.
Regel Nummer 10: Ein Bro drückt sich nicht vor Bauchmuskel-Work-outs.
Regel Nummer 11: Ein Bro schreibt jemandem, an dem er Interesse hat, wann immer er möchte.
Regel Nummer 12: Ein Bro lästert nur von Angesicht zu Angesicht. Niemals per Textnachricht, über Social Media oder dergleichen.
Regel Nummer 13: Ein Bro lässt einen anderen Bro keine Dummheiten machen ... ohne ein Video davon zu drehen.
Regel Nummer 14:Ein Bro macht sich nicht über die Freundin/den Freund eines anderen Bros lustig.
Regel Nummer 15: Ein Bro stellt sich nicht tot.
Regel Nummer 16: Ein Bro ist immer bereit, die Rechnung zu übernehmen. Oder sie sich zu teilen.
Regel Nummer 17: Ein Bro schämt sich nicht für das, was ihn glücklich macht. Außer es sind kalifornische Sportmannschaften.
Regel Nummer 18: Ein Bro hat keine Vorurteile gegenüber der sexuellen Orientierung oder Geschlechtsidentität eines anderen Bros. Ein solches Verhalten führt dazu, dass besagter Bro den anderen Bros ein Essen ihrer Wahl ausgeben muss.
Regel Nummer 19: Ein Bro bringt einen anderen Bro oder seine Freundin/seinen Freund nicht zum Weinen, außer es sind Freudentränen.
Regel Nummer 20: Ein Bro erzählt einen Witz immer zu Ende. Er verzichtet nie, unter keinen Umständen, auf die Pointe.
Regel Nummer 21: Ein Bro duscht sich mindestens einmal pro Woche, ob er es nötig hat oder nicht.

Regel Nummer 22: Ein Bro betrügt nicht.
Regel Nummer 23: Ein Bro zwingt niemanden, sich zwischen zwei anderen Bros zu entscheiden.
Regel Nummer 24: Ein Bro verliert nicht absichtlich … solange sein Gegner über zehn ist.
Regel Nummer 25: Ein Bro entscheidet selbst, welche Regeln er befolgen möchte.

Danksagung

Als Erstes möchte ich dir, lieber Leser, dafür danken, dass du Stunden deines Lebens, die du nie mehr zurückbekommen wirst, darauf verwendet hast, das hier zu lesen – das ist so cool von dir. Und danke, dass du die Danksagung liest, denn das tut sonst kaum jemand. Ich hoffe, du musstest zumindest einmal lachen. Was ich hier geschrieben habe, hat für mich eine ganz bestimmte Bedeutung, doch wenn du es mit deinen eigenen Erfahrungen und Perspektiven liest, wird es etwas völlig Neues. Danke, dass du den Bro-Codex so zum Leben erweckst.

Ich danke meinen Wattpad-Lesern und Freunden dafür, dass sie mich beim Schreiben unterstützt und mir geholfen haben zu wachsen. Besonderen Dank schulde ich denjenigen Wattpad-Lesern, die meine Geschichte schon 2012 gelesen haben, als ich sie ursprünglich geschrieben habe, und die sich mein Buch jetzt, neun Jahre später, noch einmal vorgenommen haben. Ohne euch wäre ich heute nicht hier.

Ich danke meiner Superhelden-Lektorin Jane Warren für ihre unglaubliche Hilfe – du hast mich dazu gebracht, ein Buch, das ich in der Highschool geschrieben habe, zu nehmen und in das hier zu verwandeln. Dein Glaube an die Geschichte und meine Charaktere hat mir geholfen, mich als »echte« Autorin zu sehen.

Danke, Deanna, Caitlin, Jen und euch Zauberern aus dem Wattpad-Book-Team, die ihr mein Buch zur Veröffentlichung ausgewählt und so hart daran gearbeitet habt. Die Hingabe und Zeit, die ihr aufgewendet habt, um aus meiner Geschichte ein wirkliches Buch zu machen, geht über meinen Verstand, und ich bin so froh und fühle mich so geehrt, dass ich diese Erfahrung mit euch zusammen machen durfte.

An Gabby, Maggie, Emily und Maisie – danke, dass ihr die Spülmaschine ausgeräumt habt, als eigentlich ich dran war, ich aber gerade im Schreibflow war, und dafür, dass ihr euch nie beschwert habt, wenn ich um ein Uhr nachts beim Schreiben in der Küche noch Lärm gemacht habe. Ihr habt das Blut, den Schweiß und die Tränen, die bei der Entstehung dieses Projekts vergossen wurden, wirklich hautnah miterlebt.

Danke, Mom und Dad, dass es mich gibt, dass ihr mir Waffeln gemacht habt und dass ihr das hier nicht gelesen habt, bevor ich euch erklärt habe, dass es fertig ist. Oh – und danke, dass ihr mich dazu gedrängt habt, Schreibunterricht zu nehmen, und mir nie gesagt habt, dass es eine schlechte Idee ist, Autorin zu werden, auch wenn ihr es gern getan hättet.

Danke, Apple und Maddie, dass ihr meine Geschichte eine Million Mal gelesen und mir gesagt habt, wenn irgendetwas daran doof war. Danke für die Hunde-GIFs, die Giraffen-Memes und dafür, dass ihr meine größten Fans seid. Oder zumindest so tut als ob.

An Kevin – danke, dass du mir etwas über Sport und Computerspiele beigebracht hast. Und danke, dass du mir immer einen Snack oder Tee bringst, auch dann, wenn ich nicht darum gebeten habe. Ohne dich hätte es doppelt so lang gedauert, dieses Buch zu schreiben.

An meine Freund*innen und Teamkolleg*innen – danke, für die Anekdoten, die Slang-Tipps und Ideen davon, was es heißt, ein Bro zu sein. Dank euch bin ich nicht völlig durchgedreht, als die Deadline immer näher rückte. Ihr seid die wahren OBs.

Außerdem schulde ich der #MeToo-Bewegung Dank – dafür, dass sie wichtige Geschichten in unser kulturelles Bewusstsein gerückt hat, dass sie weibliche Künstler unterstützt und dass sie dafür gesorgt hat, dass meine Ex-Freunde sich fragen, ob dieses Buch wohl von ihnen handelt. Tut es nicht.

Allen anderen sage ich ebenfalls Danke. Ihr wisst, wer ihr seid, und ihr wisst, warum.